法陌点滴

杨立新 著

法律出版社 LAW PRESS·CHINA
北京

作者简介

杨立新

中国人民大学民商事法律科学研究中心学术委员会副主席、研究员，中国人民大学法学院教授。

任全国人大常委会法制工作委员会立法专家委员会立法专家，最高人民检察院专家咨询委员会咨询专家，东亚侵权法学会理事长。

曾任中国法学会民法学研究会副会长，中国法学会婚姻法学研究会副会长，中国法学会行政法学研究会副会长，世界侵权法学会主席；吉林省通化市中级人民法院审判员、副庭长、副院长，最高人民法院民事审判庭审判员，最高人民检察院检察委员会委员、民事行政检察厅厅长、检察员。

出版长篇小说《法苑往事中的女人》，散文随笔集《法林闲言》《法林碎语》《民法帝国》《闲话民法》《亲近民法》《法陌履痕》。

法陌耕耘五十载

子曰："逝者如斯夫，不舍昼夜。"自 1975 年 6 月 26 日调入吉林省通化地区中级人民法院开始从事司法和法学研究工作，历经最高人民法院、最高人民检察院、烟台大学、中国人民大学工作期间的民法耕耘，至今已经整整 50 年了。

50 年来，我从一个毛头小伙开始审理民事纠纷案件，到 1980 年开始系统研究民法理论，从事了民事审判、检察实务和法学教育工作，不知不觉已逾古稀。

一路走来，经历风雨，见过彩虹；品尝过世事的艰辛，体验了奋斗的快乐。作为民法园地一头辛勤耕耘的"牛"，既看到了《民法典》诞生于世的立法硕果，也看到了民法学术研究成果对民法实务的浸润；既看到了一路蹒跚的履痕和踪迹，也看到了眼前秋景的灿烂和辉煌，还看到了远方的暮色和苍茫。

宋代文人曾巩诗作《游金山寺作》云："屐履上层阁，披襟当九秋。"这一句唱出了诗作者的胸怀，也道出了后学的心声。

秋日的傍晚，足踏屐履，层层登上高高的楼阁，风吹身上的衣襟，微微飘动，满眼的秋天旷野和遍山的红叶铺陈，既有远景的美漫，也有季节更替的踪迹。这不是对经过 50 年耕耘，脚步逐渐慢下来的退休者心境的最佳描述吗？

文为心声矣！

忆近以追远，闻道而启后，是过来者的职责。以往于阡陌之间耕耘的痕与踪，亦可为后来耕耘民法园地者之镜鉴。

50 年中，除民法理论研究外，余暇时偶弄文笔，写过一些随笔，已经出版的有《法陌履痕》《法林闲言》《法林碎语》《闲话民法》《亲近民法》《民法帝国》。为纪念自己从事法律工作 50 周年，最近整理旧作和新写作了 50 年法陌耕耘中的点滴所得，集成本书出版，聊慰 50 年耕耘中的辛勤，也把自己的经验传递给正在努力耕耘的中青年民法学人，期待以往的经验能够对他们的成长有所助益。

是为序。

作者

于 2025 年 6 月

目 录

第一辑 | 职之点滴

第二辑 | 人之点滴

第三辑 | 学之点滴

第四辑 | 法之点滴

第六辑 | 味之点滴

第七辑 | 杂之点滴

第一辑

——

职之点滴

1.1978：三件事

逝者如斯！那个火红的1978年，在我们的生活中已经过去40多年了，我也从当时的26岁到了现在的73岁。时光真的如白驹过隙。

1978年，我在吉林省通化地区中级人民法院已经工作三年了，从民事审判庭调到了调查研究室，后来又加了司法行政科的牌子，“两块牌子，一套人马”，同时主管调研和司法行政工作，还要做涉外公证工作。

回想起来，在这个改革开放的首年，我主要做了三项工作：一是学习刑法、刑事诉讼法草案；二是平反纠正右派错案；三是请回律师组建法律顾问处，也就是后来的律师事务所。这里只说两件事。

学“两法”草案

我国的法治建设在1976年后开始受到重视，强调依法治国。

当时法院的审判工作基本上无法可依，因而依法治国面临的首要任务是制定法律。最先纳入立法计划的是《刑法》和《刑事诉讼法》，当时称为“两法”。

1978年是“两法”制定的紧要关头，那时我们在地方法院工作，无缘参加立法，只能千方百计把“两法”的草案早点弄到手，一条一条地学习，再对照草案的条文，在司法实践中加深理解，将“两法”的精神融入刑事审判工作中。

那时，正是平反冤假错案的关键时刻，法院的工作压力大、人员少，因而学习都放在晚上。晚饭后，大家不约而同地回到机关，一起学习、讨论“两法”草案，掌握立法精神。

当时我们都年轻，精力十足，不知道累。白天工作一天，晚上加班，几个人聚集在办公室里，对照“两法”的草案，一条一条地读，一条一条地理解，一人拿着草案对照，交替提问、回答，相互纠正，没几天就能掌握草案修改的精髓。有的还把草案全文抄录，加深印象。

正因为下手早，学得扎实，1979 年 7 月 1 日全国人大通过“两法”后，我们很快就能比较精准地掌握“两法”的内容，甚至很多人能够背诵下来。1980 年 1 月 1 日实施“两法”后，我们很快就适应了法律的要求。

请回律师

1978 年以前，还没有建立各级政府的司法行政管理部门，司法行政工作由法院负责，中级法院负责全地区的司法行政工作。

在重建法律顾问处时，地区一级不设立法律顾问处，中级法院只负责指导，地区所属两市八县的法院负责具体组建县市一级的法律顾问处，就是今天的律师事务所。

我在司法行政科工作，负责协调各市县法院建立法律顾问处。走访了各市县原来那些有名的大律师，请他们“出山”，当法律顾问处的主任；再“招兵买马”，请原来有律师资格的律师回到法律顾问处工作，招聘新的律师和工作人员。那时候，律师原来受政治运动的影响，多数都心有余悸，不愿意回来当律师，因此，还要逐一做思想工作，使他们增强依法治国的信心，当好律师，为案件当事人提供法律服务。

说到为当事人提供法律服务，这是老律师们最不放心的问题。那时候，法院主要审理的不是民事案件，而是刑事案件。律师要保护当事人的合法权益，主要是为刑事被告人辩护。当时的社会舆论认为，为刑事被告人辩护，就是包庇犯罪分子，在“反右”时期，部分大律师被打成右派，其中绝大多数是顶着包庇刑事犯罪分子的罪名。现在回来当律师，又要为刑事被告人辩护，怎能不心有余悸！

建立法律顾问处，没有这些富有经验的老律师、大律师是不行的，因此要做好工作，请回老律师、大律师，这项工作交由各县市法院的司法行政科负责。中级法院司法行政科抓重点，帮助市县法院做好重点律师、难点律师的工作。上下一起努力，终于按照要求请回了律师，搭好了十个法律顾问处的架构，按期开始工作。

当全区十个市县都建立了法律顾问处时，我们欣喜地看到依法治国的方略正在实施，并且结出了初步的果实。

接着，要成立司法行政管理部门，地区行政公署也要设立司法行政处。我的科长要去司法行政处当副处长，动员我一同去，院长坚决不同意，因此，我就一直在法院工作。眼看着自己积极操办成立的法律顾问处被司法行政部门收编，我心里难过了很长时间。

在 1978 年 12 月党的十一届三中全会闭幕时，我们共同迎来祖国法治的春天。1979 年年初，我写了一篇散文《山城春夜》，在广播电台做成了配乐散文，播出的效果很好，表达了我们对党的十一届三中全会精神的积极拥护，以及山城人民迎接改革春天到来的激情。

2. 公证

有一次，上海的一家公证处请我去讲民法，闲谈时说起我在20世纪70年代曾经做过公证工作后，他们感到惊讶，原来我还是公证工作的“老前辈”。后来，还让我回顾那时的公证处工作情形，并将此发表在他们的公证刊物上。

我原来对公证处和公证工作一无所知。刚到法院工作时，也不知道地区还有公证处这一机构，更不知道公证处的性质和功能。后来，看到中级法院的办公桌椅都很陈旧，就连院长室的桌椅都是两头沉的旧写字台，但是，办公室主任和副主任的办公室里，却是崭新、锃光瓦亮的大写字台，还有两个高级的单人真皮沙发、一个双人真皮沙发，漂亮得很。

我很奇怪，后来问孙大姐：“这么好的办公用品，为什么不放在院长室，却放在主任室呢？”孙大姐哈哈大笑，说：“你什么都不知道啊，主任的那个房间是地区公证处啊！”

我不了解什么是公证处，孙大姐告诉我，就是有人要出国，要证明身份相关问题，作为出国的身份证明，要出公证书。公证处就是出具公证文书的机构。

我又问，既然是公证处，那为什么设在法院呢？她告诉我，1966年以前，各级都有公证处，是在法院的指导下进行公证的。1966年以后，所有市县的公证处都被撤销了，只保留了一个地区公证处，只开展涉外公证。既然承担涉外公证职能，就要接待外国人或者要去外国的人，当然要显示中国的气派，因此，是用特批的经费购置这些特别的办公用品的。我这才明白，地区公证处设在中级法院，全地区就这一个公证处，负责涉外公证。

我在中级法院工作的第二年，机关成立了一个新的机构：调查研究室，因为院长欣赏我的写作能力和风格，我就离开了民事审判庭，成为调研室的成员。调研室开始是三个人，老孙、我的师傅大可和我。院长们特别重视调研室的工作，也因为老孙是正式任命的公证员，就把公证处的房间给我们使用，我们三位也就成了这间“豪华办公室”的主人。

老孙是地区公证处唯一的公证员，以往的公证业务都由他具体做。那时候出国的人不多，涉外公证业务也不多，一年只有十几个申请人，一个人的申请涉及几件或者十几件公证书，压力不大，但是做起来很复杂。我看到，老孙制作涉外公证书时极其谨慎、细致，而且公证书的装帧，十分精美。

老孙的事多，法院决定，让我跟着他学习，在他忙不过来的时候，我协助他制作公证文书。因而我实际上接管了公证处的工作，印章、钢印、印刷的纸张和公证员的签名章，都在我的柜子里，只是没有签名权，因为是代理公证员。

那时，制作公证书的纸非常高级，不是我们印制判决书的纸，而是很厚、很光滑的道林纸（现称胶版纸）。印制公证书内文，要到机关印刷厂去铅印，而不是当时印判决书的那种油印。印出来清样后，要校对数遍，保证没有一个错字和错用的标点符号。印好公证书内文后，盖上公证员的签名章，开始装订。

公证书的封面和封底用的是比内文纸更厚、更好的道林纸。不管封面、封底还是内文，左侧都有两个装订孔，三者放在一起，用红绸带穿过装订孔，在背面打上一个结，在结的上下两面贴上装订封标，用胶水粘牢，晾干后，再用“通化地区公证处”的钢印机在封标上盖好钢印，涉外公证书就印好了，通知申请人来取就是了。

我看现在公证处出具的涉外公证书就是简单的公证书而已，没有我们那时的公证书那么复杂和精致。

学得差不多后，公证处的事情基本上就是我管了，无论是申请人接待，对公证事项的审查、调查，还是公证书的写作、印刷、校对、装订，我都干得很好，没有出过差错。只是那时的公证业务不多，公证也不是我的主业。

公证处不但有豪华的办公用品，接待申请人时还有专用的高级茶叶，虽然不敢私用，但是给申请人泡茶的时候，是可以跟着喝一杯的。再有就是那套真皮大沙发，客人来时显得特别气派。不仅坐着舒服，晚上加班还可以睡在长沙发上我的战友来法院看我，见我的办公用品如此高级，就说："你的办公室好牛呀！"我便得意洋洋。

1978 年，司法行政机关成立，公证处就移交给地区司法局管理，我们也就把公证处交了出去。但是，原来的豪华办公用品还是保留在了调查研究室，继续由我们使用。

3. 任职

我在家乡的中级人民法院任职期间，经历过一点波折，但总体还是比较顺利的，有的职没任，反倒是好事；有的任职开始有些不顺利，后来还是一帆风顺。

一

1976 年年初，各级机关对所谓的“双突”（突击入党、突击提干）抓得很紧，各级各单位都要选拔可靠的青年干部入党、提干。家乡的中级人民法院也要提拔一名青年干部，据说就选中了我。那一年我 24 岁，刚到中级法院工作一年，各方面反映还比较好，因此就有了这个决定。

当时的中级法院只有 20 人，设有三个中层单位，即办公室、刑事审判庭和民事审判庭，曾经说过的公证处、接待室等都是虚设单位，不是独立的内设机构。由于中级法院“齐装满编”，没有中层领导干部的空缺职位，要提任一个新的中层领导，就要调走一个。据说，组织部的意思是动员一位副庭长去某个县的人民公社任副社长，这样就可以让我任这个庭的副庭长，完成这个提干的指标。

这位副庭长不愿意到公社任职，领导一直在做动员工作，但没有被接受，这件事也就一直拖着。我当时虽然不知内情，但是在那一段时间，看到这位副庭长情绪一直不好，后来觉得此言不虚。

这种做法其实不好，让一位地直机关的副科级干部去任县里公社的副科级领导，是真的不合适。如果这样对待我，我也是不愿意的。

拖的时间长了，一下子就拖到了 10 月。1976 年 10 月发生的事情大家都知道，因此，不用突击提干，也不用动员副庭长去公社当副社长了。

这倒成全了我。在接下来的拨乱反正工作中，清理“双突”干部，由于我并未任领导职务，也不是正式干部，还是“以工代干”，入党也是在部队，尽管在“青干班”学习过，但也安全过关，没有受到任何影响，还在调研室继续担任“工作人员”。可见，没有被提拔倒是好事，不过，只要没干什么坏事，也不会被怎么样。这一点，我还是相信自己的。

二

接下来的任职比较费劲，最大的障碍是我没有大专文凭，因为我那时的学历只是初中，这是被耽误的那一代人的境遇，毫不奇怪，也没有什么可抱怨的。

最早遭遇挫折的是任职审判员。院里报到地委组织部审批任命的两个审判员人选，一个是我，另一个是刚刚从吉林大学法律系毕业的工农兵学员。审批的结果是，工农兵学员被批准任命为审判员，我这个只有初中文凭的“法官”当然未被批准。

有些人为我抱不平，院领导也找组织部，说明我的工作成绩和实际水平，强调应当重文凭，但是更要重水平。不论怎么说，最后还是没有被批准。别人生气，我却没有难过。因为自己是初中生，甚至初中也没有念几天，不能怪任何人，也不能怪组织部。

后来，院长们认为，组织部之所以不批准我的任职，还是因为领导对我不熟悉。因此，他们有意安排我经常陪同主管政法的专员视察工作、出差。时间长了，专员认为这个小青年爱学习、肯动脑、分析问题有深度，知道我没有审判职务，就问我们的院长，为什么没有给我任职。

院长说："报过了，组织部没有批准。"

专员说："回去后再报一次，我跟组织部商量，不一定就是单纯的文凭论嘛！还是要看水平。"

后来，院里向组织部给我报了审判员的拟任职，很快就批下来了。一年后，又报了刑庭副庭长，组织部也批下来了。

三

这时候，司法机关的任职程序就很严格了，行政公署一级没有人大机构，地区中级法院的审判员任职须经省人大常委会批准，我的审判员的任职经法定程序批准了，但是，副庭长的任职报上去却一直没有被批准。地委领导说："不管它，该怎样工作就怎样工作。"

1983 年，中央党校开办首届司法领导干部培训班，院领导跟省法院和地委领导商量，让我去参加这个培训班，以便弥补我没有文凭的缺陷。我真的太感激院领导和地委、省法院领导了。过了春节，我到中央党校学习 5 个月，结业后回到家乡工作。

地委决定拟任我为副院长，报省人大常委会审批。这时，在省人大常委会有我两个任职申报，一个是副庭长，另一个是副院长。

全国开始"严打"时，我是党委批准但未履行法律任命手续的副庭长，领导刑事审判庭的一部分工作，力求保证案件质量，堵住了一个拟判死刑的错案，抓住了真凶，避免了错杀。经最高人民法院批准，中级法院刑事审判庭荣记集体一等功，参加全省法院的表彰大会，受到嘉奖。

9 月，省人大常委会审查我的任职，批准了副院长职务。接下来，11 月的常委会批准我的副庭长任职。因此，我在法律程序上的任职，是先任副院长，之后被任命为副庭长的。

四

1984 年 9 月，我考入了中国政法大学进修学院法律专修班，两年后拿到了大专文凭。在此期间，我还在家乡的师范学院念中文函授，师范学院的考试也要参加，一个学期内，两所学校的考试最多有九门。在政法大学专科毕业之前，我拿到了中文专科的函授文凭。

1985 年机构改革，家乡的地区一分为三，成为三个地级市，要成立三个中级法院。把原来的地区中级法院一分为三，我留在了家乡通化市的中级法院，从副院长晋升为常务副院长，副处升职为正处。

1986 年 7 月毕业后，我回到中级法院任职。常务副院长与其他副院长完全不一样，“一把手”不管的事情我都要管，要对全院的工作负责，还要时时向“一把手”汇报，不能自己专断。不过，辛苦的工作也锻炼了自己，我的工作能力不断提高。

1990 年年初，我被调任最高人民法院民事审判庭审判员，从此离开了家乡，离开了工作 15 年的中级法院。

4. 砸楼檐

一天下午，快要到下班时间了，L 县法院的老院长带着两位审判人员火急火燎地赶到中级法院，一起进了我的办公室。我赶紧站起来迎接老院长，请他在沙发上坐下，其他人也都找到座位坐下了。我正要给他们倒水，老院长阻止我，说："副院长，你先不要忙了，我的事急，你快坐下吧。"

我看老院长的神态匆忙，就赶紧坐下来，忙问什么事这么急。他说："是一个紧急的民事案件，双方当事人都剑拔弩张，准备持械斗殴。我先给稳住了，来请示中院领导，讨个方法，回去好解决纠纷，平息矛盾。"我一听，也有点着急，请他赶紧说说情况。老院长舒了一口气，缓缓神，说明了案件的具体情况。

原来，L 县的一个村庄，有两家村民相邻，已经几十年了。东边的甲家拆了自己的房子，盖起了二层楼房，与西边乙家的房子挨得比较近，但山墙没有超过双方住宅用地的边界线。在建完二层后加盖房檐，结果甲家的房檐超过了边界线，压住了西边乙家的房檐大约 20 公分。西边乙家就不干了，找到一帮人，爬到东边甲家正在建的房子上，拿着大锤要砸刚建起来的楼檐。东边甲家当然不干，叫上亲戚邻居，也爬上楼，要赶走西边乙家的人。双方就打起来，从楼上打到楼下，越闹越凶。

西边乙家的人跑到当地法庭起诉，请求砸掉东边甲家的楼檐，禁止他们侵害自己的权利。法庭审判人员赶到现场，制止冲突，防止事态升级，并报告了县法院。县法院院长也赶到现场，在了解情况并稳住事态后，乘车赶到中院汇报，请示处理办法。

听了老院长的汇报，我判断这是相邻权纠纷，也是侵权纠纷。老院长之所以如此着急，一方面是因为双方当事人之间的矛盾有升级的危险；另一方面是因为那时候还没有《民法通则》，对于相邻权纠纷的处理规则还是空白，处理没有依据，生活中出现的相邻权纠纷也没有这样激烈。

老院长汇报完，着急地说："副院长，你一定给我出个主意，我马上就回去处理。"

我跟老院长说，这个先不要着急，处理的办法是有的。我就按照法理，说明处理相邻权的基本规则。这个案件既涉及相邻权，也涉及侵权：第一，这是土地使用权的冲突，当时还没有明确的宅基地使用权的概念，但是，每一个农户有一块宅基地的规矩是明确的，宅基地也有明确的四至，每一个人行使自己的权利当然不能越界。第二，这涉及建筑物的权利问题，建设建筑物，只能在自己的地界内，建筑物的任何一个部位都不能超过土地权属的界限，因为民法认为，土地权利的界限，平面是四至，空间的界限是上至大气层、下至地心，任何人不能侵害他人的权利。第三，建筑物越界，就是侵害了对方的民事权利，构成侵权行为，应当承担责任。既然甲家的楼檐超过了宅基地的界限，延伸到乙家的土地范围之内，并且压住乙家的房檐，这在民间习惯上是不允许的，会引起严重后果。

老院长说："我们向甲家说明了当地的习俗，甲家的楼檐不能压乙家的房檐，这有违村民的生活习惯，是不允许的。甲家说，这些都是封建迷信，法院不能支持封建迷信思想。我们该怎样说明呢？"

我说："大家共同遵守的生活规则，应该是习惯法的范畴，并不是封建迷信。反过来，如果是乙家建房，房檐压住甲家的房檐，甲家会同意吗？显然也是不会的。所以，应当依照当地的生活习惯，先调解，调解不成，该判就判，该砸就砸。中院支持你们，不能纵容侵害他人权利的违法行为。”

老院长站起来，用力握住我的手说：“副院长，有你这句话，我就放手大胆地去处理了，保证不会出问题，也保证不纵容侵权行为。”我让办公室主任安排老院长吃完饭再走。老院长连忙摆手，要赶回去处理纠纷。我也就没有继续挽留。

过了几天，院长给我回了电话，告诉我，案件调解不成，甲家非常豪横，是当地的“硬茬”，谁说都不听。法院就在当地开庭，判决甲家停止侵害、排除妨碍。双方均未上诉，判决生效。原告申请强制执行，法院执行员聘请了建筑工程公司的人员，拿着大锤等工具赶到现场，执行员当众宣读执行裁定，宣布强制执行，谁敢阻止执行就当场拘留。法警在现场执勤，派出所也派出警察协助。执行人员在甲家的楼檐上按照地界，画出红线，挥舞大锤一顿砸，将越界的楼檐生生地砸了下来。甲家的人看到法院动真格的，也就服软了。执行员让他们写了保证书，保证继续进行的建设绝不越界。

当地村民看到法院说强制执行就强制执行，把豪横乡里的甲家规制得服服帖帖，都拍手叫好，称赞法院敢于动硬，严格执法，保护村民的合法权益，还给法院写了表扬信。一时间，改变了当地法庭软弱无力的形象，威信大为好转。

我对L县法院依法裁判，坚决执行，惩恶扬善，维护法律的权威，依法维护安定团结的做法给予充分肯定。嗣后，又让调研室去考察这个案件，写了简报，通报全市法院。

这样的相邻权民事纠纷案件，在今天当然不是疑难案件了，但是在改革开放刚刚开始、《民法通则》还没有制定的时候是很少见的，处理上也有很大难度。这也说明，一个国家若没有健全的民事法律制度，很多问题就很难处理，今天的法官办案不会遇到这样的问题。但是，如果没有当时“砸楼檐”这类案件的积累，怎么会有《民法通则》，怎么会有《物权法》和之后的《民法典》关于相邻权的规定，怎么会有相邻权纠纷可以依据习惯法处理的规定呢？

因此，这个案件还是有历史意义的。

5. 晋级

我在最高人民检察院（以下简称最高检）工作将近七年，从助理检察员到厅长、检察委员会委员，传言是“连升六级”。此话倒是不虚。我离开最高检到中国人民大学任教后，有人问我：“是不是最高检对不起你，你才离开最高检到中国人民大学的？”我说：“不是，最高检完全对得起我，七年连升六级，对我还不好吗？我离开最高检，完全是另有追求，是为了将来能够有机会全程参与制定《民法典》。”为了说明“连升六级”此话不虚，我介绍一下实际情况。

助理检察员

1994年10月，我到最高检报到，被安排在民事行政检察厅工作。

当时的最高检民事行政检察厅办案力量比较弱，不仅人员不多，而且适用民商法的实践经验不够，不像我这样，在法院已经历练了多年，民法的理论修养还可以，实践经验也比较丰富。最高检调我到民事行政检察厅工作，主要是为了加强民事行政检察的业务力量。我自然知道这一点。

在政治部报到时，负责人跟我说：“可能要对不起一下，你刚调任最高检，虽然你原来就是最高人民法院的审判员，但是还不能直接任命检察员，要先任命助理检察员，才能报全国人大常委会任命检察员。”我说：“没有问题，该走程序的就要走程序，我理解。”

就这样，我到最高检工作后接到的第一个任命就是助理检察员，开始以这个身份办案。

这是我在最高检的第一次任职。其实，这不是升，而是“降”，“降”

是为“升”做基础准备的。

检察员

随后，政治部抓紧办理我的检察员任命手续，报到全国人大常委会审查。由于以前担任过最高人民法院（以下简称最高法）的审判员，因此任命检察员没有任何麻烦，审查材料程序完成后，等待全国人大常委会的例会。会议审查通过后，当天就在新闻中公开报道，我被任命为最高检的检察员。

当时最高检的检察员和最高法的审判员的最低级是正处级，我那时任正处级其实已经 10 年了，正处级职务是在 1985 年被任命为中级法院常务副院长时确定的。可见，这次任命也不算“升”，而是平级任命。

最高检的检察员是重要的业务职务，要求很严、很高，我一直积极努力，争取做到最好。

业务处处长

我到民事行政检察厅工作时，该厅有两个处级单位，一个是办公室，一个是业务处。业务处有处长，办公室有副主任，没有主任。

在我被任命为检察员时，业务处处长被派去援藏——去西藏检察院任副检察长，因此业务处处长出现空缺。我被调到民事行政检察厅是充实业务力量的，在业务处主持工作会有比较好的效果，因此，经主管检察长同意，由厅里报到政治部，拟任命我为业务处处长，填上这个空缺。没过不久，党组会通过了这项任命。当时的副处长在家里休产假，我带领着业务处的同事一起开展抗诉案件的工作。

由于办公室没有主任，厅里只有副厅长一人领导，因此，副厅长又指派我兼管办公室的工作。一个厅只有两个处级单位，要我管两个单位，其实是有问题的。因此，我主要管业务处的工作，办公室副主任找我谈工作，我基本上都让她去找厅长，避免插手过多。工作还是比较顺手的。

任命我为处长，职务是升了，因为原来我在最高法时是审判组的副组长，相当于副处长，现在被任命为处长，当然是升了一级。只不过检察员也是正处级，现在是正处长了。最高检和最高法有一个区别，最高法的组长或副组长无需正式任命，最高检的处长或者副处长是正式的公开职务，需要任命。

厅长助理

1996 年开年不久，我被任命为厅长助理，业务处副处长潘君被提升为处长。

厅长助理也是正处级，因此级别未“升”，但是，管理的范围扩大了，过去对办公室是兼管，现在可以直管，协助厅长管理厅里所有的业务，因此责任重大。

紧接着，主管厅里工作的副厅长调任机关党委书记，从副厅升任正厅，民事行政检察厅也没有派来新的厅长或者副厅长，领导谈话让我主持全厅工作。我心想，厅长助理不应该主持全厅工作，因为其并不是厅级干部。厅里没有厅长，协助厅长工作是协助谁呢？当然，这种话只能藏在心里，是不能说出来的。如果说出来，明摆着就是要级别。心里明白就好，我就以厅长助理的身份，管理全厅的工作。好在用心管理，民事行政检察工作不断发展，进步明显。

我根据全国民事行政检察工作的实际情况，采取“抓两头，带中间”的办法，推动全国的业务工作。

先请了工作突出的五个省检察院的处长来北京开座谈会，给他们鼓劲，因为这五个省检察院的工作都走在前边，只要他们将事情做好了，全国的民事行政检察工作就会有很好的成果。五位处长感受到最高检对他们的重视，受到鼓励，都非常积极，业务工作开展得有声有色。全国的民事行政检察工作也就有了“带头羊”。

随后，我又带着助手，对工作情况不是很好的几个省检察院，一个一个地走访，发现问题、解决问题，建议有的省检察院撤换消极工作的处长，使这些比较落后的单位发生了比较大的变化。

有人说我的工作方法很好。其实，这就跟插队时铲地一样，集体劳动都有一个“打头的”，他站在铲地队伍的最前边；再选择一个“拉兜的”，站在最后一个位置。“打头的”和“拉兜的”都用上了劲，整个铲地的队伍就都跟上了。“打头的”和“拉兜的”都是东北农村的劳动术语，干趟子活都是这样配备劳动力。我把它用在了机关工作上，其实不是创新，而是领导工作的基本方法。

在另一个方面，我还特别注意提高民事行政检察人员的业务素质。按照当时的情况，检察机关民事行政检察干部的业务素质与法院民事审判和行政审判干部相比，是有明显差距的，检察人员若不提高基本业务素质，则很难胜任民事行政检察的民事审判和行政诉讼监督工作。因此，我们很快举办了全国民事行政检察干部培训班，请最好的民法和行政法的教授授课。我特别感动的是，检察院的民事行政检察干部都特别爱学习业务，每一次培训班他们都积极参加，刻苦学习，业务水平不断提高。

这些工作开展起来之后，最高检以及全国的民事行政检察工作有了明显的进展。这时候，有人提出要给民事行政检察厅派厅长或者副厅长，总不能让厅长助理长期主持厅里的工作。其实我也是这样想的，但是这话也不能说。张思卿检察长对我的工作很满意，他说："我看这个厅长助理工作干得不错，就让他先管着吧。"

"一把手"说了话，其他副检察长自然无话可说。就这样，我这个厅长助理主持厅里的工作有将近两年的时间。

副厅长

1997年，我被任命为副厅长，终于有了管理厅里工作的资格。

有了这样的资格，管理全国民事行政检察工作就更方便了，全国的民事行政检察工作出现了蓬勃发展的势头，工作越来越顺手。我长期奔波在地方各级检察院，指导工作、讨论疑难案例，甚至手把手地指导初出茅庐的检察人员如何办案。

当时还采取了一项措施，即为了提高民事行政检察人员的业务水平，举办全国民事行政检察的优秀论文评选，号召民事行政检察人员总结工作经验，探讨理论问题，写出论文参加评比。这是我在家乡中级法院采取的做法，当时我注意抓好审判人员的理论研究，成立了全国第一家审判研究会，在全国法院干部业余法律大学采取教学、科研与实践三结合的方法，这个经验被最高法推广。后来，最高法也召开全国法学理论研讨会，奖励优秀的理论研究论文。这些做法，对引导、培养和提高法律专业人员的素质，是很有效的。

最高检民事行政检察厅组织了优秀论文评选委员会，对提交的论文进行评选，召开理论研讨会，宣读优秀论文，给予奖励。这一做法有导向的作用，调动了各级业务骨干研究理论的积极性，对提高干部的业务素质起到了积极的推动作用。

这期间发生了一件有趣的事。最高检在洋桥新建了一栋家属宿舍楼。分房时，分房委员会公布分房方案征求意见，主持工作的副厅长参加厅长的序列分房，因此，我排在厅长序列的最后一名。这个方案受到批评，理由是，副厅长就是副厅长，不能因为主持工作就列入厅长分房序列，而应当按副厅长的序列分房。这个意见是正确的，分房委员会接受了这个意见，把我排在了副厅长的序列中。按照任命的时间，我是排在副厅长最后边的，因此，没有分到新楼的住房，在其他厅长搬出的旧房中，分给我一套 80 平方米的旧家属房。对此，我没有什么可抱怨的，感觉最高检干部的意见比较公正，高高兴兴地从 60 平方米的住宅搬到了 80 平方米的三室一小厅，条件有所改善。

厅长

由于最高检的领导换届，有很长一段时间人事冻结，没有调整厅级领导的职务。新检察长上任后一年，要调整厅级领导了。

那时，正是元旦前夕，在河南大厦召开一年一度的检察长工作会议。那天下午是会议讨论时间，听说院领导回院里开党组会，讨论厅级领导班子调整。

下午的讨论比较松散，因为大家都有点心不在焉，流传的是各种小道消息，风言风语，越传越多。也有人问我，是不是有谁能任民事行政检察厅厅长的消息。我说："我哪里知道院里领导决定的事。"这是说的真心话。

晚上，一位正厅级的副局长到我住的房间，一进门便诉说自己为什么就不能当正厅长，越说越激动，最后哭了起来。我劝慰他："别着急，还没有公布名单，你不一定就不是正厅长。"

结果他却说："我是能当正厅长的，不光是 ×× 厅，就是民事行政检察厅的厅长我也能当啊！当年制定《民法通则》我是全程参加的，特别熟悉。"

我一听就有些生气，心里说，民事行政检察厅我都干了这么多年了。但还是劝慰他，把他劝走了，可在心里还有股醋劲。

第三天会议结束，回到院里，院领导找各位任职的干部谈话。找我谈话的领导告诉我，党组会议认为，我这几年领导民行厅成绩不错，受到各方面的肯定，相信我能够领导好民行厅以及全国的民事行政检察工作，决定任命我为厅长。我表示了态度，听从安排，做好工作。

这是我在最高检的第五次晋级，是在最高检工作的第五年实现的，正式成为厅领导，真正的最高检的中层领导干部。

在中央机关，对副厅长和厅长的管理是不一样的。副厅长尽管是主持工作，但仍然是副厅长，管理并不十分严格。但是，担任了厅长之后，处处都必须按照规矩来。例如，每到一地出差，第一时间要向总值班室报备，要让院里知道你在哪里、怎样联系、工作情况等，总值班室要记录。其实严格管理也挺好，按照要求做就不会出问题，保证不腐败。

检察委员会委员

我在最高检的最后一次提拔，是第六次晋级，被任命为院检察委员会委员。

那时的最高检检察委员会委员也是厅级，跟厅长是一个级别，还没有专职委员为副部级的做法。但是，对厅长的管理和对检察委员会委员的管理是不同的：厅长是由最高检管理的干部，检察委员会委员是中央组织部直管的干部，简称“中管干部”，因而要报中组部审查批准。

当时，民事行政检察业务已经发展得很好，成为重要的业务部门，因此，民事行政检察厅的厅长进入检察委员会任委员比较顺理成章。

因此，最高检党组决定报告中组部审批，拟任我为检察委员会委员。

按道理应该没有问题，但是在报上去不久后，有一天上午，我正在北京的一个基层检察院开会时，主管干部工作的院领导的秘书打来电话，说院领导十分焦急地找我找不到，多方打听才知道我在这个检察院调研，让我中午必须赶回最高检，去见这位院领导。

我丈二和尚摸不着头脑，急忙赶回来，去见了院领导。院领导劈头盖脸地问我出去调研为什么不报备。我说："跟总值班室报备过了，秘书没去问。"领导没说什么，接着就问了四个问题，要我一一回答。

这四个问题都是无关紧要的问题，如业余时间写书、省里处长来机关汇报工作请吃饭等。这些都好回答，如业余时间写书，这是研究业务问题，也为全国民行检察业务提供教材和参考书；省里处长来机关工作，我花几百元钱请吃一顿饭，联络感情，这是当时通行的做法，并不违规。院领导气哼哼地听完，就说："那你回去吧，有事情再找你。"

领导生气的原因是，向中组部报拟任我为检察委员会委员后，有人向中组部告状，举报的就是领导问到的那四个问题。有人说，这样的举报质量不高，都是鸡毛蒜皮的事情。可能是在机构改革中，触及了某位同志的利益，因此含恨举报，又找不到"过硬"的事实。最高检向中组部报告后，没过多长时间，中组部就批下来，我与其他几位新任厅长同时成为检察委员会委员。

说完了"连升六级"的晋级经历，要说说我自己的感受。我是非常感激最高检对我的充分信任和对我工作的大力支持的，让我在最高检民行厅的工作中顺风顺水，成绩比较突出，把一项新的检察业务开展起来。尽管我在担任检察委员会委员一年后就离开了最高检，但一直对最高检深怀感恩之心。至于离开的原因，除了热爱民法理论的研究，争取有机会参与《民法典》的编纂工作，当然还有其他的原因。这项工作监督的是法院民事审判和行政审判工作，自己又是法官出身，主管领导积极支持还好办，若不积极支持，就很难深入开展工作。正好中国人民大学法学院愿意让我加入其中，我就乐享其成，在 2001 年 5 月加入了中国人民大学法学院的教授队伍，也如愿完成了参与编纂《民法典》的心愿。即使目前，我也仍然在最高检任有虚职，是最高人民检察院专家咨询委员，经常为民事检察工作提供参考意见。

6. 审判研究会

1986 年 7 月，我从中国政法大学进修学院毕业回到家乡中级法院，开始做常务副院长的工作，也主持全国法院干部业余法律大学吉林分校通化分部（以下简称业大分部）的工作。面对两级法院法官的业务素质急需提高的情形，我有了一个新的想法：要提高法官的业务素质，一方面要抓好全国法院干部业余法律大学的教学，另一方面是筹建全国第一家审判研究会。后者是提高法官业务素质的长远建设。

一

1986 年 7 月，我开始主持业大分部日常工作不久，就要进行全国法院干部业余法律大学的考试，两天要考四门课。

考试的前一天晚上，各基层法院的考生都到了集中考点，住在考场附近的宾馆。晚饭后，我跟业大分部的副主任说："明天开始就是连续两天的考试，考生们都辛苦，我们去看看考生们吧。又要工作，又要准备考试，太辛苦了。"副主任有点诡秘地一笑，陪着我去了宾馆。

推开一个个考生住的房间，看到的不是刻苦背题应考的景象，而是打扑克，满脸贴着琳琅满目纸条的场面。见到我进来，招呼我来打上一把。

我问："你们都准备好了吗？怎么这么轻松！"

他们几乎异口同声地回答："副院长你放心，保证考试及格！"

又看了几个房间，不打牌的，也是在聊天、看电视，没有一个是在准备考试的。我非常奇怪，问副主任："这是怎么回事？怎么都不准备考试呢？"

副主任嘿嘿一笑，说：“你放心吧，都准备好了，保管没事。”

我百思不得其解，连续两天的四门考试，考生都是这样嘻嘻哈哈的样子，能考及格吗？

第二天我带着监考人员到了考点——借用的一所小学的教学楼。进入考场，气氛有些严肃，不像昨天晚上的欢乐气氛，我稍许得到安慰。这毕竟是考试，不是闹着玩的。

考试铃声响过，各个考场的考生开始答题了。从每一个考场的门外望去，考场安静，每一个人都在答卷，看不出什么问题。我跟其他巡考的同事说，进入考场巡视一下吧。他们都劝我不必巡考，没有问题的。我说：“不行！还是要巡视考场，避免出现问题。”

我带着两位巡考进入考场，一进门就发现很多考生不是在认真答题，而是在盯着我看。我很奇怪，就走到一位考生跟前，往桌洞里一看，里边装的是教科书和做好的小抄。我很生气，把隐藏的教科书和小抄拿出来，放在讲台的桌子上。这时，就听到稀里哗啦的声音，原来都是在藏教科书和小抄。我和两位巡考一张一张桌子搜查，一个一个地把教科书和小抄搜了出来，都摆在讲台的桌子上。

我当时虽然很气愤，但是没有停止考试，因为大家的机会都很宝贵，如果停考，影响巨大，宁可考试不及格，也不能让大家失去这个机会。这也算是私心吧。同时，想到这不可能只是一个考场的问题，别的考场也可能是这样，想想昨天备考的欢乐气氛，就能知道今天考试的违纪问题了。我和很不情愿的巡考们一个考场一个考场检查，把带进考场的教科书和小抄全部搜出来，集中起来。

有一个女生在考场上几次请假上厕所，我就跟着她出去，看到她进了停放在操场的汽车里，原来是有人在车里帮她解题，然后她回到考场继续答题。我走到她考试的座位前，把她带进来的小抄全部没收。

可想而知，这次考试成绩下来，我们这个分部的成绩在全省垫底。不过，我不认为这是坏事，这才是我们业大分部学员即我们地区法官的真实水平。

随后，分部发了严肃考试纪律的文件。在下一次考试时，考前到宾馆看望考生，他们几乎都在背题应考，没看到打牌、看电视的欢乐气氛。

对我的做法，领导和考生们都不满意，认为我是小题大做，因为全国法院干部业余法律大学就是拿文凭的。不过，我心里很坦然，最高人民法院开办全国法院干部业余法律大学，是要通过学习提高法官素质，绝不仅仅是给大家创造取得文凭的机会。保证学习效果、提高法官业务素质，就必须严格考试纪律，使学员在学习中真正提高自己的素质，而不是抄书混文凭。

严格考场纪律的结果是，业大分部学员毕业时，不仅课程考试得到了很好的成绩，拿到了大专文凭，而且业务素质和办案能力有了明显提高。

二

业大分部授课质量的提高和严格的考试纪律，使分部几百名学员的业务素质普遍得到提升。如果没有专业的带头人即钻研审判业务的顶尖法官，就不能实现法官业务能力的高水平发展，进而保障审判工作的高水平发展。这要用什么办法呢?

结合自身研究法学理论的体会，我认为创办一个审判研究会，引导爱好学习和研究的法官深入钻研法学理论，成为有更高理论水平的带头人，才能够实现这个目的。普遍提高和精英培养，是提高法官素质和业务水平、保障案件质量的两个方面，都抓好、都过硬才行。

经研究同意，由研究室负责，向主管部门申办审判研究会。同时，在全市法院中，考察有研究能力的法官作为预备会员，印发审判研究会有关设想的征求意见稿，招募愿意参加研究会的人员。

主管社科研究的市社科联认为，中级法院创办审判研究会是一个社科研究的新事物，必定会推动全市法学研究的发展，因而很快下文批准，审判研究会作为市一级的社科研究学会，开展法学研究活动。

经过紧张的筹备工作，组织研究能力强的预备会员撰写审判研究论文，征集了几十篇论文，没有经费就油印论文集，市审判研究会成立大会暨第一次理论研讨会隆重举行。市委政法委书记和市社科联领导出席会议，检察院、公安处的领导也都到会祝贺。

在成立大会上，政法委书记说，在全市公检法机关中，法院的业务素质是最好的，但是他们不满足于现状，组织审判研究会进一步提高法院的业务水平，是一件很好的事，市委大力支持。你们公安和检察院，一定要好好学习。然后转过身，冲着检察长说："你说，是不是啊？"检察长很尴尬，只能点头称是。

审判研究会成立后，一方面组织会员进行选题，开展研究；另一方面采取必要措施，推动审判研究活动深入开展。例如，举行审判委员会会议观摩、疑难案例专题研讨等，使审判研究活动成为法院工作的组成部分，借此带动审判工作和业大分部学习。

审判研究会成立不久，最高人民法院副院长来考察工作，知道了我们成立的审判研究会，看到会员的研究成果和获奖论文，给予肯定。在 1988 年最高人民法院举办的全国法院干部业余法律大学工作会议上，让我们中级法院出席会议，介绍"审判 · 教学 · 科研"三结合的经验，引起了全国法院的广泛关注。

最高人民法院也借鉴我们的经验，在 1989 年举行了全国法院第一届法学理论研讨会，我参加了这次会议，提交会议的论文获得优秀论文奖，并被排在获奖论文的第一篇。

三

1990 年我离开家乡中级法院，到最高人民法院工作，后来又到烟台大学和最高人民检察院工作。我看到，家乡中级法院的审判研究会一直在开展学术活动，心里很欣慰。只是不知道现在的情况怎样了。

我一直把这个经验带在身边。在最高人民检察院工作时，由于民事行政检察工作全面开展不久，检察官的民事、行政业务素质不高，与民事行政审判监督工作要求存在差距，我始终把提高检察官的业务素质放在第一位，采取办培训班、组织理论研讨会等办法，推动这项工作的不断发展。

到中国人民大学法学院任教后，2003 年，我组织学者和法官开展了研究《最高人民法院关于审理人身损害赔偿案件适用法律若干问题的解释》的座谈会，并以此为基础，创设了“法官与学者对话论坛”，设计了会旗，通常是每年在各地举行一届，每届选择一个研究课题，邀请法官和学者共同讨论，真正做到理论联系实际，寻找法学的理论和实际的结合点，相互促进，共同提高。这个论坛深受学者和法官关注，现在已经举办了十九届，我主持了其中的十六届。

说到底，理论是实践的基础。没有很好的法学理论基础，很难有好的法律业务工作。无论是法院、检察院还是律所，只有有了扎实的理论研究基础，才能办出有影响力的案件。这是我的个人体会，通过创办审判研究会，以及在实务单位和学术单位办好理论研究平台，把这一经验传播给他人，让理论和实践紧密结合在一起，创造一种与众不同的研究方法。这是一个贡献。

7. 汽车换代

机关里总是要有公用汽车的。记得当年在青干班学习快要结束时，涉及分配到哪个机关工作的问题。远房舅舅和我姥姥谈起我的工作分配问题时，姥姥提出一个条件，就是要分到能坐小吉普车的单位工作。可见机关汽车的重要性，连大几十岁的老太太都知道。在几十年的机关工作中，说起汽车的更新换代，还是挺有意思的。

吉普

1975 年，我到地区中级法院工作时，机关还真没有吉普车。那时，省高级法院来客人，需要找地委机关行政管理处派车，有时没有车可派，还要找其他单位求借。有一次，我和一位庭长到四平地区中级法院考察学习刑事审判经验，下了火车，四平中级法院来了两辆上海牌小轿车接站，既气派，坐上去又舒服。当时我感慨的不是坐车的感受，而是人家中级法院接待客人可以从机关借来两辆轿车。如果四平中级法院的同志到我们这里来，恐怕要坐北京吉普，借轿车比较困难。

不久，机关真的买了一辆小汽车，是天津牌小吉普，样子和北京吉普差不多，个头小点，但是质量和性能差多了。最主要的是汽车里没有暖风，当然更没有冷风。夏天车里没有冷风可以坚持，不怕出汗就行了；冬天没有暖风，在东北是坚持不了的。有一次是 12 月末，正是东北最冷的时候，我坐汽车从海龙县回家，有一百多公里。坐在车上，刚走上不长一段路，就冻得受不了了，脚冻得像猫咬，只好用皮大衣把自己的脚裹住，放在汽车变速杆下边的机器盖子上，才有一些温暖。后来，司机老李把汽车前边通往发动机的地方焊出来一个洞，接上一根管子，汽车发动机的热气可以通到车里边来，算是解决了一些问题，但是，车里的汽油味又很大，不舒服。机关上下在欢呼自己有了新车以后不久就冷静下来，开始想要一辆真正的北京吉普了。

很快，这个想法就变成了现实。地委机关行政管理处要换一批车，给我们一辆换下来的北京吉普，车的尾号是“014”，号很大，但是如果是今天，都不会要这个号。

车到手后，大家都很高兴，都说还是北京吉普好，地道，跟天津吉普不是一个档次，最好的当然是有空调，冬天暖、夏天凉。可是没过几天，这辆北京吉普就露了馅儿，经常趴窝不干活，即使经过“动员”后走起来，也是连“吁”带“喘”，走走停停。有一次，我去火车站接一位大学毕业回来的同事，他见我带着机关的车去接他，非常高兴，可是坐上以后，一路上发动机“突突突突”地响，跟拖拉机差不多。司机说，有一个或是两个汽缸不干活，走走停停，差点儿就下来推着走了，最后总算是把大学生接回来了。

这辆老车还是不行，终于报废了，买回来了一辆新的北京吉普，车号是“064”。这辆新车让人感到满意，真是车新人精神。那时，我们地区行政公署管辖两市八县 10 个行政单位，主管政法的专员每年要到各县检查工作，公检法的领导随同前往，我是秘书“跟包”，一样坐着汽车巡视。一排北京吉普开出去，在砂石路上扬起滚滚沙尘，虽然不算浩浩荡荡，却也很壮观。北京吉普的密封性能很差，一天跑到晚，从车上下来的时候，个个都成了“土猴”，要洗好几遍脸。有一次，我的脖子“落枕”，痛得不敢转身，也不敢转脖子，坐在车上，车一颠，脖子就一动，痛得我一龇牙。连着 3 天都是这样。我痛，大家就笑，我也就咧着嘴笑，样子像哭还是像笑，真不知道。

轿车

20世纪80年代中期，家乡中级法院按照高级法院的分配指标，买了一辆最早的轿车，是苏联产的小“拉达”，白色。车很小，样子很别致。买这个车的时候，我在北京学习。暑假回家，机关用这辆车接我，我很高兴，终于坐上了自己机关的轿车。

时间一长，这辆轿车的毛病也显现出来，由于没有空调，夏天车停在外边，打开车门就有一股热气迎面扑过来，咬咬牙、狠狠心，才敢钻进去，坐在座椅上，屁股就像被煎了一样，汗立刻就冒了出来，好像进了“桑拿房”。好在东北的夏天，30多度的气温没有几天，蒸几天“桑拿”也就过去了。

把这辆“拉达”处理掉，要到上海去买新型上海牌轿车，是刚合资生产的上海大众桑塔纳，今天叫“普桑”，全院干部都很激动。

一周以后，终于开回来了一辆咖啡色的桑塔纳轿车。看着那车型、那颜色、那线条，嘿！总之看哪哪都好。坐在车里舒服极了，下乡检查工作，坐上桑塔纳，让身体靠在靠背上，可以安安静静地休息，甚至还可以睡上一觉，十分惬意，而且再也不用下车就要先去洗脸了。

1990年2月初，我被调到最高人民法院工作。出发时，院里的同事说一定要好好送送我，要用这辆桑塔纳送我到北京，当然顺便也要到北京购买新设备。车的后备厢装上我的行李，我和一位副院长坐在车的后座，告别了亲人、朋友和乡亲，走上了去北京的路。

那一天是我的生日，天气很冷，眼看着送我的人群在眼前忽闪了一下，就再也见不着了，然后就是漫天的雪和无尽的路。

走到辽宁境内时，雪开始融化，路上都是水，十分难走，当天赶到锦西，住下来。第二天一大早上路，想早一点到北京，到最高人民法院报到。谁知道，在路边加油站加油，油里掺了水，加完油走出不远，汽车的排气管子就开始“嘭！嘭！”地作响，汽车抖动着前进，速度明显降了下来，一个小时走不了多少路。

就这样一直走到晚上10点多，才走到家乡的驻京办事处。算起来，一千多公里路，路上足足走了25个小时。

最高人民检察院的车

最高人民法院的厅级单位没有公务车，在北京出去办案都是骑自行车，机关申请用车很难。后来到烟台大学，只有公共汽车，还要看好时间，过了晚6点就没车了，想打车都没门儿。

到最高人民检察院后，厅里有一辆夏利，非常方便。比方要搬东西，跟厅长说一声，开上车就走了。把车开在宽敞的三环路上，虽然是辆夏利，却也有点风驰电掣的感觉！

这辆夏利车我没有开过，因为那时我还没有学会开汽车。我在家乡工作时曾经宣称，坐车的人不用学开车，即使有人主动教我开车我也不学。到最高人民检察院后，跟着一帮人学开车，拿到驾驶证后，厅里的车已经换成了桑塔纳，牌号非常好：“86086”。后来改为警车，牌号是“检A005”。我也经常驾驶这辆车，在北京的路上跑，比夏利好多了。

那时，最高人民检察院的厅级单位都有车，驾驶员都由自己的干部兼任，会开车的厅领导也可以自己开。上下班，或者开会、查案、走访，都可以自己驾驶着汽车满北京转。就是现在，有时候自己开上车，在三环或四环上转上一圈，心情就会起变化：好的时候会更好，不好的时候也会随着车轮的飞转而好起来。

后来，检察机关集中教育整顿，将最高人民检察院厅级单位的汽车全部上缴，我开的这辆桑塔纳也不例外。上缴车辆那天，我早早地把这辆桑塔纳擦了又擦，让它干干净净地离开我。交车时我流了泪，因为这就像让骑兵交马。

这辆车停在机关的院子里，很长时间没有人动它。我每次走过它的身边，都感到对不住它。就是现在写到这里，我的心还是一阵阵地痛，鼻子很酸，思念着这辆梦中的“宝马”。从那以后，我再也没有开过这辆车。

我们厅搬到远离北河沿大街机关的石景山后，没有车不行，因此分到一辆日本的三菱小车，是一种家庭用车，很娇小，自动挡，好开，也有了专职司机。有一次，驾驶员献血后要在家休息，没有人为我开车，车管老王跟我商量，让我自己开一段时间。我担心别人说三道四，不想开。经过再三劝说，我同意了。这一个月，自己驾驶三菱轿车，每天开会、散会，在长安街上跑来跑去，也挺痛快。驾驶员一上班，我立马把车交回。

私家车

到中国人民大学工作之后，必须自己买车、开车，因此，也就有了自己的车。开始买的是别克，后来经济条件好多了，买了凯迪拉克，现在还在用，心里很踏实。

有一年，我去一桥大学访学，要住一个月。学校的中国老师告诉我，一桥大学只有一辆公车，而且只有校长可以乘坐；而且必须在上午 8 点至下午 6 点，其余时间校长也不行。这才是真正的公车。

增加私家车、减少公车，是一个必然的趋势，也是防止腐败的重要举措。公车用的都是公帑，是纳税人的钱，公事可用，私事不可用。即使是公车公用，也要勤俭节约，反对铺张浪费，节省每一个铜板，保护好全民所有的财产，才是正道。

8. 烟台大学

1993 年新年伊始，我到了烟台大学任教。我的祖籍是烟台蓬莱县的长山岛，该地很长时间是县级单位。2020 年，蓬莱市改成烟台的蓬莱区，长山岛回归蓬莱区。我的祖籍就在八仙过海的这个地方。

科研

到烟台大学任教，也有一些不顺，办调动手续，属于引进人才，需要人事局批准。

人事局不批准，理由是，只有专科学历的老师怎么会是人才呢？法学院领导亲自去人事局说明，拿出我的专著和论文的目录清单，确认为人才，才调入烟台大学法学院。

法学院给了我一套三居的房子，那时候是很好的房子，是学校对教授、副教授的专配。买了普通的家具，地面铺上丙纶地毯，就安置下来了。当时没钱了，没有买书架，就在书房一侧的墙边把书一层一层地码起来，也挺壮观，只是用起来比较费劲。学生们来跟我讨论问题，就坐在地毯上，倚着书堆侃侃而谈，畅快无比。

在烟台大学的第一学期，授课不多，主要是学习英语，应付职称考试。若未通过英语考试，就没有资格被授予副教授职称。比较好的是，考试部门有复习大纲，并且划重点，这为我这个没有学过几天英语的人提供了一定的方便。经过一个学期的准备，还好在考试中达到了及格的成绩，因此有了评聘副教授的资格。第一次，学校高评委没有通过，半年后第二次评聘会上通过了，我获得了副教授职称，进入了高级职称的行列。

法学院指定我做法学研究所的秘书。学校有法学院和法学研究所两个正式机构，法学研究所的设置比较虚，除了所长，就我一个秘书，但是有一间独立的办公室，我可以独占这间办公室，晚上在这里看书、写作、研究问题，条件相当不错。

有了职称之后，我开始在教学之余进行民法理论研究工作。那时候，在最高人民法院民事审判庭积累的素材都堆积在心里，不写出来就憋得难受，因而每天都工作 10 个小时以上，很多论文都是在那个时候写出来的。最后一年，我记得是发表了 32 篇文章。那时没有那么多法学理论刊物，但很多高级法院有内部刊物，也能发表法学论文，因此才能有这样多的刊物来发表文章。

这在烟台大学也算创了纪录，没有愧对法学研究所秘书这一职责。当时发表论文的最好刊物是《中国社会科学》和《法学研究》。为纪念烟台大学建校，还申请了《中国法学》的一期增刊，从组织文章到排版印刷，都是我一手办成的，最后印刷封面时，经过多次调整，做出了几乎与《中国法学》相同的封面，内文的版式、版心也都完全符合《中国法学》的要求。

在这个期间，我写完了 70 多万字的专著《人身权法论》，出版了第一本论文集，还有其他几本小书。可以说，在烟台大学的两年，是我民法理论研究的一个高峰期。

培养学生

我在烟台大学任教时，特别注意培养学生，除上课之外，还大胆地对本科学生进行法学理论的启蒙，帮他们打开眼界向外看，不能只看到烟台这个鱼米之乡，还要看到外边的世界很精彩，鼓励他们毕业考研，也把优秀的毕业生推荐给中国人民大学的教授，攻读硕士学位和博士学位。

现在，我当年在烟台大学培养和推荐过的学生，有的在北京的部委机关做到了司局级，有的在最高人民法院当上了庭长，都学有所成。

学校不主张本科生研究理论写文章。但我觉得对优秀的学生要提高培养标准，就鼓励我的学生研究问题，写法学论文。给他们出好题目，辅导他们查找资料，提炼新见解，写成文章，再帮他们认真修改，直至达到能够发表的水平，有七八位本科生实现了这个目标。

法学院让我组织学生进行模拟法庭训练。我给他们找到最新的经典案例，一个一个地安排角色，各自进行准备，检查修改，最后合练。我要求他们理论联系实际，真正把学到的法学理论应用到实践中，搞好这次模拟法庭实训。模拟法庭开庭进行公开教学，法学院的学生积极参加旁听，都认为这是一次成功的法庭训练，有声有色，案件也有典型意义。这些学生现在也都年过四十，聚会时仍会说到这次模拟法庭演练，记忆犹新。

我跟学生们的关系特别融洽。我的体会是，老师不能装师长、装先生，而是要和学生做朋友，让学生信任你、尊重你，愿意跟你说实话，愿意接受你的建议。班里有几个愿意研究问题的学生经常到我家里，谈古论今，争论学术。到了饭点，得给他们做饭吃。

那时候，我的工资很低，经济比较拮据，但是，供学生们吃饭还是必需的。买上一瓶酒，做好一锅饭，炒上几个菜，这些青年就会狼吞虎咽地吃起来、喝起来，每次都是不把锅巴吃光不算完。

有一次是世界杯足球赛决赛，学校的管理规定是 9 点锁宿舍门，他们无法看球赛直播。我把几个有强烈欲望的学生叫到家里，吃完晚饭就等着开赛。半夜看球赛，结束时大概是凌晨 3 点，大家分别挤在两个房间的床上或者地板上，满足了看世界杯球赛决赛的强烈愿望，

第二天早上才回到宿舍。

说起来，我是比较“宠”我的学生的，当然不是纵容，而是引导。跟学生建立了深厚感情，激励他们向着自己的人生目标前进，他们就会有一个灿烂的生活，就会对社会有更大的贡献。

调离

在烟台大学的第四个学期，我心里有点恐慌，原因是，在最高人民法院工作期间积累的素材差不多都写完了，往后继续研究什么，心里没有底。

这时，我第一本专著的编辑刘大姐到烟台跟我商量书稿修改问题，讨论完之后，她问我：“到烟台大学一年多了，你想不想回北京工作啊？”

我说：“我当然想啊。”

她说：“最高人民检察院民事行政检察厅现在缺人，正在物色人选，如果你愿意，我就回家推荐给最高人民检察院的领导。”

我当然愿意，当即满口答应。

当时，最高检的民事行政检察厅刚组建不久，从吉林省检察院调来的赵厅长是刘大姐的丈夫，他被提拔为副检察长，新任厅长被派到一个省检察院任职。赵检看过刘大姐为我编辑的书稿，认为正缺这样的人做民事行政检察官。因此，他让刘大姐问我是不是有意到最高检工作。

这里有一个故事。我在高法班毕业后，去看望赵检时，他曾经问过我愿不愿意到他那里工作，可是那时，最高人民法院正在办理我的调任，因而拒绝了赵检（那时候是赵厅）的邀请。我猜赵检会不高兴，是我辜负了他的心意。后来，他见我离开了最高人民法院，就有了这个想法，不计前嫌，征求我的意见。

刘大姐回北京，把我的想法告诉了赵检，赵检骂了我一顿，然后就报告政治部，经过考察后，报告党组，完成了调动手续。

在我接到最高检的商调函时，校长不同意。我没有办法，后来我找到学校书记，说明情况。书记看了最高检的商调函，跟我说："对中央机关的商调不能不同意啊！别说是调你，就是调我，我也不能拒绝啊，这是给中央输送人才。"经过党委会讨论，同意商调，接着我就办了手续。

这时，我这个学期还有授课任务没有完成，我先赶到最高检报到，办完入职手续后回到烟台大学，把授课任务完成，安排学生考完试后，我把家搬到北京，先住在人大宿舍，到最高检上班。半年后，最高检在鲁谷新建的宿舍楼中，分给我一套两室一厅的小房子，一家人终于在北京安下家来，开始了新的工作和新的生活。

9. 讲课

我愿意讲课。这不仅是关于知识的演绎，更是知识的传播。将自己研究所得传授给渴望知识的人，听课的人满足，授课的人更满足，同时影响了社会，因而我乐此不疲。只是退休了，从学校的讲台上离开，不能按照某门学科的内容系统讲解，多有遗憾。不过，社会舞台很大，也还有讲课的乐趣。

初试授课体验

最早的授课，是在老家法院培训干部时开始的。即使在 20 世纪 70 年代的法院，法官也是要进行培训的。那时候，办一个培训班，集中几十个人，学习三五天，每一位有研究心得的老法官各讲半天，效果都很好。这样的授课我参加过，课后学员也有很好的评价，心里很满意。

最好的一次讲课体验，是在大批军转干部要到公检法工作那一年，军队和地方共同举办培训班，给军转干部培训，时间很长，记得是三个月，每门课有一位老师讲授，我被安排讲授刑法学。当时军转培训部门专门编写了比较简明的教材，我按照教材结合实际讲授刑法，印象中是 30 课时，要连着讲好几天。那时候我专心研究刑法，又当过刑庭审判员和副庭长，讲起课来游刃有余，大受欢迎，自己心里也很得意。

法学院授课

我离开最高人民检察院后，到中国人民大学法学院任教，在一定程度上是与喜欢讲课有关的。在最高人民检察院工作时，有一次人大法学院安排我讲一个学期的侵权责任法。那时，我是人大法学院的兼职教授，按照规矩，兼职教授可以参与一门课的讲授，但是独任一门课的讲师没有先例。但是，学校最后还是批准了。

第一天讲课，选择的教室无论如何都不能让听课的学生都坐得下，无奈请示调换教室，换了一个大教室后，才把将近 200 名学生安排坐下听课。由于在机关任职，经常外出，因此不断调课，最后终于讲完 10 周的课，共 40 课时。最后考试，我要求每个学生写一篇侵权法论文，写得好的安排出书。经过阅卷，学生的论文写得都很好，选择了 30 多篇文章，在人民法院出版社出版了一本书，老师和学生皆大欢喜。

到了法学院，成为专职教授，授课成了主业，确实能够满足我热衷讲课的心愿。当然，讲课也是很累的。在法学院给外地办的学位班授课，最多的一次，是连着给两个班讲侵权责任法，一共 8 天，每天 4 个课时，讲完之后，话都说不出来了。虽然很累，但是心情很好。

在研究生扩招时，法学院一年招了 800 名研究生，分为四个班，四个老师每个人负责一个班，讲一学期。我的这个班，讲课讲得兴起，越讲越投入，吸引了其他班不少学生过来听课，其他学院的学生也有来听课的，还有外来蹭课的。我来者不拒，谁愿意听谁就听，听课的学生越来越多。

其实，我没意识到这是得罪人的事。其他班的学生听了课不算完，还要求参加我的班的考试。这下惹恼了其他班的老师，也惹恼了管教学的秘书，坚决制止了学生的无理要求。我的这个班的学生才逐渐少了，我也对其他班的授课老师惭愧不已。

关于老师讲课为什么受欢迎，东吴大学的老师曾经说：“老师讲课三件宝，笑话、透题、下课早。”这是开玩笑的话，但也是实情。不过，后两件“宝”是不行的，重要的还是理论联系实际，要有贴切的案例，要有深刻的分析，还要有风趣的话语，这才是讲课真正能勾人的本事。

做专职教授，总不能不上外课，特别是当新法颁布的时候，校外的培训班应接不暇。这些培训班使关心新法、适用新法办案的法官、律师、检察官和法务熟悉、理解和掌握新法，是十分必要的。

几十年间，在《合同法》颁布实施时，我是官员，无法参加社会办班的授课；从《物权法》出台开始，我因在学校工作，就可以参加了。《物权法》颁布后的授课还不是特别多，当时我刚好做了一个小手术，需要卧床静养，有一次就是静卧床上，由培训班组织者拍好录像进行授课。

《侵权责任法》颁布后，我辗转各地讲课，半年时间里，大约讲了 100 次。最紧迫的一次，是在杭州讲课，第二天到黄山讲授，两地又不通火车和航班，组织者用一辆面包车，在杭州下课时把我接走，吃了一些东西后，就在面包车上放上被褥睡了一晚，第二天早上到了黄山，按时授课。

讲课也会讲懵了，有一次在上海住酒店，早上出去晨练，回来后找不到自己的房间，不知道房间多少号，房卡上也没有，只好找到组织者，总算回到房间，准备好后按时上课。

上网课

2020 年开始，不能到学校上课了，开始讲网课。开始时，在网上讲课，由于没有人当面听，只能从电脑上看到自己的形象，好像自己对着自己讲，没有讲课的感觉。为了把网课讲好，尽量使自己适应起来，我就像电视台录像那样，争取讲得活灵活现。

经过一段时间的适应，还好，面对电脑屏幕，不仅可以讲得活灵活现，而且可以带着手势，生动地讲解，感觉真的不错，效果也很好，因而对讲网课就完全适应了。

2020 年 5 月 28 日，《民法典》通过了。原本设想在《民法典》出台之后，有无数的课要讲。由于足不能出户，只能在家里讲网课。从《民法典》出台的当天，也就是 5 月 28 日开始，我在一个网站连续三天做公益讲座，介绍《民法典》的基本内容和价值。

第一天讲座，我特意穿了一件红色 T 恤，因为这是民法学人的喜庆日子。没想到，第一天网上听课的人数就达 40 多万，第二天 60 多万人，第三天也是最后一天达到了 80 多万人。三天课程下来，共有约 200 万人次听这次公益讲座，效果非常好。不仅大家听了我的课，就连我家猫咪中的两只——麦小克和萨利也经常在镜头中出现，成为网红猫咪。

由于网站也在卖课，有人猜测我的这个讲座的收入将达到数千万元。我听了以后，都要乐死了。我要是有了这么多钱，都不知道该怎么花了。好吧，大家盼望我多赚钱，那就满足大家的心愿。说到底，这次讲座卖课的钱，三家筹办者分配，我税后分到了 100 万元，与大家猜测的数额差太多了。

不过，从这次线上讲座的实际效果看，还是真的不错，最重要的是接受面宽，参与人数众多。

有一次，国外的一位民法专家质疑，问我："中国的国土那么大，人口那么多，这样一部《民法典》就是写得再好，能有多少人接受呢？"

我回答说："不好意思，我没有办法证明究竟有多少人能接受

《民法典》，但我可以用自己亲身讲课的经历告诉你，这个数量极大，三天公益讲座参加听课人数达到 200 万人次。这个效果是不是很好？”

他听了大吃一惊，说：“啊！你讲《民法典》课能有 200 多万人次听，太厉害了。做一位老师，怎么能够做到这一点？”

我说：“这就是网络的厉害呀！”

他听后连连点头，对我竖起了大拇指。其实我也比较自豪。

还有一次，是在《民法典》即将通过之时，最高人民法院就在起草有关合同编的司法解释，但是千呼万唤，直到 2023 年 12 月司法解释才公布实施。也是在这天晚上，还是在同一个网站，我做这部司法解释的讲座。演播厅太小，条件比较差，讲课很不舒服。但是，讲得比较顺利，也很有激情。在课程结束时，在线听课的人数达到 88 万人，起码是创造了我授课的听课纪录，想一想就开心。该网站发给我一个纪念奖牌，纪念创下 88 万人的听课业绩。

现在已经完全适应了网课的讲授，尽管没有线下面对面授课的感觉，但是在不能面授的时候，网课的讲授还是可以接受的。不过，能面授还是要面授，因为网课毕竟有局限性，不能看到听者的表情，不能判断听者能否接受讲课的内容，不能互动，不能用身体的语言表达自己要讲授的内容。

讲课的互动

在讲课时，给什么人讲，什么人听课，是不一样的。给学校的民法学硕士研究生和博士生讲课，当然不错。给没有法律背景的法律硕士研究生讲课就比较难，难的是，他们有社会经验，没有法律背景，提出的问题比较难懂，往往是出其不意、攻其不备，我按照民法的逻辑经常无法理解其真实意思，很难回答，有时还比较尴尬，似乎民法大教授也有无法解答的问题。其实，这超出了民法的范围。

我最喜欢的是给法院的民庭庭长讲课，当然也很喜欢给民事法官和律师讲课。在法官学院或各种培训班，给民庭庭长讲课是最能实现互动的。他们都有共同的民法逻辑基础，提出的都是实务中的问题，因此，相互探讨，都能够心领神会，很多时候还会给我带来研究的灵感，产生写作论文的冲动。在我发表的论文中，有些就是讲课触发灵感而写就的。

讲课最害怕听者听不懂，接受不了。在给企业等讲授《民法典》时，听者确实不是专业人士，那就要深入浅出，用最生动的事例表达浅显的民法规则，效果也还不错。

给那些懂一些法律但又不懂民法专业的听者讲民法专业课，难度极大。有一次，我给一个非法院司法机关的领导培训班讲物权法，组织者事先跟我说明，学员的民法专业不行，要浅显易懂。我原以为，我给国家行政学院的司局长班、中国科学院的科学家们讲过民法，大家听得还可以，都觉得民法很有意思，那就没有问题。但是，到了课堂之后，每一位作为听者的领导都正襟危坐、不苟言笑，我一看就有点紧张。讲课时，介绍物权法的体系、基本规则，尽量讲得通俗易懂，再加上比较好理解的案例说明。可是，听众还是正襟危坐、不苟言笑，甚至讲个笑话也没有任何反应。我坐在讲台上真的黔驴技穷了。一直坚持到下课，逃也似的直奔汽车，回学校了。

说起讲《物权法》，去国防大学将军班讲课是最让我感动的。我是1971年当的兵，一到国防大学，中将军衔的校长和政委（20世纪60年代后期的兵，兵龄比我长）都向我敬礼，欢迎老兵回家。听课的都是中将和少将，有些少将的军龄比我还晚，都称我“老兵”。讲起课来，特别有感觉，他们为老兵成为法学家而自豪，我为自己能为部队授课而感到满足。

师者

古文中的“师范”，为“可以师法之模范”。西汉扬雄在《法言·学行》中说：“务学不如务求师。师者，人之模范也。”《后汉书·文苑传·赵壹》把“师”和“范”并用，云：“君学成师范，缙绅归慕。仰高希骥，历年滋多。”世人遂把教师职业的特征概括为“学高为人师，身正为人范”。对师者的要求极高，不仅要学问好，尚需成为模范。

师者，传道授业解惑者也。讲课效果好，首先要爱讲课，也就是热爱自己的教师事业。其次要学高，业务精通，才能征服听者。最后要讲究讲课方法，既不能哗众取宠，也不能妖言惑众，要踏踏实实地把自己所知所想传达给听者，并且要语言生动、虚实结合，说出听者之所需。有此三点，讲课大概率是不会有错的。

10. 写作

一

2016年编完给北京大学出版社的《民法思维与司法对策》一书，我写了一篇“跋”，题目是“有文万事足”，说的就是写作的事。

编完本书，突然想起一件事：稍前一段时间，我翻阅中国人民大学网站，看到“人大名师”专栏，找了半天，没有看到自己的名字。心想，好赖我也是该校的二级教授、法学院教授会议主席，竟然不算本校名师，不禁于怀略有耿耿。仔细观察，发现入选本栏目的名师，须有省部级以上命名的教学名师、十大法学家、长江学者之类的荣誉称号。我在人民大学法学院任教16年，没有得到过任何荣誉称号，连“黄河学者”甚至“一勺池学者”也没有得过，因此自无资格入选，为理所当然之事，故而释然。编完本书，于怀之耿耿一扫，面对30多年辛勤努力写作的数百篇文章，感而慨之：文章千古事，有文万事足！不复他求。

看到很多人把写文章当成辛苦事，不得已而为之，略有不解。所谓不得已，乃是为了职称、为了晋级，不得不写论文发表，不得不编专著出版。一旦消除了“不得已而为之”的理由，投笔而不再作文。对比之下，我愿意写作。自从初中开始，我就下了决心，要一辈子作文。因此，在40多年的民法司法和理论工作中，我一直都在写作。写作是我的生活方式，除此之外，没有更大的、更好的爱好。法学研究所张广兴教授说我是一个把写作当成乐趣的人，说的确实是实话。

把写作作为生活乐趣，就不再感到写作的辛苦和艰难，没有痛苦，略有辛苦，但收获的是享受。每当一篇论文发表时，就是收获了一颗丰收的果实。面对数百篇文章汇集的书稿，看到的是一个丰满的粮仓。面对自己积累的粮仓，感慨有文万事足的心情，就是一个私有者的心满意足，也是一个学术研究和传播者的欣喜付出。

感慨之余，我将很快面对退休生活。卸掉教职，会有失落，也会有轻松，无论怎样，我将不会放弃写作这个基本生活方式。写作法学论文，是严肃的写作，写作其他更为轻松的文字，或许会是一个很好的生活休闲。

有文万事足。略记之，是为跋。

上面在“跋”中说的话，确实是心里话，我爱写作。

略要补充说明的是，2023 年中国人民大学确定学校教师的最高荣誉体系，其中，第一位是人民教育家，第十八位是获得全国优秀教材建设特等奖和一等奖的教师，我获得了这个奖项的一等奖，属于第十八位的最高荣誉，估计现在应当是教学名师了。

二

我从上小学时起，就对写作有兴趣。记得在四年级的时候，第一次写作文，老师就给了 98 分，得到老师的夸奖。

上初中时，没有机会很好地上课，1969 年的最后一个学期，才能开始比较正常地学习，语文老师布置作业，让写一篇政论文。那时的我对鲁迅的文章特别钦佩，想要写出像匕首和投枪一样的文章，后来写了一篇交作业。我的老师非常欣赏，告诉我说，现在是非常时期，没有“中学生作文选”之类的书，不然他一定推荐我的这篇文章，并且它一定会被选中的。我听了当然高兴，告诉老师，我会继续努力学习写好文章。

在当兵的四年里，虽然没有写大篇文章的机会，但是，办墙报、办快报，以及参加通讯员培训班学习写文章，还是经常有的。特别是小学四年级时李老师送给我的大学教材《语文基础》一书，我不断看、不断研究，书都要被翻烂了。还是很有心得的，写作能力也有提高。

复员回到地方，在青干班学习结业时，组织者询问我愿意到什么样的部门工作。我就说，想到搞文字工作的地方，比方当记者、搞创作等。最后，他们就把我分配到了中级法院。

我一开始觉得，法院不是专业的文字工作单位时；但是，随着对工作的逐渐熟悉，我发现法律文书和各种经验材料等的写作都需要很高的写作能力。因而尽力发挥，写作能力得到领导的赏识，被调到研究室工作，办简报、写讲话、总结经验，都比较得心应手，工作成绩不错。

总结经验写材料，我写了一篇当时长白县法院法警林长青的先进事迹，自觉写得不错。在全省政法系统先进集体和先进个人表彰大会上，林法警宣读完自己的材料后，全场为他鼓掌，省委副书记起立鼓掌，与他握手，说他是全省政法战线的活雷锋。这篇文章被最高人民法院选中，全文刊登在当年的《人民司法》上。

当然，在老家中级法院工作时，我还发表过十几篇论文，出版了两本专著。那时我还是一个“文青”，发表过几篇散文、两篇短篇小说。可以说，写作的愿望基本得到满足。

三

要说在写作上进步最大的机遇，是 20 世纪 90 年代初在最高人民法院民事审判庭给领导起草业务报告。

我刚到民事审判庭工作时，正值最高人民法院筹备第五次全国民事审判工作会议，我被选入会议筹备小组。当时筹备五民会议的主要文件，一是院领导的业务报告，要总结第四次全国民事审判工作会议至今的民事审判工作经验，以及新时期民事审判工作方向和具体业务指导规则；二是修改《关于贯彻执行〈中华人民共和国民法通则〉若干问题的意见（试行）》正式文本的草案；三是起草《关于贯彻实施〈中华人民共和国民事诉讼法〉若干问题的意见（草案）》。筹备小组分为三个组，我在报告起草小组。

这个小组开始由副庭长负责，后来由庭长唐德华负责，大概从 4 月开始，到 12 月 5 日开会，报告一直都在修改中，直到副院长第二天上会作报告。

在跟着唐德华庭长修改文稿的过程中，我深受业务文件起草的严格训练。每一次庭长或者副院长提出修改意见后，都要全面领会，不仅是业务思想，而且在写作技巧上，我都有新的体会和提高。我把庭长、副院长修改过的所有稿子都整理出来，形成厚厚的一大本，作为学习写作的资料保存起来，视为珍宝，只是后来随着搬家不知所终，甚为可惜。

当在会议上听着领导的报告，以及与会者和各级法官对报告中的业务思想给予赞美时，我的内心感到十分满足。比方，会议的报告提出的全面保护债权人和债务人合法权益的思想，就是形容为“究竟是保护杨白劳的债务，还是保护黄世仁的债权”问题，长期以来的民法规则是着重保护债务人的利益，防止出现剥削。在改革开放十几年后，这样的思想应当纠正，既要保护债务人的利益，更要保护债权人的利益，保障债权人的债权实现，借此推动经济发展。如果没有这次会议，债务案件裁判规则大概还要探索很长时间才能改变。

在起草民间借贷和审理名誉权案件的两部司法解释，以及审理离婚子女抚养案件和夫妻共同财产分割两部司法解释中，经过深入调查研究，征求各部门的意见，从起草第一稿开始，直到后两部司法解释通过实施，我真的在写作方面收获满满。名誉权案件的司法解释是在我离开最高人民法院后公布的。

在最高人民法院民事审判庭的三年工作中，经过严格的写作训练，我的写作能力大大提高，特别是对业务规范的写作要求更是严上加严，几乎到了苛刻的程度，每一个字都不得有错误。没有这样的训练，我的民法理论研究大概也不会有现在的成果。

四

回顾自己的写作历程，自己的大半生都在写作中。因此，写作对我而言，不仅是工作，更是爱好。如果没有写作，我不会有今天的生活状态。因此，我说有文万事足，可不是瞎说，是真有实际体会的。正因为有了足够的时间进行写作，我才可以充分地享受人生，过得幸福而充实。

在 70 岁以后，盘点自己写过的文章和著作，心里感到满足。虽然终其一生没有获得一级教授的职称，也没有获得过“长江学者”“十大青年法学家”的称号，但是，由于写作的满足，所以并无遗憾。近日学校改变政策，规定了 18 项成果可以作为 A+ 级成果，排在第一位的是人民教育家，最后一位是编写教材获得全国教材建设奖特定奖和一等奖的主编、副主编和主要编写者。我是全国教材建设奖一等奖获得者，看来也属于 A+ 级成果，竟然和人民教育家排列在一起。看来，我也会成为教学名师的，只是已经退休，没有这样的机会了。这样想来，好像在几十年的工作中坚持写作、坚持研究，还是值得的。

看来，原来说过的那句话是对我的定义：写作是我的生活方式，因而“有文万事足”。

11. 弟子队伍

自 2001 年到中国人民大学法学院任教，至今已经 20 多年了，培养毕业的博士有 50 多名，硕士百余名，加上没有学历的学位班硕士，应该有 200 多人。培养的博士主要分为三个部分，是我的弟子队伍：一是在中国人民大学法学院毕业，主要在北京工作的境内博士，是“总舵”；二是在中国人民大学法学院毕业的台湾地区博士，是“台北分舵”；三是在福建师范大学招收的双导师博士，是该校法学院和马院共同培养的博士，是“福州分舵”。“总舵”是“中央队伍”，后两个部分是“地方队伍”。此外，还培养了一位澳门特区的博士，一位是韩国的博士，以及其他方面的博士，属于“零散队伍”。目前在读还没有毕业的有 2 人，今年和明年会毕业，之后“总舵”的数量就不会再增加了。

“总舵”

我的学生队伍中人数最多的，当然是“总舵”。2001 年开始招收博士，那时是扩招，招生是“广种”，毕业也不算“薄收”。最多的一年招收了 6 名博士研究生，居然也都毕业了，都取得了博士学位。不过，那时候毕业比较容易，博士论文的要求不高，不像现在这样要求严格。

后来就限招了，在中国人民大学，一个博士生导师一年只能招收一个博士生，如果有少数民族考生或者港澳台地区考生，还可以再招收一个，不在限额之内。这样，招收的博士生就很少了。

“总舵”的毕业博士，绝大多数都有很好的发展，有的在机关当了司局长、处长，有的在学校成了博士研究生导师，有的当上了法学院院长、副院长，也有国企的领导以及名律所的律师等。

其中最优秀的，应当是四川大学法学院的王竹了。他原来是中国人民大学商学院的本科生，三年级时，他听说法学院有一位老师讲民法特别有意思，便跑来蹭课，听了一回就欲罢不能，一连听了一年多，下决心考法学院的民法研究生。第一年没有考过，第二年接着考，考了一个优秀的成绩，就到了我的门下。硕士学位读完之后，又读博士研究生，跟着我边学习边研究，发表了十几篇民法理论研究论文，其间还得到富布赖特奖学金，去康奈尔大学访学一年，对英美侵权法有了更深的理解。毕业时，被家乡的四川大学直接聘任副教授职称。教学科研成绩突出，30 岁之前拿到了教授职称和博导资格，现在已经是二级教授。他原来是学食品专业的，有一个很“坏”的毛病，一起聚餐，开始必定讲每一种食品的危害性，说得大家都毛骨悚然后，他再说“其实这都是理论”，然后就大吃大嚼起来。他们这一届学生到我家吃饭，他说自己不能喝酒，在大家的劝导下，喝了一口试试，结果不到两分钟，就躺在了沙发上。从这以后，他就有了“禁酒”的特权。

再说一位呈义。他是我喜欢的也是最早的博士研究生之一，学问做得很好，写文章也不错，有很好的研究民法理论的潜质。毕业时，找不到北京的教职，山东老家的一所大学邀请他去，好像也是要给副教授职称。我就劝他去，等到有成绩了，再找机会调回北京。但是，这时他报考公务员的国务院机关事务管理局要来面试，因为他在“公考”中考了第一名。

国务院机关事务管理局的人事部门找到我介绍情况，我说：“我的学生是做学问的，不是管理事务的，我不建议他去贵局。”

但是，呈义的岳父坚定不移，反问道：“为什么不去国务院，而去济南教书呢？呈义的脑子没有坏掉！”

我生气的是，呈义听了岳父的话，选择去了管理局。不过，这些年下来，他工作积极，获得晋升，已经是副局长了，生活条件优裕，全家其乐融融。后来，我对呈义的选择也就释然了，人生有各种活法，不选择学问，选择机关事务管理，有什么不好呢？不过，还是觉得自己少了一个做学问的弟子，实为遗憾。

“台北分舵”

我在台北招收了十几位博士研究生，但是能够坚持下来，学习到底，最终毕业拿到博士文凭的有十位，是我的“台北分舵”。

第一位读博的是女生纯纯，原来就当律师，貌美、聪明，业务做得相当好。

第二位是私人公证员永志。他年龄比我小一些，都是“50后”，自己在台北开了一家私人公证处，经营得相当不错，经过积极努力，终于拿到了博士学位。现在，私人公证处开得越来越好，还在东吴大学法学院兼任教职。后来，他的儿子也来中国人民大学读博士学位，我开玩笑说：“你让他跟我读吧，你们爷俩就成了同学，你就是他的师兄了。”永志不想给自己的儿子当师兄，就让儿子跟别的老师读了，现在已经毕业。永志的太太是一个特别好的人，为人热情、厚道，不管是哪一位同学在台北访问，她都热心帮助师弟师妹。有一次，一位女生怀孕，又不想浪费到中正大学访学的机会，就坚持到了中正大学。访学期间感到不适，永志太太就把她接到自己家里保胎，做汤做饭、请医喂药，这位女生住了大约一个月，直至最后感觉好了，永志太太才把她送到机场回家。

还值得一说的是子扬。他在校学习的时间最长，刚好毕业时赶上了海峡两岸互相承认对方院校培养的博士学位。子扬各方面的条件都符合要求，因此，他毕业拿到中国人民大学的博士文凭，就成了双方认证的在大陆学习取得博士学位的第一位来自台北的法学博士，现在东吴大学法学院任教。子扬的饮食特别“随行就市”，不固守自己的生活习惯。例如，江南人（包括港澳台地区）的生活习惯是不食生葱、生蒜。我从老家带回了山东大煎饼，带到学校给学生们品尝。吃煎饼要卷大葱，我也带了山东的章丘大葱。子扬非常喜欢吃煎饼，因为以前从未见过，更未吃过，一吃就觉得味道好特别。他跟着我们一起，用煎饼卷大葱，吃得非常开心，被大葱辣得冒汗也说很香。我们都很佩服他。

欣蓉博士一直在大陆的台企做法律顾问，现在是一家公司的法律总监。2023 年教师节送给我的礼物特别别致，是一个笼中的铁皮蝈蝈。这只蝈蝈在我家活得很长久，什么都吃，每天都在勤奋地“蝈！蝈”叫，让我时刻不忘我的学生。

“福州分舵”

“福州分舵”不是中国人民大学的学生，但是大多都在人民大学访学或者进修过，都有点中国人民大学的“血统”。

2002 年前后，福建师范大学“兼并”了福建司法学校后，把原来的法律专业改为法学院。李校长非常重视，要把法学院办好、办出成果，但是缺少高学历师资。经人介绍，院长找到我，一定要聘我去帮忙办好法学院。

法学院办起来后，需要提高法学院师资的学历，但是，这不是很快就能出成效的事情，学校、法学院与马克思主义学院商量，共同培养博士研究生是最好、最快的方法。李校长是马克思主义学院博士点的学科带头人，他出马，合招、培养博士研究生就没有问题了。

开始，我在福建师大马克思主义学院招收法学博士研究生，人民大学不同意，因而改为双导师，以福建师大的老师为主，我辅助法学培养。我和李校长共同招收了第一届法学博士研究生，两名都是法学院的老师，即旭霞和张莉。学业期满，两位博士研究生都在《法学研究》和其他刊物上发表了论文，学业优秀，按时毕业，给法学院提供了博士学位的师资。

毕业时，两位博士穿着博士学位服参加聚餐，答谢师恩。两位新科博士表现完全不同，一个感动得一直在哭，另一个高兴得一直在笑。我和李校长看着两位博士的不同表现，感到欣慰，或者哭，或者笑，都是真情表露。

第二届招收了两名博士研究生，一位是省社会科学院的祥健，另一位是向红。后来招生成为常态，陆陆续续招收了十几名，已经毕业了十位博士，多数成为教学骨干。祥健现在已经是省社会科学院的院长，荣文是该院法学研究所的所长。现在，“福州分舵”毕业的博士，已经有好几位都是博士研究生导师了。

“零散队伍”和家

我的学生“零散队伍”中，韩国的李博士是韩国出入境管理局的官员，干得相当好，不断升职。我国澳门特区的张博士，原来是法院的书记官，毕业后去当了律师，经营得也不错。可惜的是韩国的娫殷，在读期间，学习成绩很好，出席了我们举办的很多大型国际会议，为我做韩语翻译，中文水平受到与会人士的好评，只是因病延误了时间，超出了申请学位的期间，想了很多办法也没有挽救成功，最终没有拿到博士学位。

我的学生“队伍”是一个家，师兄师弟相亲相爱。他们通常叫我“老师”，也有就叫“导”的，也有的偷着叫“爹”。按照年龄看，除永志不适宜以外，其他的学生大致都可以，“一日为师，终身为父”。有一次，我在湖南出差，打电话给陈璐。她在外地出差没在长沙，一听说我到长沙了，就立刻连夜往长沙赶。她的同事奇怪，认为见老师也不至于这样急迫，她就告诉她的同事，说：“他哪里是老师啊，那就是我爹啊！”我听了特别感动。

其实，有时候博导也是在当“爹”，他们的事情要管，他们不会做的要教。有一位淳朴的农村学生，处了对象，第一次到女朋友家，不知道应该说什么、不应该说什么，因此找到我。我就把第一次见“准岳父岳母”应当注意的事项和要说哪些主要的话，一一告诉他，甚至适当演示。结果，第一次“翁婿”会谈大获成功，现在夫妻和睦，已经是有两个孩子的幸福夫妇了。

我的一位女学生举行西式结婚典礼，因为她父亲不在世，没有执其手交给新郎的人，便邀请我做“父亲”为之。我欣然前往，执其手交给新郎，使二人喜结连理，我也真正做了一回新娘学生的“老爹”。

说起来，管好自己的学生“队伍”，还是蛮操心的！

12. 教学“诀窍”

我自认为我带的学生在毕业后，写作水平还是不错的，发表的论文质量比较好，数量也比较多，是科研的生力军。当然也不全都如此，每个人的能力还是有区别的。有的老师问我：“杨老师，你带的学生都会写作，有什么诀窍吗？”我说：“这是商业秘密，秘不示人的。不然，我靠什么吃饭？”哈哈，开玩笑而已。

写作的重要性

我始终认为，无论做什么工作，一个人的写作能力好是最大的优势。当然，作为文科的法学研究以及法律工作更是如此，因为无论是当教授还是当法官、律师、检察官等，没有一种职业是可以离开写作的。就是学刑侦专业的，只会技术，无法写出像样的现场勘查笔录、侦查终结报告、刑侦鉴定意见等，也不是一个好的侦查员。这样的事例不胜枚举。

可是，按照我们现在的教学规划，写作是中学的训练内容，严格地说，高中毕业就应当掌握写作技巧，能够熟练地用文字表达思想。因此，法律院校的本科生很少训练写作，尤其是法学的应用写作和专业论文的写作，本科教育阶段的写作训练主要是本科三年级的一篇学年论文、毕业一篇学位论文，除此之外，没有法学专业写作课程的设置。

在教学中，我也指导本科生的学年论文和学位论文，不过，那很难说是对自己学生的指导，只要能学好，能过答辩关，就成了。

在中国人民大学法学院，我主要带的是硕士研究生和博士研究生。

按照教学计划，是不用指导学生写作的，因为他们应该都会。除了学位论文需要全面指导外，其余时间不必进行写作训练。

这是不行的。要说我带博士研究生和硕士研究生的“诀窍”，就是强迫学生写法学论文。

我曾经写过一篇文章，主题是当前我国法学教育中学生的读和写是两大硬伤。读，是阅读的资料太少，因此，做学问的基础准备不够；写，是练习写作太少，没有专门训练，甚至有很多学校或者老师主张硕士研究生不要进行研究和写作，学好自己的课程就好了。

我不这样认为，研究生不是不要进行研究和写作，而是主要做研究，不做研究还叫什么研究生呢？既然要研究，当然就要写研究论文，因而论文是非写不可的。

论文写作指导

强制训练学生写作，就是我带学生的“诀窍”。具体的实施方法是这样的。

9 月新生入学，博士研究生和硕士研究生分到手后，把自己的学生召集起来，说完一般的事项后，就布置研究选题，要求他们在圣诞节的前一天交出一份论文，我来进行审查，下午召开审评会，每一个人汇报自己的论文，主题、观点、论证、结论，一一说道。然后我进行点评，基本上是批评，很少有表扬。这天下午，基本是新生被“骂”的过程。

曾经有一位法律硕士研究生，本科是学新闻的，写了一篇新闻侵权的文章，她美滋滋地汇报着，认为肯定会得到表扬。

可是，我听了她的报告后说：“你想过没有，你写这篇文章是给谁看的呢？”

她支支吾吾，说不上来。

我说："你是不是准备要讲给新闻媒体人听呢？"

她点点头。

我说："你现在是学法律，要研究的是法理问题，最起码是应该给我看的，我是读者。那么你说，我看了你的文章，是会表扬，还是会批评呢？"

她睁大了似乎迷茫的眼睛看着我，无语。

我说："你这篇文章里的话，基本上是抄我的文章，我会表扬你吗？"

她开始摇头。

我说："这就对了。写法学论文，不是写讲稿，你要给法律人士看，不是给媒体人看。因此，就必须有法学理论上、司法实践上的新观点、新见解，以至于超过我的新闻侵权的观点。这些，你的文章都没有。所以，你的这篇文章不及格。"学生被说得要哭了。

一下午，七八个学生的论文讲评完，大家的情绪都受到很大打击，士气低沉。好吧，晚上我出钱，请大家过洋节吃一顿，情绪就缓过来了，再鼓励一下，振奋了精神，干劲就回来了。

我安排新生入学就写一篇文章，不论是博士研究生还是硕士研究生，要达到的目的是：第一，考查学生的实际写作水平和研究能力，看看专业水准和写作能力达到什么程度，便于对症下药，进行写作辅导。第二，让学生看到自己的写作和研究的差距。学生入学后能够写出一篇学术文章来，无论如何都是一个进步，再通过讲评，看到自己写作和研究上的不足，看到进步的空间。第三，选择可以继续深入研究的选题。如果有的学生的写作题目和内容确有继续深入研究的价值，就辅导他继续深入研究，写出有深度的文章，培养将来的法学家。

所以，这个写作训练方法的效果还是不错的。

典型事例

阿巍入学攻读博士学位后，正赶上河南省的一个法院一审判决了一起“陶王”案件。某“陶王”在中央电视台的谈话节目中，吹嘘其做的五层可旋转陶球，无人可以超越，并且说，如果谁能做出超越他的这个作品的作品，他情愿将自己的三层楼陶瓷博物馆奖励给他。另一位陶瓷工艺师做出来一个五层陶球后，该“陶王”认为达不到他的标准。这位工艺师潜心研究，又做出了一个，工艺水平超过“陶王”的作品。“陶王”承认其水平很高。工艺师让他兑现诺言，把他的博物馆奖励给工艺师。“陶王”就赖账了。工艺师把“陶王”告上法庭，让他兑现承诺，转移陶瓷博物馆的所有权。

这个案件是典型的戏谑行为，俗称“戏言”，是当不得真的。但是，当时我国还没有全面、透彻地研究戏谑行为的论文。我就让阿巍写一篇文章给我看。

三天后，阿巍把文章发给我，我一看就火了。我说：“我让你一个月写出来，你三天就给我写出来了，态度明显不认真！”因此，还在他的论文上批了一句：“狗屁不通！重写。”

阿巍跟我争辩，说：“我以前的老师就说，写文章，就是要找到资料，拼合在一起，再整理一下、顺一下，就可以了。我不就是这样做的吗？”

我说：“跟你说这句话的老师，就是狗屁不通的老师。这是研究理论问题吗？纯粹是资料剪贴。你再用一个月的时间，给我写一篇经过你思考的，有观点、有分析的文章来。”

一个月过后，阿巍潜心研究，把写好的文章忐忑地发给了我，我一看，基础还是可以的。在提出意见，又经过他的修改后，我再反复修改多次，最后定稿，发表在《现代法学》上，成为我国第一篇系统论述戏谑行为及其效果的理论文章，有很好的影响力，现在被引 37 次。至此，阿巍走进了民法理论研究的行列。

比较遗憾的是，阿巍毕业后到传媒学院任教，再写文章，多数是现用现写的“急就章”，媒体出题目，当晚写完交文章，第二天早上见报。这是媒体的文章，与民法理论研究的文章不搭界，写来写去，再写有深度的民法理论文章就有障碍了。他一年可以发表 100 多篇这样的文章，但是在评定职称时却没有用。

有时候，我抱怨他的师姐，说她带坏了阿巍。我录取阿巍的师姐攻读博士学位时，她除了有十几篇理论文章外，还有 70 多篇报刊文章。我认为这样勤奋写作的态度值得赞赏。她在给阿巍传授经验时说，多写一些小文章，见效快。我批评毕业后的阿巍，他说这是师姐教他的“短平快”写作方法。你看，这不是师姐带坏的吗？

不过，阿巍在媒体频频亮相，成了网红作者，很受媒体界的欢迎，这就是学术研究和媒体报道与批评的区别了。后来我一再提醒他要加强理论研究，即使研究新闻，教授也是基于其学术地位，而不是新闻报道和新闻评论。发表论文即使不为别的，也要为评定职称打基础。阿巍现在已经有所转向，开始向民法理论和新闻理论研究发展，估计快要评上教授了。

其实，法学教学有诀窍，也没有诀窍，只要把学生的学术水平培养和提高放在心上，就总能想出办法，提高学生的研究能力和写作水平。不过，我在 20 多年的教学中，使用这个办法，培养学生的研究能力、学术水平、写作水平，还是挺管用的。这不是商业秘密，只是培养学生的方法而已。

我的一位已毕业的博士写文章回忆说："入学伊始，老师着手培养我的科研能力，给我布置的第一个研究主题相对简单——医疗过失。作为一个资深的'主题'，医疗过失已经被多角度、深层次地全面关注过，资料丰富，写个综述相对容易。当我把整理完成的综述交给老师后，老师要我从医生的角度评价一下各方观点。这个要求难倒了我，尽管平时经常批评医疗过失制度，却从来没有系统阐述过，何况我还不大懂得如何阐述。于是，我啰里啰唆、毫无逻辑可言地谈了我的感性认识。老师听完后，要求我回去整理一下，再想想，再改改。想过、改过后，老师表扬了我，并要求我在博士生的科研文献研习课上作主题演讲，他亲自作了点评。按照杨老师的点评意见，我又补充了相关资料，又改一遍。改完后，杨老师依然表扬了我，随后安排我替他出席政法大学组织的侵权责任法研讨会。会议的规格比较高，出席者仅我一个无名小卒。在会上，面对众多'腕儿'，我站在杨老师的位置作了主题发言。'腕儿'们照例点评，这些意见、建议充实了我的论文。经过反复的演讲、点评、修改，我的论文不断完善。如此反复半年左右，老师将我的文章推荐给《法学杂志》。当我拿到印成铅字的文章，百感交集。"

在广东财经大学任特聘教授时，我也用这种方法指导研究生庄涵麟课余研究民法，历时半年，共同完成了《可得利益损失赔偿的计算规则》，对《最高人民法院关于适用〈中华人民共和国民法典〉合同编通则若干问题的解释》的有关条文进行解读，在C刊上发表，鼓励了他做学问的信心和勇气。他准备将来继续深造，成为民法教授。

看来，我这个教学的"诀窍"还是管用的。

13. 战胜自卑

在我带的学生中，有几位是有自卑感的。作为他们的老师，要帮助他们战胜自卑感，让他们勇于研究问题，站在老师的肩膀上，去发现新选题、提出新见解，这不仅可以写出符合要求的学术论文，而且可以推动民法学术的进步。

一

遇到有些自卑的学生，我就给他们讲我是如何克服自卑心理的，鼓励他们像我一样，战胜自卑感，轻装上阵，大胆研究。

我出生在东北的中小城市，没有念过高中，也没有读过本科，没有硕士、博士的学历和学位，更没有留过洋、喝过“洋墨水”。因此，在老家中级法院工作时，开始就有些自卑。不过，毕竟是中小城市，而且自己在当兵的过程中自学了一些大学的教材，文字功底和理解能力还可以，在中级法院受到重视，接受培养，在工作到第 8 年的时候，被提拔为副院长。我总认为自己是“山中无老虎，猴子称大王”，羊群中跳出一头驴来，成为“大牲口”，没看到广阔的外面世界，因此属于马马虎虎的青年领导。

上级法院和地委推荐我参加中央党校的第一届司法干部培训班，到了那里，我发现自己是最小的一个，班里的其他同学多数是 1966 年以前的大学生，而自己只是一个卑微的小审判员，副庭长也还没有被批准。因此，一切小心谨慎，一举一动都表现出自卑感。不过，到了结业的时候，考试的成绩还不差，大家也比较认可，自信心好像得到了一些提升。

1984年，我考上中国政法大学进修学院第二期，系统学习法律专科课程。这个班里有高级法院的院长助理，多数是中级法院副院长，我们都是同级，但是，人家都是大城市的中级法院领导，我是一个中小城市的中级法院领导，还没有文凭，因而还是有自卑感。直到两年后毕业，学习成绩不错，算是比较拔尖的毕业生，自信心才又得到一些提高。

1988年，我考上第一届高级法官班，看到我的入学考试成绩排在第15名，仍觉得自己有欠缺，还是感到自卑。在这个班里，经过刻苦学习，研究问题，我自信心不断提高，自卑感有所克服。

1990年，我被调到最高人民法院民事审判庭工作。一想到最高人民法院的法官个个都是精英，我还是感到自卑。我曾经听过最高人民法院刑庭单长宗审判员讲刑法。当时他陪着最高人民法院领导到我们中院视察，在讨论分析案情时的发言，令我佩服得五体投地，因而一提到最高人民法院的法官，我就打心眼里肃然起敬，认为他们是高不可攀的司法“圣人”。现在，跟这样的法官们一起工作，虽然可以学到真东西，但是担心自己即使踮着脚也够不着人家的水平，心里无时无刻不在打鼓，忐忑不安。可是，经过一年的努力，发现除对全国审判工作了解和经验不足外，其他的倒也不差啥，进而自信心不断提高，终于有了这样的感觉：爬到了山巅可以俯瞰，山下的景色一览无余。从这时起，我就再也没有自卑过。

我把自己的这些经历讲给那些有自卑感、从农村或者小城镇来的学生们听，让他们可以站在老师的肩头去努力研习民法理论，差不多就能克服自卑、振奋信心、充满自信，敢于在民法理论研究的深处进行探索，在高山峻岭中不断跋涉，因而很多学生成就了一番事业。

二

说说龙业吧。

龙业是村里长大的孩子，一身的淳朴和憨厚。考入山东大学法学院，念完了本科念硕士，学业一直优秀。他的硕士导师把他推荐给我，成了我的博士研究生。

我的民商法研究基地有一个最大的房间，我没有把它作为会议室，而是把它隔成写字间，有十个工位，跟写字楼的格局相似。我把有研究能力的学生安排在这里，一人一个工位。王竹建议我做一个会议桌，他们可以讨论问题，也给他们做了。龙业在这个房间就有一个工位。

可是，入学之后，龙业的情绪一直不高。我反复琢磨，大概还是自卑感的问题，自信心不足，应当找办法提高他的自信心，让他克服自卑感。

这时候，东吴大学的潘校长（当时是法学院院长）跟我说，让我派一个学生去他那里进修英美法。我就想到让龙业去，让他历练、开阔视野，增强信心。他没有出过远门，甚至都没有坐过飞机，特别是当时没有两岸的直航航班，需要到香港特区转机，手续非常复杂。我一点一点地告诉他怎样乘飞机，怎样在香港特区办理出入境手续，在台北如何入境，等等，让他一点一点都记下来，最后他顺利抵达台北，到了东吴大学法学院。

一个学期下来，龙业回到人大，好像换了一个人一样，精神焕发，神采奕奕，讨论问题大胆发言，写文章也有了很大进步。学业期满，在最高人民法院的公务员招录考试中，龙业获得第一名的成绩，取得博士学位后，入职最高人民法院，在研究室工作。

事后他跟我说，以前就是自卑，看到 1015 室的同学个个都不是凡人，就自己不行，越来越抬不起头来。到了东吴大学法学院访学，也算见多识广了，自卑心理就不见了，知道只要自己肯努力，就一定能做好研究，取得学位。我说："让你出去，到外边闯一闯，也就是有这样一个打算。你没有浪费这个机会，真的很好，继续努力吧。"

龙业在最高人民法院研究室的民事行政处工作，刻苦努力，在起草有关司法解释中不断进步。在起草医疗损害赔偿的司法解释时，反复调查研究，征求各方面的意见，有些问题跑过来找我商量，最后写出了高质量的草案。在编纂《民法典》时，他参与立法讨论，主笔起草《民法典》的司法解释，专业水平迅速提高，现在已经成为青年民法专家。我真为他高兴。

三

从龙业的转变经历来看，学生在学校期间有些自卑感并不是什么坏事，我也是这样的感觉。自卑和自满比起来，自卑更好一些，因为有些自卑，就会感到自己的不足，认识到自己的欠缺之处，从而激励自己改进，使自己有进步的空间。

我在考政法大学进修学院时，准备时间不足，考试科目也不少，因此，心里极度不自信。

考试是在长春，两天四门课。考完一门出来时，大家都要讨论一下题目，对对答案。沈阳的一位考生，一出考场就神采焕发，一讨论考试题目，他的结论，不是你的这个答案不对，就是他的那个答案不对，大家都不对，就他自己的对。听到他的点评，我们都蔫了，越来越没有信心。也正是因为信心不足，就铆足了劲做好准备，一门课一门课考下来，倒也觉得还可以。但是，一听到、一想到这位"先生"的评论，自卑感又上来了。

开学后，我们到进修学院报到，东北的考生都在打听沈阳的那位分在哪个班里，怎么没看见他。最后得知，他成绩不及格，没有考上。哈哈！逗我们玩呢。

可见，战胜自卑不能代之以自傲，建立自信不是代之以自得，自尊不是目空一切，应以谦卑之心作为基础。

14. 澳门司法机关

我国澳门特区的司法机关还是挺有特色的。至今，距离初访澳门已经 20 多年了，对澳门的司法已经很熟悉，但是回想起初访澳门司法机关的经历，还是很有意思的。

行政法院

到澳门大学讲学时，一天中午，法学院院长、葡萄牙人尹思哲副教授和副院长刘高龙教授请我吃葡萄牙餐，行政法院法官冯文庄先生和检察官米万英先生也在座。正好下午没课，约好到行政法院访问。

澳门特区行政法院是特区的基层法院，主管澳门行政诉讼案件的第一审审理。它的上级法院是中级法院，受中级法院和终审法院的监督指导。澳门特区共有四个法院，其中初级法院、中级法院和终审法院是三级普通法院。行政法院与初级法院同一级别，上诉审案件均由中级法院和终审法院管辖。

在米万英检察官的带领下，我们一起到了行政法院。

行政法院在一座写字楼的顶层，是租用的。一出电梯，迎面是一个很大的牌匾，中间悬挂澳门特别行政区的区徽，下面镶嵌着两行白字：第一行较大，写着“澳门行政法院”；第二行较小，写着“澳门检察院驻行政法院办事处”。旁边竖立着澳门特别行政区区旗，庄重严肃。

走进行政法院的办公区，中间是办事人员的办公区，周围的房间是法官和检察官办公室。

先进了检察官的办公室，宽大、整洁，检察官招呼我们喝茶。一起来访问的同事感觉奇怪，问道："为什么行政法院还有检察官的办公室呢？"

检察官解释说，澳门特区的检察院对民事、行政诉讼的干预是全方位的，检察官在行政法院派有办事处，在行政诉讼中出庭办案，行使职权。这种情况，内地很多人会觉得奇怪，可这才是大陆法系国家和地区法检关系的典型形式。

检察官拉着我们到了法官的办公室。行政法院有两位法官：一位是中国人，即冯文庄先生，是首席法官；另一位是葡萄牙人。

冯法官是澳门大学的高才生，是澳门大学自己培养的法律人才，业务能力精湛。他介绍了行政法院和澳门特区行政法的立法情况。

这个法院一共 15 个人，其中法官 2 人、书记官 1 人，其余的是行政人员。每年受理的行政诉讼案件 280 件左右，任务很重。审理行政诉讼案件，如暂缓行政行为效力的案件，法律规定要在 5 天内审结，不论是假期还是正常的工作日，都要工作，保证按期审结。冯法官搬出了一些案卷，装订得很整齐，封面颜色不同。我感到奇怪，冯法官解释说，卷宗封面的不同颜色代表案件的不同性质，比如刚才说的紧急案件用红色卷宗封面，蓝色的是税务案件，等等。

我有疑问，澳门特区法院实行合议制，要由三个法官组成合议庭，法院只有两名法官，合议怎么办呢？冯法官笑着解释说："那就向基层法院借一位法官喽！"我们都笑起来。

米检察官补充介绍情况。澳门特区检察院是不分级别的，就是一个机关，检察官分为不同审级，分别是驻基层法院、中级法院和终审法院的检察官。在行政诉讼中，检察院是澳门特区政府的法律代表，检察官不一定都参加诉讼，但是在案件审理终结前，都要向法官提交一份法律意见书，法官在判决前，要认真审阅检察官的法律意见书，作为判决案件的参考。在行政赔偿争议案件中，检察官要代表政府，作为政府的代理人参加诉讼。如果该政府部门有法人资格，检察官参加诉讼就不是当事人的身份，而是一般的诉讼参与人。也有案件是由检察官直接起诉的，政府作为原告。在行政法院每年审理的 280 多件案件中，检察官都要参与诉讼，只是参与程度不同。

“在澳门，检察官的任务，更重要的是参与民事、行政诉讼。”米检察官总结说。

我们要参观法庭，冯法官便带着我们到了法庭。

行政法院的法庭很小。法庭的正中是区徽，旁边是区旗。前边是法官的法台，一排桌子，三把椅子。从旁听座席观察，法台的右边是检察官席位，三把椅子；法台的左边是当事人和律师的席位，也是三把椅子。法官的法台最高，检察官的次之，但是比当事人的要高一些。三个法台分为三个级别。在法官和检察官的法台上设有电脑，固定在法台上，是法院配的。

我们说笑：“为什么律师和当事人的座席没有配置电脑呢？”

法官和检察官也笑着说：“他们都是自己带嘛！”

法台中间有一个小小的桌子，是证人席。

旁听席位只有四把长椅子，可以坐 20 人。法官说，旁听行政诉讼的人一般不多，如果多了，就加几把椅子；如果参加的人很多，就要去借大的场所了。

我们都说这个法庭很不错，接着大家就忙着照相。照下来法庭的全景，以及自己坐在法台前的庄严样子。

同事说：“这回可真的坐在法台上了。”

我说：“我坐在这里应当说是有资格的，因为我当过 18 年法官。不过现在没有这个资格了。”大家就都笑了。

检察院

受澳门特区检察院检察长的邀请，我到澳门特区检察院访问。一同参观访问的还有中国法学会孙琬钟副会长、浙江大学胡建淼副校长、中国社会科学院法学研究所的一位研究员，以及在澳门学习澳门特区法制的部分内地政法机关人员。

我和检察长有过一面之交。在澳门回归之前，澳门特区检察机关访问团到北京交流，我参与了接待，与检察长一起用餐，曾经聊过工作。今天一见面，就都认出来了。

澳门特区检察院作为司法机关，与法院处于同一层次，主要的权限是：代表澳门特别行政区、本地区公库、市政机构、无行为能力人、不确定人及失踪人；领导刑事诉讼，提起刑事诉讼；监督法律实施；提供刑事法律咨询。

在机构建设上，澳门特区检察院采用“一院建制，三级派任”体制，即全澳设立一个检察院，向三级法院派驻检察官。检察长是派驻终审法院的代表，助理检察长是派驻中级法院的代表，检察官是派驻初级法院和行政法院的代表。这样，既节省人力，符合精简和效率原则，也符合澳门地域较小、人口较少的特点，是科学的检察体制。

检察院的人员分为三类：一是检察司法官，包括检察长、助理检察长和检察官；二是司法辅助人员，包括书记长、助理书记长、主任书记员、司法文员四个级别；三是专业人员和行政人员，属于公务员系列。三个体系相互之间不得转移。司法辅助人员在检察官的领导下，协助检察官工作。专业人员和行政人员不得过问业务工作，不得翻阅案卷。

检察院设检察官委员会，由五人组成。检察长是当然的人选，在检察官中互选出一名检察官和一名助理检察长，再由特区行政长官任命两名社会人士。检察官委员会负责检察司法官及司法辅助人员的评核、纪律处分和管理事务，不负责业务事项。

检察官依照法律独立行使职权，不受干涉，但需要服从检察长的“业务指引”。检察长对诉讼业务事项作出指引的，检察官有不同意见可以保留，但须执行。这一点与法官独立行使职权的做法有区别。

派驻法院的检察官在法院工作，检察院没有办公室，所以会有人误认为检察官是法院的编制。各级法院都设有检察院驻法院的办事处，处理自己的诉讼业务。法官和检察官之间在诉讼程序上来来往往，驻在一起工作很方便。

检察官领导刑事诉讼，警察对刑事案件的侦查工作在检察官的领导下进行。检察院设刑事诉讼办公室，专门处理刑事诉讼事项，对刑事侦查的领导由这个办公室负责。刑事诉讼办公室对刑事案件一直负责到向法院提交起诉书。驻法院的检察官负责刑事案件的出庭，直到案件审结，决定是服从判决还是上诉。

在民事诉讼中，检察官的职权是最有特色的。对法院的民事诉讼案件，检察院可以决定是否参与诉讼，这是因为检察院是特区政府的代表，是社会公益的代表，负责澳门特区法律的合法性，也是法律监督机关。因此，检察院有权参与民事诉讼，是代表特区政府和社会公益参与，监督法律的实施，保护特区政府、社会公益和有关人士的利益。

参加民事诉讼的案件范围：

在政府参加的诉讼案件中，检察院作为政府的代表，可以当原告或者被告。例如，在以前政府和平占有取得土地的案件中，如果发生诉讼，检察官代表政府出庭应诉，进行答辩；对判决不服，可以提出上诉。

检察院可以代表劳工利益进行诉讼。例如，劳工被解雇案件、企业倒闭欠薪案件、工伤意外案件等，诉讼到法院时，法院将案件交给检察院。检察院收到案件后，进行有关调查工作，如验伤、计算赔偿数额，之后开始调解程序，对劳工和雇主之间的纠纷进行调解。调解达成协议的转到法院，由法院确认判决。雇主或者保险公司不同意调解方案的，支持劳工向法院起诉，检察官作为劳工代表，对劳工进行援助。法院判决对劳工保护不利的，检察官可以上诉。在检察院调解期间，劳工的伤害没有治愈，超过两年时要起诉，对伤势做评估，按照估价计算赔偿金额，交给法官判决确认。雇主违法的，刑事上有轻微违法程序，检察官可以进行调查，查清后提请法院进行罚金处罚，同时附带解决赔偿问题。雇主丧失支付能力无法赔偿的，由社会保障金解决。有关劳工的案件很多，检察官并不是都代理。劳工起诉，如果超过一定的数额，须聘请律师代为起诉。请不起律师的，检察官要代为起诉。

检察院可以代表未成年人参加诉讼。对于父母去世涉及未成年人的遗产继承案件，检察官要提出分配遗产的意见并送到法院，要求法院在判决时不得损害未成年人的利益。对于离婚后的子女抚养案件，检察官也要代表子女参加诉讼，维护未成年人的利益。

检察院还可以代表失踪人参加诉讼。在涉及失踪人的案件中，法院在受理后，传唤检察官代表失踪人参加诉讼。例如，一方当事人提出离婚，另一方是失踪人，检察官可以作为失踪人的代表参加诉讼，维护失踪人的利益。参加这种诉讼，检察官可以作出答辩。由于力量不足，案件也不多，检察官代表的失踪人胜诉案件仅有几件。

检察院可以参加破产案件。法院受理破产案件以后，通知检察院参与诉讼。检察官代表与破产财产有密切关系的人参加诉讼，可以对破产财产和变卖财产进行调查，查清破产财产的数额，为破产奠定基础。

所有的民事案件在判决后，都要把判决书送达检察院。检察院对这些判决书进行审查，如果发现法院的判决违法，有权提出上诉。检察官对自己参与的案件审查比较认真，看法院是不是采纳了自己的法律意见，如果没有采纳，还要审查是不是有道理，如果没有道理，就可以提出上诉。

检察长介绍说，检察官参与这类民事案件的数量非常大，而自己的力量有限，越来越困难。但这是法治之路，是必须走的，因为维护的是当事人的利益，是检察院的职责，要不推脱、不泄劲，认认真真地做好，实现自己的职责。

立法会和终审法院

在澳门特区的闹市区，初级法院的建筑一闪而过。那是一座很古典的建筑，庄重，典雅，门楣上嵌着“初级法院”四个字。在那些高楼大厦之间，这座建筑很不显眼，但是很别致。

到了填海造就的平地之处，在新建电视塔的边上，是立法会大楼和法院大楼。之前和同事买书路过这里，同事一定要在这里照相，由于不好停车而没有照成。现在有空闲，到这里看一看，以了同事的心愿。

下了车，站在路边，看到了葡京大厦这座著名的赌城。我们一起到了立法会大楼，要求参观。但是说了半天，大楼的警卫坚决不同意，理由是休息日不能参观。没有办法，只好在外边照相留念。

在立法会的旁边，是终审法院和中级法院的大楼。这座大楼建得奇形怪状，不知道包含的是什么理念。大楼里边看不到人，看起来，左边好像是法庭之类，右边是办公场所。由于是公休日，也不得入内，我们只好观看一阵、品评一阵后离开。

15. 澳门司法年度

一

在澳门大学讲学期间，我接到了澳门特区终审法院院长、检察长的邀请，参加澳门特区 2001/2002 年司法年度开幕典礼。请柬上写着：

> 诚邀阁下出席于 2001 年 10 月 23 日下午 3 时 30 分于澳门文化中心小剧场由行政长官主持，根据澳门特别行政区第 9/1999 号法律《司法组织纲要法》第 11 条之规定的 2001/2002 年司法年度开幕典礼。

确认参加之后，澳门特区两院办公室又通知：

> 感谢阁下应邀出席上述典礼。阁下于典礼仪式之座位将安排在 F 区。敬请阁下于典礼开始前 15 分钟，协同本通知出席，以便工作人员顺利引领阁下就座。

我查到了澳门特区《司法组织纲要法》，其中第 11 条规定："一、司法年度自每年九月一日开始。二、每一司法年度之始，由行政长官主持庄严仪式昭示之，而行政长官、终审法院院长、检察长及澳门律师的代表得在仪式中致辞。"

该法第 12 条规定了澳门特区司法假期。除元旦、农历新年和复活节的假期之外，每年的 8 月 1 日至 31 日为司法假期。因此，每年的 7 月 31 日为一个司法年度的结束，而 9 月 1 日为新的司法年度的开始。

按照这些法律规定，澳门特区在每年的司法年度开始的时候，都要举行司法年度开幕典礼，届时，澳门特区行政长官出席主持，有关方面代表出席，终审法院院长、检察长和律师公会主席在大会上致辞，昭示司法年度开始，以示谨守职责，维护法律，更好地完成法律所规定的各项任务。

这是一个很有意思的活动，我们都做好了参加典礼的准备。

二

举行典礼的礼堂，是在回归广场北侧的文化中心小剧场，我们乘坐公共汽车过了海，结果找不到这个小剧场的位置，就打了一辆出租车到剧场。

剧场门口停满了车子，人很多，有警察警戒，气氛很严肃。我们走上台阶，里面有很多穿着整洁服装的工作人员负责引导，我们到了自己的座位上坐好。

剧场内有各界来宾，据说有法官委员会委员、检察官委员会委员、推荐法官独立委员会委员、立法会主席、特区主要官员、行政会委员、立法会议员、局级官员、行政长官办公室及特区主要官员办公室主任、办公室顾问、公证员、律师、高等院校代表。中央人民政府驻澳门特别行政区联络办公室和外交部驻澳门特别行政区特派员公署的代表，亦出席典礼。

主席台的背景是蓝色。上方悬挂中华人民共和国国旗和特别行政区区旗，下边是会标：“澳门特别行政区二零零一/二零零二年司法年度开幕典礼”。主席台左边三排是法官的席位，右边三排是检察官的席位。主席台的正前方是行政长官等重要人物的席位。

下午3：30，典礼准时开始。我之所以强调“准时”，是因为澳门的会议一般是不准时的，但是，有行政长官参加的会议，都会准时。

先是全澳法官和检察官入场。全场起立，法官和检察官身着法袍，分别从会场的后边分成两队，鱼贯通过观众席，走到主席台，在法官席和检察官席就座，法官居左，检察官坐右，各有 20 多名。

之后，时任特别行政区行政长官何厚铧率终审法院院长、检察院检察长、律师公会主席，以及立法会主席、行政法务司司长、推荐法官独立委员会主席，走上主席台，在前排就座。

首先发言的是律师公会主席。他说，要尽快修订五大法典，同时肯定回归以后司法工作的进步和完善。

其次是检察长发言，强调检察院有必要更新侦查手段，降低诉讼成本，提高司法效率，以公正严明的精神执行法律，服务居民。终审法院院长强调，法院的案件压力很大，要尽力加强接待咨询，使法院与居民增加沟通，各方忠诚合作，建立公正、高效的特区司法体系。

法院院长、检察长和律师工会主席在致辞中，报告了澳门特区一年的办案情况。

最后是行政长官致辞。他强调，特区司法制度要与时俱进，才能完成维护社会公义这一重大使命。他相信，随着经验和认知的累积，特区司法组织及法律界必将以开放、包容的态度，建设更公正、公开和高效的司法制度。

开幕典礼结束后，法官和检察官集体退场，随后，与会嘉宾退场。

三

第一次参加澳门特区司法年度开幕典礼，很有新鲜感，也有一些收获和体会。

其一，司法机关的年度，应当有明确的概念和标志。内地的司法统计，都是以本年度为界限。在这一点上，澳门特区的做法没有特别的借鉴意义。有一点可以考虑的是，我们的司法年度并不特别明确，没有司法机关的特色，可以明确使用司法年度的概念，在每个司法年度之始和结束明确昭示，让社会公众都知道，做到司法透明。

其二，司法机关在每一个司法年度结束时，要有明确的总结，开始时要有明确的任务规定，并且昭示于公众。我们现在的做法是，在每年年初，人民法院和人民检察院要向人民代表大会报告工作，有总结工作和规定任务的意义。但是，应该更明确地说明这个意思，因为这个总结和报告，不仅是要向人民代表大会告知和审议，更重要的是向人民作出说明。

其三，人民法院和人民检察院要向人民代表大会作报告，并且由人民代表大会通过，也值得研究。从现在的实践情况看，这样的制度也存在不足：一是法院和检察院为了获得人大代表的认可，获得高票通过，每年都要做大量工作，耗费人力、物力。二是法院和检察院可能攀比谁的票多，形成不好的风气。三是法院和检察院迎合人大代表的要求，给人大代表干预案件的审理提供了空间。

我认为，可以借鉴我国澳门特区的做法，实行司法年度制度，在司法年度仪式上，法、检、律向公众公开昭示，报告工作，既使公众了解司法工作，又能避免不正当的司法干预，效果可能会更好。

16. 泰国司法

我作为中国检察代表团的团长，在泰国访问时，着重考察了泰国的司法制度。这里记载的是对泰国司法机关访问的印象。

检察院

到泰国的总检察院访问，是一个早晨。泰国的阳光十分灿烂，早晨更是如此。其实这样说，实际上是指天气热。

总检察院的贵宾室装修得有些金碧辉煌。总检察长有一种慈祥的神态，他与我国代表团团员一一亲切打招呼，然后，我们做了一些礼节性的谈话。我说到泰国的历史很古老，总检察长说，相较于中国的历史而言，泰国的历史不能说是古老。会谈很热烈，也很亲切。

在与总检察院业务部门的工作会谈中，我们着重谈的是泰国的检察制度。这些制度对我们这些检察同行来说，很值得重视。

泰国的总检察院，是在总理监督下的独立法律机构。总检察长有权监督、管理全国的检察官和检察长。泰国75个省共设103个省级检察院。75个府分设9个司法区，每个区设一个地区检察院，领导自己辖区内的检察院工作。全国除了103个检察院外，还有21个治安法院的府检察院，以及青少年与家庭诉讼的府检察院、特殊划分区的府检察院。全国总共有1.8万名检察官。检察官由专门委员会任命，任命后为终身制，到60岁就可以退休，但可以做到70岁。

泰国检察院的职责主要有三个：

一是管理刑事司法。主要任务是代表国家对刑事案件起诉，为无罪而受到指控的政府官员进行辩护；在国际司法合作中打击犯罪，进行司法协助。在泰国，刑事案件侦查的权力是由警察行使。案件侦查终结后，检察官要对案件进行审查，作出起诉或者不起诉的决定。在一般情况下，检察官认为案件侦查不足，可以决定补充侦查，如果在补充侦查之后还属于证据不足，不符合起诉条件的，就作出不起诉的决定。对于贪污贿赂案件，由专门委员会进行侦查，侦查终结后，移送检察机关审查起诉。

二是保护政府利益。在政府作为一方当事人的民事案件中，作为当事人参加诉讼，或者代表国有企业参加诉讼，支持国有企业的诉讼请求；在政府和国有企业参与的民事活动中，可以提供法律建议，审阅和起草政府和国有企业与国内外订立的合同。每年政府被诉或者政府起诉的案件约 100 万件，多数涉及国有企业的合同和贸易问题。

三是作为公益的代表。维护公众利益，对诉讼中的穷人提供法律援助；通过大众传媒向公众宣传法治、民主、人权等知识。

我们访问的清迈地区检察院是第五司法区检察院，下设 8 个府检察院。地区检察院分三个部门，一是刑事诉讼办公室，有 3 名检察官和 3 名行政官员；二是上诉办公室，有 5 名检察官和 4 名行政官员；三是民事诉讼办公室，有 11 名检察官和 8 名行政官员。泰国检察机关对民事诉讼十分重视，从他们对民事诉讼办公室的设置来看，就已经说明问题了。

曼谷刑事法院

泰国的法院是按照专业分设的，有刑事法院、劳工法院、印花税法院和知识产权法院等。法院分为三级，即初审法院、上诉法院和大理院（最高法院）。

泰国的刑事法院不像我国那样分行政区划设置初审法院，而是整个曼谷市只有一个刑事法院，管辖曼谷市的全部刑事案件，因而是全国最大的法院，案件极多，工作十分繁忙。

在曼谷刑事法院高大的建筑物前面，悬挂着泰国国王授予的金色牌匾。走进大厅，空间十分宽阔。这个法院的总书记官在这里接待我们，热情地向我们介绍这个法院的情况。

这个法院共分为三个部分：第一部分是法官，其是法院的主体，共有 110 名法官，分为 20 个法团。第二部分是书记官，由秘书长管理，分为四个部门，即受理立案部门、法庭审理前部门、法庭审理后部门和法庭审理部门，分别掌管立案、开庭前、开庭后和法庭书记官的工作。第三部分是行政管理部门，包括公共关系部门、财政部门和赃物管理部门。

法院有 50 个审判法庭，这是全院 110 名法官进行审判活动的场所。法官在开庭审理案件之前，要向法庭管理部门登记，统一编制计划，按照计划确定法庭。我们观摩了其中两个法庭的审理活动。法官先要组成合议庭，合议庭由 2 名以上法官组成，最多 5 名。法官在法庭上要着黑袍。检察官作为公诉人出庭，被告可以委托律师辩护。审判必须公开进行；有关国家秘密的案件、涉及公众利益不便公开的案件等，可以不公开审理，但是须对庭审活动制作录像备查。

刑事法院主要管辖谋杀案件、毒品案件、抢劫案件、强奸案件、税收案件以及引渡案件等刑事案件。在这些案件中，增长最快的是毒品案件，大约占现有案件的 2/3，某一年该院审理 15,400 件刑事案件，其中 11,600 件是毒品案件。现在，法院受理的案件逐年增加，未审结案件很多。他们面临和我国法院同样的问题，就是案件多人员少。这可能是各国法院的通病。

到法院的羁押场所参观，这里关押着当天候审的所有犯罪嫌疑人。

每天早晨，按照法官的审理计划，法警将嫌疑人从监狱押解到法院的羁押场所，在开庭之前，将嫌疑人押送到法庭。嫌疑人的羁押场所是法院的底楼，就像一个大大的铁笼子，里面装满了人。

要说明一下他们的刑事诉讼制度。接受报案后，案件先要经过刑事警察的侦查，将嫌疑人抓获后，可以关押 72 小时，在这个期间进行侦查取证。从这时起，嫌疑人有权获得律师的法律帮助。此后，延长关押期限须经过法官批准，根据犯罪的种类和罪行的轻重，每一次最多只能批准 12 天。如果需要，可以继续请求法官批准，最长羁押期限不得超过 84 天。超过 84 天仍未侦查终结的案件，必须放人，不得再继续关押。

案件侦查终结后被移送到检察院，检察官根据对证据的审查，决定起诉或者不起诉。起诉的案件，则由法院进行审判。泰国的程序很特别。一个案件，如果被告人认罪，并且刑期在 5 年以下，法官可以径行判决，不必进行严格的审理；超过 5 年刑期，要进行审理后再判决。被告人否认自己犯罪的，法庭必须进行审理，检察官和律师要到庭，根据庭审的情况，法官作出判决。

曼谷女子监狱

曼谷女子监狱也叫曼谷女子改造中心，在曼谷郊区，与曼谷监狱相邻。

到达女子监狱时，正在下雨。对我们的访问，监狱的女领导人是经过细心准备的，一切都很正式。

首先，监狱的领导人向我们介绍了监狱的情况。

这个监狱关押的，有曼谷地区法院转来的等待侦查和审判的女性犯罪嫌疑人、已经定罪判刑的 6 个月以上刑期的女犯，从其他监狱或者改造中心转来的有心理障碍或者精神问题的女犯，需要转到其他 5 个女子监狱的其他犯罪的女犯，等等。这个监狱能关押 4000 人，但目前已经关押到了 5700 人。管理人员只有 190 人，在设计上仅有 60 个工作人员的住处，工作十分紧张，条件也很艰苦。

关于女子监狱关押人犯的管理，监狱方对关押的人犯进行培训，根据教育的情况，分为好班、中班和慢班，分在好班的人犯可以获得减刑；分在中班和慢班的人犯，根据改造的情况，表现好的可以晋升上一级班。监狱有专门委员会，由法官、检察官和社会工作者组成。委员会的成员定期到监狱了解情况，将关押和改造情况报告委员会，由委员会决定是否对人犯进行减刑。被减刑的人犯回到社会，如果重新犯罪，要被召回监狱，继续服完原来的刑期。这有点像假释。人犯在改造期间从事生产性劳动，可以得到一定的收入，监狱为她们保管，在释放时交给本人。

监狱长介绍完情况后，带我们到监狱中参观。监狱中绿树掩映，十分整洁。一群年轻的女犯正在又唱又跳。监狱长介绍说，这是在欢迎新来的狱友。树丛中，是一座一座的监舍，都是三四层高的楼房。监舍很干净，每个人都是一个小凉席、一块毛巾被，叠得很整齐。一个房间住 70 个人，十分拥挤。人犯的衣服分为不同的颜色，棕色的是已决犯，蓝色的是未决犯。有劳动任务的人犯在积极工作，没有劳动任务的坐在一起，眼睛都看着屋外。不管是工作的还是坐着的，都挤挤巴巴，但是坐得很整齐，秩序很好。

最后参观的是人犯的活动、娱乐场所，有咖啡厅、餐厅、银行、酒吧等，地方不大，都很清静。休息时，人犯可以轮流到这里坐坐，吃一点东西，轻松一下。我们在这里喝了一杯可乐，与监狱的女工作人员谈着，时间就不知不觉地溜走了。

第二辑

—

人之点滴

17. 江平

2023 年 11 月 21 日，我在江平老师家见到他，告别后没几日，听到江老师住院的消息，内心不安。12 月 18 日，与江波通微信后，了解到江老师还在重症监护室（ICU）里，更是担心。没承想，12 月 19 日中午，江老师就离我们而去了。一位浑身充满正义、公平、公正、平等和诚信的伟大崇高的民法人，一位如父亲般的慈爱师长，虽然离开了我们，却将永远活在我的心里。本来想在 19 日下午写这篇纪念江老师的文章，但是打开电脑，未及动笔已是泪千行。20 日这一天能够控制情绪了，开始写这篇献给江老师的文章。

一

透过模糊的双眼，江老师教导、提携后学的一幕一幕，都展现在眼前。

到中国政法大学进修学院学习法律之前，我当然也知道江平老师在民法学界的大名，他是中国民法四大先生之一。到了位于昌平西环里的政法大学进修学院学习后，也没有机会见到江平副校长。直至《民法通则》颁布，我们即将毕业前的 1986 年 6 月，江平副校长为我们讲授《民法通则》，才第一次见到心目中的男神。

讲座的地点在国防大学外训系礼堂。一大早，进修学院第二期学员和第三期学员，加上其他来听课的人，共有 500 多人齐聚礼堂，整个礼堂坐得满满的，静候江老师的到来，倾听盼望已久的江老师讲授《民法通则》。我们 4 位同学做好了分工，分头记好笔记，课后综合整理出一份完整的江老师的讲稿。

江老师风度翩翩地走上礼堂的讲台，向大家致意，同学之中响起了热烈的掌声。江老师说："早就想来看望进修学院的学员们，但是，之前起草《民法通则》，后来宣讲《民法通则》，时间太紧张了。不过，我答应过在学员们毕业前一定要跟大家见面，一定要给大家讲一次《民法通则》，所以今天就来了。"

在热烈的掌声中，江老师开始讲《民法通则》。我们全神贯注，用耳听、用手记，几乎都不敢抬头看一看江老师那讲演时激情四射的形象，因为生怕漏掉一句重要的话而影响对江老师授课的理解。

江老师讲课的声音亲切洪亮，声情并茂，真的是直透心肺，深深地感染着我们。上午授课中途突然断电，等了一分钟仍未修好，江老师站起来走到台口，大声说："我的嗓门大，不能耽误大家的听课时间，我就这样大声讲，好不好？"话音未落，迎来了大家热烈的掌声。我们都没有想到，江老师要在没有麦克风的情况下直接讲课，要知道这是 500 多人的礼堂啊！在热烈的掌声之后，江老师那洪亮的声音穿透每一个人的耳鼓，声音没有一点点嘶哑。20 多分钟后礼堂来电，江老师才坐下来用麦讲课。这一天，江老师整整讲了 8 个小时。

我们听得特别认真，把江老师对《民法通则》的理解用心听进去，用笔记下来。回到宿舍，我们 4 个人连夜分工，把授课记录进行核对，整理了一篇完整的 100 多页的记录稿，用复写纸复写出 4 份，每人一份，毕业后带回家里，把江老师对《民法通则》的理解讲给各自法院的法官听，成为办案适用《民法通则》的"指导文件"。

这一次与江老师中等距离的接触，我感受颇深，不仅是讲课的内容精彩，更为江老师的授课风格和人品所打动。

1990 年，我到了最高人民法院民事审判庭工作。那时候，吉林人民出版社刘树炎先生组稿编撰《中国司法大词典》，邀请江老师、田文昌等其他数位老师和我，一起到吉林市松花湖开组稿会。这是我跟江老师第一次近距离接触，在一起共同生活了数日，一起开会、讨论，也一起在松花湖游览，让我深深地感受了江老师的风采，我被深深地折服。

记得在离开松花湖即将返程的途中，路过松花湖大坝，正是汛期开闸泄洪，远远看去，蔚为壮观。我们停下车观赏。那时我是与会中年纪最小的一位，很想靠近大坝观赏壮美的景色，但是被警卫人员拦住，不准前行。江老师说："你想过去看看吗？我跟他们说。"江老师走到警卫人员跟前，掏出全国人大法律委员会副主任的工作证给警卫看，提出要到近前看看泄洪的壮观景象。警卫人员一看，立即放行，我们在离大坝很近的地方，看到了大坝的好多个闸口已经开启，喷出好多道巨大的洪流，奔腾而出，冲向远方的河床，归入滔滔的江流。江老师跟我们一起，为祖国的壮丽景色感慨万千。

后来，我要出版第一部论文集，按照约好的时间，到了江老师原来在蓟门桥的住宅。江老师看了我的文稿，热情地给我写下了推荐序言，为我的论文集增添了风采。再后来，我在人民法院出版社出版七卷本的《杨立新民法讲义》，又请江老师题写书名。没过几天，江老师就托人把写好的书名转交给我，印在讲义的封面上。

江老师不止一次地对其他老师说，在中国，民法理论研究与实践结合做得最好的教授，就是杨立新。对于江老师的肯定，我不胜惶恐，因为远没有达到这样的程度，能够取得学术上的一些成果，都源于江老师等前辈大家的教诲。不过，这也成为一种鞭策和支持，让我的民法理论与实践的研究有了不竭的动力。

《沉浮与枯荣》《信是明年春自来》这些书，都是江老师亲自签名，亲手或者转托他人送给我的。这既是他给我的信任和嘱托，更是给我的鼓励。可以说，江老师于我，有着父亲般的深情，我深深地感恩于江老师！

二

江老师是中国法治的脊梁。这几乎是每一个法律人的共识。在中国政法大学校园内矗立的“法治天下”石碑，就是他心心念念的法治理想。“市场经济就是法治经济”“法治兴、国家兴”“我所能做的是呐喊”“为私权呐喊”“法治不能倒退”“只向真理低头”……这些都是江老师说过的箴言，也都是他为之奋斗终生的信念。

在制定《合同法》的后期，我在最高人民检察院工作，出席过数次讨论合同法草案的研讨会，每次江平老师的发言都给我信心和鼓励。

在制定《物权法》的过程中，我多次参加立法论证会。特别是在十三陵水库库区的一个宾馆里，一次就讨论了 8 天，每天都有江老师的精彩发言。江老师关于典权和居住权的立法主张，说得特别清晰、明确，尽管最终没有被采纳，但是深得人心，直到编纂《民法典》时规定了居住权。在社会出现反对《物权法》立法的风潮中，江老师劈风斩浪，勇立潮头，捍卫物权平等原则。在中国人民大学民商事法律科学研究中心举办的物权法草案研讨会上，江老师的发言铿锵有力，决心坚定不移，充分阐释物权法草案的进步价值，鼓舞了为建立物权平等保护原则而战的学者和专家，终于在 2007 年《物权法》顺利出台，实现了国家所有权、集体所有权和私人所有权的平等保护。

在温州出现土地使用权期限不足 70 年的商品房即将到期，主流观点要业主补交巨额出让金的争论中，我跟江老师通电话商量，他赞同立即召开专题会议进行讨论，并出席会议发表意见。中国人民大学民商事法律科学研究中心在三天后举行专题研讨会，江老师、应松年老师等 70 多位老中青法学家齐聚人民大学法学院 601 会议室，全面分析，深入讨论，提出了不必补交住宅建设用地使用权出让金的意见，得到国家肯定，为保护业主的合法权益作出了贡献，并且对今后住宅建设用地使用权的权利属性和自动续期问题，提出了建设性的意见。

在编纂《民法典》的 5 年中，江老师一直关注《民法典》的编纂进程。当《民法典》是否应当独立编写人格权编的争论进入白热化阶段，甚至被指责涉及政治问题时，江老师挺身而出，在北京航空航天大学召开的两岸民商法论坛的专题报告中，坚定不移地支持独立编纂人格权编的意见，并且指出，《民法典》的人格权是否独立成编，不是政治问题，而是立法技术问题，特别是在弘扬私权保护的今天，《民法典》独立规定人格权编具有重要价值，正是保护私权所必需。同时，他还严肃地指出，在今天的法治环境中，不应当打压编纂《民法典》学术讨论中的不同意见，防止学术问题政治化。正是江老师等老一辈民法学家的支持，才使我们这些主张《民法典》独立编写人格权编的学者避免了打击，并且使《民法典》的编纂工作顺利进行，最终把人格权编作为《民法典》第四编，规定我国民事主体享有充分的人格权，人格尊严受到法律的全面保护，站稳了《民法典》的人文主义立场，体现了人文主义的立法精神。

我知道，以上事例只是江老师坚持法治中国理念的片段和缩影，江老师在立法中坚持法治中国，主张全面保护人民私权的事例不胜枚举。即使只从列举的这几件江老师的立法贡献中，也能看出江老师所说的，中国梦就是法治天下梦，以及他要为人民的私权呐喊的决心和信念。

有一次，在会议结束后的晚餐中，江老师跟我说："立新，我想提出一个'鸟笼法治'的想法，你觉得可不可以？"我说："您说的一些想法，有些人不愿意听，要不要谨慎一点呢？"他说："总是要有人讲话的。如果大家都不讲话，法治怎么进步呢？"我深深地为江老师的信念而感动，听了江老师提出的基本设想后，我也谈了自己的看法。没过几天，江老师就在媒体上阐释了他的"鸟笼法治"的设想，主张法治的"鸟笼"应当做大，给民事主体更加宽松的改革开放环境。

三

江老师坚定的法治中国观念，来自他坚定的以人为本的信仰，以及他的伟大人格。在与江老师长期相处的过程中，我深深地被他的伟大人格魅力折服。

用江老师的亲学生们的话说，他关心每一个他的学生，以及中国政法大学的每一个学生。即使对我们这些并非政法大学本科生或者研究生的学生，他也会鼎力支持，扶助我们成长。这么多年来，我作为政法大学进修学院的学生，只要是向江老师提出的请求，从来就没有被拒绝过。

我时常带着学生去看望江老师，或者参加江老师出席的会议，江老师总是对我的学生嘘寒问暖、关怀备至。学生提出要和老先生照相留念，他也总是来者不拒、有求必应，摆好姿势，让学生们留下宝贵的照片作为纪念。有一次，我带我的学生岳业鹏去开会，其间我跟江老师介绍，我的这个学生别看年纪小，但是绰号不年轻，叫"老岳"。江老师听了哈哈大笑，在会议的几个小时中，一直"老岳、老岳"地叫着他，爷孙似的，温暖人心。老岳每每回忆起这次会议，都感到无比甜蜜，并且自豪地宣称："江老师都管我叫'老岳'！"

在江老师身体还好的时候，无论是公办的会议还是私人的聚谈，他都是自己简装出行，从不要叫车接送。这就是他的理念：永不给人添麻烦。有一次开完会，我请江老师坐上我的车，要送他回家，只走到马路旁边，他就坚决下车，坚持自己打车回家，怎么劝说也不行，只好随其所愿，遵从他的想法。当我把车停下，扶着他下车，帮他打车，看着他拖着一条假腿上出租车的时候，我的眼泪都要流下来了。这样一位德高望重的民法泰斗，就是这样严格要求自己，宽以待人，只讲奉献，不求回报，真的是令人感佩之至。

江老师对自己要求极其严格，从未放松对自己的要求。他的一生遭遇了多少悲苦和不幸啊。长达几十年的不公正的政治待遇，并没有毁灭他的法治信仰，反而让他更加坚定。在他备受折磨的时候，心中依然充满更多的希望。"信是明年春自来"，不就是他坚定不移的人品和人格的写照吗？

把江老师对自己和对他人的态度相比较，不难看到，在他的心里，满满的都是人民的地位和人民的权利，而自己则是人民的儿子，总是用自己的一切服务于人民而无所取。

法律人时常争论的一个问题是，江老师究竟是民法人，还是法律人？我以为，江老师既是民法人，也是法律人，更是有良心的中国人，他的影响力绝不止于民商法，也不止于法律和法学，而是影响着国家和人民。但是最根本的，江老师是一个民法人，有一颗正义、公正、公平、平等、诚信的民法心，并且他用这样的一颗民法心，温暖了这个社会。

四

在疫情肆虐的时候，江老师住院。在出院的视频中，他坚定不移地说："我好啦！还要好好地坚持 5 年。"那个时候，我们这些他的学生，都为他的豪情所感染，多么高兴啊！愿意让江老师活上 100 多年，最好能够永远在我们身边教导我们。

今年（2023 年）8 月，在苦难中开始伴随江老师生活的崔师母离开了江老师，我们都知道，这是对江老师的极大打击。在向崔师母告别的那一天，我的一家人都到了现场送别崔师母。在给崔师母鞠躬后，我走到坐在轮椅上的江老师面前，无法控制自己的感情，忘情地抱住江老师，在他的耳边叮嘱他要挺住。江老师也紧紧握着我的手，用力地抖了抖。随着人流，我不得不松开自己的手，不断回望着悲伤的江老师，盼望着他渡过告别爱妻的这一关。

后来，江波告诉我，江老师又住院了，已经见好了，他感觉很好，我才放下心来，祈祷江老师健康长寿。

11 月 21 日下午，我带着学生到了江老师家。在客厅里等的时间有点长，后来看到小阿姨推着轮椅，把江老师送到客厅里来。我急忙问候江老师。江老师缓慢地说："立新啊，你来啦？我又住了一次院，昨天才回来。看到你真高兴！"我急忙问："江老师怎么样啊？没事吧？"江老师慢慢地说："还是很好吧，只是现在的手和腿都有些麻木，拿东西也不方便了，也不好站起来了。不过，你放心。"我立即悔恨自己，在这样的时候，真不应该来打扰他。跟江老师谈了一会儿后，赶紧告别，让江老师好好休息。江老师拉着我的手不愿意松开，我也紧紧握着江老师的手，忍住眼里的眼泪，赶紧离开江老师的家。

可是哪里知道，这竟然是与江老师的最后一别。

12 月 18 日，得知江老师身体状况不佳，又住进医院，我赶紧和江波联系。江波告诉我，情况还好，也不用我们去做什么，因为在 ICU 住院，谁也不让进。因此，我只能心里着急，却没有任何办法。

19 日中午，噩耗传来，得知江老师永远离开了我们，去了没有痛苦的天堂，我的眼泪忍不住地流淌下来，无法控制，只能在微博和微信上表达自己的悲恸之情："一颗伟大的民法的心，离开我们了。伟大的江老师永远活在我们的心中！！"这或许就是对永远值得爱戴的、父亲般的江老师离去的最好表达！在江老师刚毅的形象之下，微博、微信的留言，都是对江老师的崇敬和爱戴。

一个伟大的民法人走了，却有一个无比巨大的身影永远站在眼前，活在我们的心里——父亲般的江老师，永远活在我的心里！

还要告诉江老师：请你放心，你未竟的为私权呐喊的事业，还有我们这些后辈来继续完成！

18. 佟柔

2020年5月28日，第十三届全国人民代表大会第三次会议高票通过了《民法典》。在欢庆法典诞生的欢声笑语中，一代民法大家佟柔老师的音容笑貌，始终萦绕在我的眼前。是啊！如果佟柔老师还在，他看到《民法典》就摆在世人的面前，肯定会比我们更高兴、更兴奋，因为那是他毕生追求的民法典之梦。

初拜佟老师

1984年，我到位于北京昌平西环里的中国政法大学进修学院学习法律，进修学院特别邀请佟老师给我们讲授“民法学”。我在家乡的中级人民法院工作，自1980年开始研习民法理论，对传说中的佟老师早就崇拜有加。

“民法学”开课，终于见到了仰慕已久的佟老师。一方面，佟老师平易近人，对学生非常关心、爱护；另一方面，佟老师对中国民法理论的精深造诣，有目共睹。我们200多名学员都是来自全国市、地一级政法机关的领导干部或者后备干部，基本上是“文化大革命”期间的高中、初中毕业生，没有受过系统的法学教育，又都主持一个方面的政法工作，苦于法律修养的不足，尤其是民法理论基础的贫乏，因而都盼望学好民法。

佟老师特别理解我们的想法，紧密结合司法实际，深入浅出地讲授民法理论。他从商品经济的角度，系统论证民法的调整对象、体系，全面分析商品经济的内在要求、民法的历史发展及规范功能，阐述了商品经济与民法的关系，提出了民法以调整商品关系为目的，我国民法调整对象的核心部分和主导方面，就是发生于我国社会主义条件下的商品关系的观点。当时，佟老师正在主导《民法通则（草案）》的起草工作，他把对民法典的追求和《民法通则（草案）》的基本精神，以及他对民法研究的全部所得，都毫无保留地讲授给我们听，使我们这些原本对民法的理解还很浅显的司法工作者，对民法理论的认识有了质的飞跃。

在佟老师民法典之梦的引导下，我也走进了佟老师所追寻的民法典之梦中。我以前没有专门学习过法律，自 1975 年到法院工作后，在一些老法官的指导下，自修大学的法律课程，先学习刑法和刑事诉讼法，1980 年开始自修民法，尤其是结合实践研习侵权法，1981 年在《法学研究》发表了第一篇论文。因而，在中国政法大学进修学院跟随佟老师学习民法时，我对民法的掌握已经有了一定的基础。在听了佟老师的民法课以后，我好像在民法的崇山峻岭之中，从谷底一下子就爬升到了山巅，看到了民法理论无比广阔、辉煌的天地。尤其重要的是，佟老师向我们描绘的民法典立法蓝图让我痴迷，那时我总想跟随着佟老师，不只看到将要诞生的《民法通则》，更要看到令人激动不已的《民法典》。

千里之行，始于足下。追寻民法典之梦，就必须踏踏实实地跟着老师一步一步地不断努力。在中国政法大学进修学院 2 年的学习时间里，我一边学习，一边研究，写完了《侵权损害赔偿》。虽然内容不够深，论述也不周到，但毕竟是我国第一部侵权法著作。没有佟老师的指导和民法典之梦的激励，就不会有这部专著的问世。

再拜佟老师

1988 年，最高人民法院为了提高我国法官队伍的素质，尤其是提升高级法官的业务水平，与中国人民大学和北京大学的法律系合作，创办了高级法官培训中心，简称“高法班”。1988年6月是第一次招生，我们50名来自全国各地的法官经过严格考试，考入了中国人民大学第一期民法班，9月初开学。同时，北京大学的经济法班还有70名学员。这就是被称为法院系统“黄埔一期”的高法班。

1988年9月，高法班开学。那时候，《民法通则》已经实施了一年多了，民事权利意识不断深入人心，民法学成为“显学”，能考入人大的民法高法班，我们自然感到自豪，特别是能够在佟老师的身边再次听他的教诲，一起迈开追寻民法典的脚步。

在50名学员中，尽管大家都是“佟迷”，却只有我是曾经受过佟老师教诲的弟子，因而有资格讲授佟老师的学问和故事，同学也都为佟老师的学问和人品而折服。第一天上课，佟老师来到高法班的专用教室，我们规规矩矩地坐在教室里，就像50只嗷嗷待哺的雏鸟。从那一天开始，佟老师为我们讲授民法，整整持续了一年。

佟老师对我们第一期高法班的期待非常高，全部课程都是佟老师设计的，主要课程由他亲自讲授，还有资深的郑立教授和赵中孚教授为我们授课。佟老师把他的民法典之梦，以及他在《民法通则》立法和司法中的研究体会，毫无保留地讲给我们听，让我们尽情地从他的身上汲取民法营养，让我们在博大精深的民法理论海洋中不断充实自己，将来能够在民法的天地间自由翱翔，早日实现民法典的梦想。我们这些参加学习的高级法官们，虽然没有像博士研究生、硕士研究生那样有很长的时间跟随老师研究，但是，我们有民法实践经验，以及对民法典的同样梦想。虽然只有一年时间，但是，佟老师把他的学问浇灌到了我们的心田，使我们不断成长，成为全国法院的民法专家，甚至成为中国民法理论研究和司法实践研究的权威，为中国民法典的诞生培养了实践领域的尖兵。

在高法班的学员中，我是幸运的，因为我不仅是“黄埔一期”的大师兄，更重要的是我得到了佟老师的特别指导和关照。佟老师对我的学习和研究特别重视，我也经常到佟老师家中请教问题。佟老师总是鼓励我：“有问题就提出来，总能够研究出来解决的方法。这样提出问题、解决问题，不仅能够指导司法实践，而且对民法理论研究也有推动作用。”

在佟老师的鼓励之下，我在高法班的学习之余，继续进行侵权法的研究，写出了《侵权特别法通论》专著的初稿，请佟老师指导。佟老师看到我在学习之余，还拿出了这样的研究成果，非常高兴，仔细阅读了我的初稿，给予充分肯定，也指出了书稿中存在的不足。在毕业之前，佟老师欣然为我的书写了序言，热情鼓励我的研究，并希望我为将来民法典的问世做好理论准备。

在佟老师的指导下，我把这部书稿中的精华部分写成了论文，参加了全国法院系统第一届法学理论研讨会，被评为优秀论文。当我在讲台上宣读论文时，我在心里深深地感念佟老师！

佟老师的民法典之梦

佟老师少年时家道贫寒，颠沛流离，深受国破家亡之苦，饱经战乱灾荒之患，因而奋发学习，立志图强。自 1949 年到中国人民大学教授民法以来，佟老师执教 40 余年，为制定中国民法典，建立博大精深的中国民法学的理论体系，不论遭受什么样的动荡和苦难，都别无他求，坚定不移、孜孜不倦地钻研民法理论，创建了属于他自己的、有独特见解的民法理论思想，为具有中国特色的民法学理论体系和民法立法奠定了坚实的理论基础。他还把自己的学问毫无保留地传授给他的学生，以他的知识、心得和情操，为自己的学生传道、解惑、授业，竭尽自己的全力，为中国民法典的立法造就了一支颇为壮观的骨干队伍，做好了民法理论研究和立法队伍的准备。可以说，佟老师的民法学术思想并不属于他自己，而是属于祖国的民法事业。

有一次课间，他给我们讲起了他走上民法之路的故事。他大学毕业正是北京解放之时，有志青年按照党的要求随军南下，而他按照党的指示，坚持在大学从事民法研究和教学工作，为国家制定民法典做好准备工作，毅然担负起为中国民法典奠基的重任。他说，那时南下的干部，不要说是大学生，就是高中生、初中生，都是了不起的“知识分子”，后来都当上了省、地一级的领导干部，而自己不过是一个穷教授，“赚”下的只是自己教过的无数学生，当然，更重要的是“赚”下了 156 条的《民法通则》。不过，在我们的心目中，佟老虽然没有显赫的职务，也没有多余的钱财，但他却是中国民法理论的泰山北斗，是中国民法典的奠基人。在第一届高法班民法专业的学员中，最让我们引以为自豪的就是，我们是佟老师的弟子。

我们都知道，在佟老师内心藏着编纂中国民法典的宏愿，盼望在他的有生之年，亲手制定出这样一部宏大、广博的大法。为了这个愿望，他尽心竭力，无私奉献，从不注意自己的健康，想通过额外的身体透支，更快、更好地完成这个极其艰巨的任务，因而健康受到了严重的损害，在 1990 年早早地离开了他的民法事业，离开了他不忍舍弃的对民法典的追求。在他的一生中，没有完成民法典的立法大业，是他的终身遗憾。

实现民法典之梦

不过，佟老师是富有的！他不仅拥有睿智的思想，还有巨大的民法理论财富。

佟老师这份巨大的民法财富分为两部分，一部分是他的民法思想和理论，另一部分是他培育的一大批追寻民法典之梦的后辈学人。尽管我国民法典诞生之路曲折遥远，但是，拥有了代代相传的人才队伍，以及几代人积累的民法理论基础，编纂民法典的梦想就一定会实现。

我作为佟老师的学生，承继的是他的胸怀和学问，得到的是一个民法典的世界。在今天，我和佟老师的其他弟子，以及那么多老一代民法学家的弟子，都是编纂《民法典》的骨干，并且都全身心地投入这个巨大的工程之中，无怨无悔，就是因为我们继承的是佟老师的事业，实现的是佟老师以及老一代民法学家们未竟的民法典之梦。

我和我辈民法学人一样，都深深地敬佩佟老师的学问，更深深地仰慕他的人品。我作为他的学生，怀念他，最重要的就是要继承他的遗愿，完成他老人家未竟的事业，把自己奉献给祖国的民法事业，争取在我们这一代民法工作者的手中，编纂出立于世界民法之林的、独具特色的中国民法典。

正是由于这样的一个愿望，几十年来，我在工作和学习上，就像佟老在世时亲手扶持我那样，一丝一毫不敢放松自己的研究工作和对自己学生的指导。我是一个法律实务工作者，虽然有比较丰富的实践经验，但由于在动乱年代中失去了深造的机会，法学修养先天不足，在佟老的精心指导下，才有了今天这样的基础。我不满足于只做一个维护法律的实务工作者，更愿意在理论上有所造就，不辜负佟老对我的一片期望，在中国民法理论研究和编纂民法典的立法中，应当作出自己的贡献。

为了实现这个理想，我在2001年辞去最高人民检察院检察委员会委员和民事行政检察厅厅长的职务，来到佟老师工作过的中国人民大学法学院，兢兢业业地做一名民法专业教授，在教书育人之余，用全部精力研究民法典的立法工作，为中国民法典的立法作出贡献。

我国民法典的立法几起几落，幸运的是终于在2014年中央决定编纂民法典，我被聘为全国人大常委会法工委立法专家委员会的立法专家委员，能够直接参加民法典的编纂工作。五年来，我始终牢记佟老师对民法典的孜孜追求，竭力为民法典的诞生而努力，与其他民法专家一道，配合法工委民法室的工作，终于把《民法典（草案）》提交给了全国人民代表大会全体代表进行审议，并且获得高票通过，我国终于有了自己的《民法典》。

透过眼前闪烁的泪花，看着已经颁布的《民法典》，我仿佛看到了佟老师在天国正在欣喜地看着我们，看着《民法典》。作为佟老师生前关心、培育的学生，我们用这部维护民事主体人格尊严和民事权利的法典，来告慰恩师的在天之灵。

中国《民法典》的诞生，靠的是佟老师以及江平、王家福、魏振瀛等老一代民法学家的辛勤努力；我们在这些前辈的教导和鼓励下，再接再厉，终于实现了我们每一个人心中的民法典之梦。中国有了《民法典》，今后民法理论和民法实践的发展，还要靠我们这一代以及下一代民法学家的继续耕耘。我们继承佟老师的遗志，就是要继承他未竟的事业，把创建博大精深的中国民法典和独具特色的中国民法理论体系，作为己任，靠兢兢业业的努力和踏踏实实的工作，去实现这一宏大的目标。无论是过去、现在还是将来，我都会这样要求自己，并用自己的实际行动来证明它。

19. 王作富

2022 年 12 月 15 日晚上，惊悉王作富教授作古，心里非常难过。我虽然跟王老师不是一个专业，平时交往也不多，但是，他确实是我的授业恩师。

痛失良师，无比悲痛！

和王老师的初次见面，是在 1985 年 3 月。那时，我在中国政法大学进修学院读全国第二期政法领导干部法律专修科，第一期是省干班，第二期是地干班。我们这个班在 1984 年 9 月开学，第一学期的刑法课是高铭暄老师上刑法总则课，一个学期下来，200 多名学员好评如潮，都成了高老师的“粉儿”。放假回家过完年，再回学校上课，刑法分则课就是王老师讲授。

那是我第一次见到王作富老师，心情很激动，因为我们都知道，高老师和王老师是人大法学院的刑法“双雄”。

不过，王老师与高老师的授课风格相比，显然不同。高老师的讲课风格是神采飞扬、激情澎湃，200 多人的教室里，学生的情绪跟着老师一起激荡起伏。王老师授课却不是这样，而是沉着冷静、娓娓道来，没有那种汹涌的激情，却有着润物细无声的涓涓细流，静静地滋润着讲台下的那些法理饥渴的心灵。

我们这一期学员，是经过全国考试考进来的，都是当地地市一级政法机关的领导干部或者预备干部。由于荒废的十年，几乎都没有经历过法学专业高等教育，只是司法实践经验比较丰富，在政法机关工作有十年左右的经历，但学术水平、理论水平比较欠缺，对法学的学理感到饥渴。经过一个学期高老师刑法总则课的启迪，都深有感触，对刑法理论的激情被调动起来了，都着迷于人民大学的刑法思想。

王老师一开始上课，跟高老师上课时的课堂氛围完全不同。课堂上，不再是那种激情澎湃，而是情绪冷静、听觉灵敏，大家都低着头记笔记，除了王老师授课的声音，课堂上能听到的，只有学员的呼吸声和记笔记的沙沙声。每一个学员都在尽力记住王老师说的每一个字，尽可能地记在笔记里，融入自己的心头。

为什么会这样？王老师讲的刑法分论，是把每一种罪的定罪量刑规则都说得一清二楚、透彻无比。而我们这些学员都是地市公检法机关的副职，都是带着满肚子的问题来“讨说法”的，王老师的每一句话，都是我们想要听到的“说法”！课余，我们提起王老师的课，不再是那种难以言表的激动，而是个个竖起大拇指，夸赞王老师授课时的冷静睿智——“厉害”！

我在到这个班进修之前，已经在中级法院工作了 9 年，当了 3 年刑事法官、2 年刑庭副庭长、1 年副院长，正是这些法理饥渴心灵中的一个，案件办了不少，经验也不能说没有，缺少的就是滋润饥渴心灵的理论泉水。那时，《刑法》已经颁布实施 4 年多了，从开始的草案学起，一直到实践中具体应用，可以说能倒背如流，但是，在具体适用中的问题无时不在。当刑庭审判员、刑庭副庭长，满脑子都是案件，隐藏着的是一个又一个问题，当然更多的是具体定罪量刑的疑难。而王老师的刑法分则课，仿佛就是针对这些疑难问题讲的，句句都有针对性，似乎记不住哪一句话都不行。

因此，王老师的课讲完了，我们也就记住了，会用了。一学期结束，厚厚的两大本笔记，就成了我的宝贵财富。不仅自己可以天天复习、领会，更重要的是，经过整理，既可以在讨论刑事案件时随时应用，还可以在法官培训中直接作为教材，只要把王老师说过的话稍加整理，讲给法官听，就可以博得满堂彩！

两年进修结束后，我回到老家的中级法院，主管刑事审判工作，又担任常务副院长，经常主持审判委员会的会议，讨论刑事案件的定罪量刑时心里感到特别有底。我说一个特别重要的成果，就是我们中级法院刑事审判庭审理的一审刑事案件，到省法院上诉、复核的，前一年的案件质量比较差，在全省中级法院的排名中是倒数第二名。新的一年，因为有了两位教授的刑法理论加持，年终评比，我们中级法院裁判的一审刑事案件，在全省刑事案件质量评审中排名第一，一年里，在二审和复核程序中全部被维持原判，定罪量刑无一改判，创造了全省中级法院刑事案件质量考评的新纪录！至今这个纪录也没有被突破，最多是平纪录，因为100%的维持原判率是“天花板”，是无法超越的。

那一年的年底召开全省刑事审判工作会议，从全省排名垫底到全省第一，作为主管刑事审判工作的副院长，坐在会议室里的心情，从忐忑到坦然，全都是因为心里有了高老师和王老师作为我指导刑事审判工作的两颗“定盘星”！

1990年，我离开老家，先后在最高人民法院和最高人民检察院工作，担任民事法官和民事检察官，告别了刑事审判和刑法理论。工作虽然远离了王老师，但是他在我心中神一样的地位不能动摇。2001年，我到了人大法学院，成了王老师的同事，虽然还是跟王老师没有太多的接触，但是每次见到王老师，都崇敬有加：因为那是神级的人物，只能在心里膜拜。

我常年研究民法理论和实践问题，王老师研究刑法分论的方法对我有深刻的影响。不敢说深得王老师研究刑法具体问题的精髓，但是，在研究方法上，始终借鉴王老师的那一本宝典——《刑法纵横》。

跟随王老师学习半年，从来没有向王老师袒露过崇敬的心迹，只是藏在自己的心里。惊闻王老师仙逝，夜不能寐。回忆接受王老师教育的往事，感慨万千。

记下心迹一瓣，化作白花一朵，伴随先生前往天堂的脚步——一代宗师，王老师一路走好！

20. 考茨欧

通过筹建和组织世界侵权法学会的工作，我认识了欧洲著名的侵权法学家考茨欧先生，并且结下了深厚的友谊。

一

赫尔穆特·考茨欧（Helmut Koziol）是我尊重的师长，也是相处10多年的同事。

对他的姓名，也有人译作海尔穆特·库奇奥。他是奥地利国家科学院院士、欧洲侵权法研究院创始院长、欧洲侵权法和保险法研究中心主任、维也纳大学法学教授。在他的主持下，《欧洲侵权法基本原则》这一欧洲侵权法示范法得以诞生，在世界侵权法领域有重大影响。

2012年，我和欧洲、北美的几位研究侵权法的教授在上海开会期间，晚上在咖啡厅聚会，我提出一个建议，即是否可以成立一个世界性的侵权法研究团体。这个建议得到热烈支持，继而对如何创建这个学术组织进行了详细讨论，决定在适当时候，召开世界侵权法学会的成立大会。在讨论请哪一位侵权法专家作为学会主席时，大家不约而同地认为，学会主席非考茨欧教授莫属。因此，牛津大学的教授应允，回去后与考茨欧教授商量，邀请他作为学会的主席，主持学会的研究工作。

考茨欧极力赞赏建立一个世界性侵权法研究机构的建议，也同意出任世界侵权法学会主席。我们都非常高兴。

成立大会由中国人民大学民商事法律科学研究中心负责，我与黑龙江大学的杨震教授商量，由黑龙江大学具体承办这次会议。我和杨震教授分工，他负责会务的筹备，我负责会议议题和其他事项的筹备。

经过协商，考茨欧教授建议第一次会议讨论“产品责任”这一题目，确定学会的工作方法是两年一次会议即双年会，对讨论的每一个题目，第一次双年会由各国会员作国别报告、进行案例讨论，第二个双年会进行总结，形成这一选题的综合报告。会员由各国推荐，总数不超过50人。会前，我找人设计了很有特色的会旗和会徽，表达了大陆法系侵权法和英美法系侵权法融合的理念。拟参加会议的专家都同意，考茨欧教授也给予充分的肯定。

第一届会议的准备工作用了一年时间。会议在哈尔滨的伏尔加庄园召开，经过选举，考茨欧教授当选学会主席，同时选出三位执委会委员，分别是亚洲区、欧洲区和北美与大洋洲区的代表。会议的当天，《法制日报》（现《法治日报》）理论版用整版发表了学会主席和执委会三位委员的文章，舆论工作做得相当成功。

第一届双年会也开得非常成功，会议室采用联合国会议的方式，即圆桌会议，会场的中央是会旗，屏幕是会徽，围绕着会旗，圆形的会场按照国别的首字母顺序排列座位。会议结束后组织翻译工作，出版了学会的国别报告汇编。

这次会议的成功，主要是因为考茨欧教授的指导，以及与会20多个国家和地区侵权法专家的积极参与。特别是这种专题研讨的工作方式，其实就是欧洲侵权法和保险法研究中心的模式，求真、务实。

说一个开会期间的趣事。会议开幕式上，在宣告学会成立后，有一个学会网站开播的仪式，考茨欧教授带领我们三名执委，站在开通网站的球体前，一起手摸球体时，网站开始运转。原本设计和演练时都挺好用，但是，在开幕式会场试用时就不灵了。情急之下，我让秘书蹲在桌下的接线板那里，主席和执委们手摸球体时，秘书就开启接线板的开关。这完全是手动模式了，没有任何科技含量，是没办法的事。当会议主持人宣布开通网站时，我们四只手一起摸向球体，秘书暗中开动开关，球体立即旋转起来，网站在屏幕上开启完成。秘书和我配合得十分完美，没有露出任何破绽。

晚上，几位欧洲的教授在酒店喝着红酒聊天，我的秘书经过，听到他们在讨论网站开通时采用的是哪种先进技术。秘书憋住笑，跑回来告诉我，我俩乐得不行。

二

第一届双年会后的第二年11月，考茨欧教授到中国访问，我邀请他到北京，在中国人民大学法学院做讲座。

讲座开始前，我宣读并颁发聘请考茨欧教授为教育部人文社会科学重点研究基地中国人民大学民商事法律科学研究中心学术顾问的聘书，同时，对他表示欢迎与感谢，也回顾了世界侵权法学会成立大会时与考茨欧教授共同工作的愉快经历。

考茨欧教授的讲座题目为“统一侵权法在欧盟是否可能”，就统一侵权法的有益之处及遇到的障碍进行说明。他指出，由于欧盟并非一个主权国家，而是一个在经济和政治上有着特殊关系的伙伴群体，主要经济目标是形成单独或者“内部”的市场，以使得物资、服务、资金以及人口自由流通与流动。具有不同法律制度的经济联盟，各国法律制度在部分问题上有较大差异，是统一侵权法面临的障碍，欧盟通过指令以及规章的方式，提升成员国私法的一体化，最典型的例子反映在有关产品责任方面。欧盟法院的一些决定以及创设出的新法则也在推动统一，但是也造成了一些负面影响。例如，国家的法律体系被效力经常凌驾于国内法之上的外国法条文所渗透，欧盟的指令和规则并不是基于一个稳定的概念，因而它们之间经常存在抵触的现象。所以，强化筹备工作以及使用案例加上国别报告的项目模式，是统一侵权法的必由之路。

访问期间，我想请考茨欧夫妇吃最有北京特色的餐食，因此，选择了口福居涮肉。我觉得口福居的涮肉比东来顺的好，房间也很讲究。晚上，我们在古色古香的餐厅中，一起品尝别有风味的涮羊肉，吃得特别开心，聊得也特别开心。

三

第二届双年会，是在考茨欧教授的家乡维也纳召开的。考茨欧教授和他的夫人在饭店热情地接待我们，在他们的亲自操办下，各方面都安排得妥妥当当，非常舒服和心安。

会议开得非常隆重，除在会议室进行产品责任的规则讨论之外，还在司法部的大厅做报告，邀请了维也纳的法学名流参加报告会，听我们侵权法学会的报告。报告会由杨震教授主持，考茨欧教授首先作了世界侵权法学会关于产品责任规则的主报告，我在会议上代表学会作了典型案例分析报告。报告会的影响非常好。

两天的会议结束后，刚好是一个周末。考茨欧夫妇安排我们沿着多瑙河的河谷参观游览。多瑙河河谷是欧洲的旅游胜地，周末旅游的人很多，我们沿着多瑙河向下而行，遇到优美的风景，就停下车来观赏，沿途有名胜古迹，也停下来参观。看着多瑙河的蓝色波涛，观赏着历经千百年而不衰的文明印记，赞叹不已。

晚上，在返程途中，到了一个比较大的露天餐馆，大家坐在藤架之下，饮酒、聊天、吃面包，非常开心。突然，有几位教授提出要喝白酒。他们的白酒就是度数较高的白兰地之类，不是我们这种白酒。

杨震教授是酒仙，酒量很大，那时我也喝酒，就跟他们拼起来，转眼间就干了几大杯，有点像中国酒场文化的豪爽。

第二天，我们是下午的航班回北京，上午先去参观了维也纳的皇宫御用品博物馆，展品都很精美，但是规模和数量均无法与我国故宫等博物馆相比。

中午，考茨欧夫妇给我们送行。他跟我说，这次来维也纳，吃牛排、羊排和猪肉，都品尝到了维也纳的厨艺，唯一没有吃的是鸡，所以中午邀请我们吃鸡。到了餐厅等了一会，每人面前都上了半只鸡，应该是烤的。这半只鸡，看起来非常庞大，最少也有一公斤。考茨欧夫妇看着我们说："这是维也纳最有名的烤鸡，请你们好好品尝。"这当然不是中国人的口味，吃起来并不对味，不过，还是要装出特别美味可口的表情，纷纷感谢考茨欧夫妇的盛情。夫妇二人像慈祥的父母那样，看着我们大快朵颐，非常开心。

我偷偷跟杨震教授说："这么好的鸡，真不如剁成块，加点榛蘑和粉条，炖一炖更好吃。"杨震摇摇头，小声说："就是啊，小鸡炖蘑菇，美味。白瞎了这几只鸡了。"

耳语毕，我赶紧闭嘴，把餐刀继续伸向盘子里的鸡胸。

21. 格林

迈克尔·格林（Michael Green）教授是我的好朋友，也是世界侵权法学会的同事。他是美国北卡罗来纳州的维克森林大学法学院的教授，在侵权法领域是全球公认的专家学者，担任美国《侵权行为法重述（第三次）》主要报告人，并因其侵权法领域的杰出贡献而荣获美国律师协会（ABA）设立的罗伯特·B. 麦凯（Robert B. McKay）奖。

一

2013 年，我与格林教授在哈尔滨参加世界侵权法学会成立大会时第一次见面，同时被选为学会的执委会委员，从此在学会共事 10 年。

美国是普通法，又是联邦制国家，每一个州都有自己的法律，州法规则各不相同，因而就有了法律重述的示范法，如《美国侵权行为法重述》《美国合同法重述》等，在私法领域有重要影响。《美国行为侵权法重述》已经有三个版本了，即《美国侵权行为法重述（第一次）》《美国侵权行为法重述（第二次）》《美国侵权行为法重述（第三次）》，第三次重述完成了部分，尚未全部完成。

在《美国侵权行为法重述（第三次）》的撰写中，格林教授是主要报告人之一，他负责的部分已经写完了，在美国乃至世界上都很有影响力。格林教授作为美国最重要的侵权行为法专家之一，名副其实。他作为北美的侵权法代表人物，参加世界侵权法学会，成为执委会委员，实至名归。在第一届双年会上，会议主题是“产品责任”，产品责任又是在美国发生、发展起来的，因而，他的发言特别重要且有权威性。

两天的会议结束后，我们陪同格林教授等到黑龙江省的凤凰山风景区游览，晚上有一个篝火晚会，大家尽情地喝酒、唱歌、跳舞，高兴极了。

二

世界侵权法学会的第三届双年会，是在美国举行，讨论的主题是“交通事故责任”，是格林教授主持筹备的。

在纽约下了飞机，乘车走了很久，到了北卡罗来纳州，又拐了很多弯，在拐来拐去中车开进了一个森林茂密的所在，就到了维克森林大学的院内。看来，在中国人的思维逻辑中，把这所大学称为“森林大学”，确实命名不虚。

进到校园后，到处都是白色的飘带，看着又不像是飘带，树枝上、草丛上、球网上、窗户上……飘飘荡荡，迎风招展。我看着这些白飘带，觉得奇怪，便问同行的同事，是不是学校有丧事活动呢？都说不知道，按说是不应该的。

过了一天，我问格林教授，他说：“这是维克森林大学学生们自发的传统，是学校的球队赢球了，他们就抓起卫生纸挥舞着庆贺胜利。狂欢之后，大概半夜时分，就把挥舞的卫生纸悬挂各处。”

原来如此，惊奇之余再也不敢说关于“丧事活动”的猜想了。

这一届双年会，安排的议程特别丰富，前后开了五天会。其中特别重要的是讨论自动驾驶汽车的交通事故责任。除了学会的会员，格林教授还邀请了加拿大和美国各州研究交通事故责任的专家、保险公司代表、汽车制造商等各方面的人士参加。特别是还有加拿大魁北克的民法专家。我对《魁北克民法典》倍加欣赏，他们地区的交通事故责任规则也很有特点。我有意邀请他来中国人民大学访问讲学，借鉴他们的民法典的人格权立法和交通事故责任规则，回来后多次联系，没有成行，很是遗憾。

会议讨论自动驾驶汽车交通事故责任规则，引起我的极大兴趣。自动驾驶汽车涉及人工智能的应用，自动驾驶汽车交通事故涉及人工智能应用的侵权责任。借鉴会议交流的各国经验，回国后潜心研究，我对人工智能应用的侵权责任以及自动驾驶汽车交通事故责任规则的研究，很有体会，已经发表五六篇研究文章了。在编纂《民法典》时，一直推动在侵权责任编加入自动驾驶汽车交通事故责任规则，由于立法机关认为规定这一规则还是有点超前，规则也不成熟，因而作罢。

在会议上，还看到了美国学者承办会议的一个经验，就是研究专门问题，请求专门的企业提供资助。格林教授与特斯拉等美国汽车公司以及保险公司协商，为研究交通事故责任特别是自动驾驶汽车交通事故责任的前沿性问题研讨提供资助，使会议有了充裕的经费。这也给我们一个启示：法学学术研究应当与经济组织相结合，相互促进，共同发展。这是一个值得借鉴的方法。这方面，我的努力不够。

会议结束那天晚上，格林教授把参加会议的同事都请到他的别墅，参加告别宴。四层小楼坐落在绿树之中，请来的厨师和侍者来来往往，准备晚餐。进入格林教授的别墅，20 多人分别坐在客厅和餐厅中，欣赏着他的家具陈设。他说，买这栋别墅花了 40 万美元，真的是不贵。格林的儿女和孙子都回到家里，跟格林一起招待客人。宴会开始，一道又一道美食端上餐桌，大家品评着、欣赏着、享用着，直到很晚。

还要说一个小插曲。格林教授是有私人飞机的学者。他和另外两位教授合伙买了一架小型飞机，共同共有，停放在飞机场，谁要用，谁就去申请，自己去开飞机。因此，在美国国内开会，格林教授都是自己开飞机往返。

三

我一直想邀请格林教授到人大访问讲学，也想进一步与格林教授商量学会发展的问题。但是苦于学校不提供经费支持，需要由我来想办法。在这一点上，我的短板表现出来了，而格林的经验我还没有学会。

没有办法，我从我自己的出差经费中拿出来一部分，从研究中心的经费中拿出一部分，总算给格林凑足了路费，把他请到了中国人民大学，在法学院开课，系统讲述有毒物质侵权责任规则。课题新颖，内容丰富，给中国人民大学法学院的博士研究生、硕士研究生提供了美国侵权法的最新研究成果，也提供了新的研究方向。

讲完课后，我和姚辉教授请格林教授到古北水镇游览。古北水镇是在北京和河北交界处偏河北一侧的旅游胜地，也是长城的古北口关隘之地。长城处于崇山峻岭之间，随着山脊的走势蜿蜒起伏，特别壮观。水镇是一个小城，山水相依，浓淡相宜，景色极为优美。格林教授走在浓妆淡抹的山路之间，爬上陡峭险峻的古长城烽火台，欣喜异常，感受了中国山河的壮丽，流连忘返。

在路过一个温泉的时候，很多人都脱下鞋和袜子，把脚放在温泉里泡脚，我也见样学样泡起脚来，水温稍高，脚放在里边，如沐春风，如绵如柔，异常舒服。我反复动员格林教授也来试试。他坐在温泉池边犹犹豫豫，不肯尝试。最后在我的强力动员下，他才一层一层地脱下鞋和袜子，去掉腿上一层层的束缚，把脚伸到温泉中泡了起来。原来他患有静脉曲张，不太情愿露出患病的腿来当众泡脚。知道此情后，我很后悔，不该强劝他泡脚。

那一天，全国人大常委会正在讨论《民法典》分编的侵权责任编，有列席会议的人大代表要给侵权责任编提出修改意见，征求我的看法。我把我们讨论侵权责任编的有关意见讲给格林教授听，他非常高兴，希望中国能够编纂出一部先进的侵权责任法。

下了长城，我们在景区的小饭馆吃饭，点了 6 个菜，边吃饭，边谈世界侵权法学会的工作。天已经黑下来了，山下传来音乐声和欢呼声。我们赶紧吃完饭，向山下走去，看到正在进行灯光秀表演，美丽动人。灯光秀结束，我们赶回北京城里。

22. 小口彦太

在日本民法学者中，我与小口彦太教授的相识是最早的。那时候，我还在最高人民检察院（以下简称最高检）民事行政检察厅工作，经学者介绍，小口彦太邀请我去早稻田大学法学院访问讲学十天。后来我们还长期交往，建立了深厚的感情。

一

到早稻田大学访学，是我第一次到日本。在成田机场下了飞机，是在早稻田大学访学的留学生丁同学（他现在是我们人大法学院的同事）接的我，乘坐地铁到了早稻田大学的宾馆，安排住下。晚上，小口彦太教授设宴欢迎，并且告诉我十天安排的日程，包括一次讲演、一次给研究生授课，内容都是中国侵权责任法。其他时间，由丁同学陪我，参观学校和东京等其他地方。

在临出发之前，最高检领导嘱咐我，抽时间考察一下日本检察制度改革的进展，我跟小口彦太教授说了这个意思，他说他会帮我安排好。

早稻田大学是一所开放式的大学，没有高高的围墙，整个学校跟城市融为一体，就是城市的一个部分。这与我国的大学不同，与英国的伦敦大学相似。没有围墙的大学，我总觉得不太像大学，应该是习惯使然。

我的讲座安排在一个周末，因为周末会有更多学校的师生来参加。讲座开始时，有七八十人参加。小口彦太教授亲自担任翻译。在讲座之前，他拿出他收藏的我的几本著作，包括《侵权法论》和《人身权法论》，说明我在中国民法学界的地位。那天，我讲的是中国侵权法的现状和历史，讲得很有兴致，也很深入，做完讲座，回答了很多问题，讲座还是比较成功的。

考察日本检察机关的改革情况时，小口彦太将相关事项安排在学校的宾馆，有教授和检察机关的官员，谈得很仔细，因为我回去要向最高检做报告。座谈后，我请他们吃了西餐。

这次访学，除了学术活动，最值得说的，就是几位中国留学生带我去爬富士山。

开车走了很久，一直开到富士山的五丁目。在富士山，这里是汽车能开到的最高处，也是一个休息的场所，各种设施比较齐全。我请几位学生吃了乌冬面，然后就开始向山上爬去。

五丁目以上的山路，倒不是很陡，但是，路上铺的都是火山岩砂砾，开始还不觉得，时间长了，行走比较艰难，挺累。我看到很多年纪很大的日本男女，背着登山包，拄着登山手杖，信心十足地向上攀登。同学们告诉我，他们基本上都会爬上十丁目，也就是富士山的顶峰，我们可能爬不到，感觉累了就可以返回。当爬过七丁目，还没到八丁目的时候，我就坚持不住了，因此下山，回到五丁目。

在富士山上逗留期间，我看到了极其漂亮、壮观的富士山云海。上面是碧蓝碧蓝的天，下面是洁白无瑕的云海，富士山矗立在蓝天之下和云海之上，壮丽无比。

返程接近东京的时候，正是周五下班时间，极其堵车，从开到东京再开到早稻田大学，就用了一个半小时还多。当然，北京也堵车，但是东京更甚。

回国后，组织者要在日本出版有关中国法的专著，由我来写《中国民法的现状与发展》，写好后，是由小口彦太翻译的，成就了我在境外以外文出版的第一部专著。

二

回到北京大约一年后，小口彦太跟我说，他要带早稻田大学的学生访问北京大学，在北京待一周左右，很想到最高检访问考察。我向院里请示，院里外事部门同意接待，并作出了接待方案。我把这些信息告知了小口彦太教授，他很高兴。

来访的那天，小口彦太带来了 20 多位早稻田大学的学生，乘车来到最高检。接待地点安排在最高检的检察委员会会议室，是最高检最大、最好的会议室。落座后，我致欢迎辞，小口彦太致答谢辞，然后我介绍中国检察机关的设置和主要业务，之后回答学生们提出的问题。会议进行得紧张、热烈，讨论很深入，使早稻田大学的学生了解了不同于日本检察机关的另外一种法律监督模式。

中午，在当时东华门外的香港美食城宴请来宾。我请随团来访的七八位教授喝黄酒，边喝边谈，继续进行学术讨论。访问团的同学们在大厅餐食。饭店准备得很仔细，黄酒杯都有温酒的瓷罐，黄酒中加了话梅，客人们都很喜欢，谈兴甚浓，酒足饭饱之后尽兴而归。

三

我到了中国人民大学法学院任教后，有机会经常到日本访问或者参加学术活动。因此，与小口彦太教授经常见面。有一次，应邀到早稻田大学访问，小口彦太把我引荐给奥岛校长。奥岛校长问我在日本喜欢吃什么菜，我说喜欢刺身。晚上，小口彦太就按照校长的意思，把晚餐安排在东京最好的鱼餐馆，吃上了各种各样的鱼的刺身，美味至极。

后来，小口彦太升任副校长，工作繁忙，见面的机会减少了很多。直到小口彦太卸任副校长，活动比较自由了，又有了较多见面的机会。有一次，他在中国人民大学法学院访学半个月，除了讲学，还有一些其他的活动。在他离开北京之前的一个晚上，我邀请他吃饭，他欣然应允。

我家楼下有一家常德人开的湘菜馆，叫“万吉大丰和”，还比较高档，晚宴设在这家湘菜馆的一个包间，我请了日语专业的陶盈博士作陪，一共有 5 个人。我带了一瓶茅台酒，在万吉大丰和点了 8 个比较好的常德菜，千叮咛、万嘱咐要少加辣，因为日本人对湖南菜的辣是接受不了的，我也不行。其实，湖南馆子的厨师就是少加辣，菜也还是够辣，不过，菜上来后，小口彦太吃得蛮好，还能接受。

宴会中，谈起了第一次见面，算起来已经 20 年了，我们两位也都不是 20 年前的样子了。他的专业是研究中国法，研究得相当好，对中国法律十分精通，中文能够说一些，只是不很精通。好在有专门学习研究日语的陶盈博士翻译，因此，聊天非常深入。

我很感谢第一次到日本时，小口彦太的精心安排和给予的关照，他也感谢我在最高检时对他和学生访问团的接待。因为都快要退休了，时间比较宽松，相约经常见面。

晚宴进行中，我想起来一件事。日本川井健教授研究侵权法提出了部分连带责任分担的不同看法，即部分连带责任规则，主张共同侵权人对自己行为的原因力重合部分承担连带责任，不重合的部分应当由行为人自己负责。我借鉴他的见解，提出环境侵权等责任在符合条件的时候，可以应用部分连带责任规则。这个见解被最高人民法院的司法解释采纳，规定了具体的规则。我跟小口彦太教授说了这件事，请他把中国司法解释借鉴这一学说的情况转告川井健教授。小口彦太教授说："太好了！我一定转告他。他听了这个消息，一定会非常高兴。"

说起来，还是茅台酒起到了很大的作用。那时候，我不喝酒，但有陶盈博士等陪同，一瓶茅台很快见底，谈兴随之更浓，大约到 10 点，方尽兴而归。

我把他送上车，陶盈把他送回宾馆。分别时，我俩握着手，久久不愿意松开。那次分别后，我们至今还没有再见面。

23. 松本恒雄

松本恒雄是日本一桥大学法学院最牛的民法教授。我认识他，是他在中国人民大学访问的时候。他的个子比较矮，除讲座和开会外，言语不多。跟他在一起吃饭时，说起了我有一个学生想到一桥大学法学院攻读博士学位，松本欣然应允。从此开启了我们之间的友谊。

一

我的这位硕士研究生是朝鲜族，原来就学过日语，基础比较好。松本访问结束回国后，她开始办理申请读博的各项手续，顺利过关，去了一桥大学法学院，跟着松本老师研究民法。

说起来有一个故事，是后来在一桥大学任职的王云海教授告诉我的。

我在一桥大学访问时，我请王云海教授吃饭。谈到我的学生在一桥大学读博时，云海告诉我，我的这位学生在一桥大学读博的中国学生中开创了一个先例。按照一桥大学的规矩，外国人申请读博，需要先读一年预科，然后才能申请读博。在一桥大学教授委员会讨论我这位学生的读博资格，即是否需要先读预科时，松本却先不介绍学生的情况，而是先介绍她的老师的情况，说我是中国最好的民法教授之一云云，然后才说，这样的老师的学生，是不是不必读预科，直接读博呢？由于没有先例，日本教授没有积极发表意见。云海教授听完松本的介绍，认为这是一件好事，对中国留学生特别有利，就第一个发言，积极支持松本的意见。然后其他教授也都发言支持，因此，就决定了我的学生直接读博，不必先读预科。这是一桥大学的外国留学生不读预科直接读博的第一例。

听了这个故事，我真的感谢松本教授，也真的感谢云海。云海是改革开放后最早到日本留学的留学生，毕业后是第一位被日本大学聘为教授的中国学者，在日本刑法学界有很高的威望。

松本教授对我的学生非常关照，要求也很高。在 3 年期满毕业时，我的学生通过了博士论文答辩，获得博士学位，回国后被湖南大学录用任职。

二

2009 年 12 月 26 日，全国人大常委会通过了《侵权责任法》，这是世界范围内第一部成文侵权法，特别值得重视。兴奋之余，我想东亚应该有一个专门研究侵权责任法的机构，因此先与松本教授商量，他欣然同意。后来我又跟韩国的苏在先、延基荣等教授以及我国台湾地区、澳门特区和香港特区的侵权责任法专家协商，他们都同意设立东亚地区侵权法的研究机构——东亚侵权法学会，约定 7 月初在中国黑龙江召开成立大会。

2010 年 7 月 1 日，东亚侵权法学会第一次会议暨第一届学术研讨会在黑龙江省伊春市隆重举行，宣布成立东亚侵权法学会，每一个创始人在《伊春宣言》上签字，确定会议的宗旨是起草完成一部《东亚侵权法示范法》。松本教授被推选为副理事长，我被推选为理事长。

第一次学术研讨会的主题，是讨论制定《东亚侵权法示范法》的提纲，经过反复讨论，确定了该示范法的基本大纲。在讨论中，松本教授仍然话语不多，但是句句都有分量，显示了其深厚的民法修养和学识。经过几年来学者们的不懈努力，这个任务在 2016 年宣布完成，出版了中、日、韩、英、葡五种语言版的《东亚侵权法示范法》。

会议结束后，我和黑龙江大学的杨震教授陪着各国和各地区的学会会员，走访了伊春市的三个林业局，观赏了东北小兴安岭的大森林，还有被山火烧毁的林区建成的山火博物馆。也吃了各式各样的东北菜，打消了东北菜就是大锅炖的习惯看法。

松本教授十分喜欢东北菜，也喜欢喝东北的烧酒，吃完东北菜，喝完东北烧酒后，他的脸色红润，有时候还情不自禁地唱几句，跳几下日本舞蹈，非常可爱。

三

日本福岛大地震那一年的年初，松本教授热情邀请我到一桥大学访问讲学，提供资金 55 万日元，时间一个月。我欣然来到一桥大学主校区所在地的国立市，这里离东京不远，是樱花之都，学校门前的马路两边，都是百余年的樱花树。因为我是 3 月初到达，花苞还在孕育，没有开放。松本教授告诉我，在我月末要离开时，应当能够开花，至少部分樱花会开放，但还不是盛开期。

一桥大学是一所文科大学，与中国人民大学相似。学校的规模不大，据说只有六个学院，法学院是最好的学院之一，在日本的影响力排在前列。校园也不大，但是环境优美，有各式各样的花草树木，虽然还是早春，但是已经春意盎然、郁郁葱葱，把春天表现得淋漓尽致。

住在访问学者的公寓中，每人一间房，虽然房间很小，但是设备齐全，桌椅、书架、电脑、电视、电磁炉等一应俱全，可以做饭、洗澡等，走廊里还有公用的微波炉。只是空间狭小，转身需要注意才行，否则难免要磕碰到。

一个月的时间，要讲两三次课，开两次报告会，工作量不大，因此，有很多时间可以研究自己的课题。我到图书馆办了借书证，图书馆很大，书很全，研究条件相当好。

我也到松本教授的研究室去过。一个很大的工作室，满墙都是书架，一直连接着棚顶，房间的举架很高，书架就显得极其高大，显得研究室主人的学问渊博，令人羡慕。

松本教授有一个很重要的职务，是日本消费者委员会主任。日本政府设有消费者厅，主管全国的消费者保护政策的制定、监督管理和权益保护。消费者委员会是民间组织，类似于我国的消费者协会，但是地位和职能完全不一样。消费者委员会设在消费者厅的楼上，国家提供经费，职能是监督消费者厅的工作，维护消费者的权益，消费者厅只能接受消费者委员会的监督，不能管理消费者委员会。我们的消费者协会是在市场监督部门的领导下开展工作，说是监督，实际上是领导与被领导的关系。

松本教授带我去他的消费者委员会参观。他告诉我，把消费者委员会设在消费者厅，就是为了方便监督消费者厅的工作，他的办公室跟消费者厅厅长的办公室一样大。通过他的办公室窗户，可以看到内阁总理大臣的官邸。松本开玩笑说，他不仅能监督消费者厅的工作，还能直接监督总理大臣的工作呢。

四

在消费者委员会参观结束后，我和学生去国会图书馆查阅档案，寻找“伪满洲国民法”的亲属编和继承编。那时候，正在为编纂我国民法典做准备工作，我想把被大家忘记了的“伪满洲国民法”找齐，作为参考资料。吉林大学的马新彦教授帮我找到了“伪满洲国民法”的前三编，即总则编、债编和物权编，早期的亲属编和继承编适用原国民政府制定的民法典亲属编和继承编。在1945年东北光复之前不久，通过了“伪满洲国民法”的亲属编和继承编，但是，找遍长春的各种档案，也没有发现这两编的原文。我去一桥大学访学还一个很重要的任务，就是在日本国会图书馆查找伪满洲国的档案，看看是否能够找到这两编。

那天下午到了国会图书馆不久，就发生了地震，这些经历，我已经写在《遭遇日本地震》那篇文章中了，在此不赘。地震险情不断提高，我不得不提前终止访学，打道回府，为了安全，乘坐出租车去羽田机场，只是出租车费就花了 19,800 日元。

24. 潮见佳男

潮见佳男教授是日本重要的民法学家，是当代日本侵权法学者的翘楚。他出生于 1959 年，师从北川善太郎先生，获得博士学位后，在京都大学任教，曾担任京都大学副校长、京都大学法学院院长、日本司法考试委员会委员、日本法制审议会民法（债权关系）分会干事等。在债法领域，尤其是对侵权行为法的研究造诣颇深，深度参与了《日本民法典》债法的修订工作，很多观点为立法机关所采纳。在日本民法学界影响深远，在东亚民法学界有很大的影响力，他的著作是国内研究日本民法必不可少的参考资料。

他作为 21 世纪初日本民法学研究的杰出贡献者，较早提出重构传统侵权行为法的主张，激起了理论界和实务界的极大兴趣，在日本侵权行为法研究领域影响深远。他立足于侵权行为法领域相关的个别问题的深层次研究，逐步展示了侵权行为法理论研究的体系化，解决侵权法领域长期存在的具体问题。

初闻潮见佳男教授，是我到日本关西大学开会期间。会议休会时，在日本留学的中国学生陪着我逛街。我问他们，当代日本最牛的侵权法教授是哪位呢？他们说，是潮见佳男教授，是京都大学法学院研究侵权法的一流学者。后来，我让留学生带我去书店找潮见佳男教授的书，找到了他的两卷本《侵权行为法》，斥巨资买了一套，带回了国内。

我很愿意收藏日本学者的民法专著，尽管没有学过日文，但是，由于日文中的汉字很多，经常翻一翻，大概能看懂主要意思。特别是著作的篇章结构等，主要是汉字，认真阅读，对自己结构书稿、设计课题框架，很有参考作用。此外，我还带了几位日语比较好的博士生和硕士生，看到有价值的部分，就让学生给我翻译过来，在自己的论著中引用，用以借鉴或者佐证自己的论点。这是我在研究中借鉴日本文献的主要办法，借以弥补语言方面的缺陷。

我举一个典型事例。

在研究侵权法的多数人侵权行为时，对共同侵权行为，中日学者在基本立场上大致一致。后来，我结合中国的侵权责任立法，深入研究了分别侵权行为，也取得了很好的成果。但是，对于适用不真正连带责任的多数人侵权行为究竟应当怎样称谓和定义，找不到恰当的概念和合适的理论作为基础。找遍了国内的著作，对此都没有说明。对知识产权法关于间接侵权行为的理论，原本觉得很有参考价值，但是深究起来并不管用，不符合传统侵权法理论的要求，因而放弃。

就在这时，我浏览潮见佳男教授的《侵权行为法》一书时发现，他对承担不真正连带责任的多数人侵权行为表述的理论基础是原因竞合，对我特别有启发，就让在读的博士研究生陶盈（现为首都经济贸易大学的副教授）给我翻译成中文，感觉非常有参考价值，进而形成了多数人侵权行为及其责任体系的学术理念，厘清了共同侵权行为的基本特征是数个人的侵权行为结合成为一个侵权行为，因此核心在于“共同”；分别侵权行为的基本特征是行为人独自实施侵权行为，并不是共同实施，因此核心在于“分别”；而承担不真正连带责任的多数人侵权行为的基本特征，虽然是分别实施，但是，每一个行为人的行为在造成同一个损害时，行为发生原因竞合，因此核心在于“竞合”。因此，承担不真正连带责任的多数人侵权行为，如生产者与销售者承担的产品责任等，概括为竞合侵权行为，其后果是承担不真正连带责任。最终构建成多数人侵权行为的体系为共同侵权行为、分别侵权行为和竞合侵权行为，承担的责任分别是连带责任、按份责任和不真正连带责任。这一理论设计的基础，就借鉴了潮见佳男教授的原因竞合理论。

当然，这只是我的侵权行为法理论研究受到潮见佳男教授理论影响的一个事例。潮见佳男教授的《侵权行为法》一书，是非常严谨的侵权法理论著作，具有重要的影响。那时，我就让陶盈博士把它翻译成中文出版，可以更好地了解和借鉴日本的侵权行为法理论。

当时，我还没有跟潮见佳男教授见过面。后来，我们在日本和其他国家见过几面，他给我的印象是谦和、少言、博学、深沉、宽厚，是一位儒雅的学者。由于语言不通，很少深谈，但是，我本就敬佩他的学问，再看到他的儒雅表现，十分敬重他。

后来，潮见佳男教授担任了京都大学法学院的院长，后任副校长，工作很忙，就很少参加一些研究侵权法的活动了。不过，在日本参加民法学术活动时，还是可以经常看到他的。

2022 年惊悉潮见佳男教授不幸因病逝世，不胜悲痛。他是 1959 年出生的“50 后”，比我小 7 岁。他本应当对日本民法作出更多贡献，却英年早逝，留下了巨大遗憾，是日本民法学界的重大损失，也是世界侵权法理论研究的重大损失。因此，悲哀之情不胜言表。愿潮见佳男教授在天国安乐！

陶盈早就开始翻译潮见佳男教授的《侵权行为法》，她与潮见佳男教授就翻译问题长期探讨，对译本精益求精，后来，潮见佳男教授的学生李春博士也参加了翻译，终于完成了这部著作的翻译工作。花了很长时间，以至于潮见佳男教授生前没有看到这部中文译著的出版，甚为遗憾。

不过，在潮见佳男教授逝世后出版他的著作的中文译著，是一个有意义的中日民法学术交流活动，也表达了对他的悼念之情。潮见佳男教授的这部侵权法专著能给我国的侵权法理论研究和立法、司法提供更好的借鉴，也借此机会怀念我的朋友潮见佳男先生。

第三辑

—

学之点滴

25. 小学

我的小学念了约 6 年半，1960 年 9 月入学，1966 年 7 月毕业，却直到 12 月才升进初中读书。在这 6 年半的小学学习生活中，我转了 3 所学校，最后在师范附小学习了 4 年，在这个学校结束了小学的学习生活。

民主路小学

民主路小学是家乡资格最老的小学，最早叫东昌完小，全称是东昌完全小学。所谓完全小学，是包括高级小学和初级小学。那时候，小学也分为初小和高小，分别为四年和两年。之所以称为东昌，是因为通化在清末设县治，后来在民国时期，县城分为东昌区、中昌区和西昌区，而东昌完小位于东昌区。

在原来的小县城里，东昌完小的位置极为优越，居于县衙的对面靠东，再往东就是县城的东门了。这也可以看出当时对小学教育的重视程度。

1949 年之后，当时县衙前边的东西向主路改称为民主路，东昌完小也就自然成了民主路小学。我家后来就住在这条民主路西边的尽头，与民主路小学同是一条大街，有五六百米的距离。

民主路小学是真正的“四合院”，不过不是北京的四合院，而是四面平房合围的大院子，中间的院子可以划 400 米的跑道，开运动会正合适。靠北临街的一排房子中间是大门洞，有黑色的大门，进门迎面的是很高的讲台。早操时，体育老师站在讲台上面领操；开会时，校长站在讲台上面训话。在我们小学生的心里，这个讲台似乎是神圣的所在。

我在民主路小学学习了 2 年。当时是九年一贯制，语文第一课就是：“开学了，开学了，妈妈送我上学校；打开书本细细瞧，共产主义风光好。”原来在上学前都学过字，念这样的课文没有困难，只是我上学校不是妈妈送来的，而是自己拿着户口本到学校排队报名，开学第一天自己背着书包，顺着民主路走进学校，开始上学的。这是因为妈妈已经参加工作，没有时间“送我上学校”。

比较惨的是，我的这个班是一年二班，开学第一天开始，就没有老师，记得好像是老师休产假，学校把我们班分成八九个小组，分配到一年级的各个班级。每一个班增加这么多学生，座位也不够，只能在原班同学的课桌旁边加上一把椅子，整整“旁听”了一年。

二年级，我们这个班终于有了班主任，班级教学走上了正轨，开始按部就班开展教学，我被任命为班长。记忆比较清楚的有两件事：

一是擦黑板。由于黑板掉色，弄得我满头满脸粉笔灰和黑板的墨迹，从那时起，我就得到了《白毛女》电影中“杨白劳”的绰号，一直伴随我的小学期间。那一天，同学取笑我说：“本来是杨白劳，结果变成了杨黑老了！”

二是班里有几个调皮鬼，不好好学习，净出“幺蛾子”，影响同学们的学习。老师提出好同学要带坏同学，让我跟他们中最调皮的一个坐在同一个座位，关系处得很好，也想带动他好好学习，但其实是管不了他的。学习的热情通常不是别人能影响的，而是靠个人的自觉。

二年级这一年，有很好的学习环境、学习秩序，满足了自己的学习欲望，受益良多。

隆发小学

不知道是教育局还是学校的政策，三年级一开学，把我们两个班集体调到隆发小学。理由是，民主路小学实行九年一贯制，我们这两个班是按照十二年学制招收的，不同的学制混在一起学习有困难，故集体转学。其实，我并没有感觉到有不适应的问题，但是学生当然说了不算。

三年级开学的第一天，我们这两个班排好队，校长讲了讲话，就出发了。沿着民主路，走过我家门前，拐进西关的北街，一直向山里走，爬到半山腰，就是隆发小学。隆发小学的条件比民主路小学差多了，依山两排房子是教室，前边平整出来的大操场倒是很宽敞。

我们班新的班主任是赵老师，兼任学校少先队的大队辅导员。人极好，但态度极为严厉，班里的同学都很怕她，最调皮的同学也不敢淘气。因此，班级的纪律状况比在民主路小学时好多了。同样是一个班的学生，在前任班主任的管理下，淘气学生可以放心大胆地淘气；换了一个班主任，淘气学生就不敢为所欲为。看来，关键还是管理。

赵老师对我非常好，认为我学习成绩好，又有组织能力，在同学中威信比较高，就有一个缺点——上课爱讲话。这可能是我的一个特点，听别人讲话愿意在下边评论，直到今天也是如此。按照东北人的说法，这就是“嘴欠”。不到一个月，赵老师提议我做少先队大队委员，学校同意，我就戴上了“三道杠”，三年级只有我一个。那时候，上学要戴红领巾，少先队干部要戴“标志”。每天“三道杠”的标志戴在左臂外侧，也很得意，大小还是个“领导”嘛！

赵老师跟别的老师说：“这个班啊，一筐木头砍不出一个砦（zhài，即楔子），就出了这么一个算不错，还上课爱讲话。”

我在隆发小学度过了 2 个月的快乐时光。

可是好景不长，我们又要转学了，我们这两个班集体转学到师范附小，理由还是一样，隆发小学是十年一贯制的实验学校，教学计划不同。师范附小是十二年制的小学，我们也是十二年制，就一起转到了师范附小就读。

师范附小

转到师范附小读书，其实是因“祸”得福，因为在当时的全市小学中，师范附小的校舍是第一好，号称家乡唯一一所“暖气楼”小学，同时，因为附小是师范专科学校的附属小学，教学条件和师资水平都是得天独厚的。

学校靠东是一座三层楼，就是前文说的那座有暖气的小学教学楼，教室宽敞、明亮，虽然是水泥地板，却平滑、闪亮，条件非常好。教学楼的西边是操场，再西边是一条小河，河的对岸是成排的平房教室，平房教室的最北边，是一个很大的俱乐部，市里的少年之家在这里。放学后，我们可以去少年之家玩跳棋、军棋、康乐棋等，也算“独得”的福分。

学校的安排是，一年级至三年级在河西校区，四年级至六年级在教学楼上课。我们到师范附小时是三年级，因此在河西校区；上四年级，就搬进了有暖气的教学楼，是四年五班。五年级时改为五年四班，六年级是六年四班。

师范附小的教学要求非常高，各项制度非常严格，各种活动五彩缤纷。到了四年级，我在班级里当班长，在学校是大队委员，又戴上了“三道杠”。这是因为师范附小大队委员要四年级以上的学生才有资格担任，因此，三年级时我是中队长。后来，五年级是副大队长，六年级是最高年级，任大队长了。

在学校里的学习，我是比较拔尖的，考试考成第二名时，都要哭鼻子，因此，和班级里的几位学习好的女生比拼很激烈。在今天，这些老同学见面、聚会，说起争第一的情景，还是历历在目。

不过，在学习上有两件事，其他同学没有经历过。四年级时，苏老师认为我的学习不错，要考验我，也是给其他同学做示范。

有一次，苏老师让我在黑板上做一道题，是他在初中一年级数学课本上找到的一元一次方程题，让我在黑板上解。那时，我还不知道代数的原理，不知道 X 在代数算式的用法，就用“？”代替未知数，解出了这道题，乐得苏老师逢人便讲，说他的四年级学生能够解初中一年级的代数题。

还有一次，苏老师上语文课时，带来一块小黑板，上课后就放在大黑板上，是反着放的，抄录的是一段古文，让我念。我看仔细后，比较顺利地念了下来，接着他就又是一顿猛夸。

我在师范附小参加了太多的课外活动。

在学校组织的学生绘画展览中，老师的要求画抗战的宣传画，我按照小人书上的图，画成大幅的画作参加展览。其实我没有绘画的天赋，不过是照葫芦画瓢而已。参加过学校的雕塑展览，作为解说员，讲解泥塑作品的意义。参加过夏令营，作为组织者的工作人员，参加组织活动。

从三年级到五年级，我一直都参加文艺队的训练和演出。指导老师是傅老师，他是师范专科学校音乐系的高才生，似乎任何带眼的、带弦的、带键盘的乐器，都会演奏。我们在排练时，通常就是他一个人伴奏，唢呐、二胡、手风琴、锣鼓镲一起来，绝对有一套。他借给我很多种乐器，让我练，但是，哪一样也没练成，主要原因是没有经过专门训练，记谱也不够好。我小学毕业后，他去了剧团做专业演奏员，再后来就没有联系了。文艺队演出后大家出钱，去照相馆照了身着演出服的集体照，挺有纪念意义的，不过，因为身边挨着的是一个女生，被人家起哄，我气得将照片剪碎了。我知道照相时在我身边的那位女生现在还保留着这张照片，她的丈夫在法院，是我的同事。

在文艺队，除了大合唱，最主要的是表演东北民间舞，我做领舞，连续三年参加市里的少年儿童文艺汇演，只有我一人获得个人表演奖；集体没有获过奖，但是被选中参加地区的汇报演出，还是有收获的。

五年级以后，我们就是师范附小的高年级学生了，学校的老师、校工甚至领导都跟我们很熟，我们也就成了维护学校秩序的主力。假期经常去学校陪老师值班，下雪就去学校扫雪。学校的操场很大，很难扫完。我和几名男生拿出扫把，先扔在地上，一个个躺在洁白无瑕的雪地上，印上自己身体的印记，再接着打滚，让自己的身形连成一片，很像小时候用剪刀剪纸人儿剪出的手牵手的连环小人，只不过身形大多了。玩够了，在操场上扫出可以行走的人行道。

六年级的老师是白洪亮老师，是全校最严厉的男老师。有同学背后取笑他的名字，说“一白就红，一红就亮”。老师听了也不生气。我们那时升初中已经不考试，是分配制，因而六年级不用备考。白老师说，既然不用备考，我就教你们练字，不练成一笔好字，别说是我白洪亮的学生。因此，我们每天都要写一篇小楷，第二天老师就一篇一篇地批改。我现在写的钢笔字还可以看，就是在白老师的督促下练成的。

本来 6 月末 7 月初就应该毕业了，但是因为 1966 年开始的动荡，就没有毕业，而且进驻了工作组。我作为学生代表，参加学校的活动，每天还挺忙。最后，还被推选参加了全市的积极分子代表大会，享受了很高的待遇。

白驹过隙，逝者如斯。

转瞬之间，小学已经成为遥远的过去，幼时的同学一个一个都变得有些老态龙钟了。过往的幼时经历，早已是过眼烟云。不过回想起来，很多甜蜜的场景如在眼前，真的难以忘怀。

26. 戒烟

“吸烟有害健康！”这句话，今天每个人都耳熟能详，但是20世纪60年代可没有这句话。如果那时有这句话，我就不会学吸烟。

说起吸烟，那是很早的事情，我的烟龄很长，曾经是一个老资格的烟民。不过后来还是戒掉了，尽管其中也有很多曲折。

学吸烟

1966年，我的小学已经毕业，中学还没有开学，在家待着没事干的时间大约有半年。那时，我三哥已经下乡插队了，不过也返回学校，与在校学生一起参加运动。他和他的同学一起到郊区生产队开展学农活动，跟农民一起干农活。

十几天后，三哥回来了。刚到家，他就告诉我们家里的所有人，他学会了吸烟。

我家里吸烟的人很多，父亲和母亲都吸烟，大哥也吸，所以，都不把吸烟看成严重的恶习，孩子学会吸烟也不是大不了的事。所以，三哥学会吸烟也没有受到批评。这样，三哥吸烟就成了一件公开的事。

三哥享受了吸烟的乐趣后，开始向我传授经验，还说以前没有学会吸烟时，都是瞎抽，没有掌握吸烟的要领。他跟农民一起吸烟，就知道了吸烟的方法，是要把烟真正吸到肚子（实际是肺）里去。然后，他就按照学会的样子吸给我看。吸一口烟，张开嘴，向里吸气，烟就顺着吸的空气进入了肺部，然后慢慢地把空气和烟一起呼出来。他说，只有这样一吸一呼，才是吸烟，才能真正体会到吸烟的乐趣。

我自然要试一试，结果第一口就呛得倒抽气，差点没栽个跟斗，猛烈地咳嗽，接着就头发晕，没体会到吸烟有什么乐趣。但是，这次却真的学会了吸烟时怎样吸气才能让烟进到自己的肺部，又不至于呛着。

之后又试了几次，也就学会了吸烟。其实学做坏事，大概都不用怎么认真学，弄一弄就会了。我吸烟就是这么学会的。

中学开学后，很多学生参加了文斗和武斗，我们都小，也没有胆量参加这样的活动，就在家里跟几个同学一起，在我的传授下他们都学会了吸烟。一人凑几分钱，就可以买一包九分钱的经济牌烟或者一角四分钱的握手牌烟，如果钱再多一点，就可以买二角钱的蝶花牌烟，然后就在家里吞云吐雾。

第一次戒烟

在初中的最后一年，我们是第十三中学的最高年级。那时候，刚刚复课闹革命不久，老师对学生还是很顾忌的，对学生爱管不管，学生很随意，不讲什么师道尊严。

有一次，我和大忠在学校值班，一起值班的还有于老师。不知怎么就说起吸烟的事情。于老师看着我们，很严肃地说：“你看看你们自己的手，吸烟吸得手指都熏黄了，还是不要吸烟了吧。”

我们都说：“其实早就想不吸了，吸烟也没有什么意思。”

于老师诚恳地说：“我早就知道你们吸烟，这不是好事。戒不戒烟，要靠你们自觉。坏学生吸烟我管不了，你们是好学生，要听老师的话，还是戒了好。”

我和大忠就将吸烟的烟嘴和火柴都交给了于老师，算是缴械投降，声明今后要坚决戒烟了。

回家后，我和大忠商量戒烟，不过在戒烟之前，想要犒劳自己一下，不能就这样不明不白地戒了。用什么办法犒劳呢？我们商量的一致意见，是买上一包好烟，狠狠地吸一顿，然后就再也不吸烟了。

我俩实行 AA 制，每人凑了 0.32 元，一共 0.64 元，到第二百货商店买了最贵的一包中华烟，回到我家。大忠分了几支给我妈和我哥品尝。我说："也给你妈留几支吧，让她也尝尝好烟。"大忠说："不行，我妈根本不让我吸烟。哪敢给她好烟抽？自己找死。"

好像"后事"都处理完了，我俩就躲在我家的小屋里，一口气就把剩余的十几支烟全部吸干净了。虽然觉得很悲壮，但是吸得头昏脑涨，两眼发花，嘴里呛得好像没有皮了。

第二天，我们就真的不吸烟了，受到了于老师的肯定和表扬。

复吸和复戒

插队到农村时，我们一个集体户的七位男知青一起下决心，谁都不许吸烟，而且都表达了坚定的决心。

但是，在农村戒烟真的不容易，原因是大人小孩都吸烟，跟贫下中农要点旱烟也不用钱，都会送给你。到了贫下中农家，一坐下也都拿出烟笸箩，让你尽情地吸，很难拒绝。

刚开始时，我当集体户户长，认真管了几次，有一次还发火，教训偷着吸烟的同学。不过，最后谁也没有守住自己的底线，我自己也跟着一起吸了起来。

生产队的小姑娘都会吸烟，更不用说小小子了。干活歇气时，都坐在或者躺在地头，撕下一张纸，捏出一点烟丝，三下两下就卷成了一支"冲天炮"，点上以后，烟从鼻子里一冒，疲劳顿消。

队里的小姑娘都把旱烟装在衣兜里，随便得很。和小姑娘们在一起吸烟，也挺有意思的。你不想吸，她偏要给你卷上一支，不吸也不好意思。吸上了，大家就都嘻嘻哈哈，快乐得很。

参军后，我也戒了几次烟，后来也都复吸了。我吸烟的过程就是这样，总是断断续续的，烟瘾不大。但是，有一次犯了烟瘾，倒是真不好受。

那一年，我们部队在黑龙江的双山农场种麦子。我买了一些旱烟，按照老兵介绍的经验，用烧锅里弄来的酒，稀释一点从食堂偷来的白糖，喷在烟叶上，晾干，加工成烟末，卷起来吸，味道很不错，比光吸旱烟好得多。

有一天，我到营部给教导员写材料，偏偏就忘了带烟。写材料遇到一个写不下去的问题，突然就想要吸烟。营部与我们连的驻地有 8 华里，不可能回去找烟。可是越没有烟，想吸烟的念头偏就越强烈。我住在教导员的宿舍，教导员也吸烟，我就到处翻起来，也没有找到。偏偏在这时候就忍不住了，材料也写不下去了，不知道该怎么好。

抓耳挠腮之际，我掀开炕席，哈哈！就在炕席底下，隐藏着大半截烟头。我如获至宝，却又找不到火柴，急得我直跳脚。好在炉子里还有一点火星，终于点着了烟头，度过了这一次的烟瘾发作。这是我吸烟以来，犯得最严重的一次烟瘾。吸了这截烟头，材料也就很快写出来了。

复员回家乡，到法院工作，也戒过烟，又都复吸起来。吸与不吸，时间几乎各占一半。尽管烟龄较长，我的烟瘾却不大，一天吸六七支，一包烟大概能吸 3 天，一个月也就是一条烟。那时的工资不多，但是吸几支烟还吸得起，也就不在意。每月从烟酒公司“走后门”买出来一条“大前门”，3.90 元或者 4.00 元，一个月就够了。那时的机关，2.80 元一条的迎春烟是普通干部的标准烟。我和院里的文子一样，都吸“大前门”，很多人认为我们几个特别奢侈。

不过，后来我真的戒了烟，不为别的，是因为住院做扁桃体摘除手术，喉咙痛得要命，还敢吸吗？住院 12 天，一直没吸。心想，干吗要受这个罪呢？决心一下，也就真戒了，一直到现在。

对了，还有一件事，2003 年的“非典”时期，有一个传言，说吸烟可以防治“非典”，吸烟的人不得“非典”。学校封校，老师可以自由出入，到学校，跟几个博士生在一起，他们就劝我吸几支烟，预防“非典”。我跟着他们吸了大约有一周，突然发现有复吸的可能，吓得赶紧收心、收手，坚决不吸，顶住了诱惑，没有复吸。

看来，有些事情还是要真正看到不良后果。没有看到、体会到不良后果之前，改正或者预防某一类毛病就没法真正下决心。看到了、体会到了这种不良后果，改正、预防毛病的决心也就有了，才能大功告成，使自己成为一个自律的人。

27. 戒酒

说起戒酒，是有很多话要说的。我历来主张，戒烟是必需的，因为吸烟没有好处；但是，酒可以不戒，因为适当饮酒有益于健康。可是，我也正是因为心中持有这样的信条，才在戒酒上一误再误，使自己的胃病不断加重。

一

我的父亲是饮酒的，也很爱酒。小的时候，我也看到过父亲喝醉的样子，但次数很少。他一直饮酒，却没有得过胃病。

父亲饮酒，每天晚上喝一二两白酒，我在 10 岁左右时，也会跟着喝一两口，甚至在洗碗时会拿起父亲的酒壶，喝上一口，再接着洗碗。正因如此，18 岁之前，我对喝酒并不陌生。

那时候，喝酒喝的都是白酒。早先，50 度白酒一斤 0.60 元，60 度白酒一斤 0.80 元。后来贵一点，50 度白酒 0.8 元，60 度白酒 1.00 元。啤酒很贵，一瓶啤酒好像 0.40 元，散装啤酒一斤 0.20 元。记得有一天，父亲好像有什么高兴的事，让我到对面的饭馆给他买一瓶啤酒过过洋酒的瘾，我就去买了一瓶。吃饭时，父亲小心翼翼地打开啤酒瓶盖，把啤酒倒在碗里，啤酒泡沫起得很高，样子非常诱人。他让我们每个人喝一口，我们都是第一次喝啤酒，喝下去后，都说这不是酒味，像马尿的味道，好像以前喝过马尿似的。剩下大半瓶，父亲一小口、一小口地喝着，不断地咂嘴品味，似乎特别享受。

我的四叔一直在当地的白酒厂工作，是保卫干部，有得天独厚的条件，每天都要在烧锅出酒的溜子上接上半茶缸白酒，喝完继续工作，一天两顿。“四清”时，检讨“四不清”，群众揭发他的问题，就是白喝厂里的酒，计算一下，一天差不多喝一斤，共有多少天，总共白喝了多少酒，据说可以按吨来计算，让他退赔。他当然退赔不起，再说喝的是厂里的酒，酒厂的人还有不白喝酒的吗？多写几次检讨，多痛哭流涕几回，再加上群众批判、“洗澡”，也就过关了，继续当保卫干部，还继续喝酒。

不过，也是喝酒喝多了，他后来胃不好，不敢喝白酒，只能喝啤酒。我看到他喝啤酒，是先打开啤酒瓶盖，插上一根筷子，在热开水中温酒，防止啤酒加热后泡沫窜出来，是要喝热啤酒。

我问他：“冰镇啤酒解暑，常温啤酒也有味。你的这种热啤酒什么味啊？能受得了吗？”

他说：“白酒不能喝了，冷啤酒也不能喝了，喝点热啤酒，总比不喝要强吧？”

爱酒之人，没有办法。我跟他“哈哈”大笑后，看着他喝那有点烫嘴的热啤酒。

二

不过，少年时代的喝酒属于闹着玩，试验着喝，不会受到伤害。直到 18 岁下乡插队，才跟着胡队长一起真喝酒。

我在凤阳一队插队，十名同学，干得很好，胡队长对我们非常满意，尤其是我俩处得更好。他去公社开会，回来时总会打回来一斤白酒，晚上让我去他家，他媳妇炒上一锅土豆，再加上一个咸菜，我俩差不多就把这一斤白酒都喝了。这是真正的喝酒了。插队 10 个月，跟胡队长差不多喝了有七八回，算起来，几乎一个月能喝上一回。

12 月，征兵通过了，队长和其他村里的若干乡亲轮番请我喝送别酒，连着喝了七八场，都没有喝醉。最后一次，集体户杀猪，请了队长和几位老贫农一起吃杀猪菜，喝白酒，我们都喝大了。我这是第一次醉酒。

参军后，每过年节，连队都要会餐，是给酒喝的。一般是八个菜到十个菜，发一些白酒。八一建军节和春节是最隆重的，最少是十个菜，除了可以喝白酒，还可以喝散装啤酒。那时候再次喝啤酒，就不是马尿味了，感觉很爽，有时可以连喝几杯，喝得特别开心。

军队平时禁酒。有那么一两次，星期天，几个老乡买上一瓶酒，买上两个罐头或者什么可以吃的东西，躲在营区外的沙土凹陷处，一瓶酒打开盖，每人的嘴对着瓶口“吹”上一口，觉得特别舒服。

在军队的农场种地时，因为有的邻近部队负责烧酒，去老乡那里玩的时候，带上一个塑料桶，回来时带回一桶白酒，晚上跟着连首长和勤杂班的兄弟们一起偷着喝，能喝好长时间，特别有味。北大荒烧白酒用小麦，没有高粱，酒的味道有点苦，却是纯粮食酒。

临近复员之前，我所在的连队被撤建，我们走后连队就不存在了，因此，连队送行宴会也比较简单，酒也喝得不多，几乎没有喝醉的。送行结束后，其他还在部队的战友被分散到兄弟部队，这个连队就没有了。想一想那情那景，就为我们的连队感到心酸。复员回来后战友相聚，喝点小酒，回顾一番，唏嘘一番。

三

回到家乡后在法院工作，可以经常喝酒。那时候，法院的人比较少，中级法院 20 个人，10 个基层法院大约 150 人，后来扩编达到 400 人，我经常到各个基层法院办案、调研、开会，几乎对每个人都熟悉，偶尔在一起自掏腰包，喝上一壶酒，开心得很。最简单的时候，一碗冷面，一盘猪头肉，切得薄薄的，几乎是半透明的，在盘中摆上薄薄的一层，再要一壶酒，白天累了一天，晚上喝了，疲劳顿消。

我那时算是比较能喝酒的。省高级法院的审判员到中院办案，要请他们喝一顿。他们中的那些年轻书记员，总要跟我拼酒。有时喝“深水炸弹”，用大玻璃杯倒一杯啤酒，再用一个装白酒的小玻璃杯倒一小杯白酒，投入啤酒中，一饮而尽。我不怕这样的喝法，跟他们拼，特开心。韩国也有喝“炸弹酒”的习惯，有一次我去济州岛，跟几个韩国同行喝酒，他们要喝“炸弹酒”，我说可以。韩国的白酒叫烧酒，40 度左右，很难喝，跟我们的白酒不是一个味。一杯啤酒加一小杯烧酒，跟他们连喝了六个“炸弹酒”，他们就不敢喝了。

喝酒不注意就会“败走麦城”。我第一次喝坏是被人劝酒一杯接一杯，生生地被灌醉了。中午吃完饭，上不了班，躺在家里，胃痛得要命，像翻江倒海一般。直到下午 5 点钟，实在受不了了，同事到院里借车送我去医院，还没等出发，我就大口大口吐在盆子里，吐出来的都是胃黏膜和血。不过，吐出来后就舒服了，也没去医院，但是不能再喝酒了，一喝就胃痛，一气之下戒酒了。

这是我第一次戒酒，一下子戒了好几年。直到 20世纪 90 年代，在最高人民检察院工作期间，感觉胃养好了，喝点酒也可以了，就放开胆喝了起来。那时候，我们最高人民检察院的民事行政检察厅十几个人，最后到了 20 人，工作相当累，但是忙过之后，大家在一起喝上一顿酒，就一身轻松，第二天继续好好工作，厅里的工作蒸蒸日上，气象一新。好像喝酒对增进感情、加强团结、努力工作还是有一定的作用的。

过了几年，又把胃喝坏了，又开始戒酒。这次戒酒，一直戒到去中国人民大学法学院。

四

在中国人民大学法学院工作期间，戒酒大约戒了 10 年，到了 2010 年前后，感觉身体不错，喝了几次酒，也没有异样，试着喝了起来，结果感觉很好，又放开胆子喝了。

我还是有些酒量的，戒酒主要是胃不好。胃好了，就放开胆喝，一般不会醉。

但是，什么恶果都是在不经意中出现的。本来胃不好就是喝酒喝的，但是一喝起酒来就忘了胃痛的后果。我不用说可能也会明白，又有一次喝酒把胃喝坏了。

那一年，我随着国务院法制办的访问团，到欧盟参加中欧对话论坛，对话进行得非常好。晚上，中国政府驻欧盟使团设宴招待，准备了西班牙最好的啤酒。

世界上最好的啤酒就是西班牙啤酒。在西班牙的啤酒中，最好的是修道院啤酒，其次是修道院的啤酒，其中只是多了一个“的”字，品位等级就不相同。西班牙的啤酒与中国啤酒不同，不是批量生产，据说有数百个可以酿制啤酒的单位，但是每日产量很少，要买到好的啤酒，要预先排号，而且每天限量，卖完为止。

那天，驻欧盟使团买了六种排名在前的好啤酒，请我们品尝。喝起来高兴了，我信心满满地吹牛说：“啤酒对我而言，就是小菜一碟，跟喝茶差不多。”跟其他团员一起喝个痛快，六种啤酒，我每一种都喝了一瓶，感觉没有任何问题，丝毫没有醉的意思。

但是，不知道的是，西班牙啤酒的酒精度与我国的啤酒完全不同，我国的啤酒一般是 3 度，有的甚至低于 3 度，我说自己喝啤酒跟喝茶差不多，也不是特别夸张。但是，西班牙啤酒的酒精度高到不可思议，最高的修道院啤酒是14度，其他的也是10—13度，都比葡萄酒的度数高。这样的高度啤酒，喝起来口感特别好，极其爽口，跟喝中国啤酒完全不是一个感觉。问题在于，一瓶14度的啤酒比我们4瓶3度的啤酒的酒精度还要多。6瓶啤酒的酒精度，差不多相当于一瓶53度的白酒。后来想到这些才觉得十分可怕，当时确实是没有想到。

回到宾馆，开始也没有什么感觉。到了半夜，胃里烧得十分难受。其实，那时候如果呕吐出来也就好了，但是没有呕吐的感觉，就这样烧了一夜，把胃黏膜彻底烧坏了。

从比利时回来，我就彻底戒酒了，希望养三五年，把胃养好，可是直到今天快10年了，仍然不敢喝酒。

五

说来说去，我的戒酒是不成功的。有一句话说得特别准确，就是“好了疮疤忘了疼”。反复几次都是基于同一个原因，后果都是造成身体损伤，养好后重新来过。大女儿说我的戒酒是“养好了再喝”，这是最准确的概括。每一次受到伤害都下定决心要彻底戒酒，但是养好后就放下心来，以为不会再喝坏，结果是造成新的伤害，以至于到目前仍然保持着伤害的状态。

教训是很沉重的。说到底，一是对自己不负责任，二是对酒精之害认识不足，总轻信能够避免。这正是民法对侵权过失概念的定义。对自己而言，肯定不是追求喝坏身体的结果，却总是轻信能够避免，就放任自己的行为，然后就会再次出现损害。假如不是这样，而是谨慎小心，适当限制，即使饮酒，控制在适量的范围内也不会造成新的伤害。

教训正是在此。借此警诫自己，同时也告诫朋友：“饮酒有害健康。”

说到这句话，还有一个案例。安徽的王英（化名），其丈夫酗酒致死，后来痛定思痛，向法院起诉当地白酒厂，请求被告在白酒的装潢上标注“饮酒有害健康”。这是一个典型的公益诉讼案件。但是，法院判决驳回了王英的这个诉讼请求，理由是没有实体的和程序的法律规定。我曾经批评说，这个法院白白地浪费了一个创造伟大判决的机会，实在是可惜。现在的烈性酒包括白酒，包装上差不多都印有“饮酒有害健康”的警示。如果这样的警示能够起到作用，会减少很多人因饮酒而造成的健康损害。千万不要过于自信，以免饮酒对自己的健康造成伤害。

28. 学工

说起在初中时的学工，主要有两种方式：一种是到工厂学工；另一种是工宣队进校宣传，帮助学生学习工人阶级的优秀思想。

工厂学工

我在初中学习 3 年，真正用于学习的时间只有半年，大约是一个学期。其余的时间都是在乱糟糟的活动和逍遥中度过的。

第一次参加学工活动，是到商标印刷厂工作。这个工厂与我家在同一条马路上，走路十分钟就能到，家乡通常把这个地方叫作东门外，街道的南侧是一栋长长的二层楼，印刷机每天都在不停地响着。

这家工厂是家乡很有名的印刷厂，印出来的那些花花绿绿的商标和招贴画、年画，招人喜爱。很多人托门挖窗，要一些印坏的商标纸糊炕，挺好看的。后来我在部队服役时，军官和战士都喜欢这家工厂印制的金猴牌扑克，质量好，我让父母买了好多副，邮寄到部队，给大家玩。

由于就在一条马路上，大家散步时，经常走到这里，趴在工厂的窗前，看着工人怎样把一张张白纸变成绚烂多彩的图画。我也经常来看，觉得这里很神秘。

有幸，学校安排的学工活动，就在这家工厂。要在这个工厂工作，别提我心里有多高兴了。

一次学工的时间是半个月。上工之前，像其他工人一样，发了手套等劳保用品。这个工厂是两班倒，早班是凌晨 4 点上班，中午 12 点下班；下午班是中午 12 点上班，晚上 8 点下班。上早班时，我很早起床，穿上了妈妈的工作服，戴上套袖，早早地来到了工厂，给师傅开工做准备工作。师傅们到了以后，就立即开工。

学生要做的活是给师傅打下手，是辅助性工作，当然没有资格上机器印东西。师傅的纸用光了，就赶紧去领，将一大叠一大叠的纸搬过来，放在师傅的机器前边，供师傅使用。师傅印好的商标，一小叠一小叠地摆在架子上，晾干。

这就是全部的活计。印坏的商标就放进废品库，有时候还可以带出来一点回家玩，用来包书皮或者作其他用。

在“破四旧”时被烧毁的扑克牌铅锌版，都不能用了，后来又开始印制扑克，因为人总还是要有一些娱乐，工厂师傅抓紧赶制扑克的铅锌版，印出来的扑克很精美。学工时很想从残次品中凑齐一副扑克，但是，一直没有得逞。

后来有一天，商标厂二楼起火，我们都跑去看，七八辆消防车喷出水柱，大约半小时，扑灭了火。回到家里不久，我三哥回来了，满身都是灰尘和水，一张大花脸，一瘸一拐的。原来他去救火了，在二楼火大的时候，他从二楼跳下来，脚崴了一下。父母都表扬了他，我对照三哥，忏悔自己没有在关键时刻冲上去。

第二家工厂是橡胶厂，是生产胶鞋的工厂。全市人民穿的解放鞋、球鞋、劳动鞋、童鞋等胶鞋，都是这里生产的，质量很好，外销各地。

这个工厂是三班倒，学工学生只做白班，早上上班，晚上下班。上班以后，就坐在流水线上，长长的传送带运过来一只又一只鞋子，按照工序的要求，或者贴上胶皮，或者用辊子压好胶皮的边缘，每个人只做一个工序上的活，简单、重复，十几岁的学生坐一会儿就坐不住了，要出去走走，或者到别的生产线上干一会儿。

这样的工作没有技术含量，不知道工人一年到头都做这种重复的工作，是不是也不耐烦。我觉得有点像卓别林演的流水线上的工人，是机械人。

第三家工厂是棉织厂，主要工作是纺纱织布。在这家工厂工作时，我已经 17 岁了，像个大人似的工作，工厂的师傅很喜欢我们。

在这个工厂轮换了好几次，每次都是半个月。做的工作有浆洗线纱、搬运纱包、倒线、织布。这个工厂的做法不同，师傅认真教你做事，也不会不让你上机器。师傅耐心地教好你以后，就让你上机器，师傅在后边指点，不会出错。

第四家工厂，是一家小工厂，怎么去的，记不住了。那家工厂有翻砂，还有别的修理什么的，我跟着干了几天。因为离家远一点，妈妈在我去上班时，给我一角钱，中午就不用带饭，到工厂对面的饭馆去，买一碗面条，吃得很香。那是我第一次自己下馆子。

工宣队

现在要说工宣队了。

在二中时，学校来过工宣队。记得那是一个秋季，刚刚过完国庆节，东北的天气已经开始有些冷了。那一年的国庆节，邀请工人阶级代表到北京观礼，我们的工宣队队长就是工人代表。国庆节过后，队长回到学校，学校举行了隆重的欢迎仪式。接着，在学校的大操场上召开报告大会，听工人阶级代表做报告。

队长的口才非常好，他把在北京的所见所闻讲得栩栩如生，非常吸引人。我记得，他说过观赏节日的礼花，说过看不到头的游行队伍，说过人民大会堂隆重的国宴。不过，最引起我注意的，就是他说的北京地铁了。

他说，北京已经修好了地铁，但是还没有完全通车，他们工人代表被邀请先坐着地下火车参观地铁工程。

他说，地下火车的车站极其豪华，宽敞、明亮，金碧辉煌；大理石的柱子、大理石的地面、大理石的墙面，等等，每一个车站的风格都不一样，都有自己的特色；每个车站的墙上，都是极大的壁画，画着各种各样的故事和山水，气势磅礴。

他说，地下火车极为舒适，皮的座椅，坐在上面，就跟坐沙发一样。火车开起来又稳又快，几分钟就是一个车站，不到一个小时，火车就从前门开到了苹果园。他说了一个形容词，就是“风驰电掣”，挺有水平的，估计是笔杆子们写的。

就这样，北京的地铁给我留下了极为深刻的印象。其实，在书上，我知道莫斯科的地铁，但是对北京的地铁做这样的描绘，实在是让我对北京的地铁无限向往，也对工宣队、工宣队员留下了很好的印象。1982 年，我第一次到北京，抢着坐了一次地铁，其实既没有那么金碧辉煌，也没有那么“风驰电掣”，地铁还是比较慢的。

在第十三中学读书时，工宣队是棉织厂派来的，就是我学工时经常去的那家工厂。

工宣队来到学校以后，队员就分到各个班级，在每一个班里教育学生。

到我们班的工宣队员有两位。

一位是男师傅，姓荣，是抗美援朝战场上下来的战士，立过战功。他讲话不太清楚，开始不知道是什么原因。后来，他在给我们讲话时说过这件事。在抗美援朝时，他在战场上战斗时，一颗子弹从他的右腮打进去，从左腮穿出来，形成贯通伤，把舌头打烂了，满嘴是血。手术缝好后，就成了现在这个样子，舌头的伤痕使他不能正确发音。自从知道了荣师傅的英雄事迹后，我们都对他肃然起敬。他说什么我们都听，关系处得很好。

另一位师傅是女师傅，姓裴。她是黑脸，既是说她的脸的颜色，也是说她的脾气的厉害。一双眼睛很有神，个子不高，却极为精神，和我们在一起时，神情严肃，但态度极好。我们有什么问题都跟她说，她就给我们想办法。她是劳动模范，不知是哪一年，也到过北京参加国庆观礼。我们对这位女师傅也十分崇敬，尊重她，很听话，还经常去她家玩。

29. 军训

现在，大学一年级的学生入学，都要进行军训。我在上初中时也进行过军训，是军宣队进驻学校，进行军训和事实上的“军管”，与今天的军训完全不同。说出来也挺有意思。

军宣队军训

我们这所第十三中学刚刚建好，开始上学时，解放军就派来了军宣队。军宣队有十几名军人，在我们学校帮助工作，也训练我们。

军宣队中有一个“小胡”，是一个小兵，只有十三岁半，河南人，远没有我们大。但是，他的派头挺大，装作老成、世故的样子，经常背着手，说话“啊！啊！”的，很像回事。我很尊重他，但是，有的同学有点不屑，和他开玩笑，学着他的样子，用河南话叫他“小胡”，也“啊！啊！”地学他，弄得他很不高兴。

军宣队的军训，并没有多少训练活动，主要是帮助管理学校，偶尔也会组织练习队列。

负责我们这个班的战士叫小张，名字叫张毓民，是一个极为诚恳的大哥，嘴唇很厚，说话不多，也不大利索，不是一个爱讲话的人。我们和他处得很好，很尊重他，愿意跟他玩。后来，军宣队撤回，我们几个学生还走了很远的路，去部队看他。他没想到我们会去看他，显然没有准备，穿着一身很脏、很旧的军装，远不像在学校教训我们时穿的那样规整、体面。

他蹲在地上正在掏炉灰，弄得满身满脸的灰尘。看到我们，愣了一下神，很不好意思地跟我们说话。我们看到部队管理很严，不敢多待，聊了一会儿，邀请他回学校玩，就告辞了。可是，他再也没有来学校玩过。后来当了兵才知道，这是军队的要求，军人不得回军训或者拉练过的单位回访，也不得在驻地或者工作过的单位找对象。

多说一个找对象的故事。我们连队有一个辽西的兵，是比较“浑”的战士。这个“浑”，也就是东北说的“乍古”。他在拉练途中，认识了一位驻地的姑娘，偷着恋爱，在春节期间要去看这位对象。他把我的手表借走，买了一双单皮鞋，穿着新的棉军装和皮大衣，私自出去了。连队发现他不见了，有人说可能是去“挂钩”了。不过，这还够不上“逃兵”，只是等他回来后，给他一个记过处分，第二年让他复员了。可怜的是，在零下三十几度的黑龙江，他只穿着单皮鞋“显摆”，把脚冻伤了，很长时间不能走路，受到处分时，都是一瘸一拐走到队伍前边去做检讨的。

自己军训

军宣队走后，很快就是夏天了。

暑假里，我们班提出要自己军训。学校领导十分尊重我们的要求，同意进行一周军训，把学校的两间教室借给我们，一间给男生住，一间给女生住，学校派体育老师给我们做指导。

我们的心里都美滋滋的，背着行李来到了学校。把两间教室整理好，把课桌排成排，变成了通铺。把自己的被子都铺好，床铺就弄成了。

早上起床，我们开始训练，“一二一，一二一”“一、二、三、四！”喊得很整齐。学校老师说，看看学生们的积极性，没有军宣队，照样进行严格的军训，多好的学生啊。

可是这个“好”，到了晚上就不行了。

20多个男生住到一起，躺在大通铺上，你捅我一下，我捅你一下，哈哈笑个不停。接着就讲故事。那时候，讲了一些平时不敢讲的故事，大家就更是笑得没完没了。接着，又有人讲起了鬼故事，吓得胆小的吱哇叫个不停。到了半夜，我们还在折腾，女生就受不了了，敲我们的门，提出警告。我们没有停止欢乐，只不过是小声一点而已。

第二天，女生把我们告到了老师那里。老师跟我说，不要总是吵，要早点睡觉。我也严肃地要求男生，却没有用。到了晚上，开始是在被窝里说笑，说着说着，就爆发了哄堂大笑。女生的警告也没有用了。没有办法，都是十几岁的男孩子，精力过剩，这也是发泄精力的一种方式，而且从来没有这多人住在一起。就这一点，也让他们玩不够。

不过，这次胡闹的后果就惨了。经过老师的再一次警告之后，还是没有改正，最后，学校就把我们撵回家了事。

演习

临近开学，我跟几个班干部提议，要检验一下我们班的战斗力，跟老师商量，老师也同意。我们就开始筹备。

我和两个同学先到城北的大顶子山侦察地形，回来后，我画了一幅很像样的地图，用牛皮纸画的，用美术字写的某某地形图，还画上了红色的和蓝色的箭头，最后还故意做旧，把地图揉了揉，使其更具真实性。

按照计划，到了行动的那天晚上，我先派了跟我去侦察过地形的两位同学，带着手电，“埋伏”在北大顶确定的那个山坳处，约定好在指定的时间，开始用手电筒向山下发信号。为了保证手电光的亮度，借了四节电池的手电筒。

在学校，我们用规定的联络方式，一个人找一个人，在规定的时间里，准时到了学校集合。一共集合了30多名同学，每个人带着手电筒、棒子等，个个都精神抖擞、斗志昂扬。

我也表现出很紧张的样子，拿出地图，铺在地上，用手电筒照着地图，给大家布置任务，有点电影里的形象。

同学们也都紧张起来。有的还问：“是训练，还是真的有情况？”

我瞪了他一眼，吓得他吐吐舌头，不敢说话了。

我咳嗽了一下，压低声音说：“现在我布置任务！在北大顶的南侧发现一股敌特，正在与敌人联络。学校分给我们的任务，前去捉拿敌特。我们的任务是，分成两个小组，一组从东，一组从西，将敌特包围，合围后，将敌特捉拿归案。”

大家几乎相信了这是真实的任务，有的甚至紧张起来。我们分工后，分别向北大顶南麓迅速包抄过去。

刚进到北沟门，北大顶山进山的入口处，发现北大顶的南坡有一个亮光，一闪一闪的，很有规律。另一边也有一个亮光，也在一闪一闪的，似乎两股“敌特”正在联系。大家都紧张起来，刚开始不认为是真实“敌特”的同学，也相信了“敌特”是在联系的事实，一个跟着一个，加快了脚步，迅速向山坡上冲了过去。

夜晚的山坡很难走。在白天侦察时，我忽略了这个问题，没有选一个比较平坦的地方确定为训练地点，因此，大家都吃了一些苦，有的腿碰破了，有的差点崴脚。不过，大家没有害怕，没有人掉队，都举着棒子，将两处亮光闪烁处团团包围，包围圈逐渐缩小。由于已经接近“敌特”的位置，都不敢开手电，摸索着，向着亮光扑去。

两队人马终于会合。甲队派出一个膀大腰圆的男生，绕到“敌特”的身后，准备着。我看准备好了，就发出了口令：“冲！”在“敌特”背后准备好的男生向“敌特”扑去时，两队人马一齐发起冲锋，将两个正在发信号的“敌特”一举抓获。正在捆绑之际，“敌特”嗷嗷乱叫。

大家听声音很熟，仔细一看，原来是我们班的同学！

这一下，原来的紧张气氛立刻就消散了，有人朝着“敌特”狠狠地捶了一拳，喊了一声：“原来是你！”然后就抱到了一起，又摔又打，亲热得不得了。

后来，有些女同学抱怨，说我弄得太神秘、太真实了，让大家都很害怕。但是更多的同学说，这样才好，多有意思呀！

这次演习，是一次很有意义的活动，大家都觉得很有意思，既锻炼了胆量，又锻炼了才能，给大家留下了极深的印象。现在同学聚会，说起这次演习的战果时，还是津津乐道，难以忘怀。

30. 当兵

有一个网络平台开设了一个栏目，分给我一个题目，要回答“改变家庭的一件事”。这个题目不怎么好回答，我只好谈谈50多年前当兵这件事，有点这样的性质。

一

1968年12月，我的父亲被怀疑是“二·三事件”的参与者，有反革命嫌疑，被关进了“清理阶级队伍”学习班学习。

要先介绍一下“二·三事件”。1945年东北光复后，投降了的日本人尚未撤回，在通化集结了一批。经过密谋和内外策应，于1946年2月3日（大年初二）的凌晨，以二道江发电厂三次断电为号，发出了暴动的指令，投降的日本人集结起来，武装进攻民主政府的机构，一直攻到民主政府办公楼（称为飞机楼）的二层，警卫人员和机关干部在三层坚守反击，我父亲似乎也在其中。“四野”的部队赶到，全歼暴动分子，取得胜利。

被怀疑与这个暴动事件有关，那还了得！不过，父亲临走时说，他没有参加“二·三事件”，我们都相信他是清白的。

我认为，被关押的是我父亲，即使他确实与这个事件有关，也改变不了血缘关系的事实，因而从未抱怨过父亲。

经过半年的学习，父亲的历史查清楚了，是参加策划事件的一个坏人与父亲重名。因此父亲被放回家，我也就不再是“可以教育好的子女”了。

这件事情的结果好像还比较圆满，但是，在我年轻的心灵中，留下了深刻的创伤，看到了一个家庭不能在政治上有缺陷。而父亲的历史虽然已经清白，但是，家庭没有一个可靠的政治背景，终究还是存在危险。因此，我决心通过自己的努力，改变家庭政治落后的状况。

二

当兵这件事，其实还有一个背景。

那时物资匮乏，城市居民买任何东西，即使用各种供应证、票证等，也很难买到，必须排队。我在没有插队之前，很多应当排队的购物都是我去，不让母亲去排队。后来，我插队去了海龙县，购买很多东西都要母亲自己去排队。这件事，我一直记挂在心，不能释怀。

那时的城里人，有一个可以不排队的群体，就是军属和烈属。烈属是最优先的，其次是军属，都可以优先购买。经历了排队购物之苦，我心底深处始终有一个梦想，那就是，如果有一天我家也成为军属，购物就不用排队，那可是多么美好的事啊。现在轮到我了，如果有一天，我当上了解放军战士，我家就是军属，母亲买东西就再也不用排队了。所以，在插队期间，我的心里一直有一个憧憬，就是帮助家里实现军属梦。

三

插队快到一年了。由于我在插队期间表现突出，可能很快就要结束知青的生活了。面临的选择有：一是读书，被推荐到大学成为工农兵学员；二是招工，等待机会被工厂招工就业当工人；三是参军，入伍当解放军战士；四是继续留在村里，被选为政治队长，为村民服务。

第四种可能最现实，生产队长已经跟我谈过了，年底分红之后就改选。如果读书，要在年底或者明年年初；招工还没有消息。就在这时，征兵开始了，部队的征兵军官来到公社，进行征兵动员工作。

那时的知青能当兵，是一件荣耀、幸运的事，不仅军队在军管和军训中取得了巨大威望，而且刚刚结束的珍宝岛战役也极大地鼓舞了全国人民的士气，解放军的形象就是今天所说的“男神”，对军人的崇拜不亚于今天对明星的崇拜。

不过，战争的危险仍然存在，珍宝岛战役刚刚过去一年，战场的硝烟未尽，危险也在眼前，因而参军面临生死问题。在这种情况下，我之所以毅然选择当兵，尽管动机复杂，但是前面说的两个背景，无疑起了重要作用。

我先找到公社书记。

书记说：“按照要求，知青要插队满两年才可以当兵，你现在还不到一年呢。”

我问道：“那就没有办法了吗？”

书记说：“也不是，要看部队同志的意见。他们如果愿意带你走，公社当然没有意见。不过，我倒是不太同意你走，你在队里工作一段时间后，就可以提干，到公社来工作。你的想法呢？”

我没有犹豫，当即表示想当兵，去打仗，保卫祖国。书记答应了我，说要向征兵的部队同志说明我的情况。

接下来，经过一番周折，终于如愿以偿，各种检验合格，即将成为解放军战士。征兵部队的负责人是张干事，哈尔滨人，特别理解插队知青，也看到我们公社的知青都特别优秀。他跟我说：“部队可以不考虑地方知青插队必须满两年的规定。你们这些优秀知青正是部队所需要的，我能多带走一个就尽量多带走一个。”

结果，我们公社征兵名额 18 人，张干事带走了我们 9 名知青，刚好是二分之一，我是其中的一个。

当我跟着这些知青也是我的战友们登上北去的列车，向着珍宝岛的方向，向着参加过珍宝岛战斗的部队的方向奔驰而去时，在我的脑海里出现的是我家门前挂上了“军属光荣”的牌匾，父亲不必再受政治折磨，母亲不必再有排队的烦恼，兄弟姐妹将有一个军人的兄弟，因而心里充满了自豪和光荣。

当兵四年，我经历了很多。幸运的是，中苏之间的战火没有再度燃烧，平安无事地完成服役。不过，在部队服役也付出了很多，例如，一日一夜行军 155 华里不掉队，还要再往返几公里给营部送宿营报告；强行军中，脚上磨出十个大号的血泡，布满脚掌，仍然坚持到底；抠废弃机场的跑道水泥板砌猪圈墙，用力过猛累得头昏眼花，眼前出现了繁星点点；在火车站抢运石料，手指头被砸得血肉模糊；冬季穿着秋衣秋裤、棉衣棉裤、羊皮大衣、脚穿大头鞋外加毡靴，在零下 40 度的雪夜站岗；休息日的清晨在厕所刨粪，粪渣溅到嘴里，还觉得味道“不错”……

经过艰苦奋斗，我在服役第三年时，成了我家的第一名党员，改变了家庭的政治面貌，也给兄弟们创造了政治进步的背景。

我服役 3 年后，有了一次探家机会。我的外祖父去世，团部很快批准我的探亲假，去祭奠了外祖父，也看到了我最想看到的家里门楣上的“军属光荣”匾。这个匾不大，钉在门楣上已经 3 年多了，有些陈旧，不是那么起眼了。但是，望着它，我的心情还是有些澎湃：就是它，代表着我对家庭的贡献。

在探亲过程中，我没有向父亲、母亲以及亲人探寻当上军属以后的情形。还用问什么呢？看到家里的一切都是欣欣向荣，尽管还是很穷，但是每一个人都很精神。这就足够了。

四

当兵4年，耽误了一些事，最可惜的是耽误了上大学。但是，似乎也没有什么可惜，因为在部队的4年中，我一直没有中断学习，而且当兵的历练又是极宝贵的。尽管在我的心底藏着为家庭改变政治面貌的目的，但是，既然当兵，就有为国牺牲的决心。况且那时确实有面对死亡危险、甘心奉献生命的信念，并坚定不移。后来，我在写《人身权法论》一书中的“生命权”一章，谈到奉献生命的合法性问题，就是这时的亲身体验。

后来，部队送兵回地方，向地方党委推荐，我参加了地委和市委举办的青年干部培训班，经过两个月的培训，被分配到通化地区中级人民法院工作。从此，开始了我的法律生涯。

我当兵的这一段经历，既改变了家庭当时的政治窘况，也改变了我的一生。

31. 新兵连

看刘震云《一地鸡毛》一书中的“新兵连”这篇小说，很有感触，因而也想写一下我的新兵连。以前，从来没有这样的念头，认为没有什么好写的。受到刘震云小说的启发，仔细想一想，在这两个月里还是有些有意思的事的，当然不如刘震云笔下的新兵连精彩。

写会标

穿上没有领章的军装，戴上没有帽徽的棉军帽，还有很沉的大头鞋，我们这些新兵从海龙县的梅河口火车站，坐上了绿皮火车，向着齐齐哈尔进发。

出发前，只说是到齐齐哈尔，没有说到哪一站，我们都以为部队就驻扎在齐齐哈尔市。齐齐哈尔也算黑龙江的大城市了，去这个城市当兵，当然是好事。因此，一路上都在开心。没想到，火车还没开到齐齐哈尔，就在一个小站停了下来，我们随即下车，然后就开始在大风中吃沙子，越过火车站一排一排停放着的货运列车，走了不远，就到了部队的营区。原来，这就是齐齐哈尔的榆树屯，据说这里是一年只刮两次风，一次刮六个月的“风沙屯”。

队伍停下来的地方，是我们团的二营营区。老兵班长站在营区的门口迎接我们。来的路上我是新兵班长，进了营区的大门，我就是副班长了，老兵班长才是班长。

班长姓张，厚嘴唇，不爱说话，非常憨厚，关心每一个新兵。有这样的一个班长，是我们新兵的福分。

第一顿饭，是米饭、炖肉，还有咸菜。菜是没有问题的，但是，米饭不仅糊，而且串烟，盛到饭碗里，老远就闻到一股糊巴味。把饭盛在碗里，糊味有点强烈，勉强可吃。

班长跟大家说，新兵连的炊事员都是各营连抽上来的老兵，基本上都不是炊事员，不会做饭，糊饭是家常便饭，菜还能做糊呢，别说饭了。果不其然，有时候做的菜都串烟，端在面前，心里的念头是，菜怎么还能炒糊呢？不过，这些饭菜都比集体户的饭食好，糊味可以忍受。

团里要举行迎接新战友大会。迎接新战友大会的会标，过去都是宣传股电影组的人写，由于部队野营拉练在外，宣传股的电影组随团拉练，现在没人，军务股就问新兵连中有没有能写大字做会标的。带兵的张干事推荐了我，我也就大胆接下了任务，因为在学校时毕竟写过大字报、大标语，敢写，至于写好写不好，那不敢说。

团部送来制图用的大白纸，在地面上开始操持写字。会场很大，是1000多个新兵开会的俱乐部，舞台也很大，舞台上的会标，只有“迎接新战友大会”七个大字，每个字都要用整开纸来写、剪。以前没有写过这么大的宋体字，不过也没打怵，先用报纸粘贴成同样的大小，用排笔写好宋体字，再用大头钉固定在大白纸上，用剪刀一点一点地仔细剪好，笔画之间连接好。七个字都剪好后，按照顺序摆在地上一看，还行，不丢人。按照量好的间距，在大红横额上一个字、一个字别好，悬挂在舞台的上方，还真挺像样。

旁边的军官说：“这字，够棒！这个兵将来可以去电影组。”电影组是宣传股的下属单位，主要是放映电影，管理俱乐部的一系列事宜也由他们负责。

迎新大会上，副团长讲话：“从今天开始，你们就是一名真正的解放军战士了。”我们都热烈鼓掌。

我在台下鼓着掌，看着舞台上方我写的会标，一时眼眶还有些湿润了。因为从这一天开始，我们就发了领章、帽徽，成了“一颗红星头上戴，革命红旗插两边”的军人了。

还要说一下副团长的故事。他姓解，是朝鲜战场荣获二等功勋的战斗英雄，文化不高，名气很大，每一年的八一节，军区的报纸都要采访他。那天，他看到我写的字，也看到我已经长出了毛茸茸的小胡子，就给我起了“小胡子”的绰号。这个绰号一直跟随在我当兵的四年中。

训练与考核

在新兵连，要进行基本的军事训练，各科目都有。别看我写字还凑合，但是，论军事训练就很差了。

开始的队列训练，没什么，认真训练，很快就行了，主要是正步走训练比较辛苦。正步走的分解动作，喊了“一”，右脚就要抬到标准的高度，脚面绷直，不喊“二”，就只能挺着。喊了“二”，也同样如此。一天下来，腿都要肿起来，不比农活中的铲地轻松。

射击训练也还好，因为不用体力，先是卧倒在地，据枪进行射击预习，三点一线。虽然冷一点，也可以坚持。真正到了实弹射击的时候，打的是步枪一练习，卧姿 100 米半身靶，9 发子弹，我打了 81 环，成绩优秀。

最倒霉的就是投掷手榴弹，怎么讲要领，怎么手把手地练习，就是投不远，最多 20 米，而新兵的及格标准是 25 米，我在训练中从来没有达到过这么“遥远”的距离。

班长说：“你是副班长，要带头，不能拖后腿，要加劲练。”

我说：“我加劲了，就是不行。”

他说："最后可能就是你不及格了。"

我只好哭丧着脸给他看，心里很难过。看到农村兵投弹投得很远，还有另一个知青兵，一甩手就是 40 多米，羡慕死了。

投弹考核开始了，轮到我时，心中忐忑，却铆足了劲，三枚手榴弹教练弹，第一枚投出去了，22 米；第二枚投出去了，24 米。站在旁边已经投完弹的和没投完弹的新兵都发出了惋惜的叹息。投第三枚的时候，我倒是平静了很多，用力一甩，手榴弹在 25 米及格线的上空，摇摇晃晃地落下来，竟然越过了及格线，宣布为 26 米，超过及格线 1 米。

竟然有一片欢呼声，我的投弹终于及格了。到新兵连结束时，我真的是没有一个零蛋，全部及格，还有几科优秀。我总算是对得起两个月的新兵连生活了。

投弹无能可能就是我的宿命。在下到一营三连时，开始也要进行训练，五大技术：队列、射击、投弹、刺杀、土工作业，倒霉的还是在投弹上。老兵连投弹的及格线是 30 米，我的训练还是在二十六七米之间晃悠，始终没有投到过 30 米。最后的投弹考核，三枚手榴弹，第一枚投了 27 米，第二枚 29 米，正在失望之际，第三枚竟然到了 31 米，也及格了。这是我一生投弹以及投掷其他东西的最高水平。

新兵连的副班长还要帮厨，名义上叫伙房监督，实际就是帮着炊事员做饭做菜，饭菜做好了，可以先吃，挑好的吃。这时我才知道，为什么新兵副班长都愿意到厨房帮厨，可见"3 年大旱饿不死厨子"还是有道理的。

分兵到连

临近新兵连结束，面临着分兵。

班长跟我偷偷说："你的字写得好，有可能去电影组。"

我说："随便吧，到哪里都行。"

这不是假话，我心里也是这样想的，因为谁都想去一个好单位。我们这个团是骡马化部队，没有汽车，有人想当汽车兵，基本没门，除非去师部。上炮连、机枪连有马骑，也行。当然，最让人向往的是特务连，一听名字就特别的"特务"，化装侦查、卧底、无间，神得很。其实特务连基本不是干这个的。不过，像电影《奇袭》中的侦察连，武装潜入，炸毁武陵桥，多么威武雄壮。这倒是特务连的主业。

我觉得还是电影组好，因为可以写字、写文章、放电影，可是我没有这个机会，因为当时电影组不缺人。

在分兵之前，有个别新兵被找谈话，谈完话后，就回来打背包，走人了，不是去特务连，就是去师部。其他新兵都眼巴巴地羡慕着，目送幸运者离去。我也在羡慕者之中。

等到最后，就是全体新兵列队分兵。我们都背着背包，等候点名。被点到名的人站出来，排到指定的队伍中。终于点到我了，我使劲喊了一声："到！"接着就听到了"去三连！"的命令。从此，我就是一营三连的兵了。

不过，我和电影组还是有缘的。在我们团的一次军事演习以及最后一年的野营拉练中，我都被借调到电影组，与宣传股的干部和电影组的战士们在一起工作，负责编辑、印刷、发行《演习快报》和《拉练快报》，跟他们结下了深厚的友谊。

32. 工人

我是当过工人的。初中学工时在几个工厂工作过，那不算数。我实实在在地在工厂当过 10 天工人，再扣除 3 天学习班，实际在车间工作了 7 天。虽然时间短，但我确实有 10 天的工人经历。

分工种

1975 年 3 月，从部队复员回到家乡，到武装部报到后，就等着分配工作。

这时候，每一个复员兵都在找各种门路，谋求分配好的工作。市里的分配结果很快就下来了，我被分配在电机厂。

电机厂在东岭街的拐弯处，在家乡是一个规模较大的工厂。这一年，工厂扩产，要的人很多，共有 40 名复员兵被分配到电机厂。

按照当时的说法是，40 个复员兵要有 30 个分配到翻砂车间，就是做砂型，烧铁水，铸造成型，成为电机外壳的铸件，然后再做其他加工。这个车间是电机厂最辛苦的车间，每天与砂子和铁水打交道，每个人都怕分到这个车间。其他 10 个人，可能分到机械加工车间、成型车间、机修车间等，可以成为车工、刨工、铣工。据说只有一个钳工，是在机修车间，是非常珍贵的名额。当时流传的俗语是："车钳铣，没个比；铆电焊，对付干；要翻砂，就回家。"要回家是不可能的，不服从分配，就没有工作了。

我那时并不着急，因为也没有多少工厂工种的概念，再说干什么都是干。不过，父亲却很着急，因为他在工厂几十年，知道分配工种的重要性。他跟我说，你不用着急，我想办法。

他找到了当时主管工业的副市长，他们曾经在土改时是同事。据说副市长跟我父亲说："我给你写一个条子，找到洪厂长，就没有问题。"副市长告诉我父亲放心。我父亲又找到与洪厂长熟悉的人，把条子交给了他。

电机厂的洪厂长是一位老资格，上甘岭的燃烧弹烧到了脑袋，保住了命，却没有保住头发，成了秃头，因此，"洪秃子"就是他的代名词，是响当当的绰号，任何人都不敢惹他，连工业局局长都得跟他商量着来，不敢冒犯他。

当时正在开展反对"资产阶级法权"运动，其实就是反对"走后门"。

报到的那一天，我走进电机厂，看到"欢迎新工人"的大字标语，挺醒目，然后到电机厂的大会议室，集中学习三天。这三天里，每天学习政治、学习工厂的规则等，就是不谈分配工作的事。

最后一天的下午，40 名新工人端坐在会议室，静等洪厂长讲话。

洪厂长气哼哼地走进会议室，斜着身子坐在椅子上，半面身体对着墙壁，只是把头转向我们，呼呼喘气，半天不说话。

会议室太静了，轻微的咳嗽声都没有，似乎针落地都能听到。这不仅是厂长的神态太吓人，更重要的是涉及分配问题，生怕惹厂长不高兴、发脾气。

只见洪厂长转过身坐正，摘下帽子往桌子上一摔，露出了烧掉头发的脑袋，啪地拍了一下桌子，大家都吓了一跳。

洪厂长厉声地说："资产阶级法权，不反就是不行！你们知道吗？40 个同志分配工作，就有 30 多张给我写的条子。我就不信邪了，凡是写条子的，一律到翻砂车间工作！"

我当时吓得哆嗦了一下——肯定是翻砂车间了，这倒是不要紧，要紧的是扫了副市长的面子，这可怎么办？

洪厂长发了 30 分钟脾气，气哼哼地下了讲台。接着人事科的科长宣读分配名单。

我的心紧缩着，第一批念的是翻砂车间，30 个人的名单很长，念了很长时间，我一直听着，似乎下一个就是我的名字了，揪心地等到最后，竟然没有念到。心里奇怪，但是没敢吱声。

接下来又念其他车间的名单，奇怪，还是没有我。

最后念到第 40 个人，也就是最后一个念了我的名字："到机修车间，钳工！"

我真的惊呆了！就这么一个幸运的名额，竟然落在我的头上了，我可是副市长写了条子的，是"资产阶级法权"啊！

知道我到机修车间当钳工后，工人们传说："有一个兵，他爸爸是团长，是洪厂长的老战友，你看，只有一个钳工的指标就给他了。"

我就成了"团长的儿子"。

上班

跟爸爸说好，上班就用复员费买一辆自行车。定下来到电机厂上班，就买了一辆不是名牌的新自行车，每天骑着自行车到电机厂上班。因为车新，还是挺拉风的。

新车买回后，我把后车座卸了下来。有人问："刚买的新车，为什么要卸下后车座呢？"

我说："不卸下来，有人就会蹭车坐。在有女朋友之前，不安后车座。"

大家都乐了起来。

学习班结束后，我被人事科的人送到了机修车间钳工班组，见到了车间主任、班组长，也分配了师傅。钳工组七八个人，都很好，师傅领着我去领工作服和钳工工具，回来换好工作服，坐在分到的钳台前，把工具一个一个放好。我的三个哥哥都是钳工，我很熟悉钳工的工作，师傅一看，还觉得挺像回事。

那时候，电机厂参加民兵战备武器的生产，每一个工厂分一个部件，最后拿到军工厂组装成半自动步枪。我们厂分的任务是制作弹仓，第一天熟悉工作之后，第二天就跟着师傅学做弹仓了。

先把要加工的部件夹在老虎钳上，然后用锉刀加工，加工一会儿，要用卡尺量加工件，不达标就继续用锉刀锉，最后与要求的尺寸完全一致，再用布轮磨光，就完成了一个部件的加工。

用锉刀加工弹仓部件，最重要的是不能下手太狠，锉刀下狠了，几下子就锉得超过了尺寸，就报废了一个坯件，造成损失。开始，一连着就锉坏了两个，吓得够呛，师傅埋怨我几句。组长说："刚开始，以后就好了。"

我以后干起活来，胆战心惊，小心翼翼，后来心态总算是渐渐地好了起来。

那时的工厂纪律涣散，工作时间，工人会在厂区寻找各式材料，碰到好的，就藏起来，找个地方躲着干私活，做一个马勺，做一个小孩车，做一个自行车的车筐，甚至做一个土暖气，比比皆是，只要不被领导抓住，就没事。工厂下午四点半下班，四点一到，就开始擦自己的自行车，或者干自己的私活。每一个人的自行车都擦得锃光瓦亮，下班铃声一响，一屁股坐上自行车，飞也似的冲出厂门，飞奔而去。

在这几天的工作中还第一次给我发了工资，一个月是 39.50 元，放在一个旧的信封里，上面贴了一个表格，写着应发多少、扣除多少、实发多少。这是我第一次领工资，回家以后，都交给父亲。父亲说：“我都给你存着，用的时候再给你吧。”

离职学习

一晃，一周就过去了，我也基本上熟悉了厂里的情况，工作也比较顺手了，加工弹仓部件也顺利多了。我觉得这样的工作还是可以的，安下心来了。

周一上班，厂里通知我去人事科，说领导有事找我。我看了师傅们一眼，师傅们好像也都有点奇怪地看着我，我就跟师傅和组长说了一声，到了人事科。

人事科的负责人，现在都想不起叫什么名字了，可能当时也不知道怎么称呼，打了招呼坐下来后，科长说：“你在班组工作表现不错，现在局里通知，让你去参加市里举办的青年干部培训班，学习一段时间，你跟车间班组交代一下工作，明天就去培训班报到。”

我一脸诧异，一个工人为什么参加干部培训班学习呢？连忙问为什么。科长说：“我们也不知道为什么，就是上级通知。让你去你就去吧。”

我懵懵懂懂地回到班组，师傅们都问我人事科找我干什么。我说：“通知我，让我去市里学习班学习，让我交代工作。”

大家都说：“这是好事啊！我们都说你在这里待不长嘛。你好好学习去吧，等有了好事，别忘了告诉我们哈。”

我连忙答应，还想再干一天活。组长说：“既然是要去学习，你就别干了，回家准备一下，去学习吧。”

就这样，工作到第10天的时候，我带着电机厂人事科开的介绍信，离开了工厂。当然，之后还有两年多的时间，我在机关的身份是“以工代干”，还是在工厂开工资，每个月要去厂里领一次工资。

就是这个“以工代干”，真的帮我平安渡过了一次“厄运”。

33. 党校

为培养青年干部，省高级法院和地委决定派我参加中央党校第一届司法干部培训班学习，主要解决我没有学历的问题。我自然高兴，愉快接受，做好准备，去参加地方干部特别是司法干部很难有机会参加的高层次培训。

准备

时间很紧，别的准备都好说，难的是左腕部有一个很大的脓肿，东北人叫“疖子”，一直没有好，肿得很高，按照一般的方法，不可能在一两天内就好。总不能就这样去北京学习吧？

这时，女儿的大伯来我的老家出差，吃饭时他说：“我给你处理吧，包你一身轻松去学习。”

他是四平专区医院的外科医生，我自然相信他。只见他喝了一口白酒，喷在我的手腕脓肿处，从衣袋里掏出手术刀，点了蜡烛，把手术刀在烛火上烤一烤，再用白酒一喷，让我闭上眼睛，一刀下去，脓肿一下子剖开，脓和血流了出来，挤干净，再喷上白酒，疼得我满头大汗，但是，痛过之后就不疼了。第二天早上，就好得差不多了。第四天上火车基本就没事了，轻轻松松到了北京。

在中央党校的这一学期，我们地区有三位学员，地委书记在高级进修班，我和边副检察长在司法干部培训班。边副检察长是我刚进法院的民庭庭长，是我最早的上司，外号“边领导”，是他接待当事人时，当事人给起的。在北京站下了车，中央党校的大巴接上我们，一直向北开去，40 多分钟就进了中央党校大门。我们被分在湖南边的那栋楼，一人一个房间，窗外就是湖水。出门在校园里走走，哇！这哪里是学校，简直就是花园，肯定比我们家乡的公园要好上一百倍不止。

想到要在这里学习五个月，别提心里有多高兴了。

下午没事，跟边副检察长出了党校大门，看到高墙，打开地图一看，知道这是颐和园的北墙，就想进去看看，问大门在哪里，说是在东边。转了过去，从东门进入，在颐和园转了大半天，看到无垠的昆明湖水、漫长的长廊，万寿山、佛香阁和四大部洲，真的是一饱眼福。从北宫门出来，一眼就看到了党校，两个“土老帽”转了一大圈才找到正门进了颐和园，哪知道北宫门就在党校大门的右边。

讲座

这一期司法干部培训班只开两门课，一门是哲学，三个月，另一门课是政治经济学，一个半月。党校上课，主要是授课和讨论、做作业，老师讲得好，我们学得认真，我的哲学基础就是这次培训打下来的。

在中央党校的教学中，更有兴趣的是讲座。一周差不多有四个晚上有讲座，就在我们毕业后着火的那个大礼堂进行。大礼堂非常高级，远非老家或者省城的所有礼堂可比。每一次讲座之前，都是吃过饭后，早早去占个好位置，边看书边静静地等着开讲。

那还是改革开放的初期，新生事物不断出现。当时最火的事件就是“傻子瓜子”。安徽芜湖的居民年广久外号“傻子”，雇用工人炒瓜子卖，瓜子的品牌就叫“傻子瓜子”，品质好，销路广，货畅其流，赚了很多钱，很多人说“傻子瓜子”就是“复辟”资本主义，主张取缔。但是，更多的人认为这是改革开放的新事物，是个体经济的萌芽，应当予以支持。

讲座的老师认为，这是改革开放的产物，是向僵化的思想观念和制度挑战的重要力量。主张这是资本主义复辟的人认为，马克思说过，雇用工人超过 6 人，就会产生剥削，“傻子瓜子”雇用的工人已经超过 6 人，当然是资本主义复辟。但是，马克思的这句话是在经典著作的注释中说的，并且是在“比如”的后边表述的，只是一个假设而已。

听了这样的讲座，真的是“脑洞”大开，心中豁然开朗，从此不再被假的说教所迷惑。

在历史方面，有几次是关于清末洋务运动的连续讲座。过去讲到晚清的洋务运动，都说是崇洋媚外的卖国运动，讲座的老师说，洋务运动其实就是一次转变国家命运的改革开放。这样的讲座，真是振聋发聩。

还有一次是关于选拔干部的讲座，提到我国古代委任官员是要看面相的，标准是“同田贯日，气甲由申”。例如，清朝选拔官吏要考察相貌外观，“同田贯日”是中选标准，“气甲由申”为落选标准。“同”是指脸型长得方正且较长，“田”是指脸型为方且短，“贯”是指头大体直长，“日”是指肥瘦长短适中且端正。“气甲由申”其实就是歪瓜裂枣，“气”是指扭曲的脸型，“甲”是指上宽下尖的脸型，“由”是指下宽上尖的脸型，“申”是指上下尖中间宽的脸型，即枣核型脸。这些虽然不是绝对标准，却是参考的面相。我刚听到讲座中的这些话时，还以为是在宣扬迷信，但是听后认真思考，发现确有道理。至此，对“迷信”二字有了新的看法，在选拔干部时也有所参考。

更有启蒙意义的是，那时电脑还未普及，距离我们的生活还较远，但是，党校的讲座有当代科技专题，有一次老师讲的是“信息高速公路”专题。老师说，美国正在研究信息高速公路，其应用的前景是，在大洋彼岸的中国发送一份邮件，美国在几秒钟后就可以收到；将来还会发明可视电话，世界上任何一个地方，都可以通过信息高速公路的传输，打电话时看到对方的形象。听到这样的讲座，我的脑子里就出现了一个憧憬的画面，一封信在几秒钟就寄到了世界各地。可是现在，给电台写一篇稿子直接送去还得十几分钟呢！当代科技多么神奇？在这样的时代里，不学习，就跟不上时代的进步。

当时说的信息高速公路，不就是今天的互联网技术吗？有时候，我把这些讲给我的学生们听，他们是在生下来就使用互联网的孩子，应当知道几十年前是怎样描绘互联网技术前景的，同时要看到，即使今天的互联网、人工智能技术也还会继续发展，法治也需要跟上时代的进步。

这些讲座太有启发意义了。党校的讲座每一期都有讲稿，我都收集起来，装订成册，带回家里反复阅读。

时至今日，我年届 70 之后，研究民法理论仍然有一定的挑战性思想，不拘泥于传统思想，这些讲座无疑起了重要的思想的启蒙、奠基作用，受用终身。

生活

党校的生活自然是没的说，食堂每周都有不一样的食谱，在地方生活还比较困难的时候，在这无疑像天天过节。

比较难的是，周末想喝点小酒，党校服务部没有一般的白酒。第一个周末的晚上，书记、副检察长和我聚在一起，想要喝点酒，因为都没有多少钱，让我去买一斤白酒，我就拿了一个瓶子，像在老家那样去打散装白酒。哪里知道，北京是不卖散装白酒的。我跑到西苑那边找了几个副食商店，也找不到散装白酒，无奈只好买了一瓶二锅头。这在老家就是好酒了，比较奢侈。

晚上，他们两位在食堂点了几个菜，拿回宿舍等着我，等了老半天，才见我回来。我说完经历，大家哈哈大笑，喝起二锅头，开心得不得了。

在党校学习时，有一个最大的心愿，就是有这样的机会在北京学习，一定要把北京的名胜古迹尽量都去看看。副检察长比我大十几岁，也赞同我的意见。每到周六晚上，我俩拿着北京地图，研究明天的观赏景点和出行路线，在今天叫“攻略”，每天差不多安排四个景点，上午两个，下午两个。第二天早上，党校在大礼堂前排列整齐的 20 辆大巴，七点半一到，浩浩荡荡地驶出大门，按照不同的停车地点，把学员送到各处。在一天中，我们两个一老一小，马不停蹄，一个一个景点按攻略走完，晚上坐公共汽车回来，累得不行，喝一点二锅头，一觉闷到天亮，继续上课。

有一次，我俩再加上白城中院的李院长，一行三人去爬八大处，一直爬到宝珠洞，又上了山顶。李院长说，看地图，沿着山顶的小路，是可以一直走到香山的。我们三个下了决心，沿着山顶小路一直向香山走去，路上看到了很多肥大的“油葫芦”，比家乡的蚂蚱大多了，感到新奇。后来就是峡谷和陡坡，崎岖不平，乱石丛生，竟然也一一越过，进到了香山境内。满身大汗、精疲力竭的我们，胡乱吃了点饼干等，又在香山逛起来，直到晚上才拖着疲惫之身，坐上公共汽车，返回党校。

在党校的 5 个月，每天早上都起来锻炼，还学会了 24 式太极拳，几年以后还打得很熟练，后来不打就忘记了，无法连贯地打下来。

那时，特别火的是练鹤翔庄气功，北京到处都是练鹤翔庄的人。在学员的要求下，党校体育部也开始教鹤翔庄，学员练到极致，就会自发功，双手护腹，脚尖点地，上下起舞，类似仙鹤。然后再慢慢收功，恢复自然状态。但是，练功不妥，气脉乱冲，控制不住，就会出问题。我们班有一位同学好像是厦门的，发起自发功，上下起舞不止，浑身大汗淋漓，无法控制。无奈专门请到高手，亲自为其理气，方才收功，吓得他再也不敢练了。我也参加过练习，但是，有一次突然发现自己也会不自觉地上下起舞时，就吓得停了下来，再也不敢练了。

提拔

中央党校的培训班，确实是培养领导干部的。

我们开学大约两个月后的一天，刚刚下课，辅导员通知我们班安徽高级法院的韩同学去中组部谈话。她走之后，同学们议论纷纷，猜测要谈什么事。多数人说，肯定是要提拔吧。下午这位同学回来了，就开始收拾东西，告诉我们，她要回省法院了。

同学都问："为什么让你中途就回去，不念书啦？"

她说："中组部安排，我回去接任副院长。"

天哪！她现在是助理审判员，回去就直接提为副院长！同学们各个咂舌，都说："保不住还能轮到别的谁呢，等着吧。"

到了 7 月毕业之前，再也没有同学被找谈话、提拔。不过，我也算是幸运，在毕业典礼上听了王震校长的讲话，回到家一个月后，接到了副院长的任命书。这时，副庭长的任命书还没有下达呢。

34. 进修

家乡中级人民法院的一位庭长从中央第二政法干校学习回来，告诉我，中央正在筹建新的政法干部学校，专门学习法律，让我好好准备，将来好到这个学校学习。这里说的中央第二政法干校，设在河南省的济源，时间不长就交给河南省管理，成为河南省政法管理干部学院。这里说的中央筹建的新政法干校，就是中国政法大学进修学院。我在这个进修学院学习了两年，拿到了法律专业的专科文凭。遗憾的是，中国政法大学进修学院只毕业了我们这一届学生，然后就变成中央政法管理干部学院了。

复习备考

1984 年 3 月，突然接到通知，让我准备参加考试，因为中国政法大学进修学院准备办第二期司法领导干部进修班，学习法律专科课程。那时，我已经担任副院长半年多，院长给我放假备考，复习准备的时间只有 12 天，然后就去长春考点参加考试。

原来，中央认为我国政法领导干部的专业水平不高，没有大专以上文凭的比例较高，必须改变这种状况。在中央政法干校（现中国人民公安大学）举办了第一期省级政法领导干部进修班，两年学制，已经结束，效果很好。第二期准备招收地市一级政法领导干部，学制也是两年，毕业后发法律专科文凭。这对我们这些没有专业文凭的政法干部，当然是好事。

只是复习的准备时间太少了。院长找我谈话，让我放下一切工作，在家里复习备考，如果考不上，就别回法院见他。我立下军令状，必定考上。

复习备考的 12 天，基本上没有白天黑夜之分，不困就看书，饿了就吃饭，实在困得坚持不住就睡一会儿，完全是晨昏颠倒，抓紧一切时间复习。说到复习，其实也很困难，因为我在初中没有上几天学，甚至没有上过一个完整的学期，就毕业、插队了。尽管考试限制在初中课程范围，但是对我而言，特别是数学等内容，由于学习基础太差，再复习也来不及。12 天过后，只好硬着头皮上考场。

到长春后，住在一个日本人留下的老式饭店，一个大屋子三个人住。晚上看书看到 10 点，我和我们地区的副检察长就准备睡觉，以便有充沛的精力应付一天两场的考试。但是，另一位邻近地区的副检察长，盘着腿坐在床上，嘟嘟囔囔地背题，一直不停，我们刚睡下，就被吵醒。下半夜 2 点多了，他还在背题。心里烦，却不敢说，“同是天涯沦落人”，为了一个目标，不能干扰他。

两天考试结束，终于回到家里，已经筋疲力尽了。不过，不到一个月，就收到了中国政法大学进修学院的录取通知书，备考和考试大功告成。

专业学习

9 月初，我和一位副检察长、一位公安的朋友作为正式学员，还有不能获得文凭的另外两位进修学员，一起坐火车到了北京站。接站的大巴等到坐满了人，向北开去。

汽车走了一个多小时，还在继续向前走，心中感到路途无比漫长。就在这时，似乎走进了一个暗夜中的居民区，停了下来。下车走进由两个铁栅栏焊成的大门，右边挂着一块“中国政法大学进修学院”的牌子，抬头一看，只见两排居民楼中间矗立着一个巨大的地震棚，然后就开始办理报到手续，分配房间。

看到这个校区，我们的心里都无比诧异！难道这就是中国政法大学吗？教学楼在哪里？图书馆在哪里？食堂在哪里？都看不到。

进到三班的宿舍，先来的同学已经要睡下了，告诉我们，这就是进修学院的全部！这与想象中的大学，差距实在是太大了，而且是中国政法大学，怎么如此简陋，如此寒酸。

不过，进修学院虽然是陋室，但是，陋室中的内涵却极为丰富。一到开学上课，就都释然了，因为进修学院请来的老师都是名师。那时，法学教育刚刚有统编教材，上课的老师差不多都是这些教材的主编或者副主编。可见，刘禹锡在《陋室铭》所说当真不假："山不在高，有仙则名。水不在深，有龙则灵。斯是陋室，惟吾德馨。苔痕上阶绿，草色入帘青。谈笑有鸿儒，往来无白丁。可以调素琴，阅金经。无丝竹之乱耳，无案牍之劳形。南阳诸葛庐，西蜀子云亭。孔子云：何陋之有？"

特别是第一天上课，就是佟柔老师讲民法，我们这 200 多名学员听得心服口服、崇敬无比。第一学期佟老师讲完民法总则，第二学期政法大学的张老师讲民法分论，上来就攻击佟老师的学问。我们非常气愤，以至于没有认真听好他那充满批判现实主义精神的民法课。

刑法课的第一学期是讲刑法总论。高铭暄老师坐在那里，气定神闲，侃侃而谈，甚至有点摇头晃脑，无比自信，大有舍我其谁之感。一个学期下来，刑法总论完全吃透，高老师也非常开心。由于学员都崇敬他，他在最后一节课宣布，他在我们这里讲课的讲稿，在学期结束后出版，他会给我们每一位学员邮寄一本。我们热烈鼓掌，感谢高老师的厚爱。

一个巨大的、灰暗无光的地震棚的陋室，讲台上坐着侃侃而谈的都是著名的大牌教授，对我们这些求知若渴的青年政法领导干部而言，还有什么比这更可贵的、更好的享受呢？

当然也有“水”的老师讲课。那一年的12月9日是星期日，为了防止学生上街游行纪念“一二·九”学生运动，上级要求全天不放假，都在学校上课。进修学院也做此安排，院长亲自做一天讲座，写了证据法的十个题目，个个都是我们希望听到的精彩课题。上午8点上课，听了半小时，实在听不下去了，我就偷偷溜出课堂。到9点半休息时，200人的大教室就剩下了30多个同学。

太不给院长面子了！到中午下课时，院长一生气，决定下午不讲了。今天想起来，做法确实不妥，而我是溜出课堂的第一个“罪人”。

研究课题

在进修学院的两年期间，除了上课，我的大部分时间和精力都放在研究侵权法的课题，课余都在找资料、写作《侵权损害赔偿》书稿。

进修学院的陋室虽然比较“烂”，但是，政法大学图书馆把一部分图书分给进修学院，使进修学院有了一个规模不大的图书馆，都是法律书，对我们看书、研究还是够用的。不过，全面研究侵权行为法的专著和论文都很难找到，只能在民法教材以及古籍和苏联民法书中寻章摘句，记卡片，做摘录。

经过一年的准备，我在第三学期开始写作，毕业前夕基本写完了第一稿。这时，恰好《民法通则》通过，我以该法规定的侵权责任规范为基础，进行第二次修改。改完后，买了几大本400字的大稿纸，请了几位同学帮我誊写，毕业前有了20万字的书稿。

在进修学院的两年中，我还研究了证据法，啃了痕迹学、司法鉴定学等专著，写了几篇证据法的文章，在《河北法学》等刊物上发表，如《证据系统论刍议》《试谈间接证据的证明方法》。

两年的政法大学进修学院的学习，还算学有所成，民法理论研究可以说在不断深入中，有了初步的体会。

在此期间，我还有一件比较得意的事：1981 年我在《法学研究》上发表的关于侵权损害赔偿的论文，被选在中国政法大学出版的“民法参阅教材”中，很多同学看到了向我祝贺。我嘴上客气着，但心里还是有一丝丝得意的。

生活娱乐

进修学院在昌平镇的西环里。那时候的昌平镇比较小，也比较落后，全镇的娱乐设施就是一个电影院。就这种状况，还有人向家乡的政法委举报我们在北京学习期间到夜总会消费。这简直是天方夜谭，我们坚决否认。

我的时间安排得比较紧，每个月跟同学看一场电影，他们是一周或者两周看一场电影。有一次，我们晚上散步走得比较远，一直走到第二毛纺织厂，厂里正在放映露天电影，跟进去看了一场，十分开心。

学校的两排楼房之间，尽头是一个很小的食堂，没有桌椅，只能打饭，不能在食堂就餐，都要打饭回宿舍吃。食堂有小炒，从来没去吃过。那时，同年龄的机关干部的工资是一个月 48 元，是 23 级干部；我是 60.50 元，是 21 级干部，比他们高两级。我们差不多都是用工资的一半作为菜金，因此每个月我有 30 元的伙食费，他们只能花 24 元吃饭，我的伙食就比他们稍微好一点，但是，打饭时也是一饭一菜。

开始我买的打菜饭盆比较小，打上一勺看起来就很多，厨师也不会再添加了。但是，通常打菜会打一勺半，我吃亏在盆子小上。因此，买了一个大饭盆打菜，算是得到了公平待遇。

食堂伙食比较差，很多人自己用电炉子炒菜，电门因此经常被“憋”，也就是电线短路、保险丝烧毁、电门跳闸。这时，炒菜的人就经常挨骂。后来，炒菜的人学乖了，断电之后，先出去在走廊里骂上一顿，回去再找保险丝接上，这完全是“贼喊捉贼”的伎俩。

还有一年，在全国商品涨价之前，官方发布了通知，居民便开始抢购商品。我们几个同学也去街上抢购，实在没有什么可买的，就抢回来了两袋别人不要的奶粉，用开水都冲不开，都是疙瘩，舍不得浪费，最后也将就着吃完了。

进修学院没有澡堂，因此很难洗澡，只能晚上打开水，在宿舍里加上点凉水，自己洗，时间长了，怎么也没有洗澡的感觉。有一天，一个同学发现街上的公共汽车六场院里有澡堂，可以花钱去洗。我们去后，由于是晚上，澡堂里的水面漂浮了一层污垢，跳进水里似乎感觉还有点黏，可见其脏到极致。洗了一次澡后，再也不敢去了。

学院曾经组织过一次体育竞赛，是拔河比赛。宿舍楼的后边是一块空地，每个班一个代表队，我们三班是法官班，比较爱学习，但体力都一般，跟别的班比赛拔河，倒是真的不吃力，因为还没等使劲，就被对方拉跑了。对了，还有一次，在这块空地上，请来了公安部警犬训练基地的警犬进行表演，那还真是不错的表演。

毕业典礼

两年的时间并不很长，但是，在进修学院的两年学习使我受到了系统的法学训练，专业有了长足进步，再加上业余时间的学习和研究，研究能力也有了很大的提高。

毕业时，这个进修学院已经不叫这个名字了，改为“中央政法管理干部学院”，在政法大学内部简称为“管院”。不过，我们的毕业证书还是中国政法大学颁发的，是政法大学的毕业生。所以，我今天还跟政法大学的老师们“套磁”，说我是政法大学的校友，他们也认可，因为我们的招生通知就是中国政法大学发的。

转眼就毕业了。在毕业典礼的前两天，老师通知我作为学员代表发言，我写了一个稿子。毕业典礼在国防大学外训部礼堂举行，到我发言的环节时，我走上台，向台上在座的老师们鞠躬，然后就念我写好的稿子。由于内心深深地感激这所“陋室”给我的教育和启发，发言时声情并茂，获得了热烈的掌声。

第二天，我打包行李，就要回家乡了，学院的广播站在校园里反复地播送着我在毕业典礼上的讲话。我背上背包和行李，在广播播送的自己的讲话声中，告别了中国政法大学进修学院，回到了自己的工作岗位。

35. 高法班

关于高法班，我在以往的散文中写过，主要是为纪念佟柔老师而写，没有说过我们高法班自己的事。

报到

高法班，全称是“最高人民法院高级法官培训中心”，在中国人民大学和北京大学的法律系各办一个班，人大是民法班和刑法班，每年交替一次；北大是经济法班和行政法班，也是每年交替一次。一共办了九期，每期学制一年，我们是第一期，在法院系统被戏称为“黄埔一期”。

高法班要通过考试入学，当然还有级别的要求，要副处级以上。考前的准备时间也不长，只有二十几天，东北的法院干部到长春市考场考试。考完试后，边工作边等候，心中也有点忐忑，因为考上考不上都在两可之间。别人都劝我放心，一定会考上的。我自己倒也有点信心，但在心里还是不托底。

终于接到了录取通知，我放下心来，交代好工作，准备出发到中国人民大学报到。

下了火车，中国人民大学的接站车在北京站等候，差不多人齐了，就开往中国人民大学。那时候，人大东门的门楼还比较简陋，但是也显得很神圣，我在中央党校学习时，路过人大的大门总是盯着看，直到看不见为止，从来没有想过自己还能到人大来学习法律，更没想到现在还在人大法学院任教。

报到后，被分到学九楼住，没有住进新建的研究生楼，多少有点遗憾。我和大连中院、长春中院的两位同学一起住 639 号房间，后来以能喝啤酒著称，最多的一次卖了 49 个啤酒瓶。有一次，长春的同学过年回来，带回来一大批五香鸡爪等下酒菜，我们三位加上黑龙江的一位同学一起，在晚上就着鸡爪喝啤酒，整整喝了一周。

高法班的条件非中国政法大学进修学院所可比。虽然住在本科生的宿舍楼，但是其他方面都很好。中国人民大学的校区不大，但确实是一个完备的大学，各项设施齐全，图书馆藏书丰富，一切都很满意。

那时候的中关村，周边都比较落后，报到的第一天，我想买洗脸盆等用品，围着人大校园转了一大圈，竟然没有发现卖这些商品的商店，无功而返。

授课

第二天开始上课。我们在当时的教一楼（今天为求是楼）有一个固定教室，每个人第一天坐的座位成了固定座位，每天上课都在自己的座位上坐，哪一个不来上课，一眼就能看到。不过，我们班缺课的同学不多见，因为不舍得不听那些以往听不到的精彩授课。

说到课的精彩，是因为人大法律系为高法班配备了最强的教师阵容。因为是民法班，主要课程是民法课，主要授课老师是佟柔、郑立和赵中孚三位老教授。他们讲的每一节课，都是司法实践所急需的理论问题，无不精彩绝伦。

我要特别说一下郑立老师的授课。郑立老师每次课就讲一个题目，是典型的专题授课。她在授课时，眼睛是盯着每一个同学的，每一个同学有一点异样的神态或者表情，她都会发现，就会问是不是她的讲课有问题。这位同学就吓得半死，连忙说没问题、没问题。她还要求每一个听课的人不能发出声音，因为一有声音就会打断她的授课思路。吓得我们再上她的课时，连大气也不敢喘，好好听、好好记、好好理解就是了。

我记得，郑立老师讲“债的保全”讲得特别精彩，解决了我在司法实践中长期思考而不得其解的疑惑，后来，我结合司法实践的问题，写了《论债的保全》《论债权人撤销权》《论债权人代位权》三篇文章，在《法律与实践》《河北法学》《法律科学（西北政法学院学报）》三个刊物发表，为我日后研究债法打下了基础。没有郑立老师的授课，我是写不出来这三篇文章的。

赵中孚老师的课也很精彩，特别是他讲“典权”堪称一绝，说得十分透彻。

听佟老师讲课，我是第二次了。第一次是在进修学院听课，讲的是民法总则；在高法班听的佟老师的课是专题课，讲授深刻透彻，百听不厌。

第二学期，我们又听了刘素萍、龙翼飞、郭峰等老师的课，都很精彩。这时，王利明去美国访学，没有给我们讲过课。他在那时与郭明瑞、方流芳老师写的《民法新论》风靡一时，我买了一套，反复阅读，应当是那时最好的民法教科书了。

我们班的同学个个都要强，有些同学甚至为了得到优秀成绩，考试前的晚上在卫生间阅读、背题，竟然累得晕倒在卫生间，以至于老师在课堂上告诫我们，不要争优秀，要注意身体，云云。十几门的考试，我只有孙国华教授的法理课是“良”，其他的课都是“优”。毕业论文经赵老师批阅，结论是“因为没有特优的成绩，只能给优”。其实就是现在的“优+”而已。

研究

我那时候的民法理论研究，集中在侵权特别法的课题上。这是我自己的选题，起因是当时除了《民法通则》规定的侵权责任法规范，其他法律也大都有关于侵权损害赔偿的规范，这些关于侵权的规范与《民法通则》的规定是什么关系，特别值得研究。我把它定性为普通法与特别法的关系，着重研究侵权特别法的体系、内容和适用方法，在一年的时间里，写出了 20 多万字的《侵权特别法通论》书稿。将其中的侵权特别法一般性规则的研究结论，写成了《论侵权特别法及其适用》，在《河北法学》发表；又参加了最高人民法院第一届法学理论研讨会，获得大奖，也算研究成果比较丰富。

吉林人民出版社的刘树炎兄看好我的书稿，在 1991 年出版了这部著作。这是我专门研究侵权法理论的第二本专著，佟柔教授为该书写了序言。

毕业

在中国人民大学学习期间，我们住的学九楼在西门，上课的教一楼在东门，走一趟要 15 分钟左右。那时候惜时如金，觉得太浪费时间，就跟老家的驻京办事处李主任申请，办事处买了一辆自行车给我用，上课下课方便多了，节省了很多时间。

家乡驻京办当时在苹果园，周六下午 4 点钟骑车去，一个小时到达，李主任“喂”我一天好吃的，让我一饱“口福”、增加营养，周日晚上再放我回人大。

有一天早上 5 点多钟做梦，梦见有人偷这辆新自行车。我心里一惊，醒了，还差几分钟到 6 点。宿舍楼不到 6 点不开门，等到 6 点，打开门我就直奔自行车棚，看到我的自行车还“健在”，才放下心来。但是走近看到，车锁和车架子已经被砸得很严重，幸亏车锁厉害，没有被砸开偷走，保住了这辆自行车。后来想一想，我的这个梦还挺准的，看来有一定的预测功能，属于初级的“特异功能”。

那时正是思想解放的初期，在学校里有各种各样的讲座，目不暇接，听也听不够，听一次讲座，就有一次收获，慢慢地就把自己在山区形成的封闭思想完全打开了。

第二学期的最后一个月是考察时间，同学可以组队去有关法院调研。我没有去，在学校修改我的书稿，完成毕业论文。

后来，学校的学生都跑回家里了，偌大的校园，就剩下我们几个留校读书的高法班同学。学校食堂还有吃的，我们就能坚持下去。在临近离校时，最高人民法院派人来看望我们，准许适当时候回家，何时回校参加毕业典礼，另行通知。这样，我们就选择回了家乡。

7 月，接到通知回校参加毕业典礼。毕业典礼是和北大经济法班的同学合在一起，最高人民法院领导出席仪式，照了毕业照，圆满结束了高法班的培训，拿到了结业证书。

再后来，我调到最高人民法院，开始给第三期的高法班讲课，在最高人民法院成立了法官学院后，高法班在第九期结业时“寿终正寝”，高法班成为历史，成了我们高法班学员的美好记忆。

第四辑

—

法之点滴

36. 私权神圣

《民法典》第 3 条规定，民事主体的人身权利、财产权利以及其他合法权益受法律保护，任何组织或者个人不得侵犯。在 2015 年至 2017 年起草《民法总则》的过程中，草案的这个条文不是第 3 条，而是第 9 条。关于为什么要把这个条文由第 9 条改变为第 3 条，改变为第 3 条的意义是什么，应当进一步说明立法的情形。

一

首先要看第 3 条在《民法典》总则编中的地位是什么。

《民法典》总则编是规定民法一般性原则的，就是对全部法典起到统领作用的部分。第 1 条规定的是立法依据，即为什么要制定《民法典》；第 2 条规定的是民法的调整范围，即明确《民法典》是干什么的。

《民法典》从第 3 条到第 9 条规定的是民法基本原则，是编纂《民法典》、解读《民法典》、适用《民法典》都必须遵守的最一般准则。这 7 条规定的是私权神圣原则、平等原则、自愿原则（意思自治原则）、公平原则、诚信原则、公序良俗原则、绿色原则。现在可以看到，在这 7 个民法基本原则中，排在第一位的，就是私权神圣原则，它是民法的第一基本原则。

原来的《民法总则（草案）》为什么把私权神圣原则规定在第 9 条呢？这一做法源于《民法通则》的规定。《民法通则》第 3 条规定的是平等原则，第 4 条规定的是自愿、公平、诚信原则，把三个原则规定在一个条文中，第 5 条才规定私权神圣，即民事权利不受侵犯。

按照这样的排列，平等原则是民法最重要的基本原则，而私权神圣远在平等、公平等原则之后。这是我国在改革开放之初所持的民法观念，不能说错。公平、平等这些原则确实是民法的重要准则。

在起草《民法总则（草案）》时，也按照这样的理念规定民法基本原则的顺序，把私权神圣原则规定在第 9 条。这样的理念，不论是在立法者起草草案时，还是我们在讨论草案时，甚至是人大常委会在审议草案时，都没有提出异议，认可这样的做法。

那究竟是什么原因把私权神圣原则规定为第一基本原则呢？

在 2017 年 3 月召开的第十二届全国人民代表大会第五次会议上，审议《民法总则（草案）》时，有很多代表提出意见，认为既然《民法总则》是保护民事主体的民事权利的，为什么不把私权神圣原则规定为第一基本原则，而是规定在第 9 条，成为排列在后的基本原则呢？很多代表都赞成这个意见。

显然，对《民法总则（草案）》提出的这一修改意见是完全正确的、睿智的，体现的就是私权神圣的民法观念。我们当时都感叹，人民代表的意见真的是一针见血啊！我们整天研究民法的专家，为什么却熟视无睹，看不到这个问题的重要性呢？

全国人大法律委员会（现为全国人大宪法和法律委员会）讨论认为，民事权利及其他合法权益受法律保护，是民法的基本精神，是统领整部《民法典》和各民商事特别法的总纲领，应当进一步突出民事权利受法律保护的理念。将本条的内容规定在第 3 条，能够充分体现《民法典》权利本位、权利导向的立法宗旨，因而将这一条文规定为《民法总则》（《民法典》总则编）第 3 条，突出强调民事权利及其他合法权益受法律保护的基本精神和重要地位，使私权神圣原则成为民法第一基本原则。

二

学者把《民法典》的这个条文称为私权神圣原则，是民法最主要的第一基本原则。官方不用这样的说法，而是说“民事权利受法律保护原则”。不过，民事权利受法律保护的说法，听起来总觉得轻飘飘的，分量不够。而私权神圣，则把民事权利提高到神圣不可侵犯的地位，是市民社会中至高无上的准则。

在传统的民法理念中，尚未产生私权神圣的说法，直到1804年《拿破仑民法典》问世，才宣告了私有财产神圣不可侵犯，进而引出私权神圣的观念和原则。

私权神圣原则是说，民事主体的人身权利和财产权利以及其他合法利益，在民法领域中具有神圣不可侵犯的地位，要受到法律的全面保护。正像欧洲人所说的那样，“风可以进，雨可以进，国王不可以进”。这里体现的就是私权神圣的含义：这是我的私权利，任何组织或者个人都不得侵犯。你看到了吗？《民法总则》就是按照这样的思路认识民事权益，保护民事权益的。

把这个条文和《民法通则》第5条的规定相比较，可以看到以下主要变化：

首先，私权神圣原则的地位发生了改变。《民法通则》把这个原则作为最后一个基本原则规定。《民法总则》却把它放到了民法基本原则最重要的地位，成为民法第一基本原则，充分体现了《民法典》对私权神圣原则的重视。

其次，私权神圣原则的内容进行了调整。一是主体的改变，把主体界定为民事主体，包括了自然人、法人和非法人组织，《民法通则》

原来的规定只是公民（自然人）、法人。二是对民事权益的表述有了改变，从“民事权益受法律保护”细化为“人身权利、财产权利以及其他合法权益受法律保护”，更加具体、清晰、明确。这是对民事权益内容的全面表达，也是《民法典》对人文主义精神的贯彻落实。

三

私权神圣原则应当包括哪些内容呢？我的看法是包含以下三个方面内容。

第一，民事主体的所有的民事权利都受到民法保护。民事权利既包括人身权利，即人格权和身份权；也包括财产权利，即物权、债权、知识产权、继承权、股权及其他投资性权利。在这些基本民事权利之内包含的具体民事权利，如所有权、共有权、姓名权、名称权、隐私权等，都在民法保护范围之内。比方说，恶狗在小区伤害儿童的事件，有人说要追究恶狗主人的刑事责任，但刑事保护并不能救济受害人私权受到的损害，因此，必须依照《民法典》的规定，通过侵权责任的方法，让侵权人承担侵权赔偿责任，来保护受害儿童的健康权。2023年10月17日，我在微博上发了一篇《成都恶犬伤童案的侵权责任》的博文，说的就是这个意思，3个月的阅读量达到1444万人次，可见这个题目的关注度之大。

第二，不仅民事主体所享有的民事权利受到保护，而且合法的民事利益也受法律保护。在民法上有一个术语叫“法益”，是那些尚没有上升为民事权利的民事利益，法律以“法益”的形式进行保护。比方，胎儿的人格利益、死者的人格利益等，尽管都不能以民事权利的形式来保护，但是法律都以法益的方式进行保护，任何组织和个人不得侵犯。例如，狗吠吓着了儿童，儿童骂了狗几句，狗主人逼迫儿童给狗下跪道歉。这种行为不好说侵害了儿童的何种民事权利，但是损害的是人格利益，是人的尊严，因此，《民法典》通过一般人格权的规定，对这种人格利益予以保护，制裁实施侵权行为的行为人。

第三，民事主体享有的民事权益神圣不可侵犯。民事主体享有的民事权益具有神圣不可侵犯的属性。为了保障民事主体的人格尊严和民事权益，禁止任何组织或者个人侵犯民事主体的民事权益，任何组织或者个人侵害民事主体的民事权益都要承担民事责任，民事主体都可以行使请求权予以保护。民事主体保护自己的民事权益，既享有民事权利所包含的请求权，也享有侵权请求权，用这两种不同的方法来保护自己，救济自己的损害，保护自己的民事权益，维护自己的民事主体地位和尊严。比如，《民法典》规定，出于公共利益目的，可以征收、征用私人财产，但要给予足额的补偿，这就是私权神圣的体现。不是出于公共利益目的，或者不是国家行为，强征、强用私人财产，就是侵害了私权，违反了私权神圣原则的要求，《民法典》必定要制裁这些违法行为。

37. 法源

一

“法源”这个词，是法律术语，是法律渊源的缩写，不学法律的人基本上是不知道这个意思的。

这是因为，渊源原本是指源流，是水的源头，比喻事物的本源。这个意思出自《三国志·管宁传》：“测其渊源，览其清浊，未有厉俗独行若宁者也。”但是，法律渊源指的却是法律的表现形式。这是怎么引申出来的呢?

法律渊源本来是指法律的来源，是指国家机关、公民和社会组织为寻求行为的根据而获得具体法律的来源，因而从这个意义上说，法律渊源就是法律的来源，这是与渊源的概念相一致的。一个法官，面临一个已经认定事实的案件，应当根据什么来判定当事人的责任，从何处寻找根据呢？ 他所寻求到的法律根据，就是法律的渊源。

当法官找到要适用的法律后，这样的法律究竟是什么样的表现形式，是制定法，还是法官法、习惯法，或者是法理，是有区别的。因此，把法律的来源再分一下类，就成了法律的表现形式。故法律渊源就成了表达法律形式的术语，被广泛使用，被广泛接受，也就成了法律的专有名词。

说到这里，就可以理解为什么法律渊源就是法律的表现形式了。它虽然也有法律源头的意思，但是离得比较远、比较虚了。法律渊源有刑法的法律渊源、民法的法律渊源和行政法的法律渊源。在民法中，法律渊源就称为法源。

二

民法的法源包括哪些呢?

按照大多数国家的民法典规定，民法的法源分为三种，即法律、习惯和法理。其中法律是基本法源，习惯和法理是补充法源，习惯是第一补充法源，法理是第二补充法源。

法律好说，凡是国家的制定法都是法律，在成文法国家都是这样。不过也承认法官法，虽然不是制定法，但是在没有法律规定的情况下，法院形成的一致的裁判方法，也认为是法律，这就是法官法。我国最高人民法院的司法解释和指导性案例，可以称为法官法。

习惯也叫习惯法，是国家没有制定的法律，但是，在这个领域、区域、特定的行业等，有大家共同遵守的规则，并且这样的规则不违反法律的原则，可以作为处理民事争议的依据。比方说，在网络交易中，网络交易平台的交易规则，只要不违反法律，可以认为是网络交易的习惯法，因为《民法典》对网络交易规定的规则数量不多，即使有《电子商务法》，也还有很多没有规定的规则，网络交易的习惯法是有重要价值的。

法理，可不是指一般的法学家的见解或者观点，有很多人有这样的误解，因而对法理是戴着有色眼镜去看的，并不待见法理。其实，法理是权威学说、通说、先例判决、外国立法、外国学说等。比方说，美国加利福尼亚州有一个“橡皮擦规则”的立法，说的是未成年人在网络上的言论，是其没有判断能力时随意所写并公开，在其成年后，如果认为这些言论有损于自己的形象，就可以申请网络服务提供者删除，就像用橡皮擦擦去不当的痕迹一样。我国没有“橡皮擦规则”的立法，只规定了删除权，在解释上，就可以将“橡皮擦规则”作为法理，支持成年人主张删除其在未成年时在网络上留下的不当言论。还有，我国法律没有规定冷冻胚胎的属性是什么，法院判决参照学者的“人格物”学说，判决保护冷冻胚胎的权属，就是将法理作为补充法源。

说了这些，你会觉得，在民法的法源中，法律当然重要，但是，习惯和法理也是不可或缺的。这是因为，人的社会生活情形过于复杂，民事法律关系纷繁多样，再完备的法律也不可能把全部的社会生活概括得无一漏网，一定是会有遗漏的。世界上最长的民法典有 4000 多个条文，比我国《民法典》的 1260 个条文多出 2000 多个条文，但是，即使有这样多条文，也不会把全部社会生活都写完。再完备的民法，也不可能把全部生活规则概括穷尽，更不能把以前没有发生的、当前发生的、未来会发生的生活规则概括完毕。所以，在法律没有明文规定的时候，应当适用习惯来处理民事纠纷；没有成熟的习惯作为习惯法来调整时，应当用法理来进行补充。这就是习惯和法理作为补充法源的客观性和必然性。

三

我国《民法典》第 10 条规定了民法法源：“处理民事纠纷，应当依照法律；法律没有规定的，可以适用习惯，但是不得违背公序良俗。”

与此相对应，《民法通则》相似的规定是第 6 条，即民事活动必须遵守法律，法律没有规定的，应当遵守国家政策。两相比较，《民法典》第 10 条的规定显然更加私法化，更有实用价值，特别是规定了习惯是民法的补充法源。

对此要介绍一个背景。在制定《民法总则》的过程中，一个比较大的争议是，要不要继续规定《民法通则》中“没有法律规定的，应当遵守国家政策规定”的内容。换言之，政策是不是民法的法源？

我们都反对这样规定。因为政策和法律不是一个层次上的问题。过去说要遵守法律，要遵守国家政策，是对政策和法律不作区分的结果。现在如果还这样去写，《民法典》就不是民法了。政策可以作为适用法律的指导，但是不能作为法律来适用。所以，最后终于把遵守国家政策的内容删掉了，写成了习惯是民法的补充法源。

国家政策是党和政府为解决某一特定问题所作出的指导性意见。制定《民法通则》时之所以把国家政策作为民法补充法源，一是因为当时的政策与法律的界限没有分清；二是因为当时的民事法律、民事习惯以及法理不完备，故而寻求以国家政策来弥补立法的不足。《民法典》彻底否认了政策的法源地位，政策只具有指导性作用，只有政策转化为法律的时候，它才具有法律的性质，才可以作为民法的法源。

在民法没有规定的范围内，符合上述要求，又不与现行法律、法规和社会公共利益相抵触，不违背公序良俗，经过国家认可的民事习惯，就具有民法法源的地位。在没有法律规定的情况下，法官可以依据民事习惯作出判决，民事习惯成为判决的法律依据。现在的问题是，很多法院在法律没有明文规定的时候，不敢将民事习惯作为判决的依据，这种做法是不正确的。既然规定了习惯是民法的补充法源，在没有具体的成文法作为法律基础时，民事裁判理应依照《民法典》第 10 条的规定，将习惯作为裁判的法律基础。

以习惯作为裁判法律基础的规则是：第一，一个特定的请求权确实是法律没有规定的，需要民事习惯予以补充。第二，这种民事习惯具有通用性，被多数人相信，并且在一定期间内，就同一事项反复为同一的行为，即反复不断地做同样的行为。第三，这种民事习惯不违背民法的平等、公平、诚实信用和公序良俗的规则。符合这样要求的习惯，就可以作为民事裁判的依据。

四

大家可以看得很清楚,《民法典》第10条没有规定法理为补充法源，是有缺陷的。

法理的基本功能在于补充法律以及习惯法的不足，是执法者致力于以立法者的地位，寻求就该种案件所应适用的法则，以实现公平与正义，调和社会生活上相对立的各种利益。这就是把法理作为补充法源的理由。

制定《民法总则》时，我们都建议规定的规则是：有法律依法律，无法律依习惯，无习惯依法理。立法机关没有采纳这个意见，只承认习惯，不承认法理。

其实，尽管在立法上没有明确法理是民法的补充法源，但是在具体的民事裁判中，法官在处理民事纠纷过程中，是能够并且已经充分发挥法理的基本作用的，以解决法律适用上的难题。

当一个社会中发生的民事争议，既没有法律，又没有习惯作为依据，那怎么办呢？一定要裁判，就要依据法理作出。这个法理就包括国外的判例、国外的立法例、国外的学说，以及中国自己的学说、典型案例，等等。

例如，国内发生的第一例人体冷冻胚胎的权属争议案，既没有法律规定，也没有习惯，那该怎么办？一审法官依据法理，认定人体冷冻胚胎属于“人格物”，这是中国的权威学说；二审法官认为，人体冷冻胚胎是“介于人与物之间的过渡存在”，这是借鉴美国一个判例的说法。最终作出的判决，保护了权利人的权利。这样的判决适用的依据，就是法理。还有，夫妻在婚姻关系存续期间取得人体胚胎，在医院冷冻保存，双方离婚后，男方没有经过女方的同意，采取不续费的方法，使医院在约定的冷冻期间届满后不再冷冻，毁弃了冷冻的胚胎，女方主张男方侵害其民事权益。法院也是依据法理，认定人体冷冻胚胎是具有人身意义的特定物，判令男方承担侵权责任。

所以，尽管《民法典》第 10 条没有规定法理是补充法源，但是并不妨碍法官在符合要求的时候，依据法理对案件作出裁判。不然，拿什么作为判决的基础呢？难道由于法律没有规定，又没有可用的习惯，就不作判决，让当事人继续争执下去吗？

38. 意定监护

《民法典》第 33 条规定了成年意定监护制度，也就是具有完全民事行为能力的成年人可以与其近亲属、其他愿意担任监护人的个人或者组织事先协商，以书面形式确定自己的监护人，在自己丧失或者部分丧失民事行为能力时，由该意定监护人对自己进行监护，履行监护职责。这个规定源自《老年人权益保障法》第 26 条规定的老年意定监护制度。关于这个监护制度是怎样产生和发展的，里头有一些故事，可以分享。

一

说到成年意定监护制度，其实是在 20 世纪 60 年代开始的一次世界性的民事立法改革中创建的。

在罗马法产生、发展的监护制度，一个是未成年监护制度（包括英美法的未成年监护制度），这个好说，是为了保护未成年人的利益，由他的监护人来行使他的权利，履行他的义务；另一个是成年监护制度。既然原来就有成年监护制度，为什么又要进行以成年意定监护制度为中心的监护制度立法改革呢?

说来话长，其主要原因是，古代、近代以及现代的成年监护制度，立法目的、立法理念不是保护被监护人的合法权益，而是保护交易安全。说的是，一个成年人通常应当是完全民事行为能力人，在交易中并不需要特别加以注意。但是，如果一个成年人看起来好好的，看不出问题，其实患有精神疾病等，不能正确判断自己的行为及后果，与其签订合同进行交易，可能就麻烦了。由于这个人患有精神疾病，不是无民事行为能力人就是限制民事行为能力人，因而出了错造成对方的损害，也是不承担民事责任的。这样，你跟他进行交易，交易安全就没有保障了。设立成年监护制度，与无民事行为能力或者限制民事行为能力的成年人进行交易，由监护人承担责任，交易安全不就有保障了吗?

但是，当代民法认为，成年监护制度在保障交易安全的同时，还有比这个更重要的目的，就是要保护无民事行为能力或者限制民事行为能力的成年人的合法权益，因为他们更需要民法的保护。当代民法应当最大限度地保护被监护人的利益，让他们的民事权益得到最好的保障。这才是当代民法的人文主义精神。

所以，20 世纪 60 年代自《法国民法典》始，展开了全球性的成年监护制度改革运动，至 2000 年年初，多数国家和地区的成年监护规则修订完成，其核心内容就是规定成年意定监护。即在一个人成年后，还没有丧失或者部分丧失民事行为能力时，签订意定监护协议，当他丧失或者部分丧失民事行为能力时，意定监护协议立即生效，意定监护人可以立刻对其进行监护，保护刚刚成为被监护人的人的民事权益。

这个制度不是很好吗?在成年人丧失或者部分丧失民事行为能力之时起，至通过其他方法指定监护人的这个期间，避免其民事权益受到损害，用这个办法就可以。不仅如此，一个人选择他最相信的人作为自己的监护人，岂不是效果更好吗?

二

我国制定《民法通则》是在 1986 年，这时已经开始了成年监护制度的立法改革。可那时，我们的改革开放刚刚开始，民法理论还没有像今天这样进步，主要借鉴的还是《苏俄民法典》，所以，《民法通则》只规定了法定监护和指定监护，没有规定意定监护，没有跟上民法监护制度的发展步伐，特别是没有跟上世界性的成年监护制度立法改革运动的步伐。

2002 年，日本修改民法典，增加了成年意定监护制度，引起了我国民法学界的注意，进一步研究世界性的成年意定监护制度改革的动向，发现我国的监护制度落后于世界潮流。因此，我们在一直寻找机会解决这个问题。

可巧，这个机会就来了。

2010 年开始酝酿修订《老年人权益保障法》，随后进入了实质的修法阶段。当时我想，在修订这部老年法时，如果能够增加规定老年人意定监护制度，就可以说我国也跟上了世界成年监护制度改革的步伐，改变了这种立法的落后局面；至于全面的成年意定监护规则，可以在以后编纂民法典时解决。因此，我在参与《老年人权益保障法》的修订工作后，提议增加规定老年意定监护制度。

我国修订法律有一个特点，即修订一部法律，一定要有修订的亮点，亮点越多，就越说明法律修订得成功。因此，立法机关在讨论修订《老年人权益保障法》的亮点时，采纳了我的这个意见，要把老年意定监护制度作为修订亮点之一，重点规定好。

我暗自欣喜。要知道，只要有了老年意定监护制度的法律规定，那将来《民法典》规定成年意定监护制度，就是顺理成章、板上钉钉的事情了。

全国人大常委会审议《老年人权益保障法》草案后，认为老年意定监护制度非常重要，但是条文写得不够好，要认真修改，完善这一制度。

《老年人权益保障法》的修订是当时的全国人大内务司法委员会负责的，内司委在京郊稻香园宾馆集中时间和精力进行修订，我应邀参加。经过一天的讨论，我提出了由四款组成的老年意定监护规则的条文，后来内司委确定采用前两款，也就是现在该法第 26 条的条文内容，提交全国人大常委会审议决定。全国人大常委会通过了《老年人权益保障法》修正案，第 26 条就成为我国第一个关于成年意定监护制度的法律规定，跟上了世界成年监护制度改革的步伐。

不过，《老年人权益保障法》第 26 条规定的只是老年意定监护制度，没有规定成年意定监护监督制度，使老年意定监护监督机制阙如。我提出的立法建议草案被删掉的后两款正是这部分的内容。

三

终于等到了民法典编纂工作的开始。这是确定我国成年意定监护制度的最佳时机。

制定《民法总则》时，借鉴《老年人权益保障法》第 26 条的规定，制定成年意定监护规则，是顺理成章的，当然没有任何阻碍。因为大家都知道，成年意定监护制度具有更好的保护丧失或者部分丧失民事行为能力的成年人民事权益的价值。

所以，在两年来的制定《民法总则》的过程中，对于成年监护制度的制定，基本以《老年人权益保障法》第 26 条的规定为蓝本，提出了《民法总则》的相关草案，其中缺少的也是意定监护监督制度。讨论的集中点，是要不要规定成年意定监护监督规则。

在这里，我要说一下为什么意定监护一定要规定监督规则。这是因为意定监护是有风险的，应当配有意定监护监督规则加以保障，使被监护人的民事权益不被违法监护行为所侵害。意定监护规则的确立，确实体现了对完全民事行为能力人自我决定权的尊重，是自我意愿的真实表达。但是，如果没有相应的特别监督规则，由意定监护人履行监护职责，很可能发生意定监护人侵害被监护人合法权益的情形。比方说，在被监护人签订意定监护协议时，意定监护人是被监护人信任的人，签订了意定监护协议后，这个人没有问题；但是在被监护人丧失或者部分丧失民事行为能力后，意定监护人一反常态，不仅不履行监护职责，甚至侵害被监护人的权益，被监护人已经没有能力保护自己的权益了，只能眼睁睁地任其侵害。意定监护监督，就是意定被监护人在自己确定意定监护协议时，再与一位律师或者自己信任的人签订意定监护监督协议，与意定监护协议同时生效，意定监护人开始履行监护职责时，意定监护监督人也立即开始监督意定监护人的监护行为，当其发现意定监护人侵害被监护人的权益时，可以立即向法院提出申请，撤销意定监护人的资格，指定新的监护人对被监护人进行监护。这样的意定监护监督规则不是完全正确的吗？

不过，这个意定监护监督制度对意定监护制度的重要价值，也就是对意定被监护人的权益保障的价值，被忽略了，被轻视了，在立法过程中，无论怎样强调，都没有被立法机关接受。因为立法机关认为，这个监督机制可以用现在《民法典》第36条规定的监护监督制度完成。

可是，《民法典》第36条规定的是有关个人或者组织对监护行为的监督，将意定监护监督人限制在“其他依法具有监护资格的人”和相关组织中，很难包括依据意定监护监督协议产生的意定监护监督人。意定监护的被监护人即使指定了意定监护监督人，也很难依据该条规定对意定监护人进行监督，向法院起诉撤销意定监护人的申请也很难被法院受理。

四

显然，《民法典》没有规定意定监护监督制度，是我国成年意定监护制度在监督上的空白，最高人民法院的司法解释也没有作出补充解释，是一个立法的遗憾。

对于这个立法的空白，应当怎样办呢？一个办法是对《民法典》第36条规定的“其他依法具有监护资格的人”进行扩张解释，认为其包括“其他依据协议具有监护监督资格的人”。另一个办法是适用《民法典》第10条规定，将习惯作为法律渊源。对此，还要先形成意定监护监督人的习惯法。

怎样形成这个习惯法呢？

在实践中，成年人在本人具有完全民事行为能力时，依照自己的意志选任监护人，意定监护人也应当具有完全民事行为能力，可以是法定监护人，也可以是法定监护人之外的其他人，即近亲属和其他与自己关系密切、愿意承担监护责任的个人或者组织。成年意定监护须以书面形式，通过意定监护协议确定监护人。成年人与意定监护人进行协商，达成合议以后，签订意定监护协议，约定在自己丧失或者部分丧失民事行为能力时，由意定监护人进行监护。

意定监护协议应当经过公证，这对被监护人的权利保护意义重大。目前还没有规定意定监护登记程序，可以借鉴公证的方法确认意定监护协议，经过公证更为稳妥。

意定被监护人在签订意定监护协议的同时，一定要选任意定监护监督人，与其签订意定监护监督协议。这也是要进行公证的。当意定监护协议生效时，意定监护监督协议也一并生效，意定监护监督人就对意定监护人产生监督的职责，监督意定监护人的监护行为是否符合法律规定和监护协议的约定。只要发现意定监护人违反法定或者约定的监护人义务，意定监护监督人就可以立即向法院提出申请，请求撤销意定监护人的资格，指定新的监护人，使被监护人的权益得到保障。

这样的案例积累多了，自然形成习惯法，就可以适用《民法典》第10条的规定，依据习惯法确认意定监护监督人的职责，保障意定被监护人的民事权益。

其实最简捷的方法，当然就是依据法理确定意定监护监督规则，支持意定监护监督人履行职责。只是《民法典》第10条没有把“法理”作为民法的补充法源。不过不要紧，最高人民法院的司法解释中还是有依照法理作出裁判的规定，可以在这里适用，解决好这个问题。

39. 连带责任

《民法典》第 178 条规定的连带责任规则，源于《侵权责任法》第 13 条和第 14 条，《民法典》第 178 条第 1 款对应《侵权责任法》第 13 条，第 2 款对应《侵权责任法》第 14 条。我在这里说一下《民法典》第 178 条第 1 款，也就是《侵权责任法》第 13 条的产生过程，这挺有意思的。

一

《民法通则》没有规定连带责任的规则，只规定了连带债务的规则。当然，确定连带责任适用连带债务的规则也是可以的。问题是，《合同法》规定了连带债务规则后，《侵权责任法》也要规定连带责任的规则，因此，连带责任规则应当怎样规定，就出现了争议。

原本连带责任适用连带债务的规则，并没有问题。但是，2004 年实施了《最高人民法院关于审理人身损害赔偿案件适用法律若干问题的解释》，其中第 5 条规定，被侵权人对连带责任人应当全部起诉，如果没有全部起诉，法院就要通知其追加没有起诉的连带责任人，以便全案全审。如果被侵权人拒绝追加，那就对不起，法院仅就已起诉的连带责任人的责任份额判决承担责任，没有起诉的连带责任人的责任份额被视为放弃。这是违反连带之债的规则的，也是违反侵权连带责任规则的。

那连带责任的规则是什么呢？就是数个连带债务人承担的是连带责任，任何一个连带债务人都必须对全部债务承担责任，就是有 100 个连带债务人，只要债权人起诉其中 1 个连带债务人，这个连带债务人就必须对 100 个连带债务人承担的债务承担全部清偿责任。这个债务人承担了全部债务之后，可以向其余 99 个连带债务人追偿，这是他们连带债务人之间内部份额的分配问题，与债权人无关。连带责任当然适用这样的规则。

为什么最高人民法院会作出违反民法基本规则的解释呢？主要是采取的民事诉讼理论基础不正确。表面上说，如果连带债务人不参加诉讼，就难以查清案情。这是没有道理的，只要是连带债务，就要承担连带责任。就说一个案例，保证人对借款人承诺承担连带责任保证，难道债权人必须一同起诉保证人和借款人才行吗？当然可以，但不是必需，直接起诉保证人，保证人就要承担债务清偿责任，不起诉借款人当然是可以的。

《侵权责任法》究竟怎样规定连带责任规则，麻烦就在这里。因而预计，在立法过程中规定连带责任规则，恐怕要进行一番激烈的争论。

二

恰好，起草《侵权责任法》的时候，最高人民法院主张连带责任作如此规定的领导没有参加讨论。这样，问题就简单多了。

《侵权责任法》草案的第一稿使用的是 2002 年《民法（草案）》的侵权责任编，那次审议作为第一次审议。在《侵权责任法（草案）》独立成稿后，进行了多次讨论和审议，其中早期的稿子对连带责任规则的规定是：二人以上承担连带责任的，权利人可以选择一个或者数个连带责任人承担责任。

这个规则当然比最高人民法院的那个司法解释好多了，不过，还是有问题。明文规定可以选择一个或者数个连带责任人承担责任，那是否意味着不可以起诉全部连带责任人承担责任呢？这个问题是要解决的，不然，条文的内容就不严谨，甚至引发误解。

2009 年 10 月，全国人大常委会法工委和中国人民大学民商事法律科学研究中心在苏州召开“侵权责任法国际高峰论坛”，这是《侵权责任法》通过之前的最后一次研讨会，之后，《侵权责任法（草案）》就要修改定稿提交全国人大常委会审议通过了。这个问题应当在这次会议上解决，不然就没有机会了。

上午会议的茶歇期间，我和人大常委会法工委王胜明副主任一起上卫生间方便，其间，我跟胜明副主任说：“主任啊，这个第 13 条的文字还得再斟酌一下，不然不周密。”

胜明问：“问题在哪里呢？”

我说：“你看，这个条文说的是连带责任的权利人可以起诉一人或者数人，难道起诉全体连带责任人就不可以了吗？如果能够起诉全体连带责任人，不是更好吗？”

胜明说：“是啊！当然更好，我怎么忽略了这个问题呢？”

我说：“看的次数多了，难免有所忽视。”

他说：“好吧，我回去就改过来。”

就这样，在报送全国人大常委会审议的《侵权责任法（草案）》第 13 条，就改成了：“法律规定承担连带责任的，被侵权人有权请求部分或者全部连带责任人承担责任。”增加了“全部”；将“一人或者数人”改为“部分”，包括一人或者数人。这样就十分明确了，也完全正确了。

《侵权责任法》第 13 条最后就作了这样的规定，连带责任的规则得到了正确表达。

三

编纂《民法典》，对《侵权责任法》第13条规定完全没有异议，同时，把这一侵权责任法的规则调整到《民法典》总则编“民事责任”的一般规定中。而且，把《侵权责任法》第13条和第14条合并在一起，成为两款，形成了适用于全部民事责任的完美规则，使其不再只是侵权连带责任适用规则，而具有更全面的意义。

比较遗憾的是，《最高人民法院关于审理人身损害赔偿案件适用法律若干问题的解释》被修订为《民法典》的司法解释时，还是把原来的第5条保留下来，作为现在的第2条规定，仍然坚持被侵权人应当将连带责任人全部起诉，不起诉的应当追加，不追加的就是放弃该债权，只判决已经起诉的连带责任人承担他们自己应当承担的责任份额。

这样的规定违反了《民法典》第178条第1款的规定。对此，我写了一篇文章进行批评，将来，一定要撤销这个不正确的司法解释。

40. 诉讼时效

在《民法通则》刚刚规定诉讼时效的时候，很多人都不懂诉讼时效是什么。有一次讨论案件，一位1966年以前毕业的大学生领导问我："你说什么是诉讼时效？它为什么这么厉害？超过诉讼时效的民事权利怎么就不保护了呢？"一连三个问号，说明了了解诉讼时效的必要性。《民法典》继续规定了诉讼时效制度，却又与《民法通则》规定的诉讼时效有很大区别。

一

先说说什么是诉讼时效。

诉讼时效，是指权利人在法定期间内不行使权利，该期间届满后，义务人可以拒绝履行其给付义务的民法制度。

设立诉讼时效制度的主要目的是，促进法律关系安定，及时了结权利义务关系的不确定状态，稳定法律秩序，降低交易成本。换言之，法律保护勤勉人，不保护"睡眠人"。例如，别人欠你3000元，约定一年以后还钱。但是，出借人到期不主张还款，一拖就拖了10年，如果在这时才主张权利，要借款人还钱，借款人主张诉讼时效已经超过，借款人就可以不还钱。

你会说，这不是赖账吗？这不是不诚信的行为吗？是的，但这是合法的，因为《民法典》规定了诉讼时效期间，超过了这个期间，法律不再强制保护你的权利。

之所以规定这样"不合理"的规则，是因为法律希望民事法律关系尽快消灭，以保障交易秩序的稳定，不至于让不稳定的状态长期不稳定地存在下去。另外，你是权利人，10 年间你都不行使自己的权利，这个权利显然对你就是无关紧要的，你就是躺在权利上“睡觉”的人，不强制保护也罢。

《德国民法典》原来规定的诉讼时效期间是 30 年，这样，建立一个民事法律关系，就会在 30 年间一直处于不稳定状态，对促进交易不利。后来，德国立法机关修订民法典，将一般的诉讼时效期间规定为 3 年。事实证明，这样规定是正确的，既能够保障权利人的权利，又有益于督促权利人及时行使权利，消灭既存的法律关系。

现在通行的诉讼时效包括以下三种：第一种是一般诉讼时效，是指由民法典统一规定的，普遍适用于法律没有作特殊诉讼时效规定的各种民事法律关系的消灭时效。第二种是特别诉讼时效，也叫特殊诉讼时效，是指由民法典或者民法特别法规定的，只适用于某些特殊民事法律关系的消灭时效。第三种是最长诉讼时效，也叫绝对诉讼时效，是指不适用诉讼时效中止、中断、延长规定的长期诉讼时效。

二

《民法典》第 188 条规定，一般诉讼时效是 3 年，法律另有规定的，依照其规定。诉讼时效期间自权利人知道或者应当知道权利受到损害以及义务人之日起计算，法律另有规定的依照其规定。最长诉讼时效是 20 年，即自权利受到损害之日起超过 20 年的，法院不予保护。

《民法通则》规定的诉讼时效，一般时效是 2 年，人身伤害的诉讼时效是 1 年。相比较而言，《民法典》延长了一般诉讼时效的期间，即由 2 年改为 3 年；并且把人身损害赔偿的特别诉讼时效也改为一般诉讼时效，也是 3 年。

之所以这样改，就是因为《民法通则》规定的一般诉讼时效和特别诉讼时效的期间太短。《民法通则》这样规定，是过于强调诉讼时效督促权利人行使权利的意义，以为越早消灭法律关系越好。要知道，诉讼时效期间过于短暂，会给债务人依法“赖账”提供条件，便于其赖账，当然对保护债权人不利。

究竟应当把一般诉讼时效期间规定为多长时间好呢？专家们的意见是 5 年，这个时间比较长，有利于保护权利人的权利。在人大常委会审议之前，《民法总则（草案）》的规定就是 5 年。

在这个期间，立法机关召开了一次“中德民法典研讨会”，其中讨论的一个议题，就是中国民法典的诉讼时效期间应当规定为几年。德国专家说了他们把 30 年改为 3 年的理由，改后的诉讼时效期间经过证明是比较合适的。我们就问，中国的民法典规定一般诉讼时效期间为多少年好呢？他们认为 5 年比较合适。我们又问，为什么德国规定为 3 年比较好，中国却规定为 5 年比较好呢？德国专家说，因为德国人比较诚信，并没有明说中国为什么要规定为 5 年较好。这样的回答比较乖巧，不伤害东道主的脸面。结论很简单，中国的诉讼时效期间规定为 5 年比较好，是因为中国部分债务人存在诚信问题。对此，我们都坚持还是规定为 5 年比较合适，以适应国情。

在《民法总则（草案）》临上人大常委会审议之前的最后一次讨论中，主办方主张先报告 3 年的方案，如果审议中人大常委会委员们认为 3 年过短，再改为 5 年。

上会审议后，人大常委会委员们没有提出异议，认为 3 年是合适的。这样一来，我们提出的 5 年意见就没有机会再提交。因此，直到最后，《民法典》规定一般诉讼时效期间为 3 年。

我经常想，德国专家的意见还是有道理的。如果当时第一次报审的方案是 5 年，我们的一般诉讼时效期间很有可能就不是 3 年。

三

《民法典》第 188 条规定的是一般诉讼时效和最长诉讼时效期间，以及该期间起算的规则。

一般诉讼时效期间自权利人知道或者应当知道权利受到损害以及义务人之日起计算。确定期间起始的时间须具备两个要件，第一个要件是权利人知道或者应当知道权利受到损害，第二个要件是知道或者应当知道义务人。具备了这两个要件，即开始起算诉讼时效期间。3 年期间届满，诉讼时效期间完成，就要发生法律后果。

最长诉讼时效期间是 20 年。如果权利受到侵害的事实发生之后，权利人一直不知道或者不应当知道权利受到损害及其义务人的，则从权利受到损害之日起计算，超过 20 年的，法院就不予强制保护。不过，该条第 2 款最后一句有个特别规定，即有特殊情况的，人民法院可以根据权利人的申请决定延长。这个条件比较弹性，并非一律卡死，关键在于对特殊情况的判断，并且需有权利人的申请。

这些规定与《民法通则》关于诉讼时效的规定相比有哪些变化呢？

第一，期间的变化。《民法通则》第 135 条规定，向法院请求保护民事权利的诉讼时效期间为 2 年，人身损害的诉讼时效为 1 年。这种诉讼时效的期间比较短，对权利人过于苛刻。因此，《民法典》把一般诉讼时效期间一律改为 3 年。

第二，期间起算点的变化。《民法通则》第 137 条规定的诉讼时效期间的起算点，是从知道或者应当知道权利被侵害时起计算，只有一个要件。《民法典》与其相比，一是将“权利被侵害”修改为“权利受到损害”，使规定更有弹性；二是新增加了“知道义务人”为必要条件，更符合实际情况，加强了对权利人的保护。为什么说这样规定就加强了对权利人的保护呢？因为知道权利受到侵害，仅仅是一个方面，如果受害的权利人不知道谁是义务人，他能行使这个权利吗？当然不能。所以，规定不仅要具备权利人知道或者应当知道权利受到损害这个要件，还要具备知道义务人是谁这个要件，这两个要件都具备的时候，才开始计算诉讼时效。这当然使对权利人的保护得到了加强。

第三，规定诉讼时效期间届满的后果是义务人产生抗辩权。《民法典》第 192 条规定，诉讼时效期间届满的，义务人可以提出不履行义务的抗辩。诉讼时效期间届满后，义务人同意履行的，不得以诉讼时效期间届满为由抗辩；义务人已自愿履行的，不得请求返还。这是关于诉讼时效期间届满义务人产生抗辩权的规定，与《民法通则》第 138 条的规定相比，将诉讼时效完成的后果由胜诉权消灭主义修改为抗辩权发生主义。

四

诉讼时效期间完成后，法律效果是产生抗辩权。法律规定诉讼时效期间届满，义务人产生抗辩权，义务人可以提出不履行义务的抗辩。

抗辩权，就是抗辩他人行使请求权的对抗权，对方权利人行使请求权，而该方当事人享有抗辩权，就可以行使抗辩权去对抗请求权，进而据此拒绝请求权人的给付请求，并且拒绝履行义务。

诉讼时效期间完成产生的抗辩权是永久性抗辩权。抗辩权人一经行使抗辩权对抗请求权，就发生永久拒绝给付、不履行义务的法律效力。所以，时效消灭抗辩权是指诉讼时效期间完成后，义务人产生的对抗请求权人行使请求权，拒绝履行自己义务的抗辩权。这个抗辩权与合同履行中的那些抗辩权是不一样的。合同履行中的抗辩权，都是一时性抗辩权，当法律规定的条件出现时，一时性抗辩权不得再行使。而诉讼时效期间完成的抗辩权是永久性抗辩权。

诉讼时效期间完成的法律效果包括两个方面：

一是直接效果，即产生时效消灭的抗辩权。这是对义务人的效果，义务人可以拒绝权利人履行义务的请求，同时把权利人的请求权转化为自然债权，自己的义务转化成自然债务，从而取得这种时效利益。当然，义务人也可以自愿履行。义务人同意履行的，就不得以诉讼时效届满为由再进行抗辩；义务人已经自愿履行的，也不得请求返还。因为这两种行为均认定为义务人放弃了抗辩权。

二是本体效果，即时效抗辩请求权行使后的效果。对于权利人而言，其实体权利和诉权都不消灭，只是使这种实体权利变成一种自然权利，不具有要求债务人履行的强制力，权利人的权利不会消灭，仍然可以继续行使程序上的起诉，向法院提起诉讼，只要符合起诉条件的，法院就应当受理，而不得直接以时效期间届满为由驳回起诉或者不予受理。因为诉权是国家赋予当事人保护其合法的向法院提起诉讼的权利，是一种宪法性的权利，不适用诉讼时效的规定。

41. 自动续期

《民法典》第 359 条关于住宅建设用地使用权自动续期的规定，是每一个城镇居民都非常关注的权属问题。在制定《物权法》时，这个问题就引发了强烈关注，《民法典》再次修订了这个条文，有重大意义。所以，对《民法典》第 359 条规定应当好好地深入理解，保护好我们自己的不动产物权。

一

研究住宅建设用地使用权自动续期的这个规定，还要从《物权法》的草案说起。

《物权法》草案对这个问题的最早规定，是住宅建设用地使用权和其他建设用地使用权一样，到期后都需要申请续期，根据政府的决定，批准续期还是不续期。

这一条文的内容引起了城镇居民的内心不安，认为积攒一辈子的钱买了住宅，住宅的土地权利一共才 70 年，还要包括开发商建设使用的好几年，自己享有的不过是 60 多年。70 年到期了，政府如果不给续期，土地权利没有了，房子放在哪里呢？不就要流离失所了吗？房子是永久产权，土地使用权却是有期限的权利。当 70 年期满后申请续期政府又不批准，自己的房子往哪放呢？

商品房是人的住宅，解决的是基本人权问题。草案规定到期要请求政府续期，政府不准续期，就会出现问题。

这些意见引起了立法机关的重视，因此提出了新的方案。建设用地使用权要根据不同的用途区分开，对于住宅建设用地使用权的续期，应当采取自动续期方式，不用申请政府批准，直接就续期了；其他的建设用地使用权，到期前需要申请续期。这样就会免去业主的后顾之忧。

至于续期要续多长时间，要不要缴费，立法机关没有给出确定的说法。在讨论的时候认为，这个问题交给将来去讨论，因为 70 年的时间还很长，将来的人会比我们更聪明，一定会想出更好的办法处理好这个问题。

这样的方案得到了亿万群众的赞同。因此，《物权法》在立法表决中高票通过，其中对住宅建设用地使用权到期自动续期规定的修改，起到了很大作用。

二

后来，发生了一个问题。

温州有很多住宅的建设用地使用权的期限是 30 年，即将到期。70 年的期限届满自动续期，这些不是 70 年期限的住宅建设用地使用权，起码应当先延期到 70 年。可是，30 年的住宅建设用地使用权到期自动延长到 70 年，业主少交了几十年的出让金，应该补交不足 70 年部分的出让金。有关单位做了一个测算，结果要补交的钱很多，几乎是原房价的 2/3。这个消息公开后，老百姓就不同意了，把住宅建设用地使用权自动续期的问题又公开提了出来。

在问题发生后的第三天，我们召开了规模很大、档次很高的研讨会，专门讨论这个问题。我请了很多大家来参加，各方面的代表也都参加讨论。问题集中在，对自动续期应当怎样理解，不足 70 年的住宅用地是否应当补交差价，70 年期满续期是否缴费，等等。会议对这些问题都进行了深入的讨论。

讨论的第一个问题是，住宅建设用地使用权不到 70 年自动续期到 70 年的，要不要补交出让金？有的主张应当交一定的出让金，因为毕竟买的土地使用权期限短。也有的人说不应该交。

后来大家总结了在这个问题上的深圳模式和温州模式。深圳解决住宅建设用地使用权期限延长问题比较早，因为他们是最早开发商品房的，有些期限是 20 年，早就到期了，续期到 70 年都不收费，这是深圳模式。温州说要收费，就叫温州模式。

对这一问题的讨论意见，得到高层的赞许，态度是今后在这个问题上不再收费，一律延长到 70 年，采用的是深圳模式。这个问题就解决了。

讨论的第二个问题是，怎样理解住宅建设用地使用权有期限和自动续期的规定。

我提出的意见是，住宅建设用地使用权到期自动续期这个规定，逻辑推演的最终结论，一定是“一次取得，永久使用”，因为业主取得一个住宅建设用地使用权后，70 年到期自动续期。假如继续续期 70 年，第二个 70 年届满后不是还要自动续期吗？第三个 70 年期满呢？当然还是自动续期。因此，住宅建设用地使用权其实是一个没有期限的权利。买了一次，就变成永久的土地使用权。

永久的住宅建设用地使用权，对业主而言就变成了一个恒产。“有恒产者有恒心”，只有自己的财产是恒产，所有权人才能有恒心。恒产，主要是指土地，房屋其实都不能算恒产，只是勉强可以算，因为房屋早晚是要塌掉的，还要再建新的。旧宅拆除，房屋所有权消灭；建设新宅，取得新的住宅所有权。住宅建设用地使用权一次取得，永久使用，就是权利人的恒产，这才能使权利人也就是业主对自己的房屋和土地使用权真的有恒心。这是客观的生活规律对我国住宅建设用地使用权的本质要求。

对这个问题，当然所有的人都会同意，据说高层领导也是同意我的这个见解的。

讨论的第三个问题是，住宅建设用地使用权到期自动续期要不要缴费。

《民法典》第 359 条规定的是，续期费用的缴纳或者减免，依照法律、行政法规的规定办理。可见，《民法典》对这个问题没表态，但其中一个含义是确定的，即无论是缴纳还是减免，都应当由法律和行政法规的规定来决定。这是中央才能解决的问题，或者是立法机关制定法律，或者是国务院制定行政法规，其他任何人无权解决这个问题。

这样的规定是好事，不管将来怎么去做，总是要中央来定，而不是地方政府能够决定的问题。

不过，也有一种理解，说这个规定不好，因为说的是“缴纳或者减免”，意味着肯定是要缴费的，而减免是个别问题。这个说法好像有点道理。但是经不起推敲，因为缴纳与减免之间是选择关系，不是先肯定要缴纳，在此基础上再决定是否减或者免。

到底应当怎么办，我的想法是，建设用地使用权是一次取得，永久使用的用益物权，70 年的期限到期了，自动续期是不应该交费的。为什么？就是因为一直在讨论的房地产税，业主买了房，除了买房交的买房钱，也交了购买住宅建设用地使用权的出让金。在自动续期时要交房地产税，房地产税里包括地税，地税反映的就是土地使用权人与国家作为土地所有权人之间的关系。既然是这样，业主缴纳了土地税，凭什么还再缴纳住宅建设用地使用权的出让金呢？这是完全不应该的。所以，住宅建设用地使用权到期自动续期后，要么收税，要么收费，收费就不能收税，收税就不能收费，既收费又收税，是不合理的。

对这些问题的见解，目前基本稳定，因为还要经过 30 年左右才到 70 年，还有充分的时间讨论和解决这个问题。

三

《民法典》对非住宅建设用地使用权期限届满后的续期，没有作特别规定，还是《物权法》规定的办法，应当依照规定办理。该土地上的房屋以及其他不动产的归属有约定的，按照约定，没有约定或者约定不明确的，依照法律、行政法规的规定办理。当然也有期限，像工业用地期限是 50 年，50 年期满后也可以续期，应当按照法律规定去办理。如果建设用地使用权不续期，土地上的房屋以及其他不动产的归属，有约定的，就按照约定去办，没有约定或者约定不明确的，也依照法律、行政法规的规定去办理。

不过，对非住宅建设用地使用权期限届满的续期问题，编纂《民法典》时没有特别受到关注，因为这是经营者的权属问题，与老百姓的个人权属没有关系。

42. 人格权

《民法典》第四编是人格权编。作为《民法典》应当单独规定人格权编的主要倡导者和支持者，我感到非常欣慰。回顾立法过程中对这一问题争论的始末，还是挺有价值的。

一

其实，这一学术争论并不是从编纂《民法典》开始的。

第一次有关人格权编立法的争论，是在讨论高等学校民法系列教材时发生的，对将来立法是否规定人格权，以及教材是否编制人格权法教材，专家有意见分歧。

多数专家主张，民法学统编教材应当单独编写《侵权行为法》和《人格权法》两本教科书，为将来的民法典编纂做好准备。少数专家反对，理由是，这样做不符合传统民法的立法习惯。按照多数人的意见，决定编写《民法总则》《物权法》《债法总则》《合同法》《侵权行为法》《人格权法》《婚姻法》《继承法》八本教科书，作为民法的全国法学统编教材。按照会议决定，王利明和我还有姚辉共同写作了《人格权法》教材，由法律出版社于 1996 年出版。

第二次有关人格权的立法争论，是在 1999 年《合同法》起草完成后，编纂民法典领导小组讨论制订民法典的起草方案。《民法（草案）》究竟应当规定哪些内容，在总则编、物权编、合同编、婚姻家庭编和继承编上都没有分歧意见，但是，对是否单独规定侵权责任编和人格权编，意见分歧。多数人主张单独规定侵权责任编和人格权编，少数人持反对意见，认为中国民法典应当借鉴《德国民法典》五编制的编纂体例，将人格权规定在总则中，侵权责任规定在债法中。最终，按照多数人意见，立法机关采取分别编纂民法典的总则编、物权编、合同编、人格权编、婚姻家庭编、继承编、侵权责任编和涉外民事关系法律适用编的方案，由民法专家分头起草民法典各编的草案建议稿。

中国人民大学民商事法律科学研究中心负责起草人格权编和侵权责任编的草案建议稿，于 2002 年春节前完成了这两部法律草案的建议稿，提交给全国人大常委会法工委参考。2002 年 4 月，法工委组织数十位民法专家在全国人大会议中心（西黄城根）召开了两天研讨会，专门讨论这两个民法分编即人格权编和侵权责任编的草案建议稿。

2002 年 12 月《民法（草案）》的人格权编和侵权责任编在这两个建议稿的基础上形成。全国人大常委会审议了《民法（草案）》，其中人格权编是第四编。

不过，这一次立法讨论后，立法机关搁置了对《民法（草案）》的审议，继续制定民法各部单行法，完成了《物权法》和《侵权责任法》的立法。

由于有的专家坚决反对单独制定人格权法，因此，在《民法典》编纂之前，立法机关一直没有明确是否制定人格权法。对《民法典》是否单独规定人格权编的争论，从表面上看似乎偃旗息鼓，没有再形成争论焦点。

二

2014 年，中央决定用 5 年时间编纂完成《民法典》，全国民法专家受到鼓舞，都积极投入这一立法活动，协助立法机关完成这一立法任务。

立法计划分为两步走，第一步制定《民法总则》，第二步修订民法典分则各编，最终完成全部《民法典》的编纂任务。

立法机关拿出《民法总则》的草案后，于2015年9月14日至16日对该草案进行研讨。该草案没有规定人格权的内容。这其实预示着立法机关的意图，因为《民法典》必须规定人格权，既然在总则编未规定人格权，那必然要在分则各编规定人格权。

在这次会议结束之后，民法学界重新开始争论《民法典》是否单独规定人格权编的问题。争论的焦点是，《民法典》中人格权独立成编，究竟是立法技术问题，还是政治问题。

三

无论如何，都应当看到，人格权是民事主体的重要民事权利，甚至可以说，在21世纪的民事立法中，最重要的民事权利就是人格权。究竟是把人格权规定在《民法典》的总则编还是单独规定人格权编，关键在于，在总则编规定人格权，立法空间比较狭窄，只能用十几个条文规定；如果单独规定人格权编，就会有宽广的空间作出规定，能够把人的这一类重要权利规定得更详细、更具体，更有利于认识自己究竟享有哪些人格权，这些人格权应当怎样行使，受到侵害怎样进行保护。这不是一个立法技术问题吗？

在这样的选择面前，我们坚定不移地主张单独制定人格权编，没有什么可以指责的。反对意见的最重要依据，就是以往的大陆法系民法典没有这样做，而是把人格权规定在民法总则的，只有2003年的《乌克兰民法典》采取了单独规定人格权的做法，第二卷规定人格权的题目叫“自然人的人身非财产权”。

所以说，《民法典》是否要独立规定人格权编，完全是立法技术问题：在民法总则中规定人格权，不便于展开规定人格权的正面确权和保护规则，无法容纳我国30多年来积累的保护人格权的司法实践经验和理论研究成果；在《民法典》分则独立规定人格权编，不仅会有比较广阔的立法空间，而且对人格权进行全面规定，将积累的人格权立法和司法实践经验更多地写进《民法典》，能够更加突出《民法典》的人文主义立场，更加突出人格尊严和人格权的地位和作用，更加突出《民法典》的鲜明中国特色。

正因为有这样的底气，我们才坚定不移地主张《民法典》要单独规定人格权编。在中国法学会民法典编纂领导小组主持下，我们起草了《民法典·人格权编（草案）》，提交给全国人大常委会法工委。

四

2016年8月中旬，福建省法学会召开"海峡法学论坛"，台湾地区的王泽鉴教授参加会议。

晚上，我和王泽鉴教授以及福建师范大学法学院的几位教授一起，在西湖边上的一家茶楼喝茶。其间，王泽鉴教授跟我说起，他在来开会之前，见到了梁教授，听他介绍了有关情况。

王泽鉴教授问我："关于人格权的问题，你们不是达成不再争论的意见了吗？你们怎么又争论起来了呢？"我向他介绍了引发争论的具体情况。

王泽鉴教授说这样的争论不好，民法就是民法，不要说到政治问题上去。

坚定不移地持鲜明态度的是江平教授。他在北京航空航天大学召开的民法典研讨会上认为，人格权法在《民法典》中独立成编，对人格权独立规定是历史的必然。现在的《民法总则》并没有解决人格权的问题；应当通过人格权在民法分则中独立成编的方式，来解决人格权保护的相关问题。党的十九大报告提出了保护人民人身权、财产权、人格权的重要论述，所以通过人格权独立成编来解决人格权立法问题，不仅符合一直以来的主干起草想法，而且符合现阶段国家政治上积极倡导加强人格权保障的趋向。江平教授的这些意见，与他在法学教材讨论会和民法典编纂小组会议发表的意见是一致的。

五

《民法典》规定了人格权编，这个理性与非理性的争论就结束了。当然作为学术问题，对此还是可以继续争论，但是在立法上的争论，已经没有实质性意义了。

从《民法典》规定了人格权编之后的各界反映来看，还是很好的，因为以此突出了《民法典》的人文主义立场和精神，把《民法通则》人格权规定在实践中发挥重大作用的经验升华为法典规则，更有利于保护人的人格权。由此看来，我们的坚持是有价值的。

2023 年 11 月初，“第十八届海峡两岸暨香港、澳门民法典论坛”在重庆召开，会议的前一天，我见到了也来参会的王泽鉴教授。七八年时间过去了，王教授虽然 85 岁了，但身体还很健壮，我们一起去看大足石刻。其间，王教授又聊起人格权编的事情。

他说：“《民法典》已经适用好几年了，看起来，规定人格权编没有什么不好。”

我说：“是啊！说到底，人格权编在《民法典》的哪一编，就是一个立法技术问题。现在经过实践检验，这样做，虽然与民法典立法传统不合，但是，这种创新却是保护人格权最好的方法。”

王教授说：“你们的立法创新精神和做法，是特别值得赞扬。没有你们的坚持，就不会有这种创新的立法。”

我真诚地感谢王教授的鼓励，接着把人格权编适用的基本情况大体告诉了他。我在介绍中，隐含着对《民法典》规定人格权编的自豪。

43. 安乐死

《民法典》人格权编第1002条规定：“自然人享有生命权。自然人的生命安全和生命尊严受法律保护。任何组织或者个人不得侵害他人的生命权。”这里的“生命尊严”是新增加的生命权的内容，涉及安乐死的问题，这一规定非常重要，不仅在全国人大常委会审议期间引起了热烈讨论，而且在社会上受到了各界的普遍关注。在记者不断的采访中，我也不断地思索着那些有关的过往回忆，其中最关键的，是为中国生命尊严立法作出了重要贡献的王明成和他的母亲夏素文等人。

第一件安乐死案

最早接触王明成有关安乐死的案件，是在2003年王明成病危，医院拒绝其安乐死要求之时。当时有几家媒体的记者对我进行采访，说我是安乐死专家。我呵呵一笑，我怎么就成了安乐死专家呢？只不过是在研究生命权的著述中，指出了安乐死应当是生命权的应有之义。自打那时起，我就知道了王明成母子的故事。

1986年，王明成的母亲夏素文59岁。6月，夏素文因患肝硬化腹水昏迷，经医院多方治疗不见好转，而且益发严重，患者不堪病痛折磨。那时，还没有现在所说的临终关怀，用于缓解严重病痛的吗啡等止痛药物，须经层层批准，很难做到有效解除病危者难以忍受的痛苦。

6月25日上午，王明成和妹妹向主治医生蒲连升询问母亲病情，蒲医生说治疗无望。夏素文得知后跟儿子说：“你跟医生说说，让我早点死吧，实在是太疼了。”

王明成不忍心让母亲再受病痛折磨，于6月28日要求蒲连升给夏素文实施安乐死，蒲医生不同意。在王明成和妹妹的一再要求下，在王明成明确请求为母亲实施安乐死并且签字后，蒲医生答应了这一请求。于是，他给夏素文开了100毫克复方冬眠灵，由值班护士注射后，夏素文于6月29日凌晨5时去世。

当地公安局对此立案侦查，检察院以故意杀人罪批准逮捕蒲连升、王明成，1988年2月向法院起诉。

由于这是我国第一件安乐死案，法院于1990年3月公开审理后，层报最高人民法院请示如何适用法律，最高人民法院于1991年2月28日批复："安乐死"的定性问题有待立法解决，就本案的具体情节，不提"安乐死"问题，可以依照《刑法》第10条的规定，对蒲、王的行为不作犯罪处理。据此，蒲医生、王明成被判决无罪释放。

我国第一件积极安乐死的案件，就这样终结了。虽然司法机关没有确认安乐死合法化，但是，最后的结局还是可以的，因为王明成和蒲连升毕竟被宣告无罪。

第二件安乐死案

王明成于2000年11月被查出患有胃癌并做了手术，2002年11月，确诊癌细胞扩散到他的身体其他部位，2003年1月7日再次住院治疗。

王明成饱受病痛折磨，无法忍受，要求医生给自己实施安乐死，被拒绝。6月7日，王明成再次要求对其实施安乐死，又被医院拒绝。瘦得变形、浑身干枯、眼窝深陷的王明成对不能实行安乐死感到深深遗憾，提出自己回家安乐死，医院应该管不着吧？医院说，那是管不着。

王明成要求出院回家等待死亡来临，在其签署了放弃治疗、自愿出院的文件后，王明成回到家里，拒绝接受治疗，于8月2日晚上陷入昏迷，8月3日凌晨在病痛的折磨中停止呼吸，实现了消极安乐死。

王明成母子二人用他们的生命，为中国的安乐死包括积极安乐死和消极安乐死的立法，作出了自己的贡献。

生命尊严的价值

目前，安乐死已经成为世界各国普遍接受的概念，也被多国的立法确认。

安乐死，源自希腊语“美丽的死”，是对患有不治之症、死期迫在眼前，又有难忍的剧烈身体痛苦的病人，应其真挚而恳切的要求，为了摆脱痛苦而采取人道的方法，让其安然死亡的行为，分为积极安乐死和消极安乐死。夏素文的安乐死是积极安乐死，即采用积极的措施去结束垂危病人弥留在痛苦之中的生命；消极安乐死是对身患绝症的患者不进行延命治疗，自然结束其生命的安乐死，即王明成采取的方法。

目前，我国民众要求规定安乐死的呼声是很强烈的。立法机关在编纂《民法典》时考虑，要在立法中规定安乐死，就要既包括积极安乐死，也包括消极安乐死，而规定积极安乐死存在较大的社会风险，安乐死的立法时机并不成熟，因而《民法典》没有明文规定安乐死。

不过，《民法典》规定生命尊严之所以会引起强烈关注，是因为规定了生命尊严，就确认了自然人基于其享有的生命权，而享有维护生命尊严的权利。这样的效果，实际上是对不规定安乐死而采取的变通办法，即生命尊严可以包含消极安乐死即尊严死，只是不能包含积极安乐死而已。这样，也能最大限度地尊重自然人的生命尊严，又不至于规定积极安乐死而引发可能的社会风险。

编纂《民法典》时，我们参与立法的民法专家是积极支持规定生命尊严的，也主张规定安乐死，立法机关支持了前者而没有支持后者。

立法确认生命尊严，就是把生命和尊严这两个概念加在一起，把生命看作人的尊严的主要内容之一。《民法典》就是要保护人的尊严，维护人的尊严。通常说，人没有选择出生的权利，但是出生后就具有人格尊严，活要有活的尊严，死也要有死的尊严。而且生命的终极价值在于维护人的尊严。

基于自然人对自己尊严的维护，就当然地对其生命具有决定力。尽管自杀不是合法行为，不属于生命权的自我决定范畴，但是，当出现的病痛使生命不能发挥维护人的尊严之作用，反而成为人的尊严的负累时，人就应当有权决定终止生命，使自己有尊严地死去。

生命尊严的内容

我们在立法规定生命尊严中着重考虑的是，生命尊严起码应当包括以下三个内容。

一是尊严死。人有权尊严活，也有权尊严死。尊严死是自然人在自己生命垂危时的自我决定、自我选择，是行使生命权的行为，是垂死而无救的人维护自己尊严的目的追求。狭义的尊严死，其实就是一种自然死，当自己的生命面临终结时，不再采取延命措施，遵循自然法则终结自己的生命。这是自我决定权的内容，有权决定自己尊严死，可以使病人摆脱痛苦、凄惨的临终状态，也能使其亲属摆脱沉重负担。王明成所采取的放弃治疗行为，属于消极安乐死，就是尊严死，只不过死得还不够有尊严，因为遭受的痛苦太多了。

二是生前预嘱。这是自然人享有生命权，行使自我决定权内心意思的外在表现形式。生前预嘱是自然人在健康或意识清楚时签署的，表明自己在不可治愈的伤病末期或临终时，要或不要哪种医疗、要或不要哪种护理的文件。它不是遗嘱，因为遗嘱是在死亡时生效，生前预嘱是在自己病危时生效。生前预嘱看起来像是一个新概念，其实在1976年8月，美国加利福尼亚州就有了“自然死亡法”，允许患者依照自己意愿选择不使用生命支持系统的自然死亡。后来，“生前预嘱”和“自然死亡法”扩展到全美及加拿大，美国危重症医学会和胸科学会确认，一是当ICU医生确认治疗措施无益时，应当允许停止全部治疗；二是病人和病人的代理人有权决定是否治疗。这样，就可以避免一个走到生命尽头的人，不能安详离去，反而要无奈地忍受心脏按压、气管插管、心脏电击以及心内注射等惊心动魄的急救措施，即使急救成功，往往也不能真正摆脱死亡，很可能只是依赖生命支持系统维持毫无质量的植物状态。生前预嘱正是要根据本人的意愿，帮助人们摆脱这种困境。在中国，也有越来越多的人签署生前预嘱，安排好自己将来的这类事宜，保障自己的生命尊严。

三是临终关怀。这包括在决定尊严死的权利人作出选择后，减少其临终前所受痛苦的具体措施。临终关怀的核心是，用医疗手段和其他方式帮助即将离开人世的人摆脱或者减轻痛苦，帮助他有尊严地度过人生的最后阶段。通过临终对患者进行人性关怀，并辅之适当的医院或家庭的医疗及护理，减轻其疾病的症状、延缓疾病的发展。临终关怀不追求猛烈的、可能给病人增添痛苦的或无意义的治疗，而是要求医务人员以熟练的业务和良好的服务来控制病人的症状。总之，临终关怀，能够让生命“走”得更温暖，保持人的尊严。

《民法典》规定生命尊严，当然不是明确规定了尊严死，也不是规定了生前预嘱和临终关怀，更不是规定了积极安乐死。但是，给立法确认尊严死、生前预嘱和临终关怀提供了法律依据，不仅可以依据《民法典》关于生命尊严的规定，制定新的法律、行政法规、司法解释等，更重要的是有了这个上位法，最起码能让那些选择尊严死，订立了生前预嘱和选择了临终关怀的人，不再被认为是犯罪或者违法，而受到《民法典》的保护。有了这样的规定，就不会让夏素文和王明成死得那么痛苦、那么没有尊严，还会让所有的人都能够活得有尊严，死得有尊严。

44. 婚生子女否认

《民法典》第1073条第一次规定了确认或者否认亲子关系的制度，弥补了以往《婚姻法》没有规定这一制度的缺陷。说起这一规则的最早适用，有两个很重要的案例，都挺有意思。

一

第一个案例，是我在最高人民法院民事审判庭办的一个案件。

这个案件的案情是，男女双方结婚6年多，女方有外遇，多次要求离婚，男方一直不同意。后来时间长了，男方看到女方态度坚决，而且外边“彩旗飘飘”，自己坚持“红旗不倒”也不对，就答应离婚。双方有一个6岁的儿子，在协议离婚时，约定儿子由男方抚养，女方自愿“净身出户”，只带自己使用的东西。

女方离婚后，很快就跟自己的“彩旗”结婚。出于母性的感情，女方离婚后，虽然现在的夫妻感情不错，但特别想念自己的儿子，经常回来看儿子。那时，《婚姻法》还没有规定探望权，女方来看儿子时，男方家里也准许，由于女方探望的频次越来越高，后来几天就来探望一次，引起男方不满。

不满的原因是，孩子也想妈妈，女方每一次来探望后，孩子就闹着找妈妈，一闹就是好几天。刚刚哄好，安定下来，女方又来探望，又会引起一场混乱，又得哄好几天。

男方要求女方减少探望的频次。说着说着，两个人就吵起来，男方不让女方来看儿子，女方质问凭什么不让看儿子。争吵激烈之时，女方告诉男方：“我实话告诉你，他根本就不是你的儿子，是我的儿子！”

男方根本不相信，争执不下，就去做亲子鉴定，结果确认孩子与男方没有任何血缘关系，女方就把孩子抱回去了。男方越想越生气，向法院起诉，要求女方赔偿男方被欺骗 6 年中付出的抚养费损失。

法院受理这个案件后，因为《婚姻法》没有这方面的规定，就向上级法院请示，一直请示到最高人民法院。

我接手这个案件后，认为这是婚生子女否认后，受欺诈方主张欺诈性抚养关系的损失赔偿。后来，院领导认为，这个案件不一定要赔偿，因为女方在离婚时是净身出户，没有主张夫妻共同财产分割，不承担赔偿责任比较稳妥；此类案件如何处置，应当进行调查研究，另行考虑法律适用方法。

这个案件就这样判了，是我国司法实践判决的第一起欺诈性抚养关系的赔偿案件。后来，我写了一篇文章论证欺诈性抚养关系的构成，以及怎样确定损害赔偿责任。现在法院处理这类赔偿案件，基本上参照这样的法律适用方法。我对自己提出的“欺诈性抚养关系”这个概念，有时候还是很自得的。

在这个案例里，主要的问题并不在于欺诈性抚养关系的认定，而在于应当怎样否定婚生子女的地位。按照亲属法的规则，母亲的法律地位是不用证明的，因为有出生的事实作为证明。但是，父亲的法律地位没有事实的证明，需要推定，即“妻子于婚姻中怀胎的子女，推定为丈夫的子女。自婚姻成立之日起经过 200 天之后，或自婚姻关系解除或撤销之日起 300 天内出生的子女，推定为婚姻中怀胎的子女”。

这是因为，父亲没有办法证明自己的父亲身份，当然现在可以用 DNA 鉴定的方法确认亲子关系。但是，没有纠纷就不会发生鉴定的问题，父亲的地位和身份还是依靠推定。在《婚姻法》没有规定婚生子女否认制度时，只要拿出证据证明子女与自己没有血缘关系，就可以否定婚生子女的身份，不必经过法律程序。现在有了《民法典》规定的否认婚生子女的规则，即只有事实证明还不行，还应当通过法院诉讼，由法院判决否认婚生子女的身份。

二

第二个案例发生在贵州，不是我亲自办的案件。

这个案件中的夫妻双方已经结婚 16 年多了，生育一个儿子已经 16 岁了。女方要求离婚，双方争执很长时间，男方最后同意离婚，但因自己年龄大了，要求把儿子留给自己。女方坚决不同意，主张可以不要财产，但儿子必须带走。

双方争执不下，僵持起来。这时，女方说出了一个最不可辩驳、男方绝对不可推翻的理由——这个孩子不是男方的儿子！

男方说死也不相信这个理由，认为这个孩子自己养育了 16 年，而且父子长得也像，没有理由否定他们之间的亲子关系。女方为了让男方彻底死心， 对孩子做了亲子鉴定，确认孩子与男方的血缘完全不同，没有一丝一毫相似之处。

这下男方就惨了，任凭女方把孩子带走，自己陷入悲苦、孤独的境地。他越想越生气，女方竟然欺骗了她 16 年，因而向法院起诉，要求女方承担侵害他的生育权的损害赔偿责任。

办案的庭长到北京，征求我的意见。他们研究认为，这是一个欺诈性抚养关系，这种行为侵害的肯定不是生育权，那究竟侵害的是男方的哪一种民事权利呢?

我提了一个意见，可以认为女方通过欺诈手段，侵害了对方的身份利益，使男方在16年中蒙在鼓里，丧失了生育自己子女的可能性，即使再婚，也生不出来16岁的孩子。从这个角度上说，可以认定女方实施欺诈性抚养行为侵害了男方的身份利益，应当承担赔偿损失的侵权责任。

在这个案例里，其实也必须先否认婚生子女的身份，然后才能由男方主张侵权损害赔偿。

三

上述案例都提出了一个问题，就是《婚姻法》不规定婚生子女否认或者非婚生子女认领，亲属立法就是不健全的。法律必须明确规定婚生子女否认和非婚生子女认领，才能保证婚姻家庭产生的亲属关系的稳定，即使发生变动，也必须有规则可循。

规定这些规则的基础，首先要有婚生子女推定的规则，即对父亲身份的推定。在这个基础上，如果有证据证明父亲与婚生子女之间不存在血缘关系，那就要否认亲子关系，确认男方与该子女之间没有身份关系。男女双方在非婚姻关系中生育了子女，确认男方与该子女之间的亲子关系，须根据血缘关系的证据，未成年子女或者其母亲可以向经过亲子关系认定的父亲请求确认亲子关系，并且给付抚养费。

上述规则中的亲子关系确认，就是非婚生子女认领，分为强制认领和自愿认领。自愿认领，是男方认可自己是非婚生子女的父亲；强制认领，是男方不认可自己是非婚生子女的父亲，但事实证明男方与该非婚生子女之间有血缘关系，该非婚生子女和女方都可以主张男方认领。认领的法律效果就是发生亲子关系，即父亲与子女之间的权利义务和身份地位得到确认。

在过去没有科学技术手段确认父亲与子女之间的血缘关系时，在古代有滴血认亲的方法，这种做法相当不科学。在近代和现代，立法采取的方法是证明夫妻双方在女方怀孕期间是否有同居的事实，只要符合法律的规定，可以否定亲子关系。在今天，由于DNA技术的应用，认定父亲与子女之间的血缘关系已经不是难题。

我记得，在应用DNA鉴定血缘关系技术比较成熟后，曾经有人向最高人民法院提出，请最高人民法院发布一个文件，说明DNA技术在认定亲子关系中几乎具有100%的可靠性。最高人民法院没有同意，因为公开推广这样的鉴定，是变相鼓励进行亲子关系鉴定，会导致现存的亲子关系不稳定，造成亲属关系动荡，对任何一方当事人都是不利的，也影响社会关系的稳定。

曾经有一个案件，北京的一对父母生育的儿子快30岁了，还没有结婚，原因是儿子有点智力低下。后来有人介绍一个外地来的女士与其儿子相识，双方都比较满意，就结婚了，生了一个孩子，一家其乐融融。在这个孩子五六岁时，其父亲不幸遭遇车祸去世，女方带着这个孩子跟爷爷奶奶共同生活。但是，爷爷奶奶怀疑这个孙子不是儿子亲生的，因为长得不像自己的儿子，所以偷偷去做了DNA鉴定，确认孩子与自己的儿子没有血缘关系。女方一听到鉴定结果就火了，带着孩子离开了这个家庭，一个还算比较美满的家庭就解体了。这一对老夫妻非常后悔，儿子没有了，孙子也没有了，老两口孤苦伶仃，悔恨不该进行亲子鉴定。

四

现在来看看《民法典》第1073条的规定：“对亲子关系有异议且有正当理由的，父或者母可以向人民法院提起诉讼，请求确认或者否认亲子关系。对亲子关系有异议且有正当理由的，成年子女可以向人民法院提起诉讼，请求确认亲子关系。”

这个规定总的说来是好的，解决了前面说的《婚姻法》没有规定亲子关系否认和亲子关系认领制度的缺陷，使否认亲子关系和认领非婚生子女有了法律依据。问题在于，这一条规定过于简略，缺少具体规则，适用起来还存在较大问题。

我只说一个具体问题。在非婚生子女认领问题上，该条第 2 款规定的是，成年子女可以向法院提起诉讼，请求确认亲子关系。按照这样的规定，未成年子女不可以向法院提起确认亲子关系的诉讼请求。这里的逻辑是，未成年子女缺少必要的判断能力，因而无法判断他与父亲之间是否存在血缘关系的事实，所以没有规定他享有这一请求权。

但问题是，未成年子女是无民事行为能力人或者限制民事行为能力人的，法律规定他们有监护人，监护人当然可以提出证据证明该子女与其父亲之间的血缘关系，可以代理子女主张确认亲子关系，并且在此基础上，可以向父亲主张给付抚养费，以维持生活。但是如果未成年子女的母亲死亡，不给未成年子女确认亲子关系的请求权，他或者她将无法请求确认亲子关系，也无权请求父亲给付抚养费。这样规定的结果，问题就大了，未成年子女的合法权益怎么得到保障呢？

《民法典》这一条文已经作了这样的规定，存在问题的进一步解决，需要在司法实践中积累经验，作出司法解释。在没有司法解释之前，可以依据习惯或者法理作出判决，弥补立法上的这些漏洞。

45. 宽宥

在没有《民法典》之前，大家对继承规则中的宽宥制度都很陌生。在编纂《民法典》之前，我和学生写了一篇文章，主张应当规定丧失继承权的宽宥制度。也就是说，在继承人因为触犯了法律规定的事由，丧失了继承权后，如果被继承人对其予以宽宥，就可以恢复继承权，在被继承人死亡后，继承人可以继承遗产。《民法典》采纳了这个意见，规定了宽宥制度。

一

《民法典》第 1125 条规定，继承人丧失继承权的法定事由，一是故意杀害被继承人；二是为争夺遗产而杀害其他继承人；三是遗弃被继承人，或者虐待被继承人情节严重；四是伪造、篡改、隐匿或者销毁遗嘱，情节严重；五是以欺诈、胁迫手段迫使或者妨碍被继承人设立、变更或者撤回遗嘱，情节严重。继承人实施上述第 3 项至第 5 项的行为，确有悔改表现，被继承人表示宽恕或者事后在遗嘱中将其列为继承人的，该继承人不丧失继承权。这里规定的被继承人表示宽恕或者事后在遗嘱中将其列为继承人的行为，就是宽宥。

为什么要规定宽宥制度呢？这是因为，被继承人和继承人之间是夫妻或者血亲关系，俗话说“打折骨头连着筋”，血缘关系是不会断绝的。继承人触犯了法律，丧失继承权，如果把丧失继承权绝对化，被继承人不可以宽宥，结果是，即使被继承人愿意把自己的遗产传给这个继承人，法律也不允许。这就违反了“意思自治原则”，被继承人不能按照自己的意志支配自己的遗产。假如丧失继承权的这个子女是独生子女，被继承人又没有其他继承人，丧失继承权绝对化，就会在被继承人死亡后，其遗产无人可以继承，只能上缴国库，成为国有财产。这显然是不合适的。

《民法典》规定了宽宥制度，就解决了这个问题。因此，这个规定是一个很好的继承规则。

二

《民法典》的这一条文是对继承权丧失的事由和继承权丧失后被继承人享有宽宥权的规定，是两个继承规则。先来说说丧失继承权和丧失继承权的具体事由。

什么叫继承权丧失呢？继承权丧失，是继承人因实施了法律规定的行为，失去了继承被继承人遗产的资格。所以，继承权丧失也称为继承权的剥夺。

丧失继承权的具体表现，一是继承人继承期待权的自然丧失；二是继承权在发生法定事由时丧失。要说明的是，继承权分为两种形态：一种是继承期待权，就是被继承人尚未死亡时，对被继承人享有的继承权，表明被继承人死后继承人可以继承他的遗产；另一种是继承既得权，即被继承人死亡后，继承人的继承期待权转化为既得权，可以继承被继承人的遗产了。继承期待权与继承既得权的转化界限，就是被继承人死亡。说了这些，对丧失继承权的结果就会看得比较清楚。

继承权丧失，分为绝对丧失和相对丧失。继承权的绝对丧失，是因发生某种使继承人丧失继承权的法定事由，该继承人对特定被继承人的继承权终局地消灭，该继承人再也不能享有对被继承人的继承权。继承权的相对丧失，是虽因发生某种法定事由使继承人的继承权丧失，但在具备一定条件时，继承人的继承权也可以恢复，所以又叫继承权非终局丧失。

继承权丧失的法定事由是依法取消继承人继承权的原因或者理由。《民法典》规定的具体事由有五种，前两种是绝对丧失，后三种是相对丧失。

第一，继承人故意杀害被继承人。不论继承人故意杀害被继承人是否受到刑事责任的追究，都绝对丧失继承权。

第二，继承人为争夺遗产而杀害其他继承人。这是指继承人中的一人或数人出于争夺遗产的动机，杀害居于同一继承顺序的其他继承人，或者杀害先于自己继承顺序的继承人，或者杀害被继承人在遗嘱中指定的继承人。实施杀害行为的继承人因无知而认为后一顺序的继承人会妨碍他继承全部遗产而杀害了后一顺序继承人，也绝对丧失继承权。如果不是为了争夺遗产而杀害其他继承人，不丧失继承权。

第三，遗弃被继承人，或者虐待被继承人情节严重。遗弃被继承人，是指继承人对没有劳动能力又没有生活来源和没有独立生活能力的被继承人拒不履行扶养义务。虐待被继承人，是指继承人在被继承人生前对其以各种手段进行身体上或者精神上的摧残或折磨，情节严重的，相对丧失继承权。

第四，伪造、篡改、隐匿或者销毁遗嘱，情节严重。继承人实施这类行为多是从利己的目的出发，为使自己多得或者独得遗产，而侵害其他继承人的合法权益。这种行为情节严重的，相对丧失继承权。

第五，以欺诈或者胁迫手段迫使或妨碍被继承人设立、变更或撤销遗嘱，情节严重。继承人实施这种行为情节严重的，相对丧失继承权。

《民法典》规定的上述丧失继承权的法定事由，与《继承法》的规定相比，一是在伪造、篡改或者销毁遗嘱的规定中，增加了隐匿遗嘱的行为也构成丧失继承权的事由。二是新规定了以欺诈或者胁迫手段，迫使或妨碍被继承人设立、变更或撤销遗嘱情节严重的，丧失继承权。这两个补充都是正确的，继承人都应当丧失继承权。三是最重要的修改，是分开规定绝对丧失继承权和相对丧失继承权的法定事由，为适用宽宥制度打下基础。

三

继承人相对丧失继承权后，被继承人可以对其予以宽宥。这就是，以法定继承权丧失为前提，被继承人在情感上对继承人的故意或过失行为表示谅解和宽恕，表达对继承人继承资格的再次认可、肯定与承认，恢复继承人已经丧失的继承权。

可见，在继承人相对丧失继承权后，只要被继承人对继承人实施的相对丧失继承权行为予以宽宥，就能恢复继承人已丧失的继承权。《继承法》第 7 条没有规定宽宥制度，司法解释对此也没有规定。

《民法典》规定宽宥的基础在于，被继承人和继承人之间都有一定的血缘关系或者存在夫妻关系，对犯有过错的继承人，被继承人予以宽宥，还准许继承人继承自己的遗产，是符合情理的。特别是我国曾长期实行独生子女政策，很多父母只有一个独生子女，独生子女作为继承人一旦丧失继承权，如果不准许予以宽宥，将会使被继承人遗产不能向直系血亲卑亲属流转，不符合继承规律的要求。设立宽宥制度，就会解决这些问题。

对绝对丧失继承权是不能宽宥的，因为法律不允许。对相对丧失继承权的才适用宽宥制度，也就是继承人存在遗弃或虐待被继承人情节严重，或者伪造、篡改、隐匿或销毁遗嘱情节严重，或者以欺诈、胁迫手段迫使或妨碍被继承人设立、变更或撤回遗嘱情节严重的情形，尽管丧失了继承权，但是，过后确有悔改表现，被继承人表示宽恕或者事后在遗嘱中将其列为继承人，其就恢复了继承权，可以继承被继承人的遗产。

宽宥作为被继承人的单方意思表示，不需要相对方即继承人作出任何意思表示，便产生法律效力。在立法例上，多数国家民法典规定宽宥不需要继承人有悔改表现，完全取决于被继承人的单方意思表示，他说宽宥，就应当宽宥。这样的规定也有道理。我国《民法典》规定悔改表现是宽宥的要件，虽然要求比较高，但是也有一定道理。

《民法典》规定宽宥制度，是正确的立法选择，符合社会需求和民情民意，不违反社会伦理。不过，将故意杀害被继承人和为争夺遗产而杀害其他继承人两种情形完全排除在宽宥之外，还是值得斟酌的，理由是，故意杀害被继承人和为争夺遗产故意杀害其他继承人，并非都是严重的犯罪行为，因为犯罪未遂和犯罪预备同样也是犯罪。在这两项规定中，都没有区别具体情节，一律不准宽宥，就限制了被继承人的意思自治，有欠妥之处。对此，应当准确理解绝对丧失继承权事由中的“杀害”的要件。杀害，就是杀死，不是预备，也不是未遂，而是既遂。只有杀害被继承人或者其他继承人既遂的，才成为绝对丧失继承权的事由，杀害的未遂和预备都不应当绝对丧失继承权。这样，就能够解决杀害被继承人或者杀害其他继承人丧失继承权后没有规定宽宥的法律适用问题，严格掌握绝对丧失继承权的范围，放宽宽宥的范围。

46. 高空抛物

《民法典》规定的高空抛物责任，与《侵权责任法》第 87 条对同一行为的规定有很多不同，我想说一说这一规则的确定及变化的来龙去脉。

一

我国第一件高空抛物案件是“重庆烟灰缸案”。受害人晚上 11 时许走在街道上，被一座住宅中抛下的玻璃烟灰缸砸中头部，造成重伤害。事后，由于不知道究竟造成损害的行为人是谁，受害人的代理人代理其向法院起诉这座楼房的所有住户，要求他们赔偿损失。法院判决由有可能造成该损害的 20 户居民承担赔偿责任。

这个案件引起社会的广泛关注，也受到立法机关、司法机关和学者的关注，国内开始集中研究高空抛物的责任规则。在制定《侵权责任法》之前的准备阶段，我们还去德国和荷兰进行考察，其中就有高空抛物责任的考察题目。

在和德国法官座谈的时候，有人提出这个问题，想知道德国法院对这样的案件是怎样适用法律的。

德国法官十分不解，摇摇头说：“怎么会有这样的事呢？住在高层不应该实施这样的行为啊？”

不过，有几个国家的民法典有这样的规定，叫加害行为人不明。只是有这种规定的国家很少。

立法机关要规范这种行为的责任，重点是使受害人的损害有所救济。因此，2009 年《侵权责任法》第 87 条作了规定：“从建筑物中抛掷物品或者从建筑物上坠落的物品造成他人损害，难以确定具体侵权人的，除能够证明自己不是侵权人的外，由可能加害的建筑物使用人给予补偿。”

《侵权责任法》公布后，法学界对这个高空抛物的条文反应不同。例如，有一个民法学家就说，这一条文体现了社会主义公共道德精神的重要规定，特别值得赞扬。有的认为这一条文是一个“连坐”的不公平规则。

依我所见，这是一个面对我国国情而不得不规定的条文，既不应该高度评价，也不应该予以贬低，未来随着社会文明的进步、国民素质提升，这样的条文自然也就丧失作用了。

二

《侵权责任法》实施以后，按道理，第 87 条规定应当发挥作用，使这样的案件减少发生。但是实际上，高空抛物的行为并未减少，还是继续发生。

媒体采访我，问这样的规定为什么没有起到减少高空抛物的作用。我的回答是，要明确应当怎样看待这个条文。这个条文规范的是高空抛物行为发生后，对受害人找不到真正加害人而寻求补偿而言，这个条文是发挥了作用的，法官可以判决让有可能造成损害的人予以补偿。如果说到预防作用，这个条文显然不具备防范高空抛物行为的功能。

记者又问我，怎样才能让法律规定起到作用。我回答说，只有让公安机关介入侦查，查清谁是真正的加害人，才会解决这个问题。

这个意见在报纸上发表后，受到高层重视，因此，正在编纂《民法典》的全国人大常委会法工委决定对这个条文进行修改，使其真正成为能够发挥预防作用的高空抛物责任规则。

就是在这种情况下，对即将写入《民法典》的《侵权责任法》第87条进行了修改，形成了《民法典》第1254条的新规则。

三

《民法典》第1254条规定的内容是："禁止从建筑物中抛掷物品。从建筑物中抛掷物品或者从建筑物上坠落的物品造成他人损害的，由侵权人依法承担侵权责任；经调查难以确定具体侵权人的，除能够证明自己不是侵权人的外，由可能加害的建筑物使用人给予补偿。可能加害的建筑物使用人补偿后，有权向侵权人追偿。物业服务企业等建筑物管理人应当采取必要的安全保障措施防止前款规定情形的发生；未采取必要的安全保障措施的，应当依法承担未履行安全保障义务的侵权责任。发生本条第一款规定的情形的，公安等机关应当依法及时调查，查清责任人。"这一规定成为确定高空抛掷物、坠落物损害责任的新规则。

从基本内容上看，《侵权责任法》第87条规定的是建筑物抛掷物或者坠落物致人损害侵权人不明的补偿责任，通常称为高空抛物责任，并不是一种典型的特殊侵权行为类型，而是在侵权人不明的情况下，公平分担损失，由有可能加害的人给予补偿。

新规定的建筑物抛掷物、坠落物损害责任的基本规则，可以分为以下内容：

第一，禁止从建筑物中抛掷物品，是每一个人应尽的法定义务。《民法典》将这一义务作为规定建筑物抛掷物、坠落物损害责任的基础。

大家看到，在建筑物中抛掷物品，是非常危险的危害公共安全行为。很多居民习惯向窗外抛掷物品，是非常不道德的，是违反公序良俗的。这些行为必须严格禁止。

第二，从建筑物抛掷物品或者坠落物品，造成他人损害的，由行为人承担责任。

从建筑物中抛掷物品，或者建筑物上坠落物品，造成他人损害，都应当由侵权人承担责任，侵权人就是抛掷物品的行为人，或者坠落物品的建筑物的所有人、管理人或者使用人。他们的作为或者不作为行为造成他人损害，当然要由他们自己承担侵权责任。

第三，经调查难以确定具体侵权人的，由可能加害的建筑物使用人给予补偿。

经过调查，确实难以确定具体侵权人的，由可能加害的建筑物使用人给予补偿，这是《侵权责任法》第 87 条规定的规则。建筑物抛掷、坠落物品致人损害侵权人不明补偿责任的构成要件：一是行为人在建筑物中抛掷物品，或者建筑物有坠落物品；二是抛掷的物品或者坠落的物品造成他人损害，主要是人身损害；三是实施抛掷行为的行为人或者坠落物品的所有人不明，不能确定真正的加害人；四是特定建筑物的使用人不能证明自己不是侵权人。

具备上述四个要件，该建筑物的使用人就是可能加害的建筑物使用人。责任承担的方式是，由可能加害的建筑物使用人对受害人的损失给予补偿，而不是承担连带责任。补偿的责任范围，依照每一个人的经济状况适当确定。

那些能够证明自己不是加害人，即既没有实施建筑物抛掷物品行为，也不是建筑物坠落物品的权利人的建筑物使用人，不承担补偿责任。

第四，可能加害的建筑物使用人在补偿受害人的损失后，有权向侵权人进行追偿。

由可能加害的建筑物使用人承担补偿责任，其中必定存在无辜者，即没有加害的建筑物使用人，这也是为行为人的行为“背锅”。为公平起见，可能加害的建筑物使用人承担了补偿责任后，如果查到了侵权人，当然对其享有追偿权，并向其进行追偿，把“锅”再还给真正的侵权人。

第五，建筑物管理人未采取安全保障必要措施的，对损害依法承担赔偿责任。

建筑物管理人是建筑物的管理者，即物业服务企业或者物业服务人，他们对建筑物负有安全保障义务。因此，建筑物管理人应当采取必要的安全保障措施，防止高空抛掷物品或者坠落物品造成损害的发生。未尽此安全保障义务造成损害的，应当承担违反安全保障义务的损害责任。这一条主要针对的是高空坠落物的损害，但是，也包括因管理不善导致的高空抛掷物造成的损害。

第六，公安机关应当依法及时调查，查清责任人。

《侵权责任法》第 87 条的规定是民事法律规范，因此，在很多情况下，出现高空抛物的损害，公安机关往往难以尽到侦查或者调查的职责，致使无法查清加害人。其实，在加害人不明的高空抛物损害事件中，绝大多数是能够查清事实的，但是，由于它是规定在民法中的民事责任，公安机关否认是自己的职责，出现了一些加害人不明的高空抛物损害，使承担补偿责任的人怨声载道。为避免大量出现加害人不明的高空抛物损害责任，《民法典》这一条规定“发生本条第一款规定的情形的，公安等机关应当依法及时调查，查清责任人”。依照这样的规定，对造成损害后果的高空抛物等事件，公安等机关应当依法立案调查，查清事实后，对责任人依法给予治安管理处罚；构成犯罪的，应当依法追究刑事责任。这就明确了公安机关的侦查职责，出现高空抛物损害案件，公安机关应当及时立案侦查，查清责任人，依法处置。只有动用侦查手段仍然查不清责任人的，才可以适用上述第三个规则，由有可能造成损害的建筑物使用人予以补偿。

以我所见，这一规则经过这样的重大修改，是合理合法的，弥补了《侵权责任法》第 87 条被认为是“连坐法”的缺陷，会有良好的社会效果。

第五辑

—

游之点滴

47. 大美青海行

2014年8月16日至24日，清北人政四个学校的建远、凯湘、明星、永军、姚辉和我家共6家人（明星夫人因事没有参加），加上北大的3位博士研究生，一行18人组团，在青海湖环湖旅行，观赏了青海湖周边的美景，品尝了青海地方的美味，喝了青藏高原的特产青稞酒，尽兴而归。时过10年，细思极为甜蜜、有味。

哈达迎客

8月16日一早，参加旅游的团员在首都机场会合，乘机前往西宁。到达西宁机场刚好是中午时分。下了飞机，出了到达出口，就见到陈铎律师和王世兵在等候我们的到来。

陈律师和王世兵赶上前来，与团员一一握手，给每人献上了金色的哈达。每一个团员推着行李车，脖子上都飘着金色的哈达，迎着西宁耀眼的阳光，在机场大厅合影留念，然后走出机场，前往城西区胜利路的旺和酒店。

住下后，午餐在酒店的大包间举行。陈律师拿出青海特产青稞酒，为各位接风洗尘。旅行团的很多人是第一次到青海，看到高原的阳光，喝着高原的烈酒，品尝着高原的美食，酒不醉人人自醉，欢歌笑语，迎来了旅行团大美青海行的第一天，个个赞不绝口。

下午，有的人在酒店休息，有的人到西宁逛街，兴之所至，任意而为。说起来，2014年的西宁修建得已经很不错了。我第一次到西宁是1996年，是从敦煌回来，乘坐越野车赶到西宁。那时的西宁，一片土气，没有什么高楼大厦，街道满是灰尘，没有一个省会的样子。

现在看到的西宁，已经很有大城市的意思了。各位逛街回到酒店，晚餐中都说西宁还是不错的。

青海湖之行

第二天一早，旅行大巴载上我们，向青海湖进发。一路上，满车都是欢歌笑语。

临近湖区，公路的右手边是成片成片的油菜花，金黄金黄的，几乎一眼望不到边。看到有些人在路边下车，踏入花丛中拍照留念。这是青海湖夏季特有的景观，看起来真的是赏心悦目，更为花丛中游客的幸福笑脸祝福。

第一次到青海游览的团员，除了为成片的油菜花赞美，更为花丛深处的青海湖的壮观而赞叹，高原之上这一浩浩荡荡的海一样的大湖，带给人们的是欢乐和幸福。

驶入青海湖景区的停车场，大家下车，王世兵作为地陪，为我们购票，带领我们进入湖区。

青海湖的二郎剑景区位于环湖南线的中间位置，是青海湖旅游的核心景区，也是我们环湖旅行的第一站。在湖边，可以看到水中的鱼群，不过鱼都很小。乘上游船，在湖中尽情欣赏壮美的高原咸水湖。登上湖里的小岛，上面留有我国第一个鱼雷试验基地的遗址，据说这里也有“中国的马尔代夫”之称。在岛上的观景台远眺，青海湖的壮阔美景尽收眼底：湛蓝的湖面与苍翠的牧场交相辉映，雪山竟像在天边低眠；湖面悠悠飘来的一叶叶小船上，有人唱着山歌。此情此景，让第一次来旅游的团员开心至极。

由于数次来过青海湖，我没有太多的感受，随着大家一起游完，把车开到酒店休息。晚上去餐厅品尝湖里的鱼宴，喝青稞酒。

环湖骑行

第二天，从二郎剑出发去刚察县。这一天的主要旅行方式是环湖骑行。

在出发去青海旅行之前，最让人期待的就是沿着环青海湖国际公路自行车赛的公路骑车环湖游。为此，有的团员还事先准备，练习骑车。很多人自认为多年骑车，骑车环湖并非难事，然而最终因此得到了教训。

青海环湖赛是自 2002 年开始举办的，每年一次，是经国际自行车联盟批准的，为 2.HC 级，是亚洲顶级自行车公路多日赛，也是世界上海拔最高的国际性公路自行车赛。青海环湖赛最吸引人处，是高海拔、长距离、多爬坡，因而比赛尤为精彩，观赏度高。特别是比赛线路以碧波浩瀚、鸟翼如云的青海湖为中心，并向周边地区延伸，沿途自然风光雄奇壮美、旖旎迷人。旅行团能在这样的赛区亲身体验一次，吸引力自然强大。

跟随我们大巴的，是一辆专门的自行车环湖游的辅助车辆，上面装载着自行车以及骑行用品。王世兵因为当时在青海工作，不仅有车上提供的用具，还带来了自行车赛的专用服装，一大早出发时就换好了骑行运动服，看着就让我们嫉妒。

到了骑行最佳地段，能骑行的人都下车，做好必要的准备，找到合适的自行车，打理停当，跃跃欲试，甚至还没有得到出发的号令，有的就挥挥手蹬车出发了。

我从小就会骑自行车，戴上头盔，做好准备，一声号令后，开始沿着公路骑行。看着无尽的公路，身边是一望无际的湖水，远处是隐隐约约的山峦，心情格外舒畅，脚下蹬车很有力量。大家都是一样，都是第一次在青海环湖旅游，而且是骑自行车环湖行，都兴奋不已，边骑边哼着小曲，尽情享受着高原和湖边的清新空气与灿烂阳光。

其实好景不长，不到半小时，各位的屁股都开始疼起来了。虽然我们多数都是骑自行车的老手，在20年前都是骑自行车上下班一族，骑车当然不在话下，但是，20年后因长期不骑自行车，缺少必要的锻炼，屁股长期坐在自行车上，加上骑行要用力蹬踩，臀部与车座长时间摩擦，臀部肌肉遭受挤压，自然会产生疲劳造成酸痛。但是，毕竟青海湖的环湖骑行是不可多得的机会，自然不能浪费。为了避免疼痛，就让屁股离开座位，只用两条腿用力。不过，这样的做法也不可长久，时间一长，腿部也受不了。

比较神武的是建远。长期以来，我们都是开车一族，唯有他始终骑车而行。在北京各处开会，只要距离合适，他都骑上他那辆陈旧的二八自行车“宝驴”，回去时经常“醉驾”。久经锻炼的功夫，在环湖骑行中就显出了威力，他轻松自在地奔驰在公路上，勇往直前。一些坚持不住的骑友，不得已下了自行车，摘下头盔，交还给跟随着的保障车，上了大巴，在大巴上给继续骑行的人加油。

其实，环湖赛的公路并不宽敞。在骑行过程中，经常有汽车擦身而过，因而不断传来“小心骑车”的警示声。

大约两个小时过去了，大家都说可以了，不必再继续坚持，因为还有几天的行程，要保持体力。因而尚在骑行的人也都交回车子，上了大巴，结束了环湖骑行之旅。

在大巴上，大家兴奋之余，地陪主张看看电视，大家都说好。大巴前边的电视机就开始放电视连续剧《朱元璋》。从朱八斤梦想吃大饼开始，沿途开始了伴随朱元璋成长的影视旅程。

晚上，旅行团员们一身酸痛，住进酒店，甩开《朱元璋》，早早休息。

跳锅庄舞

从刚察县到祁连县，路途很长，一路上可以看到连绵起伏的祁连山，在北边绵延。观赏着山景和《朱元璋》的故事，我们度过了长长的一天。

下午 3 点多，大巴开进祁连县县城，经过县政府前边的广场时，地陪告诉我们，晚上这里会有规模很大的锅庄舞会，可以来参观，也可以参加跳舞，会有很好的感受。问到是不是像广场舞时，地陪回答说："也像也不像。像，是说自发进行，自愿参加；不像，是说跳舞方式不同，就是专门跳藏族的锅庄舞，围成圈，尽情跳。"听完，有的跃跃欲试，有的兴趣不高。

晚上到了县城郊区的一个烤羊餐馆，进到院子里，看到好几个一人高、涂满泥巴的物件，不知道是什么东西。地陪告诉我们，这就是烤羊的锅灶，把羊处理好后，挂在这个灶里烤熟，香烂可口，说得我们口水直流。

餐桌摆好，酒菜备足，酒还是青稞酒，菜是青海特色菜。喝着、吃着，烤全羊就上来了。用手撕扯着羊肉，蘸着蘸水送进口中，不只是香烂可口，味道更是妙不可言，品之回味无穷。只是几位不吃羊肉的伙伴无福享用。

微醺而归，尚未尽兴者回到酒店后就去广场。灯火辉煌之下，几百人尽情地跳着锅庄舞。看着看着，观赏者也进入舞者的行列，领略锅庄舞的神韵。

卓尔神韵

旅行团要在祁连县待一天。次日一大早，大家起来吃早餐。我们都是羊杂碎的疯狂爱好者，走到街上就找羊杂碎的馆子。不吃羊肉的就找其他可口的早餐。恰好，在一条路的东西两侧，就有不同风味的两个早点铺。我们七八个人钻进了羊杂碎店，各自点了一大碗羊杂碎，再加上烧饼，汤里撒上很多香菜末，稀里呼噜喝着汤，嚼着心肝脾胃肺，不停地咂嘴称赞，充分享受着羊杂碎的美味。其间，建远夫人满面笑容地说了一句充满幸福感的话："下辈子还要嫁给建远！"这句"狗粮"语言，却是真心实意，感人至深，各位至今不忘。

早饭后整装出发，前去卓尔山观赏。说心里话，以前对卓尔山闻所未闻，不知道它在青海是一个名闻遐迩的旅游胜地。登上卓尔山的高峰，海拔竟有 3100 米。这里视野极其开阔，四周没有任何遮拦，山对面是一山尽览四季景色的牛心山，左右两侧分别是拉洞峡和白杨沟景区，背面是连绵起伏的祁连山，山脚下滔滔的八宝河像一条白色的哈达，环绕在县城周边。大家都赞叹，卓尔山峦，处处美景，所望之处，宛如仙境，其景色大有瑞士山河之风貌，观之令人精神一振，顿觉心旷神怡。

地陪介绍，卓尔山属于丹霞地貌，由红色砂岩、砾岩组成，藏语将其称为"宗姆玛釉玛"，意思是美丽的红润皇后。卓尔山位于祁连县八宝镇，紧靠八宝河，与藏区神山阿咪东索也就是牛心山隔河相望。

传说，卓尔山与牛心山是一对情深意重的情侣。宗姆玛釉玛原为一龙界公主，一次偶然的邂逅，使她深深爱上了守护这里的山神——英武非凡的阿咪东索。她甘愿冒犯天规，冲破重重阻碍，嫁给阿咪东索为妃。虽然龙王夫妇坚决反对他们成亲，但她还是选择留在人间，与阿咪东索隔河相望，不离不弃。她为此付出了代价，变成一座石山。即使这样，她也无怨无悔，因为她和恋人——阿咪东索终身相伴，守护着祁连的秀美山川和物华，使祁连县山清水秀、牛羊肥壮、物产丰富。这是因为在藏族的传统观念中，龙神是财富的象征，守护着主人的财富。

今天，我们站在宗姆玛釉玛幻化的卓尔山上，看着她的爱人阿咪东索，以及他们护佑着的祁连人，领悟着民法护佑人民的精神，心胸更加开阔。

晚上聚餐，还是分为“爱羊者”和“非爱羊者”两批，分别就餐。原因是，进了祁连县城的一家有名的馆子，就发现浓浓的羊杂碎味道，一批人迎味而上，一批人闻味而逃。

8 个爱羊者坐下来大快朵颐，配上青稞酒，一顿暴饮暴食，竟然喝了八瓶青稞酒，当然是半斤装——那也是每人半斤。

吃喝完后，意犹未尽，会合了另一批非爱羊者，找到一个歌厅，开始狂吼流行歌曲，也有人找出某个时期的“新苫的房、雪白的墙”之类，边唱边喝啤酒，竟然闹得满地都是啤酒瓶。

半夜时分出了歌厅，走在街道上，忽听有童声喊：“爸爸！爸爸！”循声一看，跑来的是我的小女儿。她妈妈为非爱羊者，她陪着妈妈半夜出来找寻可吃之物，远远见到我们从歌厅出来，跑过来会合。借此，被凯湘他们嘲笑——我在偏远的祁连山下，竟然有一幼童与我认亲。玩笑的效果极好。

游日月山

21 日，从祁连县出发回西宁，途中参观了一个鹿场。22 日，旅行团去日月山，我因急着写一个材料，而且以前也去过，因此没有去。

简要记录日月山的概况。它坐落在湟源县西南40公里，属祁连山脉，平均海拔4000米，最高处为4877米。

日月山有恢宏的历史意义，自古就是“羌中道”“丝绸南路”“唐蕃古道”的重要通道。南北朝时，因河西走廊丝绸之路堵塞而开辟的“丝绸南路”，经日月山、青海湖，过柴达木盆地通往西域。唐代开辟的“唐蕃古道”，更是由其东北入境、西南出境前往河源去拉萨。因而是会盟、和亲、战争以及“茶盐”“茶马”互市等历史的见证。文成公主就是从这里走上和亲之路的。

在地理上，日月山是我国季风区与非季风区的分界线，是黄土高原与青藏高原的叠合区，也是青海省内外流域的天然分界线，划分了农耕文明与游牧文明。

活佛加持

23日一早，陈律师带领旅行团来到塔尔寺，赶到塔尔寺大活佛的驻地，等待大活佛的加持。

陈律师是塔尔寺的法律顾问，可以直接见到大活佛。大活佛的驻地是一座比较大的灰色四层楼房。等待了很久，轮到我们拜见大活佛。坐在庄严肃穆的活佛的厅堂，满目都是灿烂的珠宝，大活佛高高在上，为我们诵经，然后给我们带来的物件开光，最后一个一个地为我们摩顶。我的小女儿是旅行团最小的一位，大活佛为她摩顶后，还与她说了一会话，小女儿一反顽皮之态，双手合十，恭恭敬敬地回答大活佛的问话，十分得体。

从塔尔寺回到西宁，又去宏觉寺拜访该寺的活佛。宏觉寺活佛不像塔尔寺大活佛那样威严，而是十分平易近人，他是十世班禅的侄子，研究佛教的因明学，即佛教的逻辑学，是青海佛教学会因明学会的会长。宏觉寺比较小，而且是藏在居民区内，香火不旺，但是十分宁静。参观完毕，活佛诵经祈祷，为我们祝福。

探讨佛教法人

24 日，是我们在青海旅行的最后一天。

上午先去参观藏文化博物馆，看了那幅绵延数百米的巨幅唐卡，精彩绝伦。

10 点，参加了中国佛教法人制度研讨会。会上有 4 位披着袈裟的活佛，还有省法院和市法院的法官，以及我们六位民法教授。活佛向我们介绍了佛教法人制度的情况以及他们的意见，法官们介绍青海法院审理这类案件的裁判思路。会议对佛教寺院的财产所有制问题进行了深入讨论，主题是对寺院的财产制度应当有明确的法律规定。近些年来，僧侣去世后，其亲属向寺院主张遗产继承的诉讼多次发生，但由于缺少法律依据，处理难度较大。在藏传佛教的寺院里，僧侣是可以自己置办不动产的，例如，僧侣出家后，亲属可以为其捐助财产，寺院可以为其划出土地建设自己的修行之所，甚至僧侣也有私人用品。当僧侣圆寂后，其遗留的财产是否属于遗产，其继承人是否可以继承，均缺少具体规定。青海法院的做法是，认定寺院的所有财产为共有，无论僧侣自用财产有多少，所有权人都是寺院，而不是个人的私有财产。这样的判法，寺院是支持的，但是僧侣的亲属意见较大。

我们从民法角度谈了看法，寺院财产属于财团法人的财产，任何僧侣都不可以主张所有权。我们承诺把活佛们的意见带回来，建议立法明确。在编纂《民法典》中，专门规定了捐助法人，也就是财团法人，第 92 条第 2 款中规定："依法设立的宗教活动场所，具备法人条件的，可以申请法人登记，取得捐助法人的资格。”这一规定，是我们这次大美青海行的最大收获。

中午，陈律师举行送别宴会。这一天恰好是姚辉的五十大寿。大家都衷心祝福姚老板生日快乐，为他饮酒助兴。姚老板和女儿小小端起青稞酒，酒兴大振，一饮而尽，豪爽至极。这天午宴，是九天旅行中的高潮，5 斤装的一大瓶青稞酒，竟然一滴不剩。

下午 4 点 30 分，旅行团告别青海，到西宁机场乘机回北京，大美青海行落下帷幕。

壮哉，大美青海！再见，大美青海！

回到北京，旅行团建了大美群。10 年间，大美群的群友们日益团结奋进，成为一个爱美、向善、团结、互助的精诚群体。大家经常念叨着建远夫人的那句感人的话，换了的内容是：下辈子还在大美群幸福生活！

48. 哈巴罗夫斯克

初到俄罗斯远东的哈巴罗夫斯克时，正是二月，天气虽然将要转暖，但是严寒还是笼罩着北方的原野，仍然是一片冰天雪地。

初见远东

从黑龙江的佳木斯乘坐飞机到俄罗斯远东的哈巴罗夫斯克，距离不远，起飞后不久就到了。到了哈巴罗夫斯克机场，一下子就感到寒气逼人、分外寒冷，似乎比佳木斯还要冷许多，完全没有春天就要到来的迹象。

哈巴罗夫斯克是俄罗斯远东地区的最大城市，原来就是我们的“伯力”，现在是俄罗斯远东地区的首府。

从飞机上下来，坐上汽车，顺着皑皑白雪铺着的公路，走进了这座城市。最初的感觉，是觉得这座城市极为宽阔。其宽阔的程度，让人觉得脚下的、身边的不是一座城市，而像在城郊，因为一座座楼房之间，是极为宽阔的街道，街道中间还有很宽很宽的树林。请注意，这不是一排一排的路边树，而是成片的树林。过街从街道的这边走到那边，要走很远的路，就是因为中间隔着的树林太宽了。

导游告诉我们，这里的树林都是故意留下来的，而不是后栽的。因为这里原本是森林，在建筑楼房时，不是把森林砍伐后在空地上建设房屋，而是把建房区域的树砍掉，其他的林木都保护起来，房子建完，树就把房子包围了。因此，可以说，这里是在森林中建设起来的城市，这些树几乎都是原始林木，并不是城市绿化的结果。据说，在春天来临后，一直到秋天，整座城市都掩藏在绿色的森林之中。想一想，都会想象得到城市美丽的景象。

城市还包裹在白雪之中。街道边上，树上和树下都是厚厚的积雪，白皑皑的，楼房就在晶莹的白雪之中，好像是在童话的雪原中生长出来的。楼房都不高，排在路边，颜色很旧，似乎是在很早之前建造的。有些就是以木材作为建筑材料，外墙直接就是木板钉起来的，刷着油漆，看起来很陈旧，却很新奇。看来，在百余年前我们的土地上建设的这些建筑，还是背离了东北的传统。

我们住的旅馆是一个很小的店，虽然是 5 层楼，但是每层楼只有 5 间房子，每间房子可以住 2 人至 4 人。算起来，这个旅馆可以住 60 人或者 70 人。不过，每天住的人没有这么多，很清静，也很干净。

安排好了住处以后，我们出去走一走，看到了很多广场。在城里最大的广场中，摆满了冰雕。白雪之中，晶莹剔透的冰雕带来了清新的气氛。很多穿着貂皮大衣的女子带着孩子，孩子们在冰雕群中嬉戏，冰雕之中的人物和现实中的人群就连在了一起，历史和现实、浪漫和真实，尽情地交织在一起。另一处广场的中间有一座高高的雕塑，周围是挤满白雪的花坛，干干净净的广场上，一群一群的鸽子落在地上，拣食着地上的食物。长椅上，有几对情人依偎着，在阳光下细语轻言。广场的宁静，只有在偶尔有车开过时，才有一点被打破，随后就又迅速地恢复了平静。

绕到广场的另一边，是一座巨大的墓地，刻着一年一年时间流逝的痕迹，曾经为了解放而牺牲的战士的名字，镶嵌在上面。在墓地的中央，是一座紫铜做成的长明灯，天然气点燃的灯火，不停地忽闪、摇曳。就在这座墓地之前，有一位小男孩，拖着一个小爬犁，尽情地玩着，红红的小脸天真可爱，一个大大的皮棉帽，几乎盖住了他的小脸，只露出了一点点冻得发红的脸蛋和一双黑亮黑亮的眼睛，再多一点的，就是鼻子下边冻出来的鼻涕。长眠的英雄和幸福的孩子，融为一体，那正是他们的牺牲所愿。

走到江边，是黑龙江、乌苏里江和松花江三江汇合的所在。在茫茫的雪野中，白色的江面一望无际，看出了大地的宽广胸怀，以及在这宽广胸怀中流淌着的大地的血液。我们都惊叹远东的辽阔和无垠，苍苍茫茫的雪野中，远处依稀可见一些工厂，烟囱中冒出烟雾，轻轻地在雪原和蓝天交际处，添上了一两笔不同的色彩。

远东，真是一个无垠而又神奇的天地。我们在这里要待上 3 天，还可以进一步观察和审视这片曾经是我们的土地。

拉娜

到俄罗斯远东城市哈巴罗夫斯克（伯力）的第二天，引导我们游览的朋友给我们介绍了一位俄罗斯的女性，她叫拉娜。

那是在伯力的冰雕广场上，我们正在拍照，有几位俄罗斯的丽人经过。大家就说，俄罗斯远东的女性既有欧洲人的美，又有东方人的韵。正在说着，一位朋友的车停在了广场边，领着一位丽人走过来。她就是拉娜。

那天，拉娜穿着一身棕色的貂皮大衣，脚上是一双长筒皮靴，飘柔的黄棕色长发，披在肩上，高高的鼻梁上面，是一双欧洲人的眼睛，眉毛卷卷的，向上翘着。在脑门上，架着一副黑色墨镜，显得很不经意，却又极洒脱而有风韵。

经过介绍，大家就聊了起来。原来，拉娜要请中国朋友吃午饭，下午还要请大家参加军队举行的父亲节纪念活动。父亲节也叫军人节活动。原来，拉娜的丈夫是俄罗斯远东军区的军官，负责组织这场隆重的纪念活动。听说来了中国朋友，就通过拉娜的关系，请中国朋友参加这个军队活动，观赏远东军区战士们表演的节目。

在哈巴罗夫斯克最大的俱乐部之前，聚集了穿着各种不同军装的军人。有将军，有校官，有尉官，也有执行警卫任务的战士。我看到最高军衔的军官是上将，应该就是远东军区司令。

在举行纪念大会的时候，只有俄罗斯的军人参加，我们都在休息厅休息，里边不时传来慷慨激昂的发言和热烈的掌声。

会议结束了，一个一个身穿高级将领军装，戴着高级将领肩章的高级军官，走出会议大厅休息，说笑着。还有一些退休的老军人，已经白发苍苍、老态龙钟了，也都穿起了军装，回忆着反法西斯战争年代的战斗岁月。我看到了一位颤颤巍巍的老太太，个子很矮，背驼得很厉害，身体弯成了一个弓形，也穿着老式的蓝色军装，戴着很高级别的肩章，被搀扶着，慢慢地走。这位老太太大概也是反法西斯的老战士，从胸前挂满的勋章就可以看出来，一定是赫赫有名的英雄。

演出开始了。都是战士文工团表演的节目，有歌唱，有舞蹈，有器乐演奏。演唱的歌曲，有独唱，有合唱，也有表演唱，其中独唱的歌曲很有现代社会的味道。舞蹈基本上是军旅舞，热烈欢快、节奏鲜明。器乐演奏就很简单了，独奏和齐奏。总之，演出的水平不高，纯粹的战士歌舞，除了军旅特色，没有其他的特点，热烈、欢快有余，艺术水准远远不足。

其间，我出去转了一圈，观察这座远东的大俱乐部。建筑差不多是 20 世纪 50 年代或者 60 年代建造的，典型的俄罗斯的时代风格。这种建筑，在中国东北现在也还能看到很多。内装修非常简陋，几乎没有什么装修，大概跟我们现在说的粗装修水平相当，和 20 世纪 50 年代和 60 年代我国仿苏建筑相似。到了卫生间，那里的简陋使我惊讶，就是最简陋的公共厕所，高高装在墙上的马桶水箱，是用生锈的粗铁丝作为拉手，方便后拉一下冲水的拉手，满手都是铁锈，而且室内充满了浓烟。

拉娜解释说，俄罗斯远东还没有很好地开发。现在的建设都是20世纪五六十年代的水平，好在人民的生活比较闲适，没有更大的纷争，还是很平和的。

演出结束后，拉娜请我们吃饭，餐厅还是不错，看出来拉娜是用心的。吃的是最典型的俄罗斯菜，基本上都是沙拉一类，加上面包，还有格瓦斯。我们都感谢拉娜的盛情，感谢她还请我们看了那么精彩的表演。

拉娜弯起了她那很迷人的眼睛，睫毛闪动，急忙摆手说："我知道他们表演的水平，只是请你们看一下异国情调而已。"

面对拉娜真心实意的招待，我们又一起表示感谢，祝她越来越漂亮。她举起酒杯，愉快地点头致谢。

饭店就餐

父亲节那天晚上，我们到一个饭店吃饭。这个饭店的名字我忘记了，是哈巴罗夫斯克较为现代化的饭店。

饭店的大餐厅里，很多人聚餐，一边吃饭，一边庆祝节日。

开始的时候，大家都在静静地吃饭。正在吃着，突然外边就响起了"隆隆"的响声，接着就闪起了火光。我们开始一惊，以为出了什么事，听到欢呼声后，才知道原来是在放节日焰火。一簇一簇的焰火飞上天空，五彩缤纷，照得天空亮亮的。餐厅里出现了欢乐的场面：开始是欢呼，接着就双双对对走下餐桌，翩翩起舞。开始是交谊舞，接着是欢快的现代舞、迪斯科。我们终究抵不住诱惑，也走下舞池，跟着音乐跳起舞来，一直到深夜。

一天晚上，我们在另一个餐厅吃饭。在晚餐快要结束时，餐厅前边的一个不大的舞台上出现了表演的队伍。这个演出，不是军队的那种表演，而是现代艺术，最典型的就是俄罗斯姑娘欢快的舞蹈，轻快、欢乐，热情奔放，很有感染力。大家报以热烈的鼓掌。最能让人留下深刻印象的，是三位类似于“肥肥”的胖姑娘，腰身可能有我的两倍粗，穿着交通警察的服装，手持一根指挥棒，极其轻松地跳着欢快的舞蹈，诙谐、逗乐，非常搞笑。在第二天的报纸上，就看到了这三位表演者的照片，想起了她们给人们带来的快乐。

在另一个饭店，看到了另一场轻曼、飘荡的表演，那是阿娜多姿的表演，舒展的衣袖、柔软的舞姿、绚丽的色彩、多变的灯光，都让人得到美的享受，尤其是俄罗斯女孩子的身材和容貌，令人叹为观止。远东地区，欧洲人种和亚洲人种的结合，造就了堪称一流的魅力。

博物馆

在一个几十万人的城市里，有好多各种类型的博物馆，这是这座城市的特色。我国的南通也是这样，围绕着护城河，处处都是博物馆。

参观过自然博物馆、反法西斯博物馆和历史博物馆，也有其他不同的博物馆。

在自然博物馆中，有当地各类飞禽、野兽的标本，栩栩如生，还有文字介绍其生态和习性、活动的地点，以及保护的方法。

反法西斯博物馆里，有苏联红军战胜敌人的各种历史文物，有枪炮，有子弹，有军装，有旗帜，还有缴获的敌人的各种物资。特别是苏联红军出兵中国东北，与中国军队共同战胜日本侵略者的史实，记载得很清楚。

但是，也有很让人难过、难忘的展览。在历史博物馆里，里面展陈的他们的先辈，与我们的鄂伦春人的装扮相同：相同的独木舟，相同的服饰，相同的住宅，还有相似的生活习惯。看到他们，就像看到了我们祖祖辈辈生活在黑龙江和乌苏里江两岸的先人。

在描述他们历史的内容中，有一幅巨大的油画，画面上是哈巴罗夫指挥的远征军战胜清军，夺得土地的情景。哈巴罗夫被描绘得极为神勇，清军衣服上大大的“勇”字，被插进了尖刀，鲜血直流。看到这样的画面，不由得让人血脉偾张，非常愤怒。

其实，从第一脚迈上这块土地，我就始终没有忘记这是中国的土地。她被强盗掠走，是战争的罪恶。在列宁的著作中，就有要交还中国土地的记载。但是，直至今天，这仍然是一句空话。

在三江的交汇处，有一座巨大的武士雕塑，那是掠夺这块土地的人——哈巴罗夫，一身戎装，手中握着军刀，正在俯瞰江那边的土地。同样的雕塑，在哈巴罗夫斯克火车站前也矗立着。看着这样的雕塑，想起博物馆中的一幕，带给人的不仅仅是愤怒和哀伤，还有那更深刻的沉思和反省。

是啊！现实是现实，历史是历史。但是，历史就是教训啊！

落后就是挨打的原因，为了今后不再出现这样的血染油画，我们必须更强。

远东检察院

在哈巴罗夫斯克访问期间，我们走访了远东的两个检察院。

一个是远东地区运输检察院。这个检察院规模很大，有近百人，有一座很好看的楼房，内、外装饰都很漂亮，在那里，是鹤立鸡群的建筑。但是检察长告诉我，这个楼也是旧楼房，是在中国检察院的帮助下，在中国买的装饰材料，运到了远东，把房子装修起来的。我就说，这座楼房看着这么眼熟，原来如此。

这位检察长的块头很大，挂少将军衔，很热情，也非常友好。座谈中，他一时高兴，就站了起来，拿出他的少将检察官的服装，让我们一一穿起来，坐在他的大写字台边，照相留念。我也照了一张，现在还保留着。他那硕大的少将军装把我显得很小，尤其是他那顶大帽子，几乎能把我的脑袋全部遮起来。

这个检察院的职责，是对整个远东地区的铁路、公路、水上运输活动中的执行法律情况，行使检察职能，侦查案件，批捕、起诉、出庭，对民事纠纷也管，但是具体怎样管，没有说清楚。据我了解，与我们是不同的，基本上还是苏联的检察体制，有一般监督权。

第二个检察院是远东环境保护检察院，这个检察院的规模小多了，总共有 8 名检察官，负责远东地区的环境保护案件。这个检察院的房子是一座简陋的二层楼，是用木板建的，外墙是木板，内墙也是木板，地板还是木板。走在楼梯上，“咯噔、咯噔”的踏地板的响声不绝于耳。但是屋子里很整洁，干干净净的，很舒适，暖气很足，暖洋洋的。

检察长的办公室也不大，是一个套间。女秘书来来往往地为我们弄水，我们就坐在检察长的办公室里聊。我们夸奖他的女秘书很能干，很漂亮。检察长听了很高兴。

检察长介绍了这个检察院的职能。这个检察院是刚刚建立不久的法律监督机关，负责远东地区环境保护方面的检察工作。8 名检察官各自负责自己主管范围内的工作，如森林保护、水域保护、城市保护等。这种做法很有参考价值。把环保的职责固定交给一个专门的检察院，对解决日益严重的环境污染问题会有很大作用。

49. 访美札记

美国国务院邀请中国法律访问团访问美国，作为团员的我们，受到高规格接待，在旧金山机场落地，先后访问了华盛顿、纽约和得克萨斯州，收获颇丰，有些访问项目是他人所不能接触的。

华盛顿

在旧金山换乘美国航班，很快就到了华盛顿。第二天访问了参议院和众议院，并与有关议员进行了座谈。

访问华盛顿的最重要活动，是参访美国联邦最高法院，旁听九位大法官开庭审理案件。这对当过法官和检察官的我而言，极具吸引力，其他访问团的团员也有同样的期待。

美国联邦最高法院是联邦法院系统的最高审级，虽然实行三审终审制，但是，联邦最高法院一年审理的案件只有 50 件，对其他上诉到最高法院的案件都不进行实体审理，直接认可其发生法律效力。

联邦最高法院一年只审理这么少的案件，是因为其审理案件作出的判决，就是美国的联邦法律，对全美发生效力，其只选择具有立法意义的案件进行审理。联邦最高法院审理的案件少，开庭次数也少，访问团能够旁听联邦最高法院的开庭，机会难得，可见邀请方还是颇为用心的。

早饭后，我们驱车赶往联邦最高法院，时间尚早，我们就在法院门前拍照留念。巍峨的最高法院门楼，都被收入照相机的镜头里。

陪同人员带领我们进入联邦最高法院，沿着长长的、富丽堂皇的大厅和走廊蜿蜒前行，大厅和走廊的墙壁上挂着法律名人的照片和油画，让人目不暇接。

终于走到大法庭面前，站在两边的法警吓了我们一大跳。不是别的原因，而是两名法警的身材太魁梧，且目露凶光，再加上全副武装，手枪、佩剑等在身上有“琳琅满目”之感，使人不能不紧张，只能蹑手蹑脚前行。

进到大法庭里，发现已经坐了很多人，没有一点儿声响。陪同人员引导我们找到座位，待坐稳后，四处一看，又吓了一跳：大法庭旁听席中，有十余名法警，都是和那两名法警一样的身材和装备，距离我们最近的还是一名女法警，竟然也是一米八以上的身材，加上黑黑的肤色、严肃的面容，着实令人紧张。我心里想，如果我们的法庭也能够这样庄严，相信扰乱法庭秩序的行为会减少很多。

就要开庭了，旁听席座无虚席，只能偶尔听到纸张翻动的声音。

随着“stand up”的口令，九名大法官鱼贯入场，首席大法官最后入场，居中坐下。全体大法官都坐下后，发出“sit down”的口令，我们一起坐下。

法庭开始审理程序，先对原被告进行询问，再对证人进行询问，然后进行辩论。辩论结束后，首席大法官宣布休庭，等待最后的判决。

案情比较简单，是对某一种交易是否应当征收税款的诉讼，联邦最高法院作出判决后，将确定这种税收是否合法，并统一全美的规则。

回国后，原本要追踪联邦最高法院的这一判决结果，但因事情太多，没有顾得上，就忘记了。但是，参访和旁听联邦最高法院庭审的这一幕，却深深地印在记忆里。

地下黄金库

从华盛顿到纽约，一路顺利。临近纽约已是夜晚，在郊外去往住宿的饭店时，看到左手边满目的灯火辉煌，包裹着琼楼玉宇，仿佛仙境一般。我们都由衷地赞叹："这就是纽约！"

第二天参访曼哈顿，下车一看，哈哈，晚上和白天完全不一样，高楼大厦灰暗陈旧，街道不整，人行道上有很多垃圾……可见，黑暗可以掩饰一切丑陋，灿烂的灯光更能给人以假象。

在纽约，最重要的访问项目是参访美联储的地下黄金库。

进入黄金库区的大门，接待人员热情地欢迎我们，因为来此参访的人不多。偶尔来客人参访，使他们很兴奋。我们跟随他们到达黄金库的大门，两位接待人员同时按动密码锁和插入钥匙，偌大的钢铁大门开始缓缓转动，然后露出了一个门缝儿，一点一点展开，展现出一个黑洞般的神秘大门。接待人员告诉我们，这个金库的大门是一个完整的钢柱，在这个巨大的钢柱上，先切割出一个贯通的门洞，再切割出一个巨大的纵行圆柱体，圆柱体的门可以转动，开门时，中间的圆柱门洞转动到与外边的门洞对齐时，门就打开了，人就可以进入金库。铁门关合起来时，是密封的，金库空气里的氧气只够两个人一天所用，超过这个时间，关在里边的人就会窒息而死。

鱼贯通过这个特制钢门后进入金库，很快就看到了一个个铁笼子里装着的金锭，灯光下，闪烁着有些耀眼的金光。接待人员告诉我们，这个金库保存的黄金，是美国储存的全部黄金的二分之一。

接待人员又指给我们看金库里度量黄金的天平，告诉我们，这个天平极其精准，风吹过去的重量都能够称量。他说着，便用手在天平上挥了两下，天平的指针确实有反应。

有人提问："这个金库建成后，是否发生过盗窃事件？"

接待人员说："从来没有发生过。"

又有人问道："好多美国大片都描写在这个金库发生的盗窃黄金

案件，难道没有一件是真的？”

接待人员肯定地说：“确实没有发生过任何一起这个金库被盗的案件，那些都是虚构的故事。你们刚才也看到了，任何匪徒都是无法进入这个金库的。”

想到刚才看到的金库大钢门，都相信没有人能够进到这个金库里面来。

交谈结束后，接待人员说：“上级指示，你们这个访问团非常重要，准许每人拿一块金锭。”大家鼓掌欢迎，表示感谢。接待人员继续说：“是拿一块金锭欣赏。”我们都哈哈大笑，相信美国政府也不会这么慷慨大方。

接待人员从金库里拿出一块金锭，放在手里掂着，说：“这块金锭大约值 480 万元人民币，可以在中国买一套住宅。”说着，他就把金锭放在团长的手中。

团长举起这块金锭，说：“你们看到了吗？我的手里就是一套住宅！”大家都在感叹。

接着，团长把金锭交给每一个人体验。我接过来，猛地感觉手中一沉，比我料想的重量要重得多。以前摸过的黄金，不过是 50 克、100 克，最重的不过 500 克，这么大块的金锭，从来没见过，更没有用手摸过。寸金、寸斤，此言不虚。

金锭交给一位团员，他欣赏了一下，拿着就往外走，大家哈哈大笑，说准备抓抢夺犯。

他回过身来，也哈哈大笑，把金锭交给接待人员，问道：“我要把金锭拿走，你不担心吗？”

接待员说：“你拿着金锭是逃不出金库的。”大家都笑起来。

欢乐之中，我们离开了金库，回头看着金库的铁门缓缓旋转着关闭起来，两名接待人员站在前边，微笑着向我们招手。

得克萨斯

在得克萨斯州（以下简称得州）访问，没有参访联邦最高法院、美联储金库那样的震撼，但是也有几段颇有意思的经历。

在得州，主要访问单位是南卫理公会大学法学院，法学院院长亲自接待了我们。

第一件事是学术交流活动，讨论中国民法和美国民法的问题。我们这个访问团配备了 3 名翻译，其中两位是来自我国香港特区的工作人员，可见美国国务院对我们这次访问的重视。

在介绍美国侵权法时，翻译人员把“举证责任倒置”翻译成“举证责任调个”。其他团员不是搞民法的，听不出这里的问题，我听了后，心里就笑了起来，“调个”和“倒置”，一个是日常语言，另一个是法言法语，意思虽然一样，但是，语境却完全不同。我在晚上的宴会时，私下跟翻译说，这个应该翻译成“举证责任倒置”，这是法言法语。

翻译诚恳地感谢我的纠正，说：“我没学过法律，不知道这个应该怎么翻译，就用普通的语言作了翻译，谢谢提醒。”

我就说：“没事，意思是一样的，懂的都能听懂。”

第二件事是宴请吃牛排。接待方介绍说，得州小牛排是闻名全美的美食，晚上就请我们吃牛排。

到了饭店后，服务员挨个询问我们要吃几分熟，有人说十分熟，回答是没有十分熟。因此，我们就点了七分熟。

牛排上来后，用餐刀一切，血汁儿就淌下来了，估计只有五分熟，吃了一口还咬不烂，就让服务员再给烤一下。再端上来的时候，大概有八分熟，香气逼人，切下一块，放在嘴里，非常好吃。我们背着接待人员偷偷说："这要是切成块，加上土豆一炖，就是共产主义啦！"

第三件事是法学院院长举行家宴款待访问团。开车进入院长家的院子，是一座三层的别墅，前后都是大草坪，还有一个游泳池。参观完后，进了别墅，宴会在大客厅中举行，餐桌上摆满了各式餐具，还有水果。坐好后，就按照西餐的规矩，一道一道的菜端上来，大家喝着葡萄酒，说东道西，谈古论今，都很尽兴，都感慨别墅的豪华。院长告诉我们，这在美国是很普通的住所。院长还告诉我们，得州的土地便宜，可以在这里买地、盖房、养老，花不了多少钱。

第二天，我们就完成了访问日程，回国了，谁也没去得州买地。

50. 两访越南

20 世纪 90 年代中期，曾经在边境口岸过境，访问越南的老街和谅山两个边境城市，颇有些感受。

访问老街

在云南考察，到了友谊关，看到很多越南人过边境，到友谊关进行交易，还有专门的市场，生意很火爆。

陪同的人员建议过关去老街看看。我问是否方便，别添麻烦。回答说非常方便。记不得是办了一个什么手续，就可以过境参观了。

老街市是越南北部老街省的省会城市，隔南溪河与我国云南河口县毗邻。老街的交通便利，与我国河口的公路、铁路、水路并行，该市是全省的政治、经济、文化中心，也是越南通往中国大西南的重要门户和通商口岸。

走过友谊关的大桥，就到了老街的市区，这里有低矮的房屋和重建的建筑。人很多，很多人骑自行车，但更多的人步行，看来经济还是不怎么好。

逛了集市和街景，没有什么好买的，唯一感兴趣的，是可以用人民币换越南盾。1 元人民币就可以换很厚一沓越南盾，我用 10 元人民币换了很多，带回来给小朋友们玩。

在过去的路上，看到很多越南妇女骑着自行车，载着无数小山一样的东西，向友谊关方向过来，走得很慢，后边跟着一个男人。我们问这是怎么回事，为什么不是男人运货，女人跟着呢？

陪同的同事告诉我们，这是越南人的习惯。在越南，家里的主要工作都是女人在做，即使到中国来卖货，也是女人干的事。像这位跟在女人身后的丈夫，其实是表现好的，可以陪着妻子来做买卖；多数家庭就是女人自己去卖货，男人待在家里闲着。

在中国的集市上，看到越南人卖货的自行车旁，都是女人与客人讨价还价、买卖货物，男人蹲在旁边抽烟、喝水，不参与交易。陪同的同事告诉我说，这样的越南丈夫也是表现好的，是在陪着妻子做买卖。很多丈夫陪着妻子到了中国后，就自己玩乐去了，并不陪着妻子卖货。中午，妻子还要去给丈夫买饭，丈夫吃完以后，继续抽烟、喝水；下午卖完货，妻子骑上自行车，丈夫坐在后座上，一起回家。

这就是越南的好男人。看来，在越南做一个男人真的是好清闲，好自在!

同事介绍说，越南男人悠闲，主要有两个原因：一是民族习惯，男人不管家务；二是长期战乱，男人不多，益显珍贵，妻子不舍得丈夫受累。

哈哈！物以稀为贵，人亦如此。

访问谅山

谅山省是越南北部边境的一个省，与广西凭祥仅相隔 40 公里，陆路十分便捷。谅山市是省会，分为南北两面，北面是城市的中心，也是最繁华的街道；南面是谅山省机关单位所在地。

在广西调研时，我们与谅山省检察院取得联系，他们邀请我们过去座谈。

谅山有一条美丽的河流叫奇穷河，蜿蜒穿过谅山，把这一座城市分隔成两半，点缀得更加绚丽多彩。越过奇穷河上的桥，就进入了谅山地界。广西边境的检察院与谅山的检察院经常来往，因此，过境后，汽车直接驶进了谅山省检察院。

主人热情地接待客人，我说了很多客气话，翻译也都翻译了，但是，接待人员说，对不起，检察长在省里开会，请我们等待一下，很快就回来接待我们。说了这么多话，白说了。

大约10点钟，检察长回来了。他个子不高，说话很有底气。座谈中，双方相互介绍了各自检察院的情况。越南检察机关的设置，还是原来的苏联模式，不仅侦查刑事案件、起诉刑事案件，还对民事诉讼进行监督，有全面的起诉、抗诉的权力。更厉害的是，检察机关可以监督行政机关的工作，如果认为行政机关的行政行为违法，可以直接向国会提起抗告，由国会审查，认为违法的，可以撤销行政机关的行政行为。这种监督叫一般监督。在1957年以前，我国的检察机关也是有一般监督权的，后来被撤销。

座谈结束后，检察长请我们吃饭，开出了他的座驾，是一辆苏产的伏尔加轿车。表面看还可以，检察长打开车门，请我坐在前排副驾驶的位置，车门一打开就耷拉下来；请我坐好后，关车门还要把它抬一下才能关上。坐好后，我看到汽车的前机器盖子上有一个个锈蚀的小孔。看来，这辆伏尔加不知道已经开了多少年了，省检察院也只有这么一辆车。我看了以后，不禁摇摇头，其经济窘状可见一斑。

中午的宴请，是在街边的一个大排档吃海鲜。形式与我们的集镇大排档差不多，几个人围着一张桌子，上来一些海鲜，有五六种的样子，比较新鲜，原汁原味；蘸料比较简单，但是很有味道，是在碟子里放上精盐，挤出柠檬汁调拌精盐，海鲜蘸上这种蘸料，味道非常特别，很爽口。也喝了啤酒，是什么牌子的啤酒，记不住了。总之，餐饮比较简单，但对方还是用足了心思，谈话也都很诚恳。

中午饭后，我们返回国内，还是有天差地别的感觉。

51. 印度

在与英中协会共同研究媒体权利保护的课题时，有一个子课题是研究英国牛津大学发起的模拟法庭比赛，尝试在中国设置一个赛区。由于印度德里国立法律大学参赛不久且成绩不错，因而我带团访问德里国立法律大学，学习经验。

一

2012 年 11 月 21 日晚，我们一行五人从北京首都机场出发，凌晨 1 点左右在德里机场下了飞机。走出机场，有出租汽车司机迎接，装好行李，向预订的酒店驶去。

一个多小时后到达酒店，夜幕中，被酒店的保安拦住，进行检查。司机兼导游告诉我们，不要害怕，都是例行检查，只要没有危险品和武器，都没有问题。

接下来，不仅检查我们的护照，还要打开汽车的后备厢，一一用探测器检查行李，确认无误后，开启闸门放行，进了酒店，安排好房间，住了下来。

如果不是司机兼导游说得清楚，遭遇这样的检查，还真的有点担心。

第二天，到印度德里国立法律大学参观座谈，看他们的模拟法庭比赛训练。

印度德里国立法律大学的建校历史不长，是印度法学教育的最高学府。副校长向我介绍说，印度德里国立法律大学的招生人数不多，每年也就几百人，全校的在校学生约 1000 人。

比较起来，它与我国综合性大学的法学院的规模差不多；与我国的法律专业大学相比，规模就小多了，中国政法大学每年招生3000多人。这也不奇怪，因为印度的法律专业教育绝对是精英教育，毕业之后，都是当法官和律师等，学生的身份非富即贵，很难考入。他们难以想象中国有600多个法学院或者法律系是怎样一种情形。

全球模拟法庭比赛是以牛津大学法学院为主设立的普通法的在校大学生模拟法庭大赛，参加的各国大学生比较多。印度德里国立法律大学参加比赛的时间不久，但是成绩很好，因此，竞赛组织方建议我们参访、观察。

他们的参赛队伍正在训练，可以看到，参赛学生训练非常刻苦。当然，他们也有优势，因为英语也是印度的正式语言，没有语言障碍。看到他们准备的训练资料，介绍的具体准备情况，感到他们是非常用心，并且努力争取获得好成绩的。

之后，参观了德里国立法律大学的校园和教学区，看到他们的条件非常优越，最好的条件就是学生少，师资雄厚，经费充足，设备十分先进。例如教学设备，跟我们中国人民大学最新装配的立德楼教学楼的教室设备相似。不过，我们的参观是在10年前进行的，中国人民大学的这些设备是10年后设置的，差距还是明显的。

此外，我们还会见了印度星空电视的负责人，与其座谈印度媒体的监管体制和权利保护。

二

参访过程中，准备去参观著名的泰姬陵。由于泰姬陵名声远扬，我们都很期待，准备一饱眼福。

由于路途较远，一大早我们就在昏暗的星光中出发了，向阿格拉驶去。高速公路上的车辆很少，驶出高速公路后，进入普通公路，就能够看到集镇和村庄了。所到之处都是尘土飞扬，早晨的集市贸易热闹非凡，推销商品的汽车载着高音喇叭，声嘶力竭地呼喊，集市中熙熙攘攘的，其卫生条件实在不敢恭维。

这种情形，似乎与我国20世纪六七十年代的乡镇集市不相上下。路上不敢开车窗，实在是灰尘太大，无法抵御。

经过很长时间的颠簸，终于远远地看到了泰姬陵的轮廓，在蓝天白云之下，高高的建筑渐次展现在眼前。

泰姬陵是印度知名度最高的古迹之一，是世界文化遗产，被评选为“世界新七大奇迹”之一。它的全称是“泰姬·玛哈拉陵”，是一座巨大的陵墓清真寺，是莫卧儿皇帝沙·贾汗为纪念其妃子于1631年至1653年在阿格拉而建，位于北方邦的阿格拉城内，亚穆纳河右侧。整个陵墓由殿堂、钟楼、尖塔、水池等构成，全部用纯白色大理石建筑，用玻璃、玛瑙镶嵌，具有极高的艺术价值。因此，这里是印度伊斯兰艺术中最完美的瑰宝，是世界遗产中的经典杰作之一，被誉为“完美建筑”，也有“印度明珠”的美誉。

导游介绍了泰姬陵产生的经过，以及泰姬与莫卧儿皇帝之间的爱情故事。因此可以说，泰姬陵因爱情而生，这段爱情的生命也因泰姬陵的光彩而被续写，留在人间生生不息。

观赏着将近400年前诞生的这座壮观的陵墓，真的为印度的文化和建筑艺术而折服。

参观完泰姬陵后，我们还去参观了阿格拉堡。

三

在德里访问期间，我们还参观了德里门、印度门，特别是参观了阿育王柱，这些都是在历史课本上看到过的历史遗迹，亲自看看，深有感触。

在德里和新德里的大街上，经常能够看到“自由”地睡在马路边或者人行道上的人。其中一位躺在马路边的老年人，好像睡死在那里，苍蝇围着他转来转去，没有任何人打扰他。

印度的马路边设有公共厕所，不过，这些公共厕所只供男人使用，只能小便，而且背后没有遮拦，直接冲着大街。面向墙壁、背对着车水马龙的街道，在众目睽睽之下的“方便”，真的有点“方便”不了，担心背后被人袭击。我们在出发之前，都要在酒店的卫生间处理完毕，尽量避免内急的时候不方便。

还要说的是，印度的女人上街穿得比较严密，一般只露出面部和手。我的秘书那天上街穿的是比较透的连衣裙，在街上遇到的都是惊奇的目光，我让她下午上街不要穿裙子，一定要换上裤子。

在去电视台座谈的路上，路过一个比较大的建筑群。一边是高楼大厦，是现代的写字楼和住宅楼，与当代繁华都市的建筑无任何不同；隔着一条街就是贫民窟，每一个家庭是一个用那种彩条编织布遮挡起来的简陋棚屋，还不如当年躲地震的地震棚，密密麻麻地布满巨大的广场，脏水横流，令人不敢接近。以前只是经常在书上和电视里看到贫民窟，在这里第一次面对真实的贫民窟，想象着他们在其中的生活，真的太有感触了。很想看看贫民窟里边的情景，因为也涉及物权的问题，但是导游劝阻了我。

在德里的集市闲逛，真的热闹非凡。电视里出现过的印度飞饼，以及其他比较熟悉的各种印度饮食，看得我眼花缭乱。不过，这里的卫生状况实在是可怕，这样的食品真的不敢食用。

我跟导游说，看到印度的食品真想品尝一下，因为饭店提供的并不是印度食品，而是通常的饭店自助餐，没有印度特色。导游说没问题，可以找到最正宗的印度菜馆。

他把我们拉到一家以外国顾客为主的印度菜馆，是比较高档的，卫生肯定没有问题，我们就进去了，让导游给我们点了 6 个菜，各个都有咖喱。菜上来后，我们急忙品尝，还是非常好吃的，并不像国内做的咖喱鸡等菜品那么难吃。

导游很尽心尽力，为人诚恳，是很好的人。我们让他跟我们一起吃，刚好 6 个人 6 个菜，菜量很大，足够吃的。他很感激，连声说“谢谢”，跟我们一起食用。我们对他选择的菜赞不绝口，他也非常开心。

吃完了，盘子里剩下的只是汤汤水水、残羹冷炙。我们享用了最正宗的印度菜，心满意足。在准备离开饭店时，感谢导游给我们找到这么好的餐厅。

导游小心地问：“不知道你们剩下的菜，是不是还要用？”

我们都很奇怪，再说剩下的也不多，都说不用了。

他说：“如果你们不用了，我想打包带回去。因为我有四个孩子，从来没有吃过这么好吃的菜，带回去给他们尝一尝。”

我说：“这也没剩什么呀！不然，再给你点一个菜吧。”

他急忙说：“不用！不用！这些就够好的了。”

说完，他要了餐盒，把剩下的汤汤水水一点不剩地打包装好，小心翼翼地放在汽车后备厢中的稳妥位置，拉着我们出发。

看到导游的这一幕，真的为他的父爱所感动，更为他的艰辛生活而感慨。

52. 罗马

罗马第二大学的斯奇巴尼教授盛情邀请我们到罗马进行学术交流，一行四人乘机抵达，在罗马逗留了五天，进行了丰富的学术活动，交流了两国民法的比较研究体会。

一

罗马是意大利的首都，也是意大利最大的城市，是世界著名的历史文化名城，古罗马帝国的发祥地，因建城历史悠久而被称为“永恒之城”，是世界著名的游览胜地之一。

罗马对法律人而言，最重要的是有罗马法。可以说，没有罗马法，就没有今天通行大陆法系的私法传统。提到罗马，法律人都会肃然起敬，因为罗马法是当代民法的源流。斯奇巴尼教授是当代意大利最重要的罗马法专家。

斯奇巴尼经常来中国进行学术交流，原来他的主要活动集中在中国政法大学，在那里设立了罗马法研究中心，由费安玲教授主持，着力研究罗马法，出版了很多关于罗马法的译著和专著。后来，我也邀请斯奇巴尼来中国人民大学访问讲学，开了数次有关罗马法和中国民法典制定的学术会议。

我对罗马法怀有深深的崇敬，因为研究民法不能不研究罗马法，甚至可以说，当代民法的大部分规则都起源于罗马法，不研究罗马法，很可能就弄不懂这样的民法规则的源流和演变。比如，罗马法的私犯和准私犯，与今天的侵权行为与特殊侵权行为就是一脉相承的。因此，我自己买了彼得罗·彭梵得教授的《罗马法教科书》，秉志教授也送了我一本。研究我国民法的问题，几乎每每都要研读这本书。当然，斯奇巴尼教授以及其他罗马法研究者的著作，我大概收藏了30多本，都是重要的研究资料。正因如此，我也把自己的学生送到斯奇巴尼教授的门下，攻读罗马法，取得了罗马法的博士学位。

在中国人民大学开学术会议的时候，讲到对罗马法的感情时，我说我不仅收藏了30多本罗马法的研究著作，而且小女儿的名字“丁尼”，就取自罗马皇帝，也是著名的罗马法学家查士丁尼的名字的后半部分，以表达我对罗马法的崇敬之心。斯奇巴尼教授等意大利学者听后，甚为感叹。

二

在罗马第二大学的会议室里，我们举行了意中民法学术交流会，主题是罗马法对中国编纂《民法典》的影响。中国学者和意大利学者进行了广泛的交流，正在罗马二大攻读学位的中国留学生也参加了交流活动，会议取得圆满成功。

会议结束的第二天，是我讲座的时间。斯奇巴尼教授专门把讲座地点安排在以“彼得罗·彭梵得”命名的报告厅。这个报告厅原本不叫这个名字，在罗马法大家彼得罗·彭梵得逝世后，为了纪念这位伟大的罗马法专家，将报告厅改为这个名字。

彼得罗·彭梵得在《罗马法教科书》中说：“今天，罗马法真正不朽的价值，在于解释新法典方面的完美无瑕，在于它是唯一让人追溯其一千年的历史发展，因而为我们研究法律沿革的有机规律提供了最佳园地的法学。”他写的《罗马法教科书》是罗马法研究领域的经典著作。有学者认为，后来的大量教科书，有时对在学者中有争议的这样或那样的具体问题提出新见解，有时进行一些更为宽泛的因而对学生帮助不大的论述，但是无论怎样，它们都没有超越彭梵得著作的模式。我能够在以他的名字命名的报告厅做学术讲座，感到十分荣幸。

我的报告的主要内容是罗马法的私犯制度对中国《侵权责任法》制定的影响，进而谈到中国《侵权责任法》的大陆法系与英美法系结合的创新做法，也谈到了该法存在的若干不足。之后，主要是跟中国留学生进行了深入讨论，进一步探究中国《侵权责任法》的创新和对侵权法发展的影响。

三

在罗马，最重要的参观景点，当然是罗马角斗场。这个角斗场，小学时就在课本上见过，到罗马不能不看它。

罗马帝国征服耶路撒冷后，为纪念皇帝威斯巴西安的丰功伟绩，决定建立这个角斗场。它是古罗马的象征，建于公元 72—79 年，是 8 万名犹太俘虏用 8 年的苦役建成的，占地 2 万平方米，周长 527 米，可容纳 9 万名观众，被誉为“世界八大奇迹”之一。角斗场开幕时，用 3000 名奴隶、俘虏、罪犯及受宗教迫害的基督教徒组成角斗士，与 5000 头狮子、老虎等猛兽持续进行了 100 天的“表演”。

演出时，猛兽从圈中放出，人被驱赶进赛台，兽与人搏斗，残酷异常，惨绝人寰。而在人与人的角斗中，必须有一方死亡方可收场，如无结局，则必须双双处死。

在远处观察角斗场，并不觉得它有多么高大。但是，走到近前，以至走入角斗场，才能看到残破的建筑巨大，令人震撼。可以说，罗马角斗场的规模巨大，功能完善，结构合理，景观宏伟。北京的鸟巢建好后，我只进去过一次，但是其震撼程度显然不如这个角斗场，而且这还是两千多年之前的建筑！

沿着角斗场的表演区，走到观众座位中的贵宾席，再到骑士席、平民席，直到最高处的那一圈柱廊，环视三层放射式排列的筒形拱和沿外圈回环的拱顶，以及出入口的底层圈洞，我心中一直在感叹罗马的建筑技术，也感叹两千年前的建筑物的辉煌。

四

在罗马，还出入境一次，到梵蒂冈游览。

梵蒂冈是袖珍之国，至今国民不足千人，位于意大利罗马城西北角的高地上，是世界上国土面积最小的国家。

公元 756 年，教皇斯提芬二世获得法兰克国王赠送的罗马城及周围区域，拥有宗教和世俗管理权，后来在意大利中部建立教皇国，1870 年被吞并，直至 1929 年 2 月，墨索里尼与教皇庇护十一世签订《拉特兰条约》，另建梵蒂冈城国，意大利承认梵蒂冈为主权国家，主权属于教皇。

拿着护照，排队进入梵蒂冈城，一路看到的都是高大而古老的建筑，用一个最简单的词来形容，就是“金碧辉煌”。

在宽阔的圣彼得广场，圣彼得大教堂坐落在广场的正面，高大雄伟，这是罗马教廷举行大型宗教活动的地方。在圣彼得大教堂主体建筑的两侧，建有两翼柱廊，各有 120 米长，广场因此以柱廊环绕，形成椭圆形，气势恢宏，被称为“世界上最对称、最壮丽的广场”。

我们排队进入教堂，面对高大、宽敞、神秘的教堂，以及高不可及的美丽穹顶，只能感叹其气势和结构的宏大，几乎没有更好的词能够形容它。跟着参观、朝拜的人流，我们一直向前行进，来到最前边，看到主教正在做弥撒，为每一个来客洒圣水、赏圣餐，主教也给我们洒了圣水，送了圣餐饼干。随后，我们在教堂的各处观赏。

教堂关闭的时间快到了，我们步出教堂，来到夕阳下的圣彼得广场，周围的建筑被夕阳镀上了金辉，更加魅力十足、蔚为壮观。我们赶紧拍照留念，在广场上的邮局寄出了几张明信片。

五

罗马的交通秩序不敢恭维。以我所见，赶不上北京的交通秩序。

我所见过的交通秩序最差的城市，是埃及的开罗。有一年出访沙特阿拉伯，顺访埃及，在开罗住了 3 天。有一天是星期天，坐车上街，看到很少有汽车遵守交通规则，在十字路口，汽车也不看红绿灯，警察在路口拿着警棍，按着汽车的机器盖不让司机闯红灯，司机竟然敢继续慢慢往前移动，按都按不住。

有一天，在罗马要出去参访，我从饭店出来得早了一点，便在饭店门口转转。饭店门前是一个十字路口，交通状况相当混乱，无论是行人还是汽车，都不管是红灯还是绿灯，只要方便，就向前开或者过马路。我正在为罗马的交通秩序而感叹中，忽然看到一个妇女背着一个很大的包，正在红灯中过马路，一个左转弯的汽车开过来，奇怪，竟然哪一方都不躲避，结果汽车撞上了这位妇女，妇女被撞得在地上来了一个前滚翻。我的心里一直在叫着："坏了！坏了！"很紧张地等着一场即将发生的伤害争执。可是，只见那位妇女爬起来，毫发未伤，拍拍身上的土，拎起背包，义无反顾地继续向马路对面走去，跟没事人一样。汽车司机随着巨大的刹车声，看到被撞的妇女扬长而去，怒视一眼后，开车就走。

我感叹罗马交通的混乱，感叹民众交通安全观念的淡漠，也感叹大家对事故的宽容和容忍。这起撞人事故如果发生在北京，肯定是一起延宕数月之久的交通事故赔偿纠纷案件。

53. 黄石公园

2019 年 6 月 24 日中午，一家人驾车离开美国西部城市西雅图，向密歇根州安娜堡市出发。这一次旅行，行程几千公里，走了 8 天，其间经过美国北部的很多城市，走过了长度为美国北部三分之二还多的国土。其中最有价值的，是游览了著名的黄石公园。

一

6 月 25 日晚抵达西黄石，在饭店住下。晚饭后，看到广告上说，城西有牛仔的马术表演，决定去看看。

开车向西走了半小时左右，看到了马术表演的场地，比较简陋，场地的一侧，是搭起来的一层比一层高的看台，也比较简陋。

太阳落山后，天气开始冷起来，我们把衣服裹紧，等待表演开始。

观看表演的人逐渐增多，有很多非美国人，但是美国人也不少。看样子都是家庭活动，男男女女，老老少少，都热情奔放地等待着。

表演开始，西部牛仔打扮的男女骑在马上，在表演场地内奔腾来奔腾去，算是比较精彩，就是简单了一些。

夜幕降临，天气越来越冷，一家人终于忍耐不住，并且表演也不是特别精彩，明天还要到黄石公园观看美景，因此，离开看台，赶回饭店，抓紧休息。

二

26 日一大早，在饭店外边的餐厅吃了早餐，开车驶入黄石公园，迎面而来的是各式各样的山峰，据说都是火山喷发形成的火山群。

黄石公园是国家公园，由美国国家公园管理局负责管理，1872 年 3 月 1 日被正式命名为保护野生动物和自然资源的国家公园，1978 年被列入《世界遗产名录》，是世界上第一家国家公园。

据介绍说，黄石公园位于黄石河的源头，故以其历史名字命名。在 18 世纪末期，法国猎人将这条河流命名为“黄石”(Roche Jaune)，后来，美国猎人用英语翻译了法语名字为“黄石”。不过，普遍认为黄石河是因黄石公园大峡谷里的黄色岩石而得名。

黄石火山是北美最大，并且仍处于活跃状态的超级火山，在过去两百万年中，曾数次以巨大的力量爆发，喷出的熔岩和火山灰覆盖了公园内的绝大部分地区。得益于其持续的活跃状态，世界上的地热资源有半数位于黄石公园地区之内。黄石公园是世界上最大的火山口之一，拥有世界上面积最大的森林，园内有黄石湖、黄石河、峡谷、瀑布及温泉等景观，是一个负有盛名的游览胜地。

我们从西南入口进入，向北沿途观赏。

最先来到的是间歇喷泉区。在途中，不断看到温泉、蒸气池、热水潭、泥地和喷气孔，噗噗不断地喷发着热气，有的温度非常高，温泉区迷迷蒙蒙，似仙气缭绕其间。据说景区里有超过 1 万个温泉和 300 多个间歇泉，还有 290 多个瀑布。

在这个区域里，最有名的是间歇泉。刚到的时候，间歇泉还没有开始喷发，很多人都在等待着。后来，人越来越多。我围绕着间歇泉周边散步、观赏，近距离观赏不同的热喷泉。

中午时分，间歇泉几乎是按照时间表突然开始喷发，一股一股的热水，带着热气喷薄而出，稍事停顿，继续喷发，围绕间歇泉的观众传来一阵又一阵的惊呼。以前看到过很多温泉，包括温泉的喷泉，但是，这种间歇性的温泉喷泉，并且是按照时间来喷发的，从来没有见过，是绝无仅有的。

作为全美最大的野生动物保护区，黄石公园有大量的野生动物，据说最多的是成群的美洲野牛，时常还能看到马鹿和羚羊，看到驯鹿的角斗、小黑熊在草原上嬉戏，有时候也能看见老鹰从天空中展翅飞过。园内森林茂密，是世界上最成功的野生动物保护区，有时在公园的深处或道路上会发现灰熊或黑熊的踪迹。据说，园区内有 7 种有蹄类动物、2 种熊和 67 种其他哺乳动物、322 种鸟、18 种鱼类和跨境的灰狼。

在园区里，我们看到很多老鹰和鸟，只是不知道都是什么鸟。鹿和小黑熊也看到过。看到最多的动物是美洲野牛，以前从来没有见过。在茂密森林中的草地上，美洲野牛悠闲地吃着草，或者静静地卧在草地上，视游客如无物，看起来没有一点危险。但是，园区警告说，野牛发起怒来十分可怕，经常有游客被伤害，因此，切勿靠近。我因为躲车，向路边多走了几步，被人一把拉回来，给予严重警告。

再往前走，到了峡谷区，路边就可以看到深深的峡谷，总有数百米深，峡谷之下是黄石河，河水在大峡谷中略显黄色的岩石上奔腾，传来巨大的轰鸣声。河水中有几处是瀑布，黄石河水在高高的岩石上奔腾而下，跌落在数十米的低谷河床上，发出轰鸣、卷起白浪，甚为壮观。

走到黄石湖区，波平如镜，很难与形成它的黄石河的咆哮河水联系起来。汽车绕着湖边的公路，看到的是蓝天和白云，都映在湖面上，湖光山色，美不胜收。转眼间，黑色的乌云逐渐移过来，乌云之下可以看到密密的雨幕。正说着，乌云就到了我们的头上，接下来就是哗哗的大雨滴落下来，汽车的顶棚都被砸得砰砰作响。穿过乌云后，又是风平浪静、蓝天白云，天边还闪出七色的彩虹。

最后看到的是地震的地貌。那是临近黄石公园的北出口，公路两边的山石特别奇怪，一层一层，颜色各不相同，一块一块的形态各异。无数的奇山异石，琳琅满目，令人目不暇接。

夕阳渐落，晚霞的余晖映照在奇山异石上，光彩夺目，不舍离去，但是，无奈已近游览尾声，公园的大门就在眼前。

出了公园大门后，回望身后的奇山异石，深深感叹。黄石公园被美国人自豪地称为“地球上最独一无二的神奇乐园”，此言不虚。在园内驾车旅行，一天行走百余公里，看到的美景无数。作为世界上第一家经过认证的国家公园，不愧为世界上最壮观的国家公园之一。

三

从黄石公园出来，来到了要住宿的小镇，地点是 107 号民宿。

这个小镇不大，很多住宅都是民宿。107 号民宿是独门独院的别墅，停好车，搬着行李进到屋子里，整洁、敞亮，设施齐全。窗外就可以看到黄石公园近处的火山岩山景。更好的是，房间里有炉灶，还有做饭的一应用品。

由于一路上吃汉堡、肯德基之类的美国快餐，早就吃腻了，而且我本身就不喜欢吃西餐，因而赶紧去商店，买了大米和蔬菜、肉类，用普通饭锅焖了一锅米饭，又做了三个菜、一个汤，一家人美美地吃了一顿中国饭菜。

第二天早上 6 点，我起床出去晨练，沿着街道走过镇里小河上的桥，向河对岸的街道走去。过了桥，是一个交叉路口，一条向东，一条向西。我沿着向西的街道走去，一直走到了街的尽头，才转过头往回走，回到民宿，继续吃昨天做好的中国饭菜。饭后，开车继续向东驶去。

54. 浏览美国大学

30 多年来，参访过很多国外的大学以及我国台湾地区、香港特区、澳门特区的大学，每一次参观访问或者学术交流，都深有感触，也看到了中西方大学教育之间存在的差异。

最让我震撼的是牛津大学和剑桥大学。七八百年的建校历史，无人能敌。牛津和剑桥其实就是两座城市，大学就在城里，城市就是大学。这和我国长春市与吉林大学的关系不是一个概念，有人说，“美丽的长春市坐落在吉林大学校园里”，是形容吉大之大。这纯属夸张，吉大再大，也分在长春市的各处。而说牛津和剑桥坐落在牛津大学和剑桥大学的校园里，却大致不虚。

澳大利亚的悉尼大学也是值得观赏的美丽校园。我国香港城市大学的林教授到悉尼大学中国法研究中心任教，除了访学讲座，还举办过一次学术交流活动。悉尼大学的校园，既有古色古香的老式建筑，也有新时代的现代大厦，新老结合，构成了悉尼大学的独有特色。特别是在悉尼大学的校门外，有一家川菜馆子，其中的麻婆豆腐非常经典，询问服务员，原来是一位有名的川菜厨子在掌勺。

在参访的国外大学里，还是对美国的三所大学印象最深。

密歇根大学

小女儿读的高中在密歇根州，妻子在安娜堡市郊区买了一套公寓，住在那里，我去的时候，经常到密歇根大学参观，对这所大学法学院的印象特别深刻。

密歇根大学也称密歇根大学安娜堡校区，简称密大，创建于 1817

年，位于美国最宜居城市安娜堡市，是一所公立研究型大学，被誉为“公立常春藤”，创校时间早于密歇根州创立的年份，是著名北美顶尖大学联盟即美国大学协会 14 所创始院校之一，且为创始成员中最古老的公立大学，超过 70% 的专业位列全美前十名，在总体排名中位列 2022U.S. News 世界大学排名全球第 19 位，2022QS 世界大学排名全球第 23 位，著名校友包括 26 位诺贝尔奖得主、1 位菲尔兹奖得主、6 位图灵奖得主、1 位美国总统、8 位美国国家航空航天局宇航员、18 位普利策奖得主、25 名罗德学者、30 多位各个大学的校长，是在美国全国大学体育协会 NCAA 顶级联赛中唯一获得过四球大满贯的美国大学校队，在奥林匹克运动会上累计获得超过 180 枚奖牌。真的是非常了得。

安娜堡是一座安静的小城，密歇根大学分布在小城的各处。晚上，沿着街道行走，可以看到各个学院的建筑物，风格各异。

法学院是在一个四周合围的建筑之中。中间是绿色的草坪，还有参天的大树。松鼠拖着长尾巴，在草坪间和树干上跑跑跳跳，忽上忽下，忽左忽右，非常可爱。经常有新娘新郎在草坪上摆拍婚纱照，留下人生中的浪漫倩影。

走进古色古香的法学院，看到的是闭合的大四合院和安静的长廊，长廊的边上是教室和研究室。从图书馆的大门走进去，安静的灯光下，是一排排的阅览桌椅，学生们伏在桌子上阅读。在法学院参访时，我很想在这里做一个讲座，讲一讲美国侵权法对中国侵权责任法的理论影响，可惜没有这个机会。

这所大学著名的密歇根体育场十分壮观，能容纳超过十万名观众，是全美最大的体育场之一。我去过两次，因为是假期，没有竞赛活动，体育场在维修中。我绕着体育场转了一圈，花了半小时之久。从大门的缝隙看进去，场内的赛场极为宽阔，座席层层叠叠。据说，在比赛期间，各地会有无数球迷驾车而来，饭店和旅馆都住满了人，热闹非凡。

密歇根大学的一侧是山地，有一处公园，还有一处芍药园。公园里动物很多，最常见的是加拿大雁，也叫加拿大鹅，三五成群，在路边或者池塘边走来走去，不在乎人来人往。据说加拿大雁有攻击性，但是不骚扰它们，它们就不会攻击人。芍药园是密歇根大学植物专业的师生种植、管理的，6 月正是盛开期，傍晚驾车赶去，园里满是观赏的人，近百种芍药盛开着，争奇斗艳，美不胜收，直到夕阳坠入山峦，黄昏已经来临，芍药园已经睡眼迷离，观赏的人还不愿离去。

小女儿高中毕业时，密歇根大学第一个给她发了录取通知书，并且因为是密歇根州居民，有学费较低等一些优惠条件。我那时就想，去密歇根大学读大学真的是不错的选择。

耶鲁大学

到达耶鲁大学时，刚好是傍晚，在饭店住下，正是夜幕快要降临时分，越过耶鲁大学与纽黑文市区交界的那条街，往前走不远，就有一家中国餐馆，据说是很有名的川菜馆。一家人在餐桌前坐下，点了几个有名的川菜，吃了起来。

我特意点了一份麻婆豆腐，就是想跟悉尼大学旁边那家川菜馆的麻婆豆腐作一番比较。麻婆豆腐上来之后，看着形和色就相当不错，吃一口尝尝，竟然比悉尼大学边上那家川菜馆做的还好吃。要知道，比较川菜的优劣，麻婆豆腐是一个很好的鉴别菜。

其他几个川菜做得也不错。旁边有老师带着学生一起吃的，也有三两个学生聚餐的，更有单个的学生点上一饭一菜默默品尝的，个个都吃得津津有味。

吃完饭，回到大学校区，游览耶鲁大学的夜景。灯光下，林立的高楼大厦，都是古色古香。特别值得介绍的是，每隔几百米，墙壁上或者门廊旁都有一个闪烁的蓝色小灯，这是报警装置。纽黑文的治安状况不好，以前总有流氓恶人在校区袭击、强暴学生，学校和警察机构合作，设下了密集的报警网络，警察可以在接到报警后一分钟内赶到现场。自此校区安全得到保障，女生夜晚也可以独自行走。

第二天早上，我6：00起床晨练，沿着昨晚走过的路，又在耶鲁校区走了一遍，看到了晚上看不到的景色，也为耶鲁大学校区之大而感叹。

吃完早饭，我们一家三口人，参观耶鲁大学的主要建筑和学院。小女儿即将入学就读的学院，门锁着，进不去，刚好有一位学生出来，我们趁机进去，转了一大圈，看到本科生住的各个大楼，说着不知道将来要住哪一栋。现在她已经住进去了，就是最高的那座塔楼的最顶层，可以俯瞰整个校区，视野极好。

到了法学院大楼的门前，我很激动，因为这是全球排名第一的法学院。大楼楼门紧闭，无法进入，只能望门兴叹，拍下照片留念，之后又转到后边，看看法学院后边的样子。我指着法学院的大楼，告诉女儿，本科毕业之后，一定要上这个法学院，将来成为一位法学教授或者一位大律师。

最令人感叹的，是耶鲁大学的大图书馆。进到图书馆中，上了二楼，中间是排列整齐的书架，摆放着充满历史气息的各类图书，一排又一排，直指屋顶，竟然看不清顶端。周边是古籍展览，我们围着中间的书架区转了一圈。女儿入学后，在大图书馆查到了我的以及我与学生们写的中国《民法典》的书，可见其藏书之广泛。

出了图书馆，不远就是音乐学院，小女儿入学之后，将要在这里进行排练和演出。前几天已经确定，她作为耶鲁大学管弦乐团的第三长笛手，进行了入学后的第一场演出。

普林斯顿大学

中午离开耶鲁大学，向普林斯顿出发，到大女儿家小住两日。越过车水马龙的纽约那座大桥，新泽西就展现了一幅完全不同的新面貌。蓝天、白云、宽广无垠的土地，远处是碧蓝的海水，真的是天高云淡，一望无际。

很快就到了普林斯顿的一个小区，到了大女儿的家里，外孙在，外孙女去了英国训练，没在家里。大女儿准备了丰盛的晚餐，一家人欢聚一堂，愉快地吃了中国菜。

第二天上午，大女儿带我去参观普林斯顿大学。假期中，学校的人不多，非常安静。我对普林斯顿大学仰慕已久，因为普林斯顿大学历史悠久，是美国大学协会的 14 所始创院校之一的常春藤联盟学校，基督教教会曙光长老会于 1746 年创立该校，它是美国殖民时期成立的第四所高等院校，1747 年迁至新泽西州，1756 年搬到这个风景优美的普林斯顿市，1896 年正式更名为“普林斯顿大学”。截至 2019 年，这所大学培养出 2 位美国总统、12 位美国联邦最高法院大法官以及众多美国国会议员。截至 2020 年 10 月，普林斯顿大学的校友、教授及研究人员中，有 69 位获得诺贝尔奖、15 位获得世界数学最高奖菲尔兹奖、14 位获得世界计算机最高奖图灵奖。这样的大学怎能不让人仰慕!

普林斯顿大学的校园比起耶鲁大学来，还是小了很多，转了一会儿就转完了。大女儿陪着我去找爱因斯坦的故居。大女儿事先做了功课，很快就在众多的别墅中找到了爱因斯坦故居。其实我的心里感觉很奇怪，这么有名的物理学家的故居，怎么也应该是一个展览馆或者博物馆吧？参观可能还会收门票吧？但是，都不！

一座灰白色的别墅，就在路边的别墅群中，没有任何突出的标志。我心里想，最少也应该有一块铭牌吧？可是也没有，因为爱因斯坦离开这里后，至今已经有好多人用过这个房子了，这个房子是私人房产。私人所有的房子，怎么会允许写上他人的名字呢？

我们笑说，美国人也太不会做生意了。这要是在中国，不要说爱因斯坦级别的名人，就是微不足道的“名人”旧居，也要围起来卖票，一张票还不得收它几十元吗？

这是在美国，所有权神圣，只有房屋所有权人才有权决定怎样支配自己的房子。据说，住在这所别墅中的教授，有好几位都得到了世界级的奖励。我说：“看来还是风水好！”

下午，我们在普林斯顿郊区的河里，租了两条划艇，两个人一条，从河边的港湾出发，在河水中荡漾。开始都不太会划，时间长了一点，掌握了规律，还是可以划起来的。回程小女儿提出要竞赛，被采纳。真正划起来比赛时，虽然奋勇争先，但还是我和大女儿败北，胜者和败者一起乐滋滋地回家了。

55. 澳门大学

我在澳门大学法学院给中文法律硕士研究生班大约讲了10年的民法课，该校第一位中文法律硕士学位获得者就是我带出来的学生。后来，学校搬到横琴岛，又去开了几次国际会议，都印象极好。

一

澳门大学的前身是澳门私立东亚大学，是1981年10月19日建立的。后来被澳门地区政府收购，建立了澳门第一家公立大学，成为澳门地区的最高学府。第一次到澳门大学讲课是其建校20年，正值澳门大学20年校庆。

我到澳门大学的时候，学校的气氛很热烈，门口挂着大大的校庆宣传画，路边挂着一排排的旗帜，显得庄重而热烈。为了庆祝学校的节日，组织了一系列的活动。

我先描绘一下澳门大学老校区的地理形势：在氹仔，一过跨海大桥，左边是一个不太高的小山岗，就在这个山岗上建了澳门大学。迎面，是学校的行政楼，楼前有一个小小的草坪，上边有一座古色古香的雕塑，是一个握着一份文章的博士。从行政楼进去，上电梯到了二层，就是行政楼的天台。从这里开始，展开了整个校区。

左右两边，是沿着山势建设的建筑，左边是文体中心，右边是会议中心，从中间上去，是电动扶梯，一共有三段，长长地连在一起。下了电梯，迎面就是一座大大的九龙壁，是国家教育委员会赠送的礼物。这里，是一座四四方方的楼房，叫大丰楼，九龙壁坐落在中央。

从这里，楼梯向左右分开，两边都是教学楼，一层层地展开。两边教学楼的顶端相连处，是何洪燊楼，也是院系办公楼。法学院的办公室就在这座楼上面。这里是整个山岗的最高处。在四面楼房环抱的中间，一层是停车场，二层是学生的活动场所。

从山岗一直向东下来，就是学校图书馆。图书馆的正面墙上，挂着一副对仗工整的对联："西安石上校汉隶，北海尊前诵楚辞。"对联的前边，是一座巨大的铜鼎。这标志着中国文化，在澳门大学占据主要的地位。挨着图书馆的，是体育综合馆。

在学校行政楼的前面，右边是一座高高的、窄窄的楼房，是我们住的宿舍楼，外请的教授都住在这里。左边向上一点，就是食堂和学校教授的房子。

学校设有工商管理、科技、社科文、教育和法律等院系，大约有4000名学生，是澳门地区最大的大学，现在有82个学科可以授予硕士和博士学位。在澳门地区的12所大学中，澳门大学独领风骚，居于"大哥大"的地位，是一所综合性大学。

二

澳门大学法学院是澳门大学最重要的院系之一，占有重要地位。法学院不是在澳门大学成立时建立的，而是在1988年开设葡语法律课程的基础上，于1991年建立的。因此，法学院的院庆也是在这个时间，不过是10周年的院庆。

1988年，澳门为了解决回归后的法律人才问题，急需培养本土化的法律人才，决定在澳门大学开设法律课程。原来的澳门，要学习法律只能到葡萄牙，本地没有法律教学的条件。经过几年的实践，澳门大学具备了法学教育的条件，在1991年建立了法学院。

法学院建立后，继续进行葡语的法律课程教学，1995年开设了葡萄牙语法律硕士学位研究班，授予硕士学位。1996 年开设中文法律学士学位课程的夜间班，学生每天在下午 5 点上课，到晚上 11 点结束。第一届和第二届毕业生这时都已经毕业。2001 年开设了日间的中文法律学士学位课程，也开办了中文法律硕士研究生班，我到这里，就是给后边这个班讲民法课。

当时法学院只有 8 位全职教授，其中，既有葡萄牙教授和我国内地教授，也有我国澳门本地教授。法学院的教授们在自己的领域中，都是著名的专家，有自己的论著，有很高的学术水平，丰富了澳门法学理论研究的内容，提高了当地的法律学术研究水平。

在澳门法本地化的进程中，法学院做了很多工作。除培养法学人才外，法学院还积极做好本地化立法的工作，在制定澳门特区《刑法典》《刑事诉讼法典》《民法典》《商法典》《民事诉讼法典》过程中，法学院积极派人参加讨论，作出了重要贡献。在其他的法律制定中，法学院都有专家积极参加，提出自己的意见，为澳门特区的法制建设作出了贡献。在校庆中，法学院召开了隆重的“澳门基本法框架下的澳门法律——最近的发展和展望”研讨会，澳门大学的校长、法学院的教授，澳门特区法律界的领袖、精英都参加了会议，内地（大陆）、香港特区、台湾地区以及国外的法律专家、学者也出席了研讨会，取得了丰富的研究成果。

三

第一次到澳门大学讲学时，恰逢澳门大学法学院第二届中文法律本科生班毕业。有的毕业生已经参加了我正在授课的首届中文法律硕士研究生班。

要举行毕业聚会了，现在是我的学生的这届毕业生热情邀请我参加。我很高兴地接受了邀请，代价是先交纳 300 澳门元的入场券票钱，凭此券可以享用一顿自助餐。这也是老师资助毕业聚会的一种形式，本校的教师要交 500 澳门元。

澳门大学的毕业聚会很隆重，且与内地大学的毕业典礼完全不同。

聚会邀请了澳门法律界的名人，有法务司的负责人、检察长、警局局长、大学校长、法学院院长，以及学校老师和家属、学兄学姐等。

跟澳门的所有会议一样，计划晚上 7：00 开始的聚会，一直到 7：20 才开始。

聚会开始，先向嘉宾赠送礼品。学生代表一一向参加典礼的嘉宾赠送礼物。然后开始拍照，先是由嘉宾与毕业生拍照，接着是老师与毕业生拍照。这是聚会气氛最热烈的一幕。照相机的闪光灯刷刷地闪着，毕业生的一副副笑脸就留作了永久的记忆。

接下来，是各位嘉宾讲话祝贺、毕业生代表讲话。

这时，晚宴开始了。晚宴是自助餐，很丰盛，各种饮食琳琅满目。我们已经很饿了，急忙胡乱弄了一大盘，狼吞虎咽起来。过了一阵儿，肚子渐渐地饱了，精神才上来。

这时，毕业生开始向自己的老师赠送礼品。被点到名字的老师一一走上主席台，接受学生赠送的礼物。一位老师回到餐桌，打开了自己得到的礼物，是一枚很精致的铭牌，装在红木的小盒子里，铭牌上刻着老师的名字，刻着感激的话语，还刻着毕业的学生的名字。大家都说这个礼物很好，可以让老师时刻记着自己的学生。

我们这些客座教授也收到了礼物，是一枚澳门大学法学院的纪念章。我们当时就把纪念章别在了自己的衣襟上。

后来，开始表演节目和抽奖，中奖的、演唱的都很激动。终觉太过于浪费时间，我们几位客座教授就退席了。

四

澳门大学法学院的法律研究生班分为葡文班和中文班，又分为公法班和私法班，我授课的是中文私法班。

为澳门大学的研究生上课比给内地的研究生上课轻松一些，主要因为学生少。我授课的这个第一届研究生班，有 23 名学生，每天上课的有 20 人左右。澳门地区居民有一个最大的特点，就是迟到，法学院开隆重的法学研讨会，定 10：00 开始，10：20 开始算是准时的。学生上课也一样，晚上 6：30 上课，大约 6：40 或者 6：45 学生才能基本来齐，开始上课。不过，他们也有自己的难处，因为都是在工作之余来上课，跑来跑去很辛苦，到了教室，有的还要急忙啃一点面包、热狗之类的充饥。

在这样宽松的环境中，讲课很轻松。正在讲着课，学生突然就开始提问。我开始一愣，后来也就习惯了，提出问题，大家就一起讨论，说清楚了，再往下讲授。

我国澳门特区的法律主要借鉴了葡萄牙法律，都属于大陆法系，讲授民法有共同的基础，很容易讲清，学生也很容易理解。问题是，我讲的话他们基本上都懂，但他们讲粤语，我当然听不懂，就是“葡普”想听懂也很难。经常要学生用笔在纸上写出来，才能弄清楚要讨论的问题。

有的学生在课余时专门跑到珠海，买回来很多我的书，下课时让我给签名。我就签上自己的名字，给学生留作纪念。

我在澳门大学一个学期讲授 24 个课时，分八次讲授。第一次授课在与学生比较熟悉时讲完了，该回北京了。不过大家约好，可以在网上继续讨论问题，到北京的时候还可以再见面。

五

后来，澳门大学搬到了横琴岛，条件好多了。不过，那时我带的学生已经毕业拿到了文凭，也不再给他们授课了。去澳门大学，也都是为了参加会议。

澳门大学校园不再是环山而建，而是建在平坦的岛上。校园比较宽阔，校内高楼林立，设施设备齐全。与会者住在研究生的宿舍中，平时也是在研究生就餐的店面吃饭，伙食比较单调，完全不是我们食堂的口味。晚上聚餐还可以，校内有一个比较好的餐厅，店面环境和菜品也都好。有一次会议晚餐，大家兴致勃发，有几位酒兴正浓，在餐厅喝完没有尽兴，又到院长家里喝，结果都喝醉了。

我特别喜欢新校园的早晨。阳光普照，万木葱茏，围着校园散步，感觉极好。一墙之隔，外边是珠海的车水马龙，里边是安静的学府，完全是两个天地。

56. 尼亚加拉

开车从安娜堡到耶鲁大学送小女儿上学，只要在路上拐一个弯，就能到大瀑布市，那里有世界闻名的尼亚加拉大瀑布，一家人立即决定前往。

一路上，几乎是沿着五大湖区的沿岸行驶的。看到辽阔的湖面，碧水荡漾，无比壮观。原来，我经常感叹我国鄱阳湖、洞庭湖的广大，但是，面对五大湖区的宽阔无垠，鄱阳湖、洞庭湖真是“小巫见大巫”。

太阳快要落山了，天色暗了起来。在距离大瀑布市还有一段距离的时候，似乎已经听见了水流激荡的声音从远处传来，我有点不敢相信，但是又盼望这是真的。及至再向前行驶不久，就看到左手边有一些白色的烟雾缓缓升起。我断定这就是尼亚加拉大瀑布的水汽，大家都表示认可。

这些推测都是真的。因为我们很快就到达了目的地，下车就听见了隆隆的水的咆哮声，看到了饭店的一侧腾起的巨大水雾。

我们赶紧办理入住手续，安顿好行李后，一起走出饭店，赶往瀑布景区游览。

景区十分宽阔，设施齐全，景色优美。我们按照景区的导游图指引的方向，朝着水雾升起和水声咆哮处，兴冲冲地走去。

先看到的是从出口流出的河水，奔腾在河床上，躲暗礁，冲巨石，一往无前，发出隆隆的响声，令人震撼。不过，这还不是大瀑布，随后肯定还有更震撼的景致。

越过一座桥，咆哮的水声更加响亮，听着都有些激动人心了。紧跑几步，就看见右手边呼啸而来的湍急河水，奋不顾身地冲下断崖，直扑谷底，形成宽阔的白色瀑布，发出震耳欲聋的巨响。我看到，观赏的人们都很激动，纷纷拍照。我们也一样，将美景收入手机的镜头。

有人说，右边的这个瀑布还是比较小的，要看，还是到左边去看更宽大壮观的瀑布。我们赶紧向左边走去，离得还比较远的时候，就看到了极其宽阔的大瀑布，真的比刚才看到的瀑布要壮观无数倍。

走到跟前，看到夕阳下的白色瀑布滚滚而下，带来一阵阵的水雾，风吹过，水雾喷洒在游客的身上，经常听到一声声快乐的惊叫。

瀑布之下，是深深的河床上的滚滚河水，白浪滔滔，奔腾而去。对面就是加拿大的尼亚加拉瀑布城。在逐渐降临的暮色中，对面的建筑物一个一个开始闪烁起灯光，闪耀着斑斓的色彩。河水之上的两座山岚中，架设一座高大的桥梁，把两个北美国家连接起来。在桥上，过往不用签证，拿着护照就可以往来，但是中国护照不行。

按照介绍，观赏尼亚加拉大瀑布的最佳地点不是在美国，而是在加拿大。我们过不去，但是可以搭乘游船，沿着河水逆流而上，就能感受到大瀑布的绝美灵魂。

当然要看大瀑布的真实景观，因此，我们离开瀑布，回到饭店附近，找到一家中国餐馆，吃了饭，明早再去乘船游览。躺在床上，虽然关紧门窗，但还是能够听到大瀑布的水声。

第二天早上 6 点，我准时起床晨练，急步走到岸边，沿着游览的步道，观看了清晨的大瀑布。这里的清晨一点儿都不宁静，满耳都是大瀑布的水声。清晨的阳光之下，远处瀑布的雾气中展现出巨大的彩虹，实在是太好看了。

早晨整理好行李，就去大瀑布景区购票，乘船观赏。排队上船时，工作人员给每人发了一件塑料雨衣，我们都换上了。美国这边发的是蓝色雨衣，上了船，看到对面加拿大船上的游客穿的是红色雨衣。看起来，船的形状差不多，但是一蓝一红，对比鲜明。

游船是自横亘在两山之间的桥下不远处的河面上出发的，逆流而上。船头一转，就看见了隐藏在山后的瀑布顶端，轰隆隆的水声从山后传过来。随着看到的瀑布身影越来越大，声音越来越响，昨晚第一个看到的瀑布从天上奔腾而下，以自由落体的速度砸向船边的河水中，溅起千堆雪。一阵风刮来，无数的水雾飞溅到船上，每一个人的雨衣都在啪啪作响，水雾打在脸上都有些疼。壮丽的美景，让船上的游客发出一阵又一阵的惊呼，惊叹中都包含着欣喜。

游船继续向上游驶去，迎面而来的是越来越壮观的大瀑布的身影，极其宽大，极其壮美。这才是尼亚加拉大瀑布的正面形象，只见极其宽阔的白色水流，从蓝天白云之间倾泻而下，就像千万雄兵在战场上奔腾一样，甚至更甚。李白诗曰："黄河之水天上来，奔流到海不复回。"这里却是五大湖水天上来，奔流到尼亚加拉飞奔而下不复回。壮丽景色独一无二，真正的美轮美奂。

尼亚加拉大瀑布跟中国的瀑布相比较，就汹涌澎湃而言，最相似的是壶口瀑布，都是河水集中于狭小处奔腾而下。不同的是，壶口水是黄色，尼亚加拉的水是白色；壶口狭窄，尼亚加拉宽广；壶口只能从上向下看，尼亚加拉可以从上看，也可以从下看，且从下向上看的景色更为震撼。

就瀑布的宽阔而言，与黄果树瀑布相似，但是，黄果树瀑布的规模远不如尼亚加拉瀑布，虽然在黄果树瀑布的后边行走时也觉得震撼，但是，震撼的程度，远不及自下而上观赏尼亚加拉大瀑布。

正在看着尼亚加拉大瀑布，心里拿它与壶口瀑布、黄果树瀑布作比较的时候，猛然间水雾扑面而来，就像狂风暴雨袭来一样。原来，游船接近了大瀑布的底部，瀑布砸落的河水溅起来的巨大水花扑向游船，扑打在每一个游客的身上。游客们惊呼着，保护自己正在拍照的手机和相机，同时也在赞叹大瀑布独有的景色。

游船在靠近环形大瀑布的水面缓缓驶过，大瀑布就在头顶滚滚而下，时而扑来的水花打湿了鞋子、裤子，最后还有被雨衣裹着的衣服。

游船渐渐离开瀑布，回到岸边码头，排队下船，看到加拿大的游船也已经靠岸，穿着红色雨衣的游客登上了对面的岸边。

我们最后又看了看尼亚加拉大瀑布的远景，离船上岸，开车离开了尼亚加拉。

57. 三八线

三八线，是朝鲜战争停战时的停火线，成为朝韩之间的分界线。访问朝鲜和韩国，我从两边都走近过三八线，看着这条人为划出的界线，心里深有感触。

一

暑假，我和姚老师两家一起到朝鲜旅游，那是一次难得的旅行，向南到达了开城和三八线军事缓冲区。

一大早到了丹东火车站，乘坐从丹东到新义州的国际列车，开车后只有一眨眼的工夫，就到了终点站新义州。在车站等了很久很久，10 点多才开车驶向平壤，到达的时候已经是晚上了。

最后一天的活动，是到开城，然后去三八线。

开城，原本属于三八线以南地区，在“二战”结束后划分朝韩边界时，是韩国的辖区。在朝鲜战争停战时，开城被志愿军和朝鲜人民军占领，停战协议确定其为朝鲜辖区。相应地，三八线的东部也有一块原来由朝鲜管辖的地区，停战时成为韩国的辖区。所以，现在所谓的三八线并不是实际的北纬 38 度线，而是一条沿着北纬 38 度线由停战时双方的实际占领区形成的弯弯曲曲的分界线。

开城很萧条，经济不发达，城市色调比较灰暗，没有更多可以观赏的景致，我们去看了朝鲜人的生活习俗博物馆，了解了一些朝鲜的生活常识。

驱车前往三八线，首先到了非军事区。非军事区是沿着停战的所谓三八线画出两公里的区域，两方在非军事区的己方一侧修建铁丝网，非军事区中只有茂密的草丛和低矮的灌木。在自己的一方，极高的旗杆上，悬挂的两面国旗在高处迎风飘扬。

在非军事区，只有在板门店可以近距离观察对方。

在三八线的中央处，保留了原来签订停战协议的那间大板房，里面摆放的物品如初，进到里边，可以在朝鲜一侧向对方观看。

停战谈判板房外边的两侧，两方的士兵在巡视，韩国士兵的装备显然更为精良。

回到朝方一侧，朝鲜人民军的一位中校，个子不高，穿着毛料军服，特别笔挺，显得非常精神，与朝鲜人民军战士特别是三八线以外驻训、值勤的人民军战士，显然不是一个等级和层次，精气神完全不一样。这位中校神采奕奕、兴致勃勃地给我们讲解，还可以用英语回答任何提问。他主要讲解了朝鲜战争的经过、朝鲜人民军的胜利战果，以及停战协议签订的背景和经过，多是夸赞人民军的英勇无畏。

二

我多次去韩国访问，那里还有我的两位留学生，一位取得了博士学位，另一位因病休超过申请博士学位的时间而肄业。

访问朝鲜后不久，我到韩国访问，学术活动结束后，学生问我想到哪里去看看，我说去三八线。我内心想的是，已经从北向南看了三八线，从南向北再看一遍，应该有不一样的感受。

学生立即应允。那一天是周末，我们驾车前往板门店，阳光明媚，云淡风轻，沿途的游乐场所，看到的都是周末家人团聚的欢声笑语，女性的长裙随风摇曳，似花枝招展。

从南边来到三八线，看到的也是非军事区的铁丝网、飘扬的国旗，以及荒草和灌木。看起来，两边似乎没有什么太大的差别。

从南边走进板门店的谈判大厅，就是那个大板房，我们看到停战协定签字仪式的文物，好像也没有什么区别，只是在向对面看去时，发现设施确实有所不同。还有，大厅外边巡逻的士兵表面上看着装不同，更重要的是，个头、健康状况完全不同，南边的相对高大健壮。

从板门店的谈判大厅出来，导游带领我们去看朝鲜在非军事区挖出来的地道。

导游边走边解说，要参观的这个地道，是北方军队在很早之前挖出来的，有好几条这样的地道。朝鲜军队当年采用挖地道的方法，越过三八线，都快挖到首尔的总统府青瓦台了。有一天，在三八线夜晚值勤的士兵偶尔听到“嗵—嗵—”的声音，越听越觉得可疑，于是层层向上报告，一直报告到团长。据说这个团长就是未来的总统全斗焕，他果断地指挥从声音发出的地方挖掘，就发现了朝鲜人民军正在挖掘的地道，在地道里追击挖掘者，将其赶过三八线以北。接着，报告最高统帅部，进行全面检查，发现另外几条也在挖掘着的地道，都在三八线处截断，修建了永久性隔离墙，只留下一个双方才可以开启的铁门。

我们听得惊心动魄，仿佛可以看见千军万马通过地下暗道杀入对方阵地，耳边似乎就有厮杀声传来。

据说，发现和指挥这场战斗的全斗焕团长，经过此役得到上峰的信任，职务不断提升，权力不断扩大，最终在朴正熙总统被刺杀后，通过手段，当上了韩国第 11 届总统。

韩国现在还留下了一条地道可以参观。我们通过地道口，走进地道。地道比较宽敞，高度比人高一些，宽度可以由两个人并排走。地道内装了电灯，是为了方便游览者。走了很久，在一公里多的地方，我们看到了三八线处修的隔离墙和铁门，这里是非军事区的中心线。

铁门上有一个窗口，安装的是防弹玻璃，趴在窗口，借着微弱的灯光，可以看到对面地道的走向，那里也有比较灰暗的灯光，高低宽窄也差不多，与南边的地道有连贯性，施工方法相似。

又沿着地道往回走，走出地道口，看到灿烂的阳光和蓝天下的白云，方才痛快地呼出一口气。

第六辑

—

味之点滴

58. 百鸡宴

我当兵的连队是一营三连，是在朝鲜战争中打过仗的部队，1958年回国的。我们连队的伙食棒，这在我们团，甚至在我们师，都很有名，特别是有一次吃“百鸡宴”，那叫一个厉害！“百鸡宴”是小说《林海雪原》崔三爷在威虎厅中举行的宴会。当然伙食也有差的时候，有一次出了问题，一百多人，只剩下一袋面粉，一天做疙瘩汤吃了三顿，不够吃就加水。

一

我们连队伙食好的诀窍，是多养猪。在连队，管后勤的是副连长，伙食好坏，全在副连长。我们连的几任副连长，都把主要精力放在养猪上。

首先，连队的猪舍要建好。我们的驻地原来是飞机场，废弃后无人管理，在我们部队的辖区内。飞机场有无数停飞机的飞机窝，地面由水泥浇筑，大概有30厘米厚，撬下来砸成块，就可以当砖使，砌猪舍最好了。业余劳动时，副连长指挥战士，去飞机场用撬杠撬起一大块一大块的水泥块，再用大锤砸成小块，运到猪舍砌墙，一点一点扩大规模，养的猪也就越来越多。

到了年底，天气冷了，杀掉肥猪，在一个空房子里，冻成坨的半爿、半爿的猪肉，一层一层摞起来，差不多能装半间屋子。

有了猪肉，当然伙食就好了。每天都要有一顿荤菜，再加上一些蔬菜，粮食省，伙食好，连队战斗力就强。

二

说了半天，还没说到鸡，下面就说了。

那一年，副连长跟其他三位连首长商量，光有猪不行，战士们还得吃鸡蛋，现在吃鸡蛋就得到商店买，花钱多，因而舍不得多买、多吃。如果自己养鸡，养他几百只，下蛋多了，够每个战士一天吃一个鸡蛋，多好啊。

连首长们都同意，副连长领着司务长和上士（连队管伙食的战士，班长级别，正式职务是给养员）去齐齐哈尔买了好几百只鸡崽子，在猪舍旁边另辟出一块地，建了鸡舍，小鸡崽子们在里边叽叽喳喳地愉快生活，健康成长。

训练休息时，我们都去鸡舍看那些蹦蹦跳跳的鸡雏，它们欢快地叫个不停，一个个兴奋地吃着鸡食，太好玩了。我们都高兴，盼望它们快快长大。

养鸡，在我们部队里也是一个新闻，很多连队的干部战士都来参观，啧啧称赞的有之，要在第二年效仿的亦有之。

到了 8 月时，鸡舍里的小鸡已经长得很大了，鸡群里的“小伙子”都尖着嗓子开始“喔！喔！”打鸣了，“姑娘们”小脸蛋也都憋得发红，就要下蛋了。有的战士说，先把这些鸡群里的“小伙子”干掉吃了，副连长生气地说：“那不行，它们是‘鸡种’，靠它们培育后代呢，明年孵小鸡，就不用买鸡了。”

但是，天有不测风云。齐齐哈尔市里传来“鸡瘟”的消息，说是大民屯那边的鸡开始死亡。如果发生鸡瘟，鸡死了，就得按照上级要求销毁，不能食用，这些养成的半大鸡，就都白费劲，“瞎了菜了”。

有一个先前的经验。有一次杀猪，杀出了一口瘟猪，报告上级后，上级派员现场监督，将猪深埋，白白浪费了一头大肥猪。我的班长不信邪，半夜领着几个人，去把埋在地里的猪头挖出来，在火墙上的炉子上，用饭盆加水煮了起来，煮好后，一伙人就偷偷摸摸地大吃大嚼起来。我当时是新兵，还在熟睡中，班长叫醒我，问我敢不敢吃，我看着他们大口吃着的猪头肉，也挺馋的，但是不敢吃。班长骂了我一声“胆小鬼”，继续啃他的猪头。不过，直到今天，班长已经 75 岁了，仍然健康、硬朗地活着，每逢春节还给我打电话呢。

鉴于这些经验教训，四位连首长达成一致意见，不能犹豫，必须果断采取措施。

三

连首长决定不能犹豫采取的果断措施是，杀鸡，吃百鸡宴。

当时鸡舍里存栏的鸡还有 200 多只。在鸡瘟到来之前，杀鸡开百鸡宴，连吃两顿，每顿 100 多只，足够了，再买一些粉条，做鸡肉炖粉条。

在基层连队，吃鸡肉是比较奢侈的，只有在春节和八一建军节的宴会上，才会有鸡肉吃。连队竟然要吃两顿百鸡宴，光是听到这个消息，就够振奋人心的了。

第一天上午，炊事班全体炊事员，以及连队中会杀鸡、敢杀鸡的，集中起来，在鸡舍大开杀戒，杀了 100 多只。然后就在厨房里处理，待到几口大锅里的鸡肉炖得差不多了，香气四溢，在一营操场周围的五个连队包括营部都闻到了。再加上口口相传，三连开百鸡宴的消息立刻传遍了全团。

中午开饭，就一个菜——百鸡宴，加上蒸好的大馒头，每个班可以随便打，不限量。每个班只有 9 个人，炮班、火箭筒班 10 个人，机枪班才 5 个人，但是，每个班里都有十几个人甚至 20 人吃饭，多出来的都是老乡。

百鸡宴的伙食打回来了，饭碗、筷子都不够用，大家就把饭盆都摆在床上，被子、褥子卷在一边，围坐在盆边，捞起鸡大腿、鸡胸脯、鸡膀子等，就大吃大嚼起来，再加上粉条子和鲜美的鸡汤，每一个人都特别兴奋，连声夸赞，赞不绝口，口不离鸡。看那架势，绝不亚于梁山好汉的聚义大餐，也不亚于威虎山的百鸡宴，不过，只有大块吃肉，没有大口喝酒，稍有遗憾。

第二天中午，又是一顿百鸡宴，来的人更多，吃得更加热闹。

随着两顿百鸡宴，我们这个连队的名声更响了，有的干部到师里、军里出差，都被问起一营三连的百鸡宴。看来，迎风香三百里远远不够，说迎风香三千多里，却也多少有点夸张，因为一个军的驻地没有那么宽。

司马迁云：王者以民人为天，而民人以食为天（《史记·郦生陆贾列传》）。班固云：王者以民为天，而民以食为天（《汉书·郦陆朱刘叔孙传》）。然也！虽然孙子曰："兵者，诡道也。"但是，兵也是人，需要好的伙食供养，方有战斗力。

59. 榆钱儿

与朋友们一起春游，站在一株老榆树下，看着结着满满榆钱儿的枝条，朋友在练习着“榆钱儿”的北方发音。朋友是南方人，说着普通话，舌头好像总是没用对。

忍受不了这种糟蹋普通话的口音，也一时半刻改不过来，就不让朋友说下去了。朋友说这是第一次见到榆钱儿，真的新鲜，拿着摘下来的几枚榆钱儿爱不释手。所以，朋友还不算完，还是“榆钱儿！榆钱儿！”地用蹩脚的普通话说个没完没了。

说起榆钱儿，还真是有话可说。

1960 年，我 8 岁。突然地，家里的粮食就不够吃了。每个月供应的粮食领回家，仔仔细细地分着吃，到了月末还是亏空。我那时候小，开始不知道是国家遇到困难，全体人民都在饥荒之中。

这时，我的哥哥们发现了别人用的一个办法，就是到二道河子的堤岸上，采摘碧绿碧绿的榆钱儿，拿回家来，用水洗净，掺上一些玉米面，撒进一点盐，放在锅里蒸。等到锅里冒出了滚滚的热气，就传出来了好闻的香味，很馋人。揭开锅，黄的玉米面夹杂在绿的榆钱儿中，冒着热气，香喷喷的，还没吃就已流口水。

那时候，粮食已经相当紧张，肚子总是不饱，看到什么都想塞进嘴里去。看到了这么好的食品，没等吃，肚子就已经咕咕叫了。盛起一碗，呼噜呼噜地就吞下去了。等到吃光了，才想起要品一品什么味道，但已经晚了。

听我说了榆钱儿的这种吃法，朋友馋了，也想要吃，就问榆钱儿是什么滋味。

我说，有一点甜，还有一点清香，总之是很好吃。

“还有什么吃法？”

榆钱儿的味道和吃法也就是这样，小时候还生吃过，味道还行。

榆钱儿不是总能吃到的。不仅是季节的问题，而且是因为要吃它的人太多了。过了那几天，榆钱儿没有了，就开始吃榆树叶，榆树叶吃光了，就吃榆树皮。吃完了榆树皮，榆树就死了。

榆树皮怎么吃呢？晒干，用磨磨成粉，掺在玉米面中，做成饼子，或者烙饼。味道怎么样？很黏，不好吃，充饥而已。不过，朝鲜族人做冷面，总是要放一点榆树皮粉的，因为这样可以增强冷面的筋性，有嚼头。现在也是如此。

现在也有吃榆钱儿的，不过，不是用榆钱儿充饥了，而是图个新鲜，吃个风味。最近几年，有些饭店收购榆钱儿，做风味菜，损伤了很多榆树，报纸上曾经曝光过。

中午就在郊区的小饭店吃饭，一看菜单，都是野菜、小河鱼之类。点了一些野菜、蘑菇，再点上贴饼子、玉米碴粥、野菜团子。哎呀！都是困难时期吃的东西。如果在那个年代，就是一顿丰富的“忆苦饭”了。掰开野菜团子，里边是绿绿的荠菜，闻一闻，香味扑鼻。上来一盘子苦菜，一盘子黄酱，夹起一根苦菜，蘸上一点黄酱，吃在嘴里，哇！好苦啊！味道极为新鲜。哈哈！真是过了野菜的瘾了！

听我们“榆钱儿、榆钱儿”地说着，老板就走过来，问道：“是不是想吃一点榆钱儿饼了？”

我急忙问：“怎么？你家店里有吗？”

“有啊！你看门口的那棵大榆树，上边不都是榆钱儿吗？”他用手指了指那棵大榆树说。

伸头一看，门外的那棵大榆树，枝条上满满的都是榆钱儿。我有点怀疑，担心会不会被曝光之类，还是有点犹豫。

老板说："在我这里是没有问题的。树是自己的，又不会损害它。如果想吃，店里就有现成的。"

正好让南方的朋友吃一点新鲜口味，我就说："那就来一点榆钱儿饼吧。"

不一会儿，端上来一盘榆钱儿饼。我一看，做法是把榆钱儿放在玉米面中，加上了一些佐料之类，烙熟。咬了一口，味道确实不错。

朋友也兴致勃勃地吃起了榆钱儿饼，赞不绝口，南方口音的"榆钱儿""榆钱儿"的声音，又响了好长时间。

60. 豆腐

豆腐是一种美食，也是一种家常菜。不论东南西北，差不多都吃豆腐。不过，由于是东北人，最喜欢的还是东北的大豆腐，特别是东北土法制作的大豆腐，不仅软嫩可口，而且在豆腐块上还有一层金黄的油层，看着看着，就会流出口水。

一

我当然没有做过豆腐。但是，豆腐的做法还是明白的，因为在农村插队时，仔细看过豆腐倌做豆腐。我倒是十分想动手做，但是豆腐倌不让我动手，因为做坏一个的损失很大。现在要让我试，我就敢做。

首先要洗豆腐包。这要分清是做干豆腐还是大豆腐。做干豆腐的豆腐包是长长的粗纱白布，大约半米宽、几十米长。做大豆腐的豆腐包则是很大的方形，也是粗纱布，边长有两米左右。把豆腐包洗净后，晾一个晚上，刚好早晨使用。

黄豆泡开，需要一个晚上。用磨磨成豆浆和渣混在一起的糊状，放在很大的锅里熬，直到熬开停火。这时，要过包，使豆浆与豆腐渣分离。做法是，在棚上吊一个“十”字架，将方形的大豆腐包吊在“十”字架的四个角上，就形成了一个很大的网兜。

将熬开的糊状豆浆一瓢一瓢地倒进豆腐包中，另一个人就一摇一摇地晃动着豆腐包，使纯豆浆从豆腐包中淌下来，流到放在下面的大缸里。豆浆快要枯竭时，要用夹板夹住豆腐包挤压包里剩下的豆腐渣，将残留的豆浆挤净。直到把所有的豆浆都过完包，豆腐渣就与豆浆完全分离了。

将豆浆放在大缸里稍微凉一下，就开始点卤水了。豆腐倌将卤水盛在一个小碗里，倒在豆浆里边一点，就用勺子不停地搅，眼睛始终注意着豆浆的变化。再放一点卤水，再搅一搅，直到满意为止。这是做豆腐的关键手艺，不是一般人都会的。豆腐倌不让我碰的，就是这个关键的技艺，别的活，我都可以干。对此，每一个豆腐倌都有自己的诀窍，秘不传人，因为其他人会了这手艺，自己的饭碗就不牢了。

这时，把缸的盖子盖上，等待卤水与豆浆的化学反应。当看到豆浆的精华已经开始凝聚，与豆浆里的水开始分离，里边有了一朵一朵的豆腐花，与微黄的水相伴时，就可以压豆腐了。

先将压大豆腐的木框摆好，把大块的豆腐包放在木框中铺平，再将豆腐花一瓢一瓢地舀到木框里，水哗哗地从豆腐包的下边流出来，豆腐花沉积在木框里。等到木框里的豆腐花积满了，把豆腐包的四角翻过来，将豆腐花严严实实地包住，用木板压好，上边再用石头压好。等待一小时左右，豆腐成型，挤压出来的水分恰到好处时，豆腐不老又不嫩，揭开木板和豆腐包，方方整整的一大盘豆腐就做成了。用豆腐刀割成一块一块的，就是好吃的大豆腐了。

二

再说做干豆腐。干豆腐是东北的叫法，南方叫千张，华北一带叫豆腐皮。

做干豆腐的先前程序是一样的，这也是为什么先介绍做大豆腐。

在豆腐花与水分离后，就可以做干豆腐了。做干豆腐的木框的宽度要与干豆腐包的宽度一样，长大约一米，高大约半米或者一米。先把卷好的干豆腐包放在木框里的第一层，用豆腐瓢把豆腐花搅碎，用瓢把豆腐花舀起一些，轻轻地、均匀地泼在豆腐包上，一定要匀、要薄，但不能太薄。之后，把豆腐包续上一层，正好盖在刚才泼的豆腐花上面，为泼下一层豆腐花做好准备。重复刚才的程序，泼好第二层豆腐花，再用豆腐包盖住。依此类推，反复进行，直到把干豆腐的木框装满。

这时就要开始压制了。先盖好厚厚的木板，压上一些大石头，再用一根很粗的大木梁横压在木板上，一头固定，另一头用绳子搅在另一边下面的横梁上，用一根小木棒搅在绳子中间，不断地搅，使上面的木梁逐渐地向下压。木框的下边哗哗地淌着清水，豆腐花在豆腐包里承受着重压，渐渐地除掉自己身上能够挤出来的水分，就变成干豆腐了。压上几个小时，打开豆腐包，一层就是一张干豆腐，一张一张地取出来，叠好，就可以出去卖了。

我看过在老家农村集镇上卖干豆腐的豆腐倌，扯出一张干豆腐，两只手不停地扯着两边，发出啪啪的响声，干豆腐没有一点裂痕。用这样的干豆腐炒成东北菜“尖椒干豆腐”，大有嚼头，能不好吃吗？

三

豆腐做好，或者就在做豆腐的过程中，可以先品尝。以下最简单的几种吃法：

喝豆浆。在农村，这就叫喝浆子。从过完包的豆浆缸里盛出一碗，趁热喝，也不要加糖，是原汁原味的豆浆，热热的、香香的，纯粹的黄豆香味，很好喝。这可不是食堂里的豆浆，像水一样，毫无滋味。在农村做豆腐都是要起早做的，先喝上一碗豆浆，等于是吃了早点。

吃水豆腐。在点好卤水、压豆腐之前，缸里的豆浆就成了水豆腐，也就是四川人说的豆腐花。盛上一碗，放上一点酱油，就可以吃了。在我们那里，用卤水点的叫水豆腐，用石膏点的叫豆腐脑。水豆腐可以做豆腐，豆腐脑却不行，因为是用石膏点的，太嫩。

小葱拌豆腐。做好的大豆腐，弄一块放在盘子里，切上一些小葱末，拌在其中，加上盐，如果有生豆油（没有烧过的豆油），还可以放进去一些。我原来以为豆腐不能加生豆油，因为生豆油有腥味，一定不好吃，可是试过之后，味道非常好，一点生豆油的味道都没有。一清二白的小葱拌豆腐，是一道下酒的美味。

干豆腐卷大葱。干豆腐做好以后，拿起一张，扒一根大葱，洗净，放在干豆腐之上，再夹上一些大酱、咸菜之类，卷起来，一口一口地吃起来，绝对够味。现在的东北菜馆子里，常用碟子装上一些小块的干豆腐，再加上一些细葱丝、肉酱之类，可以卷起来吃。这种吃法太文气，实在没劲。像我刚才说的那样吃才够味，可是机会不多。

豆腐倌先喝一大碗豆浆，再弄一大碗水豆腐，等到吃了一大卷干豆腐时，就把水豆腐当成了菜。都吃完以后，抹抹嘴，挑起大豆腐的担子，再背起干豆腐，就上路了。赶到集上，定会卖个好价钱。

这时候，天还没有大亮呢！

哈哈！说了半天，其实是纸上谈兵，自己没有亲手做过。不过，理论也是重要的。我研究网络交易规则，在完成国家社科课题后，在法律出版社出版了50多万字的《网络交易民法规制》一书，自己却从来没有进行过网络购物，其实也是纸上谈兵，只不过谈得也还不错。

61. 拉条子和羊杂碎

拉条子

拉条子是新疆的饭食，我特喜欢吃。

第一次吃拉条子，是在 1996 年。最高人民检察院所在的北河沿大街的东边，是东皇城根，一条繁华的小街。这条小街看起来很窄，实际上不窄，当年在北京，东皇城根和西皇城根这两条街，都是有名的街道。我们不把东皇城根称为东皇城根路，而是叫“坡上”，因为东皇城根的路比北河沿大街高，有一点小坡，因此得名。

那时，中午有人请吃饭，或者自己请人吃饭，就到坡上吃，100 多元钱够六七个人吃一顿。有一天，一位朋友说坡上新开了一个新疆馆子，挺不错，很有新疆风味，尤其是拉条子特别好吃。我们就去了。

那天吃了孜然羊肉、手把羊肉等新疆菜，然后是每人一盘拉条子。第一次看到这种食品，只见盘子里长长的面条，挺粗的呈圆形，蜿蜒曲折，左旋右盘，再配上拌在一起的红红绿绿的拌菜，煞是好看，不吃都是很好的享受。及至吃到嘴里，形容不上来的味道，是从来没有体验过的，有点酸，还有一点甜，还有一点……总之，不是北方人常吃的味道，就是好吃。

一盘拉条子一股脑儿就下了肚，意犹未尽。

后来到新疆乌鲁木齐出差，主人问我喜欢吃什么，我张口就说“拉条子”。主人问：“还有那么多的烤全羊啦，烤羊腿啦，手把肉啦，就不想吃？”

“就是想吃拉条子。”我说了对拉条子感情的缘由。

主人当然很高兴，可不是因为省钱，而是因为我对新疆食品的深厚感情打动了他。

一天中午，主人拉着我，说要请我吃一顿正宗的拉条子，然后就上了一个街边的饭馆。饭馆不大，但是人很多，甚至要等上一会儿才行。好容易挤上一张桌子，店家发给每人一个小盘子，里边装的是大蒜，自己扒。等到扒好蒜瓣后，热乎乎的几种拌菜就端上了桌子。这些菜都是拌拉条子的拌菜。我细细地研究一番，认为这些拌菜差不多个个都有西红柿和洋葱，或者是主料或者是配料，颜色红红的。面条上来了，每人一大盘，放在自己的面前，按照主人的吩咐，喜欢什么菜就往里拌什么菜。

拉条子的面条，不是北京的切面或是挂面，也不是手擀面，而是和好面以后，用手搓出来面条，再用手拉长，因此面条特别筋道，放在口里极有嚼头。用不同的拌菜拌，就有不同的味道。我留了一点心眼，没有一下子把面都拌完，而是用一点面，拌一种菜。吃完后，再用一点面，拌另一种菜。这样，就品尝了三四种不同风味的拉条子，真正吃了个够。

经过比较发现，新疆的拉条子实际上跟北京的拌面差不多，主要是面条的做法不同，以及独具特色的拌菜。北京的新疆馆子做拉条子，是将面条与拌菜放在一起炒一下，因此，味道与新疆正宗的拉条子并不一样，因为新疆的拉条子是用菜拌的。

回来以后，我时常想起来新疆的拉条子，但是又不想到北京的新疆馆子去吃，因而常把新疆的拉条子想在心头，也就时常想起请我吃拉条子的朋友。看来，朋友请我吃这次拉条子还是很值得的。

我研究了很久，认为拉条子的主要特点是拌菜的方法，最大的特点就是用好西红柿和洋葱。我忽然明白了一个道理，所谓的洋葱和西红柿原本都不是中原的蔬菜，而是域外传过来的，因此才有了洋味和洋名。只要用好了这两种食材，味道就不会差多少。试了一下，土豆切丝，洋葱顺着切成条状，西红柿切碎。烧好油，先炒葱花和西红柿，再把土豆丝和洋葱条下锅煸炒一下，不要炒得太烂，滴上几滴红油，出锅。你猜怎么着？还真有一点“新疆”味，感觉真不错！拌上煮好的切面，菜的味道可以，只是面不是拉条子，味道就差一些。不过偶尔一吃，还是想起了真正的拉条子的味道。

羊杂碎

羊杂碎与拉条子不同，北方的人几乎都吃这种食品。它不是主食，而是菜，是副食。

我的家乡在东北，不是在松花江上，而是浑江畔，不常吃羊杂碎，讲究喝狗肉汤。因为与朝鲜接壤，周围又有很多朝鲜族人，经常在一起吃狗肉、喝狗肉汤。

后来兴起喝羊汤，也是用煮羊肉的原汤，煮上羊肠、羊肚、羊肺、羊心、羊肝之类，把汤煮成白白的、浓浓的。先把羊的上述部件切碎，放在碗里，浇上热热的羊汤，撒上一点香菜末，再放进盐、胡椒粉等，最后放进米醋或者白醋，但不要放陈醋，因为放陈醋会使汤的颜色变黑，视觉效果不好。如果喜欢，再放上一点味精。好！一碗羊汤也就是羊杂碎就做成了。喝一口，又酸，又辣，又鲜，又有味道。不过，这种辣不是辣椒的辣，而是胡椒的辣，极其有味。

自己做羊杂碎比较复杂，关键是难以弄到羊的这么多部件。有一次，我在菜市场突然发现成包的羊杂碎半成品，欣喜异常，急忙买了一袋，回到家里打开一看，还挺全，羊的心、肝、肺等一应俱全，就是有些少。没有现成的原汤，只好用水煮这些半成品。煮好后，尽管汤味不浓，但是还可以将就，也能让自己过一把瘾。

之后到过内蒙古、宁夏、河北，这些地方都是讲究吃羊杂碎的地方，但是，主人都觉得羊杂碎上不了台面，没有人带我们吃过羊杂碎。

也是到新疆，我说了想吃新疆正宗的羊杂碎。朋友说，等到去吐鲁番的时候，路过达坂城，到那里吃羊杂碎吧。

那天起得很早，大约是在北京时间 6 点。夏天的早晨，天还没有大亮，我们就乘车出发了。一路上，我们说起了《达坂城的姑娘》这首歌，同事都问那里的姑娘漂亮到什么程度，新疆朋友嘿嘿一笑，说："到了你就知道了。"弄得大家都没话说。

终究是起得太早，不一会儿就都睡着了。等在朦胧中醒来时，达坂城就到了，我们急急忙忙跳下车。达坂城处在一个风口，郊外有很大的风力发电站，据说是中国第一。早晨的风呼呼地吹，很冷。冷风一吹，都清醒了。

到了一个大棚中，里边满满的都是人，去吐鲁番路过这里的达坂城的姑娘们坐在摊位的中央，摊位上都是羊杂碎的锅和餐具。姑娘冻得缩手缩脚，脸上没有多少血色，哆哆嗦嗦地招呼客人。放在碗里的是冷飕飕的羊杂碎半成品，撒上几枝粗枝大叶的香菜，浇上半冷不热的羊汤，等把碗放在面前的时候，一点想吃的念头都没有了。

62. 凉拌菜

无论是家庭小酌，还是像样的宴会，总要有一点小碟，各式凉拌菜摆在其中，酒饭之中品尝一二，既调味，又清口。

国宴凉拼

1990年在北京参加世界法律大会，在人民大会堂宴会厅参加国宴时，我和一位某法学院的同事坐在一起。坐下以后，我们边聊边看菜单，上面写着八道菜。数了一下在桌上摆的菜碟，正好是八个。我俩自以为是，认为国宴也就是那么回事，就这么八道小菜，能不能吃饱都不好说，因而偷偷相互鼓励，该吃就吃，不然吃不饱。

接着就吃起来。等到基本上快吃饱的时候，开始上菜了。原来，桌上摆的八个菜，只是第一道菜：凉拼。算起来，还有七道大菜呢！等其他菜陆续上来后，我俩都快吃饱了，眼睛看着，嘴是吃不下去多少了。

第一次参加国宴，出现这样的滑稽结果，都是凉拌菜闹的。

其实，怪不着凉拌菜，只是我们这些“土老冒”没吃过国宴，又不认识菜名。

在大学学习时，我们都是在职干部，学校食堂的伙食很难满足需求，因此要想办法。每逢老乡聚会或者跟自己宿舍的同学过节，我们总是要拌上一种或者几种凉拌菜，既省钱，又好吃。每次做凉拌菜，基本上是我来操作，或者我指导、别人操作，当然成果是我的，赞扬的话也归我所有。

因此，我的凉拌菜“声名鹊起”，只要我们宿舍有“宴会”，邻近的同学都要凑上来，混上一点凉拌菜吃。自然是吃人家的嘴短，总要夸上几句；照例我再吹嘘一阵，得意一番。

应当承认的是，我的凉拌菜虽然不是名厨指导，全是自己摸索的家常味道，但是吃起来确实不错。就是那些不爱吃凉拌菜的南方同学，对我的凉拌菜也是只恨爹娘给自己生的肚皮太小，弹性也不够大。

光说不练假把式。下面就练上几手，请大家品尝。

大拉皮

先说东北大拉皮。

在东北的时候，并没有吃过几次所谓的东北大拉皮。在印象中，好像在齐齐哈尔的饭店里吃过一次，不过印象很模糊。后来到了北京，东北菜火了起来，才知道大拉皮是真正的东北菜。

现在到东北菜馆，如果没有东北大拉皮，那还叫东北菜馆吗？

坐在东北菜馆子里，叫上的第一份菜，一定是东北大拉皮。点完菜，人还在沉吟中，小妹或者小哥就乐滋滋地颠儿上来了，手里托着一个大大的盘子，“刷”的一声，大盘子就好像旋着似的带着一股风劲儿，到了桌子上。

嘿！粉白粉白的粉皮，左盘右旋，层层叠叠；细细长长的黄瓜丝，整齐地码在盘子底部周围，就像是一个绿色的莲花座；红红的炒肉丝，放在最上边；再加上些许白的蒜末、绿的香菜。你看，光是颜色，就能勾出食欲。

哈哈！这不就是一件艺术品吗？

“看好了，您哪！”小妹或者小哥手中的小碗一翻，麻酱、白糖、陈醋、蒜泥等搅成的卤汁，就浇淋在大盘子里。精致的菜码，也就是那件艺术品，被画上了一道浓重的色彩，成了一幅八大山人的大写意。

当然，光看不行，还得闻。酸甜浓郁的味道，直冲鼻子，弄得人心里痒痒的，口水就出来了，忍不住咕咚咕咚地往下咽。

动手吧！用筷子搅拌均匀，颤颤悠悠地夹起一根拉皮，迫不及待地送入口中。那种味道，你就品吧！

现在介绍我的做法。

先弄菜。黄瓜切丝，摆放在盘子的底部，均匀地码成圆形。

选好粉皮。如果是在市场上买的鲜粉皮，买回家后，切成半寸宽的条，不能太窄，太窄了口感不够；如果是干粉皮，要泡发。还可以自己做粉皮，当然最好。原来的同事教过几次，我都没有学会。

弄好的粉皮，摆放在黄瓜丝的上边。从分量上，粉皮要比黄瓜丝多，因为叫大拉皮嘛，当然拉皮要多一些。但是，也要看个人的口味，如果愿意吃黄瓜丝，就可以多放一些黄瓜丝。

还可以少加一点胡萝卜丝，要的是红颜色。但是不要太多，有一点就行了，因为胡萝卜的味道浓，有些人不喜欢。胡萝卜丝点缀在粉皮之上，摆平。

将精肉切成细细的丝，放在油锅中煸炒，加上调料，炒好之后，放上一点酱油。然后，将炒好的肉丝放在粉皮或者胡萝卜丝的上边。

现在，盘子里就有了几种颜色：第一层是绿色的黄瓜丝，第二层是白色的粉皮，第三层是红色的胡萝卜丝，第四层是酱色的肉丝。这四层，颜色很和谐，也很美观。

现在要开始做卤汁了。

这是最关键的一环，也是做这道菜的技术秘密。

陈醋半碗。麻酱用香油搅稀，倒在陈醋之中。搅匀后，加入白糖适量，精盐若干，蒜泥、姜丝、葱花，都放在一起。如果喜欢，还可以放进一点苹果丝或者梨丝。都放好以后，用筷子搅拌均匀，备用。做拉皮的卤汁，麻酱要多一些。麻酱是大拉皮的主料，少了不对味。

吃的时候，先将盘子放在桌上，再把卤汁浇在菜码上边，即成。

凉拌猪耳

再说凉拌猪耳吧。这是我家的传统菜，常吃不衰。有客人到，总是会准备这一道凉菜。

这道菜不是饭馆的菜谱，而是我自己创造的。偶尔这样做了一次，吃起来非常可口，因此就成了我家保留菜谱了。

先说做法，再说口味。

这道菜的做法极为简单，任何人听完以后，都会做。

买上一只菜市场卖的熟猪耳朵，如果是小点的，可以买上两只。把猪耳朵放在案板上，切成薄薄的丝。靠近耳根较厚的部分，要用刀片薄，再切丝。

黄瓜两根，切丝，与猪耳丝一起放在盆子里。

调制卤汁，方法与大拉皮的做法相似。以陈醋为主，少放一点麻酱，千万不能多，多了就成了大拉皮的味道了，不对味；也可以不放麻酱。放进精盐，使口味适中，加入白糖，可以稍多一点点。然后是蒜泥、葱姜末，还可以放一些虾仁。放好以后，调匀。

将卤汁浇在猪耳、黄瓜丝上，用筷子仔细地拌匀，待味道出来以后，装入盘子里，即可上桌食用。

做这道菜的诀窍是在卤汁上下功夫，尤其是在醋和糖的比例上要掌握好。醋要多一点，糖也要多一点，味道自然就浓了。调制卤汁时，各种调料可以一点一点地加，边加、边调、边尝，感觉口味更重一些时，就可以了。

这道菜有荤有素，有红有绿，可口、清口，食之不腻，尤其是做下酒之肴，极佳，百吃不厌。

辣白菜

朝鲜辣白菜，我从很小的时候就开始做，很有经验。

朝鲜辣白菜有两种做法，一种是正宗的做法，另一种是应急的做法。

先说传统的正宗做法。

选好大白菜。最好的品种是核桃文。这种白菜棵小，包得紧，菜帮厚，菜汁足，味道好。千万不能用大青帮，筋多，水分少，是做辣白菜最差的白菜了。

把白菜扒去老帮，只要白的核心部分，但不是只要白菜心，去掉青帮即可。看准备的缸的大小，决定准备多少白菜。把白菜整棵洗净后，用刀切成两半。在缸里摆一层，就要撒上一些盐，再摆一层，再撒上一些盐。盐不要多，只要一点就可以了，因为撒盐的目的不是将白菜腌咸，而是杀掉白菜的水分。都摆好以后，腌一天到两天，取出来，控净水，备用。

现在开始做辣白菜的拌料，这是保证辣白菜口味和质量的关键。

扒好较多的大蒜瓣；生姜去皮切成块；大葱切成段；苹果或者梨去皮，切成块。上述食材都放在蒜臼里，加上精盐、胡椒粉等调料，捣烂成糊。将上好的辣椒面（注意：不是粉状的辣椒粉，而是粉碎成小块状的辣椒面）放在糊中，加适量的牛肉汤汁搅拌，拌成较稠的辣椒糊。

取腌好的白菜，将每一片叶片分开，把辣椒糊均匀地涂在白菜的叶片中间。涂好一棵，就放在缸里摆好，不要动。然后再涂、再摆第二棵白菜，依此类推。将全部白菜涂好、摆好，用手压实。弄完后，注意要在辣椒糊的盆中留下一些辣椒糊，不要全部用光。

再做腌菜的汤汁。用一些清淡的牛肉汤或者鸡汤，兑上一些白水，倒在放辣椒糊的盆中，将剩余的辣椒糊澥开，等于是兑出了辣椒水。如果剩下的辣椒不多，可以再加上一些辣椒面，让辣椒水名副其实，还要加适当的盐。

将辣椒水浇在摆好的白菜上，洇透。在白菜上边压上一个石头，防止白菜浮起来。将腌菜的缸放在阴凉处，盖上盖子，一周左右，就腌好了。

取出一棵，用刀切成寸段，摆上餐桌，就可以食用了。吃一口，啊！爽极了！

接下来说朝鲜辣白菜的应急做法。

如果想马上就做好，立即食用，也可以做应急的辣白菜，不过味道要差一些。

辣椒糊的做法相同，不再重复。

这里主要讲白菜的应急腌制。

选好一棵白菜，去帮，洗净，用刀切成寸段，放在盆子里。撒上适量的精盐，用手轻轻地揉搓，直至把白菜的水分搓出为止，使白菜适当脱水。捞出白菜，控干水分，放入盆中。

将辣椒糊放进腌制好的白菜中，用手轻轻地搅拌，直至拌匀为止。

将拌好的白菜放在容器中，用手压实，静候个把小时即可，当然时间越长味道越好。盛出一盘，摆上餐桌，即可食用。

现在有一种辣白菜腌制酱，味道好，腌制方法简单，而且可以现腌现吃。先把白菜或者大头白菜切好，用盐揉搓去水分，然后加上腌制酱，拌匀即可，味道相当不错。

蒜茄子

蒜茄子，是一种东北凉拌菜，原来是咸菜。不过，现在都不把它做得太咸，成了一般的凉拌菜。

以前做蒜茄子，都是在家里小做。在部队当兵时，有一次，我指挥炊事班甩开膀子，大做蒜茄子，做了一大缸。全连的同志吃了好几天，都说我做的蒜茄子好吃。

其实，蒜茄子好做得很。

先选好茄子。

在我的老家，做蒜茄子是在秋天。在茄子就要罢园时（冬季来临之前），选择那些不能做菜用，没有长成的小茄子纽作为食材，做完以后放在坛子里，等到冬天没有青菜时食用。现在不用这样了，随时都可以做，而且上好的茄子做出来的味道更好。

现在选茄子，要选线茄子，不要太长，也不要太老。太老的茄子，皮硬，籽多，不好吃。北京的圆茄子也不行，不对味。把选好的茄子去掉尾部，洗净，放在蒸锅里蒸熟，取出后放凉。

扒蒜，切姜，削几个苹果切成块，葱白切几段。这些都放在蒜臼里，放进精盐、白胡椒粉，捣成蒜糊。

晾凉的茄子取来一只，用手从中间扒开一道缝，不要使两半茄子分开，要连在一起。将大蒜糊均匀地涂在扒开的茄子白瓤之间，将茄子合上，码在准备好的容器中。依此继续做下去，全部码好，盖上盖子，放上一两天。打开盖子，蒜茄子就做好了，蒜香扑鼻，勾人食欲。

取出一只茄子，撕成条，放在盘子里，用筷子拌一拌，美味就成了，吃米饭、吃馒头佐餐，特有食欲。

63. 东北菜

吃饭时论起菜系，有人不屑地说，东北菜那也叫菜系？还被称为吉菜，可笑！作为生在东北的吉林汉子，听了当然不高兴，不过这也是事实，吉菜就是东北菜，既没有粤菜的精致，也没有川菜的麻和湘菜的辣，但是，正是东北菜的大锅炖，造就了吉菜的灵魂。

我不是厨师，只会做东北的家常菜。刚开网站的时候，晚上 11 点，发几篇东北菜的做法，气得网友直骂——正是饿的时候，又说这么多好吃的东西，不是坑害别人吗？

猪肉炖粉条

猪肉炖粉条，这可是最正宗的东北菜。其正宗程度，在接下来介绍的小鸡炖蘑菇之上。当然，平时东北人也吃小鸡炖蘑菇这道菜，但是更喜欢的还是猪肉炖粉条。

最早的猪肉炖粉条，不是现在这样的做法，而是在杀猪时做的那种。

寒冬腊月，大家都在准备过年。在过年的很多准备工作中，就有一个是杀猪，叫杀年猪。有钱的，杀了猪自己吃；没有钱的，杀了猪卖钱，好度过年关，只留下一些肉和头蹄下水之类，过年自己吃。

不管怎样，杀猪时总是要炖上一大锅肉，加上很多粉条。我在离开集体户时杀猪也是这样的。过去要加很多粉条，在很大程度上是为了扩充杀猪菜的数量，因为农村粉条便宜，家家都可以在土豆和地瓜收获季节做很多粉条，除了卖掉的，自己留下来一部分食用。在炖肉的锅里放很多粉条，就可以增加数量，供更多的人吃。结果是，猪肉里炖的粉条更好吃，正中下怀。

做的时候，先把猪肉切成大块，煮成一大块一大块的方子肉，煮好后可以做酱肉、扣肉等。这是做猪肉炖粉条的预备阶段。将方子肉捞出来后，把一些肉切成小块或者肉片，放在煮肉的汤中，放盐、葱、姜、蒜、八角、桂皮、花椒等调味品，再加上煮好的肠子、肺、肝之类的下水，煮开，就可以加进粉条了。用那种宽的扁粉条最好，很粗的圆粉条也行，只是不能用细粉条，尤其是不能用粉丝，因为细粉条和粉丝经受不住“炖”的考验。当然也可以放酸菜，更有东北味。

炖好以后，香气四溢，周围的人已经忍耐不住了，早已坐在桌子旁边等待着。这时，用大盆子或者大钵子，盛得满满的，端到桌子上，接着就大碗酒、大块肉地吃起来，呼噜呼噜地吃着粉条，弄个不醉不归。

这才是正宗的猪肉炖粉条，现在的东北菜馆是这样做的吗？会有这种味道吗？会有这种气氛吗？肯定不会的。现在的做法太斯文了，小锅小盘的，完全没有东北人的粗犷风格，更没有那种“可劲儿造”的轰轰烈烈场面！

说起“造”这个字，很多人不懂。其实就是敞开了吃，不管不顾，吃它个滚瓜溜圆肚。过瘾！有一次，领导的儿子结婚，请了几百人参加婚礼。领导事先准备好了讲话稿，委托一位下属为其主持仪式。等到几百人落座了，主持人开始主持，激动地说：

“各位父老乡亲们！各位兄弟姐妹爷儿们们！今天是领导儿子的新婚大喜之日，可喜可贺！下面……”

主持人语气一顿，下面是什么？当然是请领导致辞了，来宾们也都洗耳准备恭听领导讲话，联络感情，表达谢意，等等。但是，这时极不适宜的主持人说出了极不适宜的主题：

“大伙可劲儿‘造’吧！”

大伙愣了一会儿，不知该怎么办。不过，既然都说“造”了，接着就“造”了起来。

主持人把领导气了一个倒仰。桌上作为主菜的猪肉炖粉条转瞬即逝。

小鸡炖蘑菇

东北菜里的小鸡炖蘑菇，是必不可少的一道。如果一个东北菜馆没有小鸡炖蘑菇，绝对不正宗。

东北人吃小鸡炖蘑菇有一个说道。这个说道源于东北的一句俗话：“姑爷领进门，老母鸡吓掉魂”。说的是，新姑爷进到丈母娘家，丈母娘一定要用老母鸡炖蘑菇来招待。因此，新姑爷进了丈母娘家的大门，老母鸡就知道自己的末日到了。岂止是魂，命都没有了！

不过，我到北京以及外地的东北菜馆，吃过很多次小鸡炖蘑菇，都不是正宗味道。就是觉得不够味，不像是真正在东北做这道菜的味道。为什么？

我的结论，首先是现在的肉食鸡没味儿，不用老母鸡，尤其是不用丈母娘自己喂的老母鸡，当然味道不够。肉食鸡没有土鸡的味道，口感很差，味道也不行，对此大家公认。真正到东北农村买老百姓喂的鸡，再做小鸡炖蘑菇，味道绝对不一样。

其次是蘑菇不对，不是榛蘑而是别的蘑菇，或者类似于榛蘑但不是真正的榛蘑，或者是榛蘑中的劣质品，质量太差。榛蘑不是相对于假蘑菇而言的“真蘑”，而是生长榛柴棵的土地上长出来的蘑菇。

用这些真材实料做的小鸡炖蘑菇，怎么会不对味呢？

我来做一道正宗的小鸡炖蘑菇。

买一只正宗的笨鸡，就是真正用粮食喂的鸡，请卖鸡的人杀好，而不是在商店卖的“西装鸡”。

再买半斤晒干的上品榛蘑。我在家做这道菜，都是用妈妈自己采、自己晒的干榛蘑，个个都是精品，绝无掺杂使假。我妈在不算太老的时候，在采蘑菇的季节都要到我姥姥家，抢着采蘑菇，就在当地晒干，保存起来，然后分给我们这些兄弟，分享其美味的劳动成果。

把小鸡切成块，不要太大。先用锅烧开一些水，将鸡块放在里边轻轻一焯，使鸡块收缩，去掉血水。然后，将炒勺*烧热放入油，油烧热后，将鸡块放在其中煸炒，边炒边放进盐、姜、蒜、葱段等，继续炒。等到鸡块炒得变了颜色，有些发白时，在锅里放进较多的水，再加上八角、花椒等调味品，炖起来。因为炖的是笨鸡，时间要长一些。

蘑菇放在水里泡发了，用手择去不净的部分，洗干净，放入沸开的鸡汤里继续炖。泡蘑菇的水不能倒掉，澄清之后，放入锅里，把泡出去的榛蘑香味收到鸡汤里。鸡肉炖得很烂时，就可以起锅了。

用小钵盛起鸡块和蘑菇，加上适当的汤，将适量的香菜叶放在上面，端到餐桌上，即可食用。

粘鱼**炖茄子

第一次听到这道菜的名字时，吓了我一跳。第一感觉就是，别糟蹋了粘鱼。

粘鱼，究竟是叫粘鱼还是鲇鱼，我说不清楚。我的印象是应该叫粘鱼，这体现了它的特点，因为它的整个身体都是粘（黏）的，叫粘

---

* 指炒菜锅。

** 指鲇鱼。

鱼是准确的。所以，我就叫它粘鱼了。

插队时有一天，我们正在地里薅稻子，就是在水稻田中薅草。快要下工时，村里的孙“炮手”来找我。“炮手”是打猎的猎户。孙“炮手”经常在山上、水里活动，打个小野兽、弄个鱼什么的，经常有收获。

他很神秘地跟我说，想不想要一条大粘鱼。

我问他是什么意思。他说：“是队长让我来找你的。我在水库打了一条大粘鱼，四五斤重，舍不得吃，别人又买不起。队长说你们集体户有伙食费，差不多能买，就来找你了。”

集体户这几个月的生活艰苦，没有什么东西可吃，买上一条大粘鱼，改善一下伙食，是不错的主意。我就同意了，说好了价钱，让他把粘鱼送给集体户在家做饭的老香子。

在一起干活的人都很兴奋，觉得是一件好事。集体户的知青更高兴，因为回到家就有鱼吃了。村里人七嘴八舌地说起粘鱼的做法，很多人都说：“粘鱼炖茄子！最好吃了！”

我说：“别瞎扯了！糟蹋了好东西。”

回到集体户，看到了那条大大的粘鱼，都很高兴，说这个钱值得花，宁肯多吃几次咸菜头，也要吃这条大粘鱼。大家一致否决了村民的说法：“真没有见识，好好的粘鱼，竟要我们炖茄子！”

表决的结果是，一致决议“红烧”！接着，大家就吃上了一顿美美的红烧粘鱼。

其实，真是错怪了村里的农民，也错怪了粘鱼炖茄子。那真是一道很美味的东北菜。

后来在法院工作，到县里出差办案时，经常吃这道菜，才发现粘鱼炖茄子的美味。粘鱼不必说，其中的茄子软软的，粘鱼的鲜味都到了茄子里边，非常可口，又不腻，吃了还想吃。

我在农民的做法基础上，有所改进，做法如下：

粘鱼剖好，切成很大的段，放在那里。再把茄子洗净，去掉梗和蒂，备用。将粘鱼段过油，炸黄。炝汤后，将粘鱼段放入汤中，开始炖。同时加入佐料。炖一会儿之后，加入茄子，再炖，直到茄子炖烂为止。汤要多一些，味道就会淡一些，可以喝一点汤。汤要少一些，粘鱼和茄子就黏糊糊地结合在一起，味道就更浓了。

大家可以品尝一下，茄子的味道确实比粘鱼还好。

鲫鱼炖豆腐

鲫鱼炖豆腐，也是东北农村菜。城里原本是不这样吃的。

我家里原来做鲫鱼，用的是爸爸的做法，红烧或者清蒸，有时也会做成醋酥鱼，都很好吃，没吃过鲫鱼炖豆腐。

后来到县里办案，在饭馆就餐时经常点这道菜，吃起来还真不错。但是，他们的做法味道过浓，我对这种做法做了一些改良，效果还不错。

先选好鲫鱼数条，剖好。再选好一块大豆腐，打成小块。热油葱花炝汤，将鲫鱼放入其中，放入清淡的佐料，不要味浓的，就是葱、姜之类，不加八角、桂皮。汤开之后，放进豆腐，炖开。特别要注意的是，千万不要加酱油，一定不要有红色，就是要清汤。

炖的时间可以长一些，要把汤炖得发白。同时，要多加一点汤，因为主要是喝汤，汤的味道很鲜。

等到汤做好，再加上一点味精，就可以起锅了。

用一个很大的盆或者钵子，最好是瓷的，装起来，鲫鱼发白、豆腐发白、汤也发白，整道菜是一个白色的基调。

这道菜体现的就是淡雅。喝起汤来，极鲜。

鸡刨豆腐

鸡刨豆腐，是东北的家常菜。

从名字上看，鸡刨豆腐是碎的，其实就是碎炒豆腐。碎到什么程度，就跟鸡刨过一样。

小时候在农村姥姥家，看到鸡在地里乱刨，寻找小虫子以及其他可以吃的食物，鸡爪子乱刨的力量很大，可以撅起来很多土。正是应了那句“猪往前拱，鸡往后刨”的俗话，可见鸡刨的力量之大。那时我就想，鸡刨豆腐想要做得名副其实，那是要狠狠地刨的。试想，如果是一块豆腐放在地上，让鸡随意地刨，那会是怎样的情景？不然，怎么会叫这个名字呢？

我很小的时候就会做饭了。那时做饭做菜没有什么好做的，尤其是菜，缺少技术含量。油很少，炒菜只能象征性地放一点油，以不沾锅底为限。菜也没有什么好菜，都是最简单的白菜、萝卜以及其他青菜。再好一点的，就是豆腐了。

东北的豆腐很好吃，不像北京的豆腐那样。在以前，北京的豆腐都是黑色的（有些黑而已），很硬，还有一种异味。我在大学学习时，最不喜欢这种豆腐了。东北的豆腐是用纯大豆做的，而且做豆腐时不能揭豆腐皮，因为一揭豆腐皮，豆浆里的油脂就被豆腐皮带走了，豆腐就没有那么好吃了。因此，东北的豆腐很白、很嫩，表皮有一种豆腐皮的金黄颜色，好像抹了一层油。

现在北京也有这种豆腐了，样子一样，味道也是一样的，绝不是过去的那种黑豆腐。可以大胆地食用，不比东北的豆腐差。

我炒的鸡刨豆腐很好吃。这是我的家人说的。在过去的艰苦岁月，炒上一盘鸡刨豆腐，已经是很好的菜了，要做得很咸，用它下饭。每当我做这道菜时，大家都说我做得好吃，并且一再地让我做。我不知道这是不是一种策略。因为现在，如果想让谁多做家务，就使劲儿夸谁做的菜好吃。如果那时我的家人用这样的策略，那我就被套路了，因为为了这句话，我确实做了无数次鸡刨豆腐。

做鸡刨豆腐这道菜的程序是：

将炒勺烧热，加上油，烧热。可以加入葱花等煸炒，炒出香味。这时，将豆腐放入锅内，用勺子将豆腐刨碎，注意，一定要刨得很碎，在刨的时候，要想象着鸡刨时的情景。刨碎以后，在炒勺中煸炒一会儿，加上盐、花椒粉等佐料，可以再加上一点蒜蓉，然后加入适量的水，一两勺的样子即可。盖上炒勺的盖子闷一会儿，打开盖子，用勺子在豆腐的周边轻轻地动一动，免得豆腐糊在炒勺上。等到汤汁儿不多时，就可以起锅了。把一个盘子放在案板上，将炒好的豆腐轻轻地推入盘子中，适当地放上一点香菜叶，就成了。

我现在做这道菜不用勺子刨了，而是把豆腐抓在手里，用手挤碎，因为是不粘锅，用勺子刨怕把锅底刨坏。不过，这种做法看起来比较野蛮，我就把鸡刨豆腐改称为“野蛮豆腐”，也是挺好的名字，有想象的空间。在煸炒葱花时，放进一点肉末，味道更好。我小时候做这道菜是没有肉的，只能那样清炒。

这道菜的特点是，清淡、爽口，味道很鲜，是很好的下饭、下酒菜。做法简单，几乎谁都会做。

尖椒炒干豆腐

尖椒炒干豆腐，要选用东北人做的干豆腐，很薄，但很有筋性。我们老家卖干豆腐，可以像扯牛皮纸似的，干豆腐不会被扯碎。不过，这有一点夸张，因为卖豆腐的豆腐倌在扯时，手中的劲是有数的，不会把它扯坏，只要求用力均匀。

切干豆腐，有两种方法。一种是切成菱形块，口感较饱满；另一种是切成条状，吃起来口感较为柔和，看着也好看一些。切好的干豆腐用清水洗过，放在盘子里备用。

尖椒到处都有，选择那种比较大个的，顺着切成丝，备用。

调好淀粉汁儿，再准备好葱花、蒜蓉、花椒粉等佐料。

把油放在炒勺中烧热，放入葱花，煸炒出香味，再炒肉丝。等肉丝炒好以后，将干豆腐放入炒勺内煸炒。干豆腐放入炒勺后，很容易粘锅，煸炒一下后，放入适量的水，大概要在干豆腐的上面看到水时，就将调料放进去，注意，蒜蓉等一会儿再放。

盖上炒勺，闷一会儿，再打开，放入切好的尖椒丝，翻炒几下，撒上蒜蓉，再稍等一会儿，把淀粉汁儿搅匀，轻轻地浇在汤中，到汤收汁以后，就可以起锅了。

放在盘子里，撒上一点香菜，有一点绿意，就成了。

这道菜的特色是，既有干豆腐的筋道和滑软，又有清爽、可口的滋味。很好吃！

土豆烧牛肉

很小的时候，刚知道共产主义这个概念时，就知道了“土豆烧牛肉”这个词。后来，中苏两国进行大论战，我对这个词有了更深的印象。我们对赫鲁晓夫进行批判，说他对共产主义的理解就是土豆烧牛肉，是庸俗的共产主义观。我那时没有吃过这道菜，不知道是什么味道，但是认为它一定非常好吃，要不然，怎么会把它作成建设共产主义的标准呢？

后来我知道，把共产主义理解为土豆烧牛肉，既不算是对共产主义的庸俗化，也不是亵渎共产主义的概念。理由是，在我们刚刚开始理解共产主义时，还有更通俗的理解，那就是“敞开肚皮吃饱饭”。不过，把共产主义理解为“敞开肚皮吃饱饭”，是工农阶级的理解；理解为“土豆烧牛肉”，则是出自一个共产主义领袖人物之口，因此，好坏高下，还真不能简单加以比较。

说起来，土豆烧牛肉还真不是东北的家常菜。我们做牛肉，都是炖，最典型的就是炖萝卜，而不是采用赫鲁晓夫的做法。后来，试着用炖萝卜的方法，用土豆烧牛肉，效果还不错，也就品尝了赫氏的共产主义味道。

选择牛肉，没有太大的余地，没有疯牛病就好。不过，“疯牛病”这个词也是前些年才有的。烧土豆的牛肉，选牛腩最好，肉有筋头，不似臀尖的肉，发柴。

土豆最好选择黑龙江的。黑龙江的土豆是优秀品种。我在黑龙江待过4年多，深知土豆在黑龙江的地位，它是黑龙江最重要的农产品之一。我的部队紧挨着一个小火车站，车站虽小，却是重要线路，火车很多，北上海拉尔、满洲里，出关到苏联，南到沈阳、长春直到北京，东到哈尔滨，总之是南来北往，非常繁忙。就在这个车站，秋天时，经常看到一列列货车盖着篷布，装满物资，呼啸而过。那里边装的都是土豆。冬天拉练到农村，看到农民家里到处都是土豆，个头极大，淀粉丰富，特别好吃。农民还把土豆放在猪食锅里煮，煮好后一盆一盆地端给猪吃。看到这些，我觉得很别扭，倒不是说人与猪不能吃同一种东西，而是用这么好的土豆喂猪，实在是可惜。其实，在黑龙江农村，这是喂猪最经济的方法。

选土豆，要选形状较圆、土豆皮稍厚的为好。长的品种名字叫“串地龙”，产量高，味道差一些，淀粉也不够多。

将牛肉切成块，块不要太大。土豆削皮，切成滚刀块，不要切成方块，方块土豆煮好以后味道不好。什么原因，我不知道，就是经验。

先用高压锅把肉块稍微煮一下，去掉牛肉的血丝，使肉块收紧，捞出来。再在高压锅里放水，漫过牛肉以上一两寸的样子，加入豆油或者花生油，以及酱油、八角、桂皮等煮肉通常要加的调味品，加盐、葱段、姜块、大蒜等，盖上锅盖。锅烧开，加上高压阀门，冒出气流以后，过 15 分钟左右，可以强行冷却，打开盖，放进土豆块，不再盖锅盖，就那样开着锅煮，直到将土豆煮烂。

注意，土豆烧牛肉的汤不要多。标准是，把牛肉和土豆煮熟以后，在锅里还有少许汤就行了。这时，汤和土豆煮下来的淀粉混在一起，很稠，味道很浓。

将土豆烧牛肉盛在钵子里，端上桌，就可以享受赫氏的“共产主义”大餐了。

不过，这都是家常做法。最有味道的，还是北展那里的莫斯科餐厅的罐焖牛肉。莫斯科餐厅也叫“老莫”，原来是高级的苏式西餐厅，很有名。据说 20 世纪六七十年代，工薪族谈恋爱，男方攒上一个月的工资，领着女朋友去吃上一顿“老莫”，老有面子了，两个人的关系差不多就确定了。现在去吃“老莫”的罐焖牛肉及其他，就没有那么隆重了，但是价钱还是不低的。

依照我的品鉴，我自己做的土豆烧牛肉，显然比不上“老莫”的罐焖牛肉。这点自知之明还是有的。

牛肉炖萝卜

说了土豆烧牛肉以后，再说牛肉炖萝卜，就简单多了，因为这两种菜在我的做法中，没有原则区别，只是在一些细节上有变化。

先说牛肉。最好也是选牛腩，味道好、有嚼头，特别是牙口好的人吃，更可以这样选择。牛肉的切法与土豆烧牛肉的一样。

再说萝卜。选萝卜的余地很大，有白萝卜、红萝卜、青萝卜，还有“心里美”萝卜。又细又长的白萝卜，容易煮烂，但是质地较软，口感就有些绵软；红萝卜味道不好，不宜选用；青萝卜是最好的选择，质地好，又不是特别软，易入味，口感也好。“心里美”不适合做炖萝卜，最主要的是煮好后，汤的颜色与“心里美”的颜色相同，紫啦吧唧的，不好看。

萝卜要切成方块，不要切成不规则的滚刀块。如果用白萝卜，可以切成较大的滚刀块，或者切成厚一点的片，因为白萝卜是最容易煮烂、入味的。

具体做法与土豆烧牛肉基本相同，程序可以是一样的。有所区别的，是在汤上。

做牛肉炖萝卜的汤，可以采取两种方法。

一种是多加汤，煮成清汤，除了吃牛肉和萝卜，主要是喝汤。这种汤的特点是，味浓、汤清、爽口，很好喝；牛肉和萝卜的味道很清淡。边吃米饭，边喝着汤，再吃上牛肉和萝卜，有滋味，很舒坦。

另一种是少加汤，做好时，汤要基本收完。这样做的牛肉炖萝卜，味道浓，因为汤里的精华都进到牛肉和萝卜中了。这种做法更宜下酒。

梁实秋曾经说过，怎样做牛肉炖萝卜更好吃呢？就是多加牛肉少加萝卜。他说得有道理，但今天不是这样，因为不缺肉，应当多吃蔬菜，所以要多加萝卜。比例嘛，大约各占 50% 为好，要看自己的口味了。不信的话，可以吃吃看，萝卜还是比牛肉更有味道。

64. 蘸酱野菜

在东北家乡，野菜品种极多，有的可以直接佐餐，有的作为食材烹炒食用。这里说说可以佐餐的生食野菜。

婆婆丁

婆婆丁的学名叫蒲公英，是穷人度春荒最好的野菜了。现在，什么样的人都可以在春天吃它，富人也不例外。

上小学以后，我在书上看到了蒲公英的图画，感到十分亲切。那是一位可爱的小姑娘，跪在野地上，举着一朵蒲公英的果实——毛嘟嘟、轻飘飘的毛球，鼓着小嘴，用力地吹去。蒲公英的毛球就散开了，像一个一个的小小降落伞，随风飘去。

这个图画，给了我多少幻想！看着它，就想起了很多很多。经常想到的，就是能够坐上这个“降落伞”，飘呀飘，飘到很远很远的地方，去看那些没有看到过的人、没有看到过的事。直到今天，我还清楚地记着第一次见到这幅画时的情景。即使现在坐在飞机上，看到自己在白云之上飞翔，也还有乘坐蒲公英“降落伞”飘荡的感觉。

之所以对蒲公英备感亲切，是因为在这之前，我早就认识了它。那时候我还很小，春天刚刚到，冻土还没有化透，就跟随着哥哥或者邻居孩子，一起到山上去采婆婆丁了。春寒料峭，乍暖还寒，山上还有很多残雪，只有在朝阳的一面山坡，冰雪才化完。山上的颜色，远看好像有一些绿意，走近却看不到，因为绿色的草芽还隐藏在枯草丛中。

然而，这时候，婆婆丁就从枯草丛中长了出来，那颜色不是绿的，而是暗红色或者暗紫色，与枯草还没有太大的区别。因此，要仔细地分辨，不然就不会发现它们。

采婆婆丁，要带好片刀或者小铲子。看到婆婆丁后，要用片刀或者小铲子从婆婆丁的根部横插进去，切断婆婆丁的根，把婆婆丁拿起来，轻轻地敲一敲或者甩一甩，弄掉根上的土，放在筐子里。

带回家，用手弄净婆婆丁的根部，将它放在水中清洗，再放在盘子里，端上桌子，就可以蘸着大酱下饭。

婆婆丁味苦，吃在嘴里，最初的感觉不是很好，但是吃多了，觉得这个苦味很好。在我很小的时候，爸爸总是动员我们说："多吃一点婆婆丁，败火，春天治百病。"开始，我觉得这是爸爸的说辞，因为没有钱去买更好的青菜，只好在青黄不接时，自己采野菜充饥，还编造道理，哄骗我们这些小孩。后来长大了，知道蒲公英真的可以入药，春天多吃一些，真的可以败火去瘟，绝对是有效的食疗方法。

婆婆丁长老了，就会伸出长长的花苔，顶部是很大的骨朵，有好几个。等花骨朵开了，就是鲜艳的黄花，颜色非常好看，有一点像小菊花。花开过了，结出了果实，就是那些小小的"降落伞"。我曾经很多次学着画上小姑娘的样子，摘下一朵，用嘴一吹，"降落伞"便随风飘走，也就带走了我的心。现在我 70 多岁了，偶尔也发一阵少年狂，摘下几枝，吹上一吹，好像回到了少年，心灵也年轻了许多。

20 多年前，到佳木斯出差，正是冬天刚过，春天将要来的时候，各种野菜还没有出来，但是，招待所的餐桌上却出现了婆婆丁，配上很好的肉酱，好吃极了。我问是怎么弄出来的婆婆丁这种苦菜。市长告诉我，这是在大棚中培育的。哦！难怪这种婆婆丁长得这么高大、这么茁壮！真是的，怎么什么都能人工控制，就连野菜也是这样。

前一段在美国密歇根州的安娜堡小住一段时间，正是春天。每天早上散步，就能看到路边草坪中生长着的蒲公英。令人惊奇的是，美国的蒲公英个头极大，远远超过了我对蒲公英的传统印象，可能超过家乡蒲公英的十倍。有点担心认错，但是几经观察，确实是蒲公英。不是人家的月亮比自己的圆，应该是品种有所不同。

小根菜

能够采到婆婆丁之后，再过几天，就可以采到小根菜了。

小根菜也叫小根蒜，在地表之上，几乎就是一种草。它的形状，地面上是绿色的茎和叶，不长，加到一起也就是 10 到 15 厘米；下面是一个小小的疙瘩，是一个小蒜头，最大的有 5 分钱硬币那么大，但是不多，一般只有 1 分钱硬币那样大，就算很大了。因此，它大概属于蒜科，不知道在植物学上叫什么。

我从小就觉得，把这种植物叫作小根蒜或者小根菜都不对，因为它不是小根，而是大根。它的蒜头埋在地下，蒜头比起它的茎来，是大的，因此该叫大根蒜，或者叫大根菜才对。可是大家都这样叫，一个人并不能“力挽狂澜”，去改变它约定俗成的名称。

小根菜是长在草丛中的。在枯草中，一下子就可以看到钻出来的细细的小绿叶，向上伸展着，最初也是有一点点紫红色，稍微长大一点，就成了绿色的。找到以后，要用片刀或者小铲子向其根部下边的土深深地挖下去，还要保持一定的距离，太近了就会伤及小根菜的蒜头，还可能把小根菜铲断。挖下去以后，要稳稳地、用力地向上撅，将小根菜与泥土一起撅出来，扯住小根菜的茎叶，轻轻敲掉小根菜身上的土，就露出了白白的茎下面的小蒜头，一个一个的“小脑袋”，很可爱。

小根菜味辣，不是很辣，是有一点辣；不是辣椒那种辣，而是有一点蒜的辣。好像是辣得恰到好处，就像是耳朵有一点痒，用手指头搔一下，非常舒服的那种感觉一样，辣得不浓不淡，刚刚好。也像搔痒搔到正着，既不痛，又解痒，是恰到好处的那种舒服。这时，配上婆婆丁一起吃，蘸着大酱或者炒好的肉酱、鸡蛋酱、豆腐酱，味道都极美，吃起来没有够，越吃越想吃，极其下饭。

小根菜没有别的吃法，只有这一种吃法？不！还有一种吃法，就是将小根菜切成末，炒鸡蛋，味道也很好。那时，我们只是看到别人这样吃，在我们家是不敢这样想的。其实，小根菜也不会采得特别多，吃一吃也就吃光了。

曲荬菜

曲荬菜也是苦菜，而且苦味比婆婆丁要浓得多，是极苦的那种苦，如果没有心理准备，一下子还真接受不了。

开始时，我对曲荬菜就接受不了，觉得苦得太厉害，人好好的，为什么偏偏要去吃苦呢？吃一点婆婆丁就行了嘛。

妈妈特别喜欢吃曲荬菜。开始我不信，觉得她是故意做给我们看的，但是后来才觉得，吃上一点苦菜还是很好的，不仅可以败火，而且再吃别的东西时，会觉得很甜。

也正是这个道理，在那个不寻常的年代吃不寻常的忆苦饭时，曲荬菜就成了忆苦饭的主要食材，这种苦菜享受到了从来也没有享受过的风光。吃忆苦饭最盛的时候，苦啦吧唧的曲荬菜竟成了抢手货，地里的曲荬菜竟被采光了，要到很远的山里才能采到。

曲荬菜开始是长在地面上的。它长出地面的时间，要比婆婆丁晚，大约婆婆丁快要吃完之时，曲荬菜就长出来了。有时候，我觉得上天真的很细心，把这些给穷人吃的东西，在时间上一个一个排好，让它们按照顺序长出来，让穷人总是有的吃，不至于饿毙。

曲荬菜的样子比婆婆丁纤细，中间有一个明显的茎，但在开始时不明显，随后会一点一点长高，就比较明显了。在曲荬菜长出茎的时候，叶子在茎的周围长起来，这时就老了，只有顶部可以食用。

采来一些，洗干净，蘸着大酱吃，味苦，但是很好吃。不过由于太苦，吃不多。在困难时期，我吃过苦菜做的粥，味道很苦，但是毕竟可以充饥。

在那个时期，我们吃过无数次忆苦饭，用曲荬菜加上麦麸和糠皮，做上满满一大锅，大家一人一大碗，吃得汗流满面，就记住了旧社会的苦，想起了今日的甜。其实真正能记住、想起的，又有几个人呢？

65. 野菜种种

野菜，过去是穷人救命的粮食，现在是有钱人的山珍。过去，家里很穷，在生活困难时要用野菜充饥，通过采集而认识了很多野菜。现在，生活富裕了，偶尔也能品尝到一些野菜，快递发达以后，家乡亲友经常会寄来一些尝鲜。不过更多的时候，是在心中默念着一些野菜的名字，在心里品味着——既有野菜的味道，更有乡愁的滋味。

蕨菜

蕨菜是家乡最常见的野菜。

春天，家乡的山野上都能长出蕨菜。嫩嫩的、绿绿的、光光的蕨菜秆上，顶着一团毛茸茸的、卷卷的头，非常可爱。大概是土壤或者肥料的原因，有的蕨菜会发红。采下来一把，握在手上，胖胖的手感很好，心情更好。放在筐底摆好，不要把它压坏。

在山野里找蕨菜，我有一些经验，是要找腐殖土较多的地方，就像松林中，或者其他什么树林中，发现蕨菜的可能较大。有一次，在一块被火烧过的松林中，发现了大片的蕨菜，非常之多。在有些发黑的腐殖土中，冒出来的都是胖嘟嘟的蕨菜。第一眼看到时，心里极为欣喜。这时有两种选择：一是赶快喊叫伙伴来共享欢乐；二是默默地、偷偷地，手疾眼快地采起来，等到自己采得比较满意了，才装出激动的样子，喊来伙伴一起分享。由于我都是与自己喜欢的人一起去采野菜，而且是那种“狗肚子装不了二两香油”的人，所以，一发现大片的蕨菜，就大呼小叫，惹得大家一起向这里跑，就像百米冲刺一样。自己采得不多，但是能分享幸福的心情，极为宝贵。

不仅如此，在过去是林地，后来又被开垦了的荒地和熟地中，也有发现大片蕨菜的可能。

将蕨菜采回来，有两种做法。

第一种做法，把蕨菜用开水轻微地焯过，放在阳光下晒干，干蕨菜呈暗红色。然后存放起来，在冬天再用水泡开，放在开水锅里煮熟，在清水中漂净，甩掉水分，就可以蘸着酱料食用。这种吃法，蕨菜又软又嫩，十分好吃，比春天吃时的味道好多了。这是过去在生活困难时的经常吃法，现在偶尔也能吃到。

第二种做法，将蕨菜洗干净，切成段，用油炒着吃，有肉丝更佳。这种吃法，蕨菜有些滑，口感特别，吃起来别有一番滋味。过去没有肉时，这种炒法不怎么好吃。现在用一点肉丝炒蕨菜，味道最好啦。

后来，蕨菜出口到了日本，就成了盐渍蕨菜。用盐将蕨菜腌得很咸，一捆一捆的，颜色很绿。食用时，先要用清水浸泡，脱去盐分，然后可以凉拌吃，或者炒着吃，味道都不错。

开始时，我以为蕨菜是长白山特产。后来在黑龙江当兵，在山上发现过蕨菜。再后来，到昆明，听说蕨菜是云南特产。到福建，发现闽西、闽北也都盛产蕨菜。我才知道，只要是山区，差不多都出产蕨菜，因为蕨类植物适应性强，山区都能生长。不过，在云南吃的蕨菜，从心里觉得不如家乡长白山的蕨菜味道好。估计是一种乡恋的错觉。

猴腿儿

猴腿儿也是一种野菜，大概与蕨菜同属于蕨类，在植物学上不知道怎样划分科、属，叫什么也不知道，就是外形与蕨类相似。

猴腿儿比蕨菜瘦，秆也细，颜色有红的、绿的。猴腿儿上的毛比蕨菜稀疏，每一对叶片都隔得较远。秆的顶部也是一个头，卷卷的，就像一个小小的猴头。大概是因为这个猴头，食用的又主要是茎，所以叫猴腿儿。

猴腿儿的生长也不同，不像蕨菜那样一片一片地长，而是围绕枯树根等一兜一兜地长；发现了，就是一堆一堆地挤在一起。一根一根地采下来，很快就是一大把。

猴腿儿的吃法不多，也没有蕨菜那么好吃。春天采回猴腿儿，洗干净，切成段，炒着吃。过去没有肉，用一点油炒炒吃就行，味道不错。现在用肉丝炒，味道更好。如果愿意喝酒的话，斟上一杯，慢慢地就着炒猴腿儿喝，很有味道。

广东菜

广东菜像蕨菜，也像猴腿儿，介于两者之间，但是，广东菜的茎，横截面是弧形，而不是圆形，因此，重量不像蕨菜那样很重，而是很轻。广东菜的颜色非常好看，永远是鲜艳的绿色。

广东菜大概也是蕨类，我没有查过植物学资料。一支秆子上面顶着一个圆圆的、卷卷的头。其实，这都是它们“年轻”时的形态，等到老了，就是到了成熟的时候，就像是一只大大的翅膀，随风飘动，十分“招摇”。夏天看到的蕨类都是这个样子，再也没有“年轻”时的可爱，不会以为这就是小时候胖胖嘟嘟的蕨菜、猴腿儿或者广东菜。

广东菜长在地上，也是聚集着长的，碰到一兜，就有很多。一根一根地采下来，一把一把地放在筐里，带回家中。

广东菜只能是炒着吃。广东菜的味道比猴腿儿的味道鲜美得多，就是不用肉炒，也有一种炒肉的味道，非常可口。最近几年，在大饭店也看到过用广东菜做的小菜，如在“烧鹅仔”就有这种小菜，味道鲜浓，十分好吃。

广东菜为什么叫这个名字，我一直很奇怪，或者这就是一种名字，并不代表什么意思；或者这种菜真与广东有什么渊源，也未可知。听我妈妈说，这种菜也叫绿广东，都是老百姓起的名字，真正在植物学上叫什么，没有考证过。

刺嫩芽

离开东北以后，说起刺嫩芽，别人基本上都不知道，因为这种野菜在东北以外的地区大概没有。

怎么解释呢？就与香椿相比较而言吧。

刺嫩芽是一种在木本植物上生长出来的嫩芽，这与香椿是一样的，因为香椿也是树的芽。香椿有一种异常的香味，刺嫩芽也有一种特别的香味。刺嫩芽长老时就成了树叶，香椿也是这样的。因此，刺嫩芽就是这种木本植物在春天发出的嫩芽。

但是有所不同。香椿和刺嫩芽味道不同，前者的味道是用鼻子的嗅觉感受，后者的味道是用口腔的味觉感受。香椿是乔木的嫩芽，刺嫩芽是灌木的嫩芽。刺嫩芽的木本不像香椿那样是高大的树，而是生长在荒地、荒坡、沟坎等贫瘠土地上的低矮灌木，而且是一种极不起眼的灌木。

最常见的就是沟坎上了。一丛一丛刺嫩芽的木本，就像一个一个狼牙棒，满身长刺儿，不敢上去碰一下。如果不是在春天，看到的都是光秃秃的刺秆，没有任何可看之处，就连打柴也不碰它，因为这种灌木扎手，不小心就要被扎出血；弄到家里也不会将它弄断送到灶膛里烧，因为柴质不好，不经烧。

别看长它的木本样子难看，刺嫩芽的样子并不难看。它不像香椿那样瘦骨嶙峋，而是极为丰满，胖嘟嘟的。每到春天，草从枯叶中长出来时，刺嫩芽就长出来了。找到刺嫩芽的木本，就会看到原本光秃秃的枝干，长出了一簇一簇的嫩芽，刚开始时发出暗紫色的光泽，是一个小小的苞，顶部绽开一点，露出绿色的嫩芽。因为它的身量不大，又难以发现，采摘不易，味道又好，当然珍贵了。再长长一点，嫩芽到了 5 厘米左右，已经完全冲出了苞的束缚，成为真正意义上的刺嫩芽了。这时的刺嫩芽最好吃，样子也最可爱，就像东北大水库的名字一样——“小丰满”，有一点胖，又不是特别胖，正是胖得可爱的形态。这时的刺嫩芽，身上出现了刺儿，是那种软软的刺儿，不是很扎人。再过一段时间，当刺嫩芽长到 10 厘米左右时，就不大好吃了，刺儿有点扎人，但不是很硬。这时的刺嫩芽有一点枝条的意思，正在向枝条方向发展，但还可以吃。

刺嫩芽的味道不是香椿那种浓香，而是一种很特别的清香，一种说不出来的很怪的清香，好像是有一点苦又不是苦，反正是一种复杂的清香。这种香味，闻起来没有，吃的时候却可以感觉到。

刺嫩芽的吃法很多，可以像吃蕨菜那样，用水轻轻地焯过，使刺嫩芽的颜色更绿，用凉水将它泡凉，蘸着酱料吃。还可以炒着吃，用肉丝来炒，味道也好。在家乡最高级的吃法，是将刺嫩芽用鸡蛋浆裹住油炸，蘸着椒盐吃，就像日本料理中的天妇罗，味道更好。

到北京以后经常想起刺嫩芽，亲友在春天时经常带过来一些，我自己吃一些，送给东北老乡一些，大家一起分享山野的风味，也想起了家乡以及家乡的亲人。

后来，朋友送来用塑料袋密封的保鲜野菜，最多的是刺嫩芽。当然，现在用快递，收到后还是很新鲜的。我有时间，怎么会有这么多刺嫩芽？他们说，现在不是有大棚吗？采回刺嫩芽木本，移植到大棚里，就有了数不尽的刺嫩芽了。

我立刻觉得这种刺嫩芽不是原来的味道了。

大叶芹

大叶芹就是野芹菜。东北家乡，大叶芹是一种很高级的野菜，地位甚至比刺嫩芽还要高，受到普遍欢迎。主要原因是大叶芹的味道好，可以有很多种吃法，而且都很好吃。

例如，就像炒芹菜一样地炒着吃，是很鲜美的野味，味道比家产的芹菜还好，有一种更清香的香气。切上一些肉丝，来一个野芹菜炒肉丝，绝对要比家产芹菜，尤其是那种长得像树一样的西芹好得多。

又如，可以用大叶芹包饺子，这是很少能用来包饺子的野菜，味道鲜美。将大叶芹的叶子择掉，只留下长长的茎，用开水轻轻一焯，沥干水分，切成末，放在拌好的肉馅中，搅拌均匀，就可以包饺子了。用这种馅包的饺子，煮好以后，味道鲜美，可以清楚地感受到，是绝对的绿色植物，味道好，心情会更好。

采大叶芹，我是一个外行。在我采野菜的经历中，从来没有发现过大片的大叶芹。因此，我对大叶芹的生长状况说不太清楚。我只看到过散乱生长的大叶芹，差不多都是在落叶松的林子里，满是落叶的地上，有时候钻出来一个小小的叶，尖尖的，下边有一段红红的茎，把手伸进松软的腐殖土中，一拔，就拔出来了一棵。上面是尖尖的，还没有长开的两三片叶子勾在一起，下边是两三根直挺挺的茎，发红，又发绿，颜色很好看。

我的一位同学是采大叶芹大王，她经常会发现成片的大叶芹，采起来就是一大筐，喊我过去时，我就看不见，找不到，不知是什么原因，只能怪我和大叶芹没有缘分。同学当然不忍心我与大叶芹的无缘，就分给我一些，让我拿回家后也自豪一些，改变我与大叶芹无缘的印象。

猫爪子

猫爪子，是我最喜欢的野菜之一。之所以喜欢它，大概有两个原因。

一个原因是猫爪子长得很好看。一根向上长起的茎，表皮上有些竖着的筋络，清晰可辨。靠近上边，有一段用薄薄的膜片包裹着的地方，茎从这里再向上，就变得很细了，然后就顶起了一簇毛嘟嘟的球状物。野菜长成这样，真的有点像猫爪子，因此得名。

另一个原因是猫爪子的味道清醇，没有任何怪味，是野菜中最没有异味的一种，只是菜本身的味道，不像大叶芹的味，也不像刺嫩芽的味。吃别的野菜，要有一个适应的过程，但是，吃猫爪子不用这种适应期，吃起来就没有味，清心寡欲之人食之，更为适合。

我与猫爪子最有缘分，可以发现长在山坡上任何地方的猫爪子。其实，也是因为猫爪子太普通了，到处都是，只要是有野草生长的地方，就可以发现它。在山坡，在野地，在树林，在荒地，几乎都有猫爪子的身影。在地上，只要看到了毛嘟嘟的小球球，就是它了，采下来就是。不一会儿，就可以采下一筐。

猫爪子的吃法就是一种，即用开水焯过，蘸着酱料吃。猫爪子用水焯过以后，一定要用凉水浸泡，水一定要多，要没过所有的菜。不然，露出水面的部分很快会变黑，虽然味道不变，但是品相差多了。

我曾经试过猫爪子的其他吃法，如将其炒着吃，不是很好吃，也许是我烹制不得法，也没有听别人说炒猫爪子吃的。也可以把猫爪子晒干，过冬时像蕨菜那样吃，也不大好吃，样子黑黑的、瘦瘦的，看着也不顺眼。看来，一定的素质，要给它一定的用途，学非所用，终究不行。

野菜的道理，跟用人的道理大概是一样的。

四叶菜

四叶菜，顾名思义，就是有四个叶子的野菜。

不错，就是这样。但是，四叶菜可不仅是四个叶，而是在茎的周围，每一圈互生的叶子是四个，一层一层地向上排列，每一层都一样，绝没有变化，不会多出一个，也不会少了一个。

四叶菜到处都可以生长，采回来就是了。

四叶菜的茎折断后，会冒出来一种白色的浆，很浓，弄到手上，手会变得很黑，很难洗掉。

四叶菜的主要吃法，也是用开水焯过之后蘸酱料吃。另外，因为四叶菜是以叶子为主要食用部分的菜，可以用来包菜团子。

在生活困难用野菜充饥时，把四叶菜用水焯过，剁碎，做成馅。如果粮食多，就把玉米面用开水烫过，和好，用一块面团做成饼，将四叶菜的馅放在里边，包起来，用锅蒸，就成了菜包子。如果粮食少，就把四叶菜的馅团成团，将玉米面的干面放在案板上，把馅团放在干燥的玉米面上滚，使面粉粘到馅团上，粘得厚了一些时，就放到锅里蒸，蒸出来后，只有薄薄的一层面皮，吃的都是里边的野菜，其实就是真真正正的菜团子。

这种做法，我小时候在家里经常吃，味道不是很好。

现在不同了，可以用四叶菜做成各种包子馅、饺子馅、馅饼馅，里面加上肉、虾仁以及各种调料之类，面皮也不再是玉米面，而是白面，而且是那种饺子粉、包子粉、自发粉之类。用这种方法和这种调料做成的东西，还是原来那种意义上的野菜吗？

味道当然不可与困难时期的四叶菜相比。

四叶菜最可贵的，还不是这种吃法，而是朝鲜族的吃法，那就是桔梗咸菜。桔梗，就是朝鲜族歌谣中的“道拉吉”。

四叶菜的根部，是一个大大的块根，就是桔梗，直径有3～5厘米。挖出来，晾干，去皮，将里边白白的根部撕成一条一条的，在阳光下晒干，备用。腌制时，将晒干的桔梗用水泡开挤干水分，用辣椒末、大蒜、姜、芝麻、醋等调料调好，放入肉汤，再加上苹果或者梨做成的糊，搅拌好，放在盆里或者罐子里闷几天，等到味道出来了，就好了。

这种腌制的桔梗咸菜，配上新产出来的大米做成的米饭，吃起来，真是没有什么比得了。

枪头菜

枪头菜的样子像一支扎枪，就是红缨枪，尖尖的，直向上钻去，很有气势。

在枯草之中，有时候就有几枝这样的“扎枪”，突破枯草的束缚，钻了出来，一枝一枝地挺立着，有一种不屈不挠的劲头。采下来，放在手里，感觉它不像是以叶子为主的野菜，而像是蕨菜或者猫爪子那种以茎为主要食用部分的野菜。

但那确实不是茎，而是真真实实的叶子，只是这种叶子是紧紧地卷在一起的，卷成了类似茎的样子。这也是枪头菜得名的原因。

过了食用野菜的季节，枪头菜的叶子绽开了，就不是枪头的样子了，而是舒展着叶子的野菜，这时的枪头菜就不能吃了。很多人不认识这时的枪头菜，就是这个原因。老年时的枪头菜和年轻时的枪头菜大不一样。

春天的枪头菜，尖尖的枪头上面有一些白白的小毛，粘在枪头上，摸上去，很黏。折断它，会有很多黏液渗出，白白的，有些苦，弄到手上，既黏，也会把手弄黑。在地里，有很多像枪头菜的野草，但它们不是枪头菜，不能食用。辨别的方法，就是看它折断时有没有这种黏液。有的，就是真的枪头菜；没有的，就是假枪头菜，冒牌货，东北话叫“幌子”。

枪头菜炒着吃，是味道最鲜美的野菜，无论有没有肉，炒出来都有一种鲜美的肉味，非常好吃。特别是在生活困难时，吃上这种没有肉但是有肉味的菜，很过瘾，也很解馋。

不过，记忆中的美味在今天品味的时候，却没有记忆中那么美，其实，也就是比别的野菜好吃一点而已。一个原因，可能是过去没有吃过什么好东西，另一个原因，就是现在好东西吃多了。人人都在讲究享受，再好的东西吃多了，也没有什么味道了。

黄花菜

黄花菜是高档野菜，是可以上五星级饭店的宴席的，而且都不会被认为是野菜。

我最先认识黄花菜，不是认识它的花，而是它的叶。那时，把它叫黄花苗子，绿色的叶子相互紧抱在一起，向上展开，根部紧紧地在一起，白白的、扁扁的、厚厚的，肥厚、白胖的样子很可爱。采下来后，把长长的绿叶子揪掉，要最靠近根部的白胖部分，用开水焯过之后，蘸着酱料吃，又甜又嫩，很鲜美，百吃不厌。

后来，知道了黄花菜的高贵身份，我还很奇怪，本来是最平常的野菜，它的花怎么就有这样高贵的身份呢？心里倒有愤愤不平之感。看来，人要跳出龙门，才能够成为精英。黄花菜总是在山沟里，不会有很大的出息，也要跳出龙门才行。

改变了身份的黄花菜，食用的不是茎，而是花。黄花菜开放时，是非常漂亮的黄花，分成四五瓣，向外展开，中间是紫色或者褐色的花蕊，晶晶莹莹的，煞是好看。采下来，晒干，就成了黄花菜。用来做汤，或者用上汤煮，都是很好吃的美食。

我品尝过鲜的黄花汤，是在部队服役时。有一年，部队在农场生产，种小麦和大豆。春天，连部勤杂班的几位勤杂兵到山上玩，看到了盛开的黄花，我就讲起了小时候采黄花菜的故事。通讯员说，那咱们采一点，回去试一试。我们就采了一些黄花，大概有一斤多。

回到连队，找到一个饭盆，在烧火墙的炉子上烧开水，浇上了一点油，又用一点肉切成片，放在里边，煮好后，放入新鲜的黄花，不一会儿就飘来了香味。我们端进连部，正要吃，三排长闻味而来，说要检查我们连部兵偷吃什么东西。我说不是偷的，而是自力更生从山上采来的，他立即就予以表扬，同时拿起勺子盛了一碗吃起来，还啧啧地称赞着。其实，他都是借口，连部只要有好吃的东西，他都会来“检查”。

后来在昆明出差，我吃到了真正的上汤黄花。在一个县里，有一次吃的全都是用鲜花做的菜，十几种，记不住花的名字，只有上汤黄花最熟悉，也最好吃。

我经常想起黄花菜，也经常想起藏在深山中的黄花。它们的才华，大概还在等待慧眼识珠的人去发现和认识。

第七辑

——

杂之点滴

66. 忠告

B 站编辑在高考生准备报考志愿之际，让我给这些学子写一篇文章，说说选择高考志愿的事。我没有参加过高考，但是经历了 20 多年的司法工作和 20 多年的法学教育工作，因此，还是有话可说的，就把我学法的体会，讲给即将走进大学校门的学子们听，为青年学子面临人生第一次选择时，是不是要选择学法之路，提供参考。

我的法学之路与你们将要走的法学之路完全不同。你们将来要走的法学之路，是先经过法学院校的专业培养，打好专业基础，再去从事法律工作，做法官、检察官、律师等实务工作，或者做教授、研究员，研究法学理论，成为法学专家。我不是这样的，我是先当法官，后学法学理论，经历了艰难曲折的挣扎才取得成功的。你们有光明灿烂的法学之路，一定会比我走得更成功。

我的法学之路受时代所限。我当然愿意先学好了法学再踏上法学之路。因此，我很羡慕你们，因为摆在你们面前的选择机会，我从来就没有奢望过。

不管怎样，如果你愿意选择法学研究和司法实务工作作为自己的职业，走上法学之路，就会有跋涉法学之路、攀登法律高峰过程中的苦与乐。

法学之路的乐

好，那我先说走法学之路的乐吧。

很多人都觉得，看到的法律也就是几十或者几百个条文，即使《民法典》有 1260 个条文，每一个条文也写得比较简单，内容也都容易理解，因而说法律是科学，真的没有那种感觉。很多大学生入校开始学习法律时，就有这样的感觉。

我要告诉你的是，我在刚走进法院、接触法律时，就是这样的想法，甚至暗地里认为是法学家矫情，生生地要在法律条文背后找出那些复杂的说教，故弄玄虚。

但是真正走上法学之路以后才会发现，法学理论研究的魅力无穷，是一个永远也研究不完的理论宝库。在这个理论宝库里，你可以发现无穷无尽吸引你的课题，并非没有“哥德巴赫猜想”那样的玄妙。当你研究解决了一个课题以后，就会发现另外还有更新、更多的课题，吸引着你继续向前走去。

我从事法律工作已经50年了，但是直到今天，仍然看到自己的面前摆着无数应当研究和解决的民法理论难题，甚至觉得毕一生精力都难以把要研究的问题研究完。

这样一种吸引着你不断探寻，又不断有新的发现的学术领域，不是科学吗？不值得探索吗？

很多人劝我说，你已经退休了，年纪也不算小了，没有必要再孜孜不倦地去研究民法理论了。可是，民法研究之路的魅力就在此，你放不下手，看到应当研究解决的东西不把它研究透，心里就发痒，手也发痒。

各位未来的法学家们，如果你走上法学之路，探索到一定的程度，你也会有同样的爱不释手、欲罢不能的感觉的。

如果你从事司法实务工作，不管是做法官、检察官、律师，还是做政府、公司的法务，都是如此，在你的面前总会出现你还不掌握、不认识的法律问题，你必须继续努力探索，才能胜任你的工作。不把这些问题解决好，你的工作可能就没有做好。当你把这个问题解决了，把这个工作做好了以后，就会发现前面还有更多的问题，需要你不断地研究解决。

就说法官吧。法官办案，总会遇到自己不懂的问题。不懂就要研究，就要学习，就要向专家请教。能够做到这些，把不懂的问题都解决了，你的法学修养就会更进一步，最后就会练就一身本事，成为解决法律问题的高手。

最高人民法院曾经提出，法官要创造伟大判决。伟大判决怎么创造出来呢？就是把法律没有规定的疑难案件，运用民事习惯和民法法理，作出具有引导性的裁判，就会形成伟大判决，成为同类案件判决的先例，引导法学进步和司法进步。

这个不重要吗？非常重要！我经常跟法官说，如果你们遇到一个能够创造伟大判决的疑难民事纠纷案件，你把它解决了，作出了一个可以称为伟大判决的裁判，就是你一生的光荣，是你一生的成就，你创造的这个案例就会写进法学发展的历史中。

这些是不是法学之路的乐呢？肯定是的。

法学之路的苦

那走法学之路有没有苦呢？当然也是有的。

法学之路的苦，就是要刻苦研究，把别人喝咖啡、打麻将的时间，都用来不断探索，永远也不能松懈。

要知道，法学发展到今天，已经积累了上千年的人类发展的经验和智慧。我们一讲到民法，就会讲到罗马法、日耳曼法，也会讲到英美法系、中华法系。你要知道，所有这些，都有上千年的历史。所以，法学是人类进步的经验积累，是人类进步的智慧结晶。特别是民法，被称为“万法之法”，是人类规范自己的地位和行为的准则。民法规则随着人类的不断进步和文明的不断发展完善，形成了今天这样的规模，但还不能看到止境。

说起从事法学之路之苦，从上面说的这些开始，似乎无关紧要，可是，在法学之路上的跋涉和攀登，就是要继续进行着上千年前人们就在进行的这些工作，开始研究规范人的地位和行为准则的起源、发展和进步，再根据时代发展和科学进步对民法的需求，在千年以来积累的规范的基础上，不断向前发展和变革，适应时代和科学的发展需求，进行更加艰苦的探索。

正因为这样，你一定要看到，每一个跋涉在法学之路的人，不仅要向后看，更要向前看，让自己的思想和学术能够跟上时代发展的脉搏，与时代和科技的进步同步。如果没有深刻的思想和艰苦的追求，就很难实现一个人的法学之路的辉煌。

这还是从宏观上说。如果从微观上说，跋涉法学之路要经得起孤寂、探索和时间的考验。

先说孤寂。无论是从事法学研究还是司法实务工作，其实多数都是在孤独地研究和探索，不像理工科研究那样需要一个团队，而是经常自己面对一盏枯灯，守着一堆资料，心无旁骛，专心研究自己想要解决的问题，甚至是十年磨一剑。即使作为一个法官，也要独立解决法律适用问题，作出判决，而不是靠一个团队的力量。

再说探索。法学之路的跋涉，先是要有探索精神，然后是有探索的努力，还要有探索的方法。没有探索精神、探索的努力、科学的探索方法，法学之路的跋涉是不能成功的。你看，做一个平庸的法学工作者其实也不难，学懂了基本原理以后，可以应付授课和一般的法律适用问题。但是，要想做一名优秀的法学工作者，为法学发展做出贡献，没有这些探索是绝不可能完成的，自己的学术理想也就永远不会实现。

最后说时间。从事法学工作，绝不是一蹴而就，在取得一定的成果后就一劳永逸的，不是像有人说的那样，写成一本书就可以讲一辈子，学习了一本教材就可以应对所有的案件。这些都不行！比方说，写了一部50万字的专著书稿，不要说写，就是写好了的修改，改一遍也要一个月的时间。所以，法学之路就是要长期、坚持不懈地学习和研究，才能真正实现自己的学术追求，成为一个有成就的法学家。

说到底，在法学之路上不断跋涉和攀登的有志者，其实是苦中有乐，乐在苦中。只要付出艰苦的努力，就能实现自己法学之路的追求。

对学子的忠告

各位面临高考、即将走进大学之门的准大学生们，你们在选择专业之前，听了我对法学之路的苦、乐分析后，对如何选择自己将来要走的路是不是有所启发。不管怎样，我还是要对有志于选择法学之路的你们，在选择大学学习方向的时候，提出四点忠告。

第一，要很好地考虑自己的兴趣。你在初中、高中学习各门学科时，究竟是对哪一门学科感兴趣呢？你有什么样的理想呢？这些都是在选择自己大学学习方向时必须考虑的。如果没有一个明确的目标，你就不会有一个正确的选择，即使走进大学校门，对将来要走的路也是一片茫然。而在选择大学学习的专业方向时，结合自己的理想，结合自己学习的兴趣，把它变成将来的工作志向，就会在人生第一次抉择时作出正确的选择，这个选择会影响自己今后的一生。所以，这一点非常重要。

第二，如果你在选择专业方向时愿意走法学之路，我建议你坚决选择法学专业。选择法学专业，最好是对文科感兴趣，因为法学是社会科学，是文科的属性。如果你的文科基础好，选择法学作为自己的方向，不仅符合自己的兴趣，而且能够通过自己学习的法学专业，将来在法学之路上为社会做出更大贡献。不过，对理科感兴趣的同学也可以选择法学专业，先不说道理，而是讲两个故事。第一个故事，是说清华大学法学院的原院长。他本科是学数学的，本科毕业后对法学产生了兴趣，在攻读民法研究生学位以后，他就觉得，在数学专业的数理逻辑面前，法学逻辑相对简单，特别容易学，所以，他认为学数学的人再去学法律，特别有基础。第二个故事，是我的一位学生。他原来是中国人民大学商学院食品专业的本科生，在三年级的时候，听人说法学院有一个杨老师，讲民法课特别有意思，就来旁听我的民法课。后来就喜欢上了民法，坚决要报考法学研究生，最后考进了法学院，跟我学了研究生的课程。之后又攻读博士学位，取得了相当好的学习成果，直接被四川大学法学院聘为副教授，两年后被聘为教授，成为最年轻的博士生导师。他把法学与食品专业的理科背景结合起来，从事数据和人工智能的法学研究，与最高人民法院共同申报课题，获得了一个3000万元的科研项目。你们看，这两个故事对你选择法学专业，是不是有所启发和借鉴呢？

第三，选择跋涉法学之路会特别有成就感和使命感。你要知道，法学的核心是追求正义，法学的基本价值是公平和平等。从这两点你就可以感觉到，从事法学之路，肩负的是正义，努力工作实现的是公平和平等。正像李大钊所说的那样，“铁肩担道义”。这其实就是法学之路追梦者的使命感。当你真正学业有成，成为一个法律实务工作者或者法学理论研究者，当你达成自己的目标，如适用法律调整社会关系或者把自己法学理论研究的结论写进法律中，就会有特别的成就感。作为一个民法学研究工作者，把自己研究的成果上升为《民法典》的条文，想一想，精神都会为之一振。你可以看看《民法典》人格权编，正是我们几位民法教授的坚持，正是立法机关的支持，使得维护每一个人的人格尊严的人格权编存在于《民法典》中。你还可以看一看《民法典》规定的名誉权，第1027条规定的是文学艺术作品侵害名誉权的认定与例外，最初起源于法院审理的具体案件，在理论上的概括是我完成的，研究成果是小说侵害名誉权的认定与责任的论文，最后成为《民法典》的条文。从民法理论研究成果中概括出的法律规则，成为《民法典》的条文，就能够规范文学艺术作品创作，避免侵害名誉权。从这样的角度去想一想，你会不会觉得，从事法学研究之路会有很强烈的成就感呢？

第四，选择法学之路不会大富也不会很穷。各位同学在选择大学的学习专业时，如果你有志于走法学之路，就应该勇敢、坚定地选择。我可以负责任地告诉你，法学不是一个赚大钱的专业，不要认为成为一名法学大家，就可以赚到数不清的钱，就能像公司老板那样，成为拥有豪华别墅、豪华汽车的大富之人。但是，有一点是可以做到的，就是通过司法实务和法学理论研究工作，可以有稳定的收入，可以保持中等生活水平，更重要的是，可以保证自己能够有尊严地生活。其实说到底，一个人生活在这个世界上，并不需要怎样奢华的生活，更需要的是有足够的尊严。如果一个人从事的职业，能够让自己有尊严地生活，受到别人的尊重，就够了。就这一点，我可以保证，无论是做一个法官、检察官、律师、公司法务，还是做一个法学教授，起码是有尊严的。职业受到社会的尊重，又有中等生活水平的保障，不就可以了吗？所以，你在从事职业选择、学业方向选择时，选择法学之路，可以使自己的人生有尊严。我认为，一个人在自己一生中第一次做抉择时，勇敢地选择法学之路，应当是正确的。

江平教授曾经说过，如果有来生，他还要做法学教授。我是江老师的学生，虽然不是他的亲传弟子，但我一直在追随江老师的脚步。因此如果有来生，我也还要做法学教授，而且是要做民法学教授。

这就是我想给大家介绍的我的志愿，也是我给你们的忠告。希望对你的人生面临的第一次选择，能够有所启示和帮助，并且希望你可以选择法学之路，在跋涉法学之路上，实现自己的尊严、理想和价值。

67. 吃饭

我写过“吃饭种种”[1]，说的是人在吃饭时的各种不同神态。这里写的“吃饭”，是我经历过的一些吃饭故事。

一

在最早的记忆中，我家的饭是可以吃饱的。不管是粗茶还是淡饭，满满的一大锅，十几口人围着一张桌子一起吃，热热闹闹的，不管好坏，总是吃得饱饱的，乐而无忧。

后来就不行了——那是在1960年到1962年的时候。

那时候，全国都是一样的，大家都吃不饱饭。按照现在的情况算起来，那时供应的粮食也不算少。比方我是小学生，每月的定量是27.5斤，哥哥们是中学生，每月的定量是35斤，平均起来，每人每天都有1斤粮食可吃。按照现在的标准，是足够多的了，因为现在每人每天吃不上1斤粮食。可是，那时候不行，因为除了粮食，没有任何副食可吃，肉和油极缺，也没有多少蔬菜，全靠着一点点粮食充饥，当然就不够了。肚子里没有油水，越吃越能吃，形成恶性循环。虽然没有莫言所说的恶狠狠吃东西的凶相，却也在斯文中隐藏着对吃的贪婪。

我家的粮食同样不够吃，好在姥爷在农村能够给补贴一些，总的还好，不至于饿死。

就在各家都在想办法补充饮食的时候，我爸爸采取的方法与众

---

① 参见《法陌履痕》，商务印书馆2022年版，第489–496页。

不同。

开始，他也是想了各种办法，如米饭的“双蒸法”，就是用大米或者高粱米做饭时，进行两次蒸煮，使米粒尽量地放大。这样做出来的饭，看起来量很多，但是不顶事，吃下去很快就饿了。

接着，父亲又想了代食品的办法，就是将一些榆树叶弄回家，掺上玉米面，上锅里蒸。这还是很好吃的，但是，榆树叶也很快就没有了。最好吃的是榆树钱，生吃，或是掺上玉米面蒸着吃，都很好，就是在今天，这也是一道很好吃的菜。但那时，这种菜是当成饭吃的，你吃他也想吃，一棵树能有几斤可摘下来的榆树钱呢？榆树皮是好东西，磨成粉，可以掺在玉米面中做饼子，还是可以吃的。可是榆树有限，人吃的东西无限，榆树上很快就没有了榆树钱、榆树叶，也没有了榆树皮，甚至榆树都快死光了。

还有，把柞树叶放在锅里炒干，粉碎成粉，掺在玉米面中，做成混合面的饼子，可是吃下去拉不出来大便，吓得大家再也不敢吃了。

在试过了各种办法以后，爸爸下了决心，在粮食本身打主意：每天定量，按人分配，每天都有相当数量的粮食，就不会有人饿坏，更不会有人饿死。按照爸爸的说法，就是“少而精”。因此，做的玉米饼子就是纯粹的玉米饼，做的米饭就是纯粹的米饭，都是货真价实的家伙。因为限量，每人分到多少就吃多少，吃光就完事。饿了的话，就喝水等着下一顿。

爸爸做了一个秤，因为买不起秤。我记得清清楚楚，在一个星期天，爸爸借了一杆秤，用一个铁盆穿上三根线，用一根很光滑的木杆做秤杆。弄好以后，先什么东西也不装，确定了一个定盘星；然后，用真秤称出来半斤米，在秤上刻上一个记号，分为五个刻度；再加上半斤米，再做上记号，分出刻度。一直做到了10斤的刻度。这样，我们家就有了一杆 10 斤的自制秤。

这以后，爸爸就用这个秤来掌握粮食的消费进度。每个月开始，就把所有的粮食买回来，由爸爸亲自掌握，每天按照定量称出来，交给我们，按照定量做饭。吃饭的时候，也要按照每个人的定量分着吃。

这样一来，吃饭就是一件特别值得期待的“奢侈”活动。每分到自己的那份饭，大家都很精心地慢慢吃着，尽量延长享受吃饭的快乐。

大概是从三哥那里开始——因为三哥是一个极节省的人——对分到的饭节约食用，留下干的如馒头之类，在饭后分次享用，特别是在别人都没有东西可吃的时候。我们也见样学样。这种基于私有制引发的现象，很快就被爸爸禁止了，因为本来饭食就少，再这样节省，会对健康有影响。

后来又有了新的吃法，就是把废格尺弄一段，用刀削成一个很精致的饭板，将米饭用饭板一点一点地拍成饭团，类似于朝鲜族打糕的样子，很好吃，而且在拍打的过程中，也是一种很好的享受。结果，这种做法被普遍借鉴，在很长时间里，大家都这样吃饭。自己做得好，都送一点给妈妈、爸爸尝尝，全家欢乐，其乐融融。后来，我学了古文《郑伯克段于鄢》，看到纯孝的颍考叔把庄公给他的肉省下来不吃，带回去给自己母亲吃的故事，想到大概就是这样的情景。要是现在，颍考叔的做法其实就是“打包”事母。

这种情况一直延续到 1963 年。从这一年开始，吃饭的问题就逐渐不那么紧张了，又可以“放开肚皮吃饱饭”了。我清楚地记得，1958 年到 1959 年，描绘共产主义的书里说的，共产主义就是“放开肚皮吃饱饭”！那曾经是一种伟大的理想！

“民以食为天”。可见，吃饭的问题是多么重要。

二

再说到吃饭的问题，就是插队在集体户的时候了。

在集体户，我是户长，是管事的人。一个集体户共有 10 个人，这 10 个人的吃饭问题由我来负责，这不是一件小事！我想到了爸爸管吃饭的方法，就把它应用到集体户的伙食管理上，管好大家的吃饭问题。

插队落户的知青，第一年是吃供应粮的，不是吃生产队的粮食。我记得是每人每月 38 斤，一个月就是 380 斤，是很高的定量。那时是 1970 年，吃饱不成问题，但是要想吃得好，还做不到。在集体户，除了自己的定量，家里不会帮助我们，要想吃得饱，还是要想办法的。因为定量的几十斤粮食，对我们这些干农活的人来说，没有必需的副食品和蔬菜，是完全不够的。不光我们这些大小伙子，就是户里的女生也很能吃，1 斤重的大饼子，差不多一顿也能吃下去一个。一天每人没有 2 斤粮食，真的吃不饱。

我采取了两个办法。

第一个办法是，不管怎样要让大家吃得饱，不能饿肚子。大家吃多少都行，但是不能浪费。这样下去，一个月的粮食不到 20 天就没有了。在这时，各队的集体户都遇到了同样的问题，多数集体户就发动同学到地里拣枯菜叶、野菜，采用的是困难时期的“瓜菜代”做法。

我问胡队长该怎么办。胡队长对我们知青在队里的表现是很满意的，有了问题也愿意帮助。他说：“你们就先吃，没了就买下个月的，吃了再说。”

我说：“这可是你说的，等到没了粮食你可别不管。”

胡队长说：“我不管，还有大队党支部，还有公社呢！”

我们就这样办了。等到粮食吃光了的时候，生产队从队里弄出来一些，加给我们。所以，我们一直没有饿着。

第二个办法是，由我来严格掌握粮食品种的分配。户里的细粮，都像我爸爸那样，由我自己来管理，什么时候吃细粮，也是我决定。那时候的细粮很少，大概是每月 5 斤面粉、1 斤大米。一个月的全部大米做一顿米饭，也不够这些人吃一顿的。我把大米统统积攒起来。很多人都说要先吃一点，解解馋，我都没有同意。

直到有一天，队里决定我们要割三天柴火，为一年的烧柴做好准备，我才决定吃大米饭。

那天早晨，我让炊事员做了满满的一大锅，用了全部的红小豆，做成豆米饭。没等吃，锅里就冒出来了浓浓的香味。再加上一大锅炖萝卜，热腾腾地上了桌子。我们每一个人都尽量地吃，都吃了几大碗。我吃得算少的，也吃了尖尖的 3 大碗，现在吃差不多能吃 3 天。我们吃得饱饱的，腰里缠上绳子，把前一天磨得飞快的镰刀插在腰里，英姿飒爽地向柴场进发。

由于后勤工作做得好，3 天割柴的任务，只用 2 天就完成了。大家都非常高兴。

我们的商品粮供应到当年 10 月。11 月就要吃生产队的粮食了。可是到 9 月，粮食供应证上就已经没有粮食了。这时，生产队里的新粮已经陆续收割，及时救济我们，都没有饿肚子。至于副食，我们种了很多菜，到了 5 月就不存在问题了，有足够的蔬菜自产自吃。

三

说了这么多有关吃饭的话，最后应当总结一下了。

我想起了两句话。

第一句话，还是“民以食为天”。当政者，最重要的是保证人民吃饱饭。这是一个生存权的问题。如果人民的吃饭问题解决不了，就是大问题了，是要改进的。尽管这是一个很低的标准，却是最基本的标准。衣食不足，无法进行更高级、更深刻的思考和建设。多少农民革命都是因为衣食不足而发动的。在插队时，听说有人写了一副对联遭到处罚，上联是“三五七九”，下联是“二四六八”，没有横批，暗含的横批是“缺一（衣）少十（食）”。这种批判是深刻的。

第二句话，是“一粥一饭当思来之不易”。这句话，是 20 世纪 60 年代我在粮店买粮时看到的，从此就记在心里。开始时，是因为我对粮食的渴望，随后，是因为我在农村自己种粮时看到的粮食珍贵。饥饿的年代，有一个宣传画，说有哥俩儿，父亲分给他们相同的粮食，让他们自己独立生活。哥哥辛辛苦苦，省吃俭用，生活越过越好。弟弟花天酒地，吃包子只吃馅，把包子皮扔到窗外。哥哥把他扔掉的包子皮都捡起来晒干，存起来。弟弟的积蓄全部挥霍光后，没有东西可吃了，就等着饿死。哥哥过来，把晒干的包子皮还给他。弟弟如获至宝，扔掉的包子皮救了他的命，因此感激哥哥。哥哥说，这都是你自己的东西，今后可要“有粮常想无粮时”啊。

这个故事，是画在我家乡当时最大的广场中最大的画廊上的，很形象，也很好看，因此，我记得极为扎实，至今念念不忘。

无论有粮还是无粮，无论有钱还是无钱，无论丰年还是歉年，都要珍惜粮食，因为里面包含着农民的辛勤和汗水，也包含着我们对粮食应有的尊重。

68. 待避

“待避”，是一个道路交通规则的术语，意思是说，两辆车相遇时，一方暂停在一边，礼让对方通过后自己再走。我研究侵权法，当然也研究道路交通事故责任，知道这些，待避既是交通规则，也是交通各方参与人相互礼让的要求。待避可以使交通各方按照秩序通行，也能够显示出交通参与人的礼貌和修养。

一

在道路交通秩序中，机动车驾驶人应当按照规则进行待避。例如，在行驶过程中，前方如果有一辆车不动，而对向有车驶过来，没有其他车的阻碍，就应该主动待避在前车之后，等到对向车辆通过，再超过前面这辆停着的车，继续行驶。

应当待避而不待避，就会出问题，不仅会使交通受阻，造成堵车，而且会被人骂不懂规矩，受到谴责。在当今，特别是在比较狭窄的街道中，无数的车辆都停在路边，把道路挤得水泄不通，相互会车的车辆如果不待避，那就谁也别想走过去，堵在这里好了！很多的塞车，就是这样发生的。

我在开车的时候，还是比较守规矩的，不过这都是以后的事情了。最早学车时，我在最高人民检察院工作，开的是警车，在交通中是有特权的，如果有急事，可开启警灯，拉响警笛。后来到了学校工作，开的是私家车，没有警车的特权了，开起车来就比较谨慎，尽管经常车速比较快，但还是比较守规矩的。

不过，有一天也被人骂了一顿。一大早去上班，天刚蒙蒙亮，走到小区之间的街道上，本来路就不宽，路边又停满了车，我就开得比较慢，一点一点地向前行驶。这时候，前面有一辆出租车停下来了，阻挡我前进，我就想超过这辆出租车继续前进；可是，另外一辆车从对面驶过来，按照我的估计，我似乎稍微加一点油门就能抢在前边，但是，对面车的司机可能认为我是负有待避义务的一方，因此根本就没在意我已经超过了前车，直接对着我就开了过来。我赶紧停车，摇下车窗，想向他说明情况。他抢先摇下车窗，连珠炮般地对我发火："你会开车吗？为什么不停下来等我过去？你不懂什么叫待避吗？"我被他骂蒙了，连解释的话都说不出来，就乖乖地退了回来，让人家开过去。

你看，这就是不懂规矩的结果！没有待避，不仅违反交通规则，造成交通秩序的混乱，还得被骂。

二

不只在机动车的道路交通中，在铁路交通中也有待避的问题。今天的铁路，由于都是复线，需要待避的火车其实并不多，即使待避，时间也不会太长，一般过一会儿就可以通行了。

不过，在 20 世纪 60 年代那会儿，铁路多数是单线，在编制铁路运行图时，要精心计划，尽量减少不必要的待避，以保证列车的正常运行。但是，由于那时是非常时期，铁路交通秩序非常混乱，乘坐火车，在铁路上一旦进行待避，经常要一两个小时，甚至更长时间。我在初中二年级也就是 1968 年，去丹东的爷爷和姐姐家里，第一回坐火车出远门，心里有点担惊受怕。不过，父亲对我千叮咛万嘱咐，途中遇到什么样的事情应该怎样对付，我牢牢记在心里，尽管只有 16 岁，但是一路顺利。回来的时候，路途特别不顺，列车开出来就晚点，在任何一个火车站，对方来火车时，都要停下来待避，结果回到家里已经晚点四个多小时，把家里人急得够呛。不过还好，没有遇到什么事情，平安而归，我也经历了人生中第一次长途旅行的考验，能够应付旅途中的各种遭遇。

三

说起铁路上的火车待避，我想起了去朝鲜的经历。十几年前，我们几个突发奇想，要到朝鲜去看看那个社会主义国家的实际情况，几家人从丹东上了火车，“雄赳赳，气昂昂，跨过了鸭绿江”。过了鸭绿江，就是朝鲜的新义州，一趟名副其实的国际列车，不到 10 分钟就走完了旅途。然后，我们就在候车室里等新义州去平壤的火车。

苦苦地等了几个小时，终于上了去平壤的火车。我们预计，从新义州到平壤大概有 200 公里，即使火车按照 50 公里的时速，4 小时也就到平壤了。10 点出发，应该在下午两三点就能到达。

朝鲜的火车都是比较陈旧的绿皮车，即使给我们外宾乘坐的高级软座车，也是我们 20 世纪 50 年代的软座车厢，没有空调设备，只在车厢顶部有两个转来转去的电风扇，吱吱响着，并没有多少风吹过来。不管怎样，就挨着吧！

火车终于开动了，可是车速慢得不敢想象！就跟我们通常说的老牛车一样，一走三晃，“咣当！咣当！咣当！”地往前走。不过，即使如此，时速大概为 30 公里，晚上 5 点左右应该也能到达平壤。

但是，料想不到的是，朝鲜的铁路都是陈旧的单线，每到一个火车站，都要停下来，等待对向来的火车，在这个车站进行待避。咳！这个待避可不是一般的待避，一停下来，就要一个多小时。车在运行时，开着车窗，吹进来的风，还算是比较凉快，尽管跟着风一起吹进来的，还有火车头冒出来的煤渣，经常迷眼，但是，总不至于热得透不过气来。可是，火车一旦待避，车不动，电风扇又不管用，真能把人热得七荤八素。后来就跳下火车，在站台上寻找风凉的地方。可是，站台光秃秃的，没有树，很难找到乘凉的地方，找到一根电线杆，就把身体的主要部分隐藏在电线杆的阴影下，总算避免全部身体的暴晒。

就这样，200 公里的路程，火车“咣当！咣当！”一直走到晚上，快到 8 点才到平壤，住进了很有名的羊角岛大饭店，终于结束了我们这一天的“长途”旅行。仔细算一下，耽误的时间，主要是在待避上。

四

我不知道在海上航行时有没有待避的规则，更不知道飞机在飞行中是否也有待避。作为一个汽车驾驶员，我已经有了 30 多年的驾龄，会遵守应当遵守的交通规则，待避规则当然更应当遵守。不过，火车待避时遇到的这些事情，可能就不仅仅是一个遵守交通规则和礼让的问题，还有更发人深省的社会问题。

69. 极限

有一年，张健横渡英吉利海峡成功，国人为之欢呼。随之而来的，是各种各样的挑战极限运动，一时竟有风起云涌之感。看来，这是锻炼的需要，也是培养勇气的需要。

仔细想想，我也进行过“极限”运动，不过不是张健那样的极限，而是挑战自己的极限，锻炼自己的勇气，培养自己的毅力，更重要的是发展、完善自己的人格。因此，不要把挑战极限看作严格的概念，它是人人都能够进行的运动。

长跑

我进行的一次挑战极限的运动，是长跑。

我在20岁到30多岁的时候，坚持长跑。几乎每天早晨都要跑，每天跑2000米到3000米，多的时候也跑5000米，长期坚持，一般不会间断。到了40岁以后，逐渐坚持不下来了，倒不是不想跑，而是到了最高人民检察院工作后，每天上班都要坐班车，班车的发车时间是早晨6: 50，坐上大约50分钟的车才能到机关，还能坚持长跑吗？当然，这也不过是借口，只要想坚持，什么样的条件都是可以继续长跑的。

每天都在长跑，可是不知自己究竟能跑多“长”。都说长跑一般要到10公里，可是我从来没有跑过这么长的距离。自己是不是也能跑10公里，我一直都在考虑，但也一直没有试过，主要是早晨没有这么多时间。

一次，老家的中级法院在一个水库库区开会，在去的途中，发现从水库到等级公路的距离是 6.25 公里，一个往返就是 12.5 公里。我就想，如果有机会可以试一次。

那几天早晨跑步，我试着不断地加大长跑距离，有时候单向跑大约 3 公里，往返就是 6 公里，也能坚持下来，因此，决心也就越来越大了。

会议的最后一天，组织大家到另一个风景秀丽的天然高山湖旅游，我以前去过，就说不去了。

这天早晨我起得很早，没有吃饭，换上了运动服装和运动鞋，向着预定的目标，也就是 6.25 公里的折返点跑去。

跑起来后，我很清楚，不能跑得太快，要保留体力。因此，按照原来早晨长跑的速度跑着，很轻快。伴着路边的野花野草，一路心情越来越好，越来越轻松。

跑到大约 4 公里时，有了一些倦意。想一下，如果现在回去，还有 4 公里，那就是跑了 8 公里，已经是我的最高纪录了。可是，如果就这样回去，没有完成预定目标，还是有些遗憾，就鼓了鼓勇气，继续跑了下去。

终于，在不断自我鼓励之下，跑到了预期的折返点。在这里，我稍微放松了一下自己的情绪，看到了那块标明 6.25 公里的标牌，原地踏步几下，往回跑去。

往回跑就没有那么轻松了，因为已经空腹跑了 6 公里多，体力基本上用光了，都觉得步履艰难了。但是，已经跑到了这里，不跑回去，待在这里也不行啊！只能坚持到底了。

但是，这还不是最艰难的时刻。在跑到全部路程四分之三时，体力消耗殆尽，每跑出一步都极为艰难，就是跑不动了。在很多时候，都有一个顽固的念头，就是该停下了，该停下了；休息一下，休息一下……但是，毅力在支持着，我的思想中有一个坚强的信念，就是一定要跑完这个距离，创造自己的极限。

接着，就开始恶心，肚子里天翻地覆的，搅得难受。我忍着，一边跑一边呕，呕得没劲了，也就不呕了。

我知道，这已经不是体力的问题了，而是腿部肌肉极度疲劳，大腿的肌肉和小腿的肌肉都在酸痛，就像很久没有跑步突然跑了 2 公里的第二天早晨的感觉。但这不是过后的酸痛，而是当时感到的严重酸痛。这时，如果能坐一会儿，或者喝一点水，体力或许会得到一定的恢复。但是，我的犟劲上来了，就是要突破极限。

在最后阶段，我不是在跑步，而是在机械地运动，大概疲劳期已经过去，也没感到特别累，只是跑就是了。

终于，看到了我们住的招待所。我仍然一步一步地坚持着，终于到了我出发的地点。挑战极限的愿望终于实现了！

会议驻地，大家正在上车，准备出发。大家看见我一瘸一拐地回来了，就问我干什么去了。我只是回答了一声锻炼，就不再理他们了。不是不理，而是没有力气理。

在下楼梯的时候，实在是无法把腿弯下来，每下一级台阶，都是钻心的痛。坚持走到了自己房间，一下子就躺下来，再也起不来了。

登黄山

还有一次，也是一次极限运动，但那不是主动挑战，而是被动地接受考验。

那一年的 5 月，我们在黄山开会。开会结束时，组织与会者到黄山看看。

在走之前，我们进行了很充分的准备，吃的、用的，都考虑到了。

年龄大的、腿脚不好的，可以乘坐缆车，上下都有；身体好的，可以上的时候乘坐缆车，下的时候徒步行进。

我当然算作年轻人之列，因为既不是老的，也不是腿脚不好的。

这样，我们就轻松地到了黄山山顶，接着开始了漫长的台阶之路。我之所以要说这种台阶之路，是因为我倒霉就倒霉在这些台阶之路上面了。

开始时，没有一点问题，我走得很轻松。我和P女士、L先生一起，边走边说，看着美景，谈笑风生。谈笑中，就怕P女士吃不消，还研究过她坚持不了时怎样帮助她。中午，我们在一起吃了东西，高高兴兴地继续出发。虽然我的膝关节有些酸痛了，但是还不严重。

黄山的台阶是高低不平的，虽然规整，但是顺着山势，跌宕起伏，上上下下。就在这些起起伏伏的台阶上，我的膝关节出现了问题，是走到迎客松时发现的，两个膝盖的关节开始痛得厉害起来。

在迎客松前照相合影后，也就该走了。我坐在石头上休息，站起来时，膝盖直不起来，费了很大的劲，咬着牙，忍着痛，才站起来，继续向前走。

从迎客松出发，就是一路的下坡台阶，每走一步都要忍着痛。这时候，P女士和L先生就劝我，鲤鱼背就不要爬了，爬上去就怕下不来。我想一想同意了。多数人随着队伍向鲤鱼背进发，我和另外几位腿痛的人开始向下行走。

走着走着，这个六七人的队伍就散了，因为大家的腿都痛，有的走得快一些，有的走得慢一些，队伍成了散兵游勇，各自为政。

我的毅力还是可以的，一直坚持着，一级台阶一级台阶地下，每下一级台阶都要忍着严重的疼痛，加上天气热，大汗淋漓，不知是痛出来的，还是热出来的。

出发时，每个人都发了手杖，这时发挥了作用，每走一步，都要用手杖支撑，以减少膝关节的压力，减轻疼痛。开始时，拄着手杖还能起到一些作用，后来就不管用了，因为无论怎样都是一个痛。

在大约下到一半时，我一步也不能走了，到了极限了。试想，可以不吃饭、不喝水坚持跑完 12.5 公里，凭着毅力，不会半途而废。可这对疼痛的忍受，终究是有限度的，还害怕坚持下去会有什么后果。

最后的关头，叫来了抬滑竿的轿夫，坐上了我在上山时还称为“剥削阶级腐化生活的轿子”，闭着眼睛，不敢看身边的人——因为我觉得这很可耻。

到了山下，轿夫要收我 160 元，下轿后，感到腿更痛，几乎不能着地，一着地就钻心地痛。我问距离上车的地方还有多少路，轿夫说很远。我说那就把我抬到那里，200 元不用找。轿夫很满意，抬上我，向我上车的地方走去，结果转过来不远，就看到了我们的汽车。我下了轿，向轿夫感谢着。已经坐在车上的同事看着我的窘相，一起嘲笑我，七手八脚拉着我上了车。我一屁股坐在座位上，说了一句话：

“这个黄山，我再也不来了。”

大家问我为什么，我说：“这些倒霉的台阶，让我倒透了霉。”

直到今天，我的腿还不能走台阶，尤其是下坡台阶。看到台阶，从心底就害怕，接着就会出一身冷汗。

这就是“挑战极限”的后果。

70. 规则与秩序

两位法学家在澳门特区的街上漫步，一位是民法学家，一位是行政法学家。他们看到，出租汽车排在新世纪饭店外边的街道上等待客人，队伍整齐，井然有序，一辆出租车拉上客人走掉，另一辆出租车就缓缓地跟上来，在后边的其他出租车也缓缓地跟上来。整齐的队伍保持严整的队形，一丝不乱，形成一道亮丽的风景。

两位法学家很感慨，对这种井然的秩序赞不绝口，同时对某些城市出租车在同样的场合，却一定要有管理人员进行严格管理，没有人管理，秩序就会乱套的问题，进行了批评。

接下来，他们进行了一番对话。

“归根结底，法律究竟是什么？”

“当然就是规则，就是关于人的行为的规则。”

“这倒是对，但是规则的结果就是秩序。因此，法律实际上就是秩序。”

“眼前的出租汽车问题，就反映了规则的重要性，有了规则，才能有秩序。”

“重要的还是秩序，就像出租车司机的行为，表现了当代社会的秩序，也就是表现了当代社会的法律。”

双方静了一会儿，又说：

“好像我们说的并不是一回事，你说法律是规则，我说法律是秩序。”

“正是这样。”

“这是一种什么差别？”

“正是私法和公法的差别。私法认为法律就是规范人的规则，制定法律就是要制定这些规则，使人们按照这个规则行事，社会就有了秩序。公法的要求就是要有秩序，法律规范的就是社会的秩序。”

“对！这正是私法和公法对法律认识的差别。”

两位法学家一致同意，取得了一致意见。

其实，说到底，对法律是规则还是秩序的认识，并没有原则的不同，而是认识法律的立足点有所不同罢了。

在观察社会、观察法律的时候，私法学者处于一种平面的观察，着眼于对主体的行为的观察，确定主体在行为时必须遵守的规范。私法确立的，就是寻找这种行为规范的最佳点，将这种最佳点作为规范行为的规则，使一切主体在行为的时候，都按照这样的规则进行，最终实现对社会的宏观调控，建立一个有秩序的社会。所以，法律就是规则。

公法学者在观察社会的时候，是从管理者的角度进行，有一种居高临下的地位，在这个地位上，认为法律就是人管理社会的最佳秩序，为了实现这个秩序，才制定具体的规则。因而，法律就是秩序。

认定法律是规则还是秩序，还有一个问题，就是将法律认定为方法还是目的。

认为法律是规则，就是认为法律是一种方法，是调整社会的方法，通过法律这种方法，对主体的行为进行调整、进行规范，才使社会的秩序得到保障。

认为法律是秩序，则认为法律是一种目的，对社会进行法律调整的目的就是建立社会秩序，就是法律秩序。有了这种秩序，就是有了法律。

综合起来，实际上法律首先是一种规则。即法律首先是方法，是调整社会的方法。其最基本的方法，就是规定主体的行为规则，使所有人都按照这种规则实施行为，任何违背这种规则的行为，都要受到追究，使这种规则具有权威性、强制力，任何人都必须遵守，不得违背。其次，法律也是目的，是在追求一种秩序。在立法者的心中，首先要确定建立的是怎样的秩序，围绕着这种理想的秩序，制定行为的规则，使人们按照这种规则行事，实现立法者在制定法律之初所追求的目的。将这两者结合起来，大概就是对法律的完整理解。

现在，又回到了出租汽车的问题上。这是新的对话：

“出租车的行为就是按照规则实施，体现了规则的价值。”

“出租车的行为就是秩序的表现，立法者追求的就是这种秩序。”

“规则是法律的本身，秩序是法律的结果。”

“秩序是立法的追求，规则是法律的方法。”

说到底，还不是一回事？看来公法和私法，也不是截然不同的。

71. 山城春夜（外二章）

夜，就像一块淡褐色的、无边无际的轻纱，罩在宁静的大地上。春风轻悄悄地吹拂着，尽管还有那么一丝寒意，然而，毕竟已是春天的夜了。于是山城通化，便像一颗夜明珠，镶嵌在玉皇山下、浑江岸畔。

山城春夜的风，就像一双温柔的手，小心翼翼地抚摸着你的脸颊，使你周身都感到熨帖；还像醇美的葡萄酒，把你的心都润醉了。

一弯新月，遥挂在偏西的夜空。几抹淡淡的云，就像夜的轻纱被风吹得折了几折，似一片透明的罗绮，陪着新月也挂在夜空中。那云，徐徐地飘动，那月，也似乎在云的怀里游。可是，你若聚精会神地注视上一会儿，反倒会觉得你也和这云、这月一道，轻悠悠地跟着荡走了。

这时，满天的星斗透过夜的轻纱，狡黠地眨巴着眼睛，仿佛是在嘲笑你的这股傻劲。

环城皆山，是通化山城的景色，而非欧阳修笔下的滁州所独有。在通化春天的夜色里，群山都隐藏在夜的轻纱之中。只在西边天地相接处，在新月的微光下，显露出一道起伏弯曲的山的轮廓。在这条曲折的粗线下，是一排一排逐层排列的灯火。初来这里的人见此情景，很可能会惊奇地以为，这是一座座硕大无比的摩天大厦！其实，这是那些倚山而建的一排排建筑。再向近看，是夜色笼罩着的密密的建筑群，轮廓不清，参差不齐，只是每个窗户都闪着光亮，银白色的、橘黄色的，耀眼的、柔和的……

一阵微风吹过，吹得夜的轻纱微荡，吹得灯火也在忽闪。天上地下，繁星和灯火交相辉映，好看极了。

夜色深了。新月坠到了西边山顶，城市的灯火渐渐地少了。山城春天的夜，就这样睡了，像一位多思、文静的少女，把甜甜的笑容挂在俊俏的脸蛋上，静悄悄地睡去了。

然而，真的是这样吗？

不！当你走到灯火如昼的工厂，听到隆隆的马达声和“咣！咣！”的汽锤声时，你就会立即感到，这是那春夜剧烈跳动的心脏。

当你走到交错的马路边和笔直的铁道旁，看到奔驰而过的汽车和呼啸着的火车时，你就会立即感到，这就是春夜那奔腾着热血的动脉。

如果你不怕疲劳而又十分热爱这座山城，请你不妨到横越城中的浑江畔去，再听一听，再看一看。你就会看到，江流已冲开了冰层，冰块在撞击着、融化着；你就会感到，春夜顽强的生命力在勇猛地奔突！

当你看到这些，也听到这些，并且感受到这些的时候，你就会知道，山城没有睡去！

啊！春夜，春夜！透过那朦胧的轻纱，我终于看到了，在你那火热的胸腔里，描绘了一幅雄伟壮丽的美景，孕育着如花似锦的前程！

我是那样地爱着你啊，山城的春夜！让我衷心地祝福你吧，山城的春夜！

祝福你迎来一个无限美好的明天！

我凝望着这棵小松树

早晨，我站在玉皇山的绝顶，凝望着我面前的这棵小松树。

太阳一点一点地升起来了，红红的、亮亮的，把那温暖、和煦的光均匀地涂抹在山城山山水水的上面。脚下的山城活泼起来，生动地运动着；眼前玉皇山上的景物也活泼起来，显出了勃勃的生气。

我面前的这棵小松树沐浴着灿烂的阳光，披着晶莹的露水，每一个针叶都亮晶晶的，仿佛被裹上了一层透明、剔透的玻璃纸。一阵微风吹过，小松树抖了几抖，活动着腰身，似乎又伸长了一截儿。

我望着眼前的这棵小松树，竟呆呆地不知想说点什么。

哦！你这可爱的小松树！在你成长的过程中，大概也曾经过狂风，历过暴雨，挂过严霜，披过白雪……你是怎样成长起来的呢？啊！我知道了。你扎根于坚实的土地，沐浴着灿烂的阳光，畅饮着甜美的甘露，吸吮着大地的营养，才坚强、茁壮地成长起来。

又是一阵微风吹过，小松树又抖动了几下枝叶，仿佛它已经听懂了我内心里的话，在赞许地点着头。

我们这一代年轻人，也和这小松树一样，历过十年浩劫的狂风、暴雨、严寒、酷暑，能够健康、茁壮地成长着，当然也离不开这和煦的阳光、甜美的甘露和坚实的土地。这阳光，便是祖国的思想；这甘露，便是祖国的心血；这坚实的土地，便是那亿万人民群众的力量。亿万双人民群众的手，将我们这些青年托举着，祖国思想的光辉照耀着我们，用那慈母般的心血哺育着我们，让我们像这小松树一样，迅速地成长着。

想到这里，我再也压抑不住那感奋的情怀，竟想大声地把心里的话向着太阳呼喊出来。

可是，我控制住了奔放的感情，用力地抓住小松树那健壮挺拔的树干，使劲地摇了一摇。针叶上的露水滚了下来，落在我的衣服上。我低头一看，金色的阳光照在我的衣服上，露珠还没有浸进衣服的布纹里，阳光映着我身上的露珠，闪着晶莹的光。

看到这里，我的鼻子有些发酸，倒有几滴泪滴了下来，也落在衣服上，与那晶莹的露珠汇在一起，折射着太阳的光辉，慢慢地浸入布纹里，衣服上出现了几点不大的渍痕。这渍痕透过薄薄的衣衫，贴在肉皮上，怪舒服的，一直滋润到我那年轻的、跳动着的心灵上。

夜来香

七月的一天早上，我从山上采下了一束开着金黄色小花的夜来香，插到茶几上的花瓶里。伏在花上一闻，一股清香沁入肺腑，心里觉得甜甜的、美美的，竟使我的情绪在一上午的工作中一直那么振奋。

中午下班回家，不料想，它那金黄色的花朵已经枯萎，就像怕见到陌生人的女孩似的，羞涩地把脸掩了起来。我一阵懊悔，抱怨自己太粗心，忘了在花瓶里多放些水。但是，看了看花瓶，里面的水几乎还是满的，不少啊！这是怎么回事呢?

下午我和同事说起这件事，他们告诉我，夜来香是夜开昼闭，只有在夜里才肯悄悄地把香气送给人们。

噢！不承想这可爱的小黄花还有着这样一种独特的性格。

这天晚上，我从全国法院干部业余法律大学放学回来，果然看到了那绽放的小花，一朵儿拥着一朵儿，挤在那绿绿的叶子边上，宛如一团金黄色的绣球。轻轻地抽出一枝儿，上面一左一右地开着两朵花，金灿灿的，煞是好看。坐在旁边，就嗅到了那令人心醉的清香。

第二天早晨，我惦念着山上那成片的夜来香，便起了个大早，在熹微的晨光中走出家门。

马路上，静悄悄的，两旁的树木和建筑物都还沉睡在薄雾中，整个城市朦朦胧胧的。这时，远处传来了“唰——唰——”的响声，走到近前，才看清是几位清洁女工在扫马路。

望着她们勤劳的身影，心里油然升起敬佩之情。又有一位年轻的姑娘，推着一辆蓝底白字儿的清洁车走了过来。她停下车，仔细地把扫到路边的垃圾用锹收到车里，又认真地从人行道旁的卫生箱里清出果皮、废纸等，也装进清洁车。我走到她身边时，她直起了腰身，用胳膊揩了一下额头上的汗水。在她把手放下去的时候，我清楚地看到她那两条齐肩的短辫上，一边扎着一颗金黄色的发结，就像两朵盛开着的夜来香；她那额上还未揩干的汗珠，恰似那枝叶上晶莹的晨露。

这时，我的眼前出现了一枝亭亭的夜来香。啊！不是一枝，而是一片，一大片夜来香的花儿，在晨风荡漾的马路上，轻轻地摆动着……

啊！夜来香。你把你全部的青春和生命，变作使人陶醉的清香，悄悄地送给勤劳的人们。而当人们赞美这清香的时候，你却悄悄地掩起自己的面孔，躲在人后。你这独特的性格，不正是新一代清洁工人那美好心灵的真实写照吗？

我决定不去看那山上的夜来香了。因为在这儿，我已经又一次真真切切地闻到了夜来香的阵阵清香。

（本文写于1979年、1980年和1982年，载《长白山》文学季刊）

图书在版编目（CIP）数据

法陌点滴 / 杨立新著 . -- 北京 : 法律出版社 , 2025. -- ISBN 978-7-5244-0206-0

Ⅰ. I267.1

中国国家版本馆 CIP 数据核字第 2025UM7058 号

法陌点滴
FAMO DIANDI

杨立新 著

责任编辑 张心萌 王 珊
装帧设计 鲍龙卉

出版发行 法律出版社
编辑统筹 学术·对外出版分社
责任校对 晁明慧
责任印制 胡晓雅 宋万春
经　　销 新华书店

开本 A5
印张 13.125 **字数** 315 千
版本 2025 年 6 月第 1 版
印次 2025 年 6 月第 1 次印刷
印刷 保定市中画美凯印刷有限公司

地址：北京市丰台区莲花池西里 7 号（100073）
网址：www.lawpress.com.cn
投稿邮箱：info@lawpress.com.cn
举报盗版邮箱：jbwq@lawpress.com.cn

销售电话：010-83938349
客服电话：010-83938350
咨询电话：010-63939796

书号：ISBN 978-7-5244-0206-0
定价：88.00 元

凡购买本社图书，如有印装错误，我社负责退换。电话：010-83938349